DistelLiteraturVerlag

Cathi Unsworth begann ihre journalistische Karriere mit neunzehn bei der Musikzeitung *Sounds*. Später, von *Melody Maker* abgeworben, arbeitete sie dort für ein paar Jahre als freie Feuilletonistin und Kritikerin, bevor sie zu dem Magazin *Bizarre* ging. Heute arbeitet sie als Redakteurin und lebt in West London.
Cathi Unsworth hat den Sammelband «London noir» herausgegeben und bisher zwei Kriminalromane veröffentlicht. Ihr erster Roman noir, «Die Ahnungslose», landete auf Anhieb in den britischen Bestsellerlisten auf einem Spitzenplatz.

Cathi Unsworth

Die Ahnungslose

Aus dem Englischen
von Katarina Grän

DistelLiteraturVerlag

Deutsche Erstausgabe

Sonnengasse 11, 74072 Heilbronn
Die Originalausgabe erschien 2005 unter dem Titel
«The Not Knowing» bei Serpent's Tail (London)

Umschlagentwurf: Jürgen Knauer, Heilbronn,
mit einem Motiv von: © Johnny Volcano
Druck und Bindung: Fritz Steinmeier, Nördlingen
ISBN 978-3-923208-82-1

Für Derek Raymond, der die Tür geöffnet hat, und Ken Bruen, der das Licht angemacht hat.

Danksagung

Meinen allerherzlichsten Dank an alle, die mir geholfen haben, dieses Buch zu schreiben, ohne die ich meinen Weg zurück zum Fahrstuhl nach oben vielleicht nie gefunden hätte: Phil und Brenda Unsworth, Matthew und Yvette Unsworth, Florence Halfon, Joe McNally, Mari Mansfield, Pete Woodhead, Caroline Montgomery, Martyn Waites, John Williams, Pete Ayrton, Ann Scanlon, Richard Newson, Damon Wise, Richard und Helen Cox, Hugh Burbeck, Ken und Rachel Hollings, James B. L. Hollands, Roger K. Burton, Raphael Abraham, Paul Chai, Damjana und Predrag Finci, Michael Dillon, Mark Pilkington, Tommy Udo, Ted Thornhill, Mark Blacklock, Geoff Brown, Fiona Jerome, Claudia Woodward, Lynn Taylor, Lydia Lunch, David Peace und die Musik von Barry Adamson und Gallon Drunk.

Und an Michael Meekin, in Liebe.

Man streift alles ab, was man früher zum Leben im Licht benötigt hat – man braucht es nicht mehr –, und arbeitet sich dann, in einem seltsam entrückten Zustand, schreibend über kalte, dunkle Stufen hinab, bis man eine Tür erreicht, die man öffnet und durchschreitet; sie schließt sich hinter einem. Dies ist eine innere Tür, die das Sichtbare vom Unsichtbaren, das Licht von der Dunkelheit trennt; von nun an befindet man sich auf der dunklen Seite des Daseins. Später mag man diese Tür wiederfinden (oder auch nicht), und ein Teil von einem kann sie durchschreiten. Aber man wird sie nie wieder öffnen und so hindurchgehen, wie man eingetreten ist. Ich sage nichts über den Leser, aber als Schriftsteller wird man von nun an nie wieder eindeutig auf der einen oder anderen Seite der Tür stehen, denn nun, da man gefunden hat, wonach man suchte, hat man sich verändert, ob man es wollte oder nicht.

Derek Raymond
Die verdeckten Dateien

1

Der Mond lag in der Gosse ...

Spiegelte sich im Himmel.

Und warf sein kränklich-blasses Licht durch einen dünnen, schmutzigen Wolkenfetzen über den dunklen Teil der Straße. Die Nachtschwärmer des heutigen Abends, selbst die Betrunkensten und Hartnäckigsten unter ihnen, selbst das menschliche Treibgut, das keinen Türeingang sein Heim nennen konnte, hatten diese Gegend der Stadt schon längst verlassen. Alles, was in der gewundenen Kurve von Agar Grove blieb, waren Abfälle: weggeworfene Fast-food-Verpackungen, zerknüllte Zigarettenschachteln, Papiermüll, der über die einsame Straße flatterte und hüpfte, vom Wind umhergestoßen.

Und dann noch etwas.

Um die Ecke näherten sich Schritte, flottes Tempo, bestimmt. Begleitet von einem leisen Pfeifen, ebenfalls bestimmt, einem sich wiederholenden kleinen Refrain, den man aber nicht wirklich als Melodie bezeichnen konnte. Die hochgewachsene, gebeugte Gestalt in schwarzem Crombie-Mantel* war sich eigentlich gar nicht bewußt, daß sie diese Töne von sich gab; sie war mit ihren Gedanken weit weg, ganz woanders. Der Mann war sich der Plastiktüten bewußt, die er sich um die Hände gewickelt hatte, damit keine letzten Überbleibsel von Blutspuren an die Innenta-

* Einige Namen und Begriffe werden am Ende des Buches erklärt *(Anm. d. Übers.)*.

schen seines Mantels gerieten. Er hatte sie hastig übergestreift, und vielleicht war er auch übervorsichtig gewesen, aber in dem Moment war es ihm sinnvoll erschienen. Was hatte noch gleich darauf gestanden? *Täglich die frischsten Lebensmittel? Frischer gibt's sie nirgends? Heute ein frisches Stück Fleisch? Ein Stück vom Schwein allererster Güte?*

Ein nervöses Kichern entfuhr ihm wie ein Niesen. Seine Gedanken entgleisten erneut.

Nein, dieser Stadtteil war angenehm. Die Bogengewölbe der Eisenbahnüberführung und die verlassene Wasserfläche des Grand Union Canal, die stillgelegte York Way U-Bahnstation und die illegal eingerichteten Kaschemmen, alle mit Brettern zugenagelt und leerstehend. Ein Industriegebiet zu seiner Rechten und dahinter die riesigen, stählernen Gaswerke, düster vor dem schwefelfarbenen Himmel, die leerstehenden sichelförmig angeordneten Bahnhäuser, deren Sanierung nie jemand in Angriff genommen hat, die erhabenen gotischen Turmspitzen von St. Pancreas wie ein unheimliches Märchenschloß und die Bahnschienen, auf denen die Züge hinaus in Richtung Norden ratterten.

Hinter ihm lag Camden: eine Partystadt, ein Ort, an dem man zwischen den schnell Betrunkenen aller Altersklassen leicht anonym bleiben konnte. Er wußte Camden zu schätzen. Bei aller strahlenden Beleuchtung und allen Unterhaltungsangeboten, bei überquellenden Pubs voller ausgelassener, lauter Bands, dem Markt und der Kolonie von Saufbrüdern und Tramps hatte es trotzdem seine verborgenen Orte. Schäbige Buden, die von den Markthändlern benutzt wurden, Bogengewölbe unter der Eisenbahnüberführung, die auch als Räume für Theater- und Musikproben und behelfsmäßige Kneipen dienten, Stätten, oft nur mit Brettern zugenagelt, in die sich leicht einbrechen ließ: wenn man nur ein wenig herumschnüffelte, konnte man sie finden. Unter den ratternden Lokomotiven, die ununterbrochen Pendler da und dorthin karrten, hinaus aus dem orangefarbenen Schein der Straßenlaternen.

Aber auf der anderen Seite, der Seite, die er jetzt ansteuern mußte, befand sich King's Cross. Er haßte King's Cross. Das war Sodom. Die Hölle auf Erden. Hier hatte sich ein Tor geöffnet, das die Kranken und Verderbten ausspuckte, die Huren und Zuhälter und den Junkie-Abschaum, die sich lauthals ihren Weg hinaus auf die vor Schmutz starrenden Straßen erkämpften, sich zitternd und schwitzend ihren Weg durch den grellen Streifen gegenüber der U-Bahn-Station und die krebserzeugenden Straßenschlünde darum herum bahnten. Er konnte den faulen Gestank riechen, als er die lange, einsame Wegstrecke des York Way im Zeitlupentempo hinunterging.

Nicht mehr besänftigt durch die Nähe des Wassers, rasten Bilder im schnellen Vorlauf durch seinen Kopf. Ohne daß er es merkte, wurde sein Pfeifen schneller, schlugen seine Füße härter auf den Asphalt.

Große rote Blutflecken.

Eine verdammte Blutfontäne.

Herabhängendes Fleisch, das dem spitzen Lächeln des Stahls nachgibt, der ein Lächeln in das weiße Fleisch meißelt. Aufklaffendes Fleisch – so mühelos –, zuckend, butterweich, innen ganz gelb und rot.

Schreie, durch Streifen von Klebeband zurückgehalten: eine gurgelnde, röchelnde Kakophonie.

Die ihn an sterbende Schweine erinnerte.

Und die herrlich gebogene Klinge aus silberfarbenem Stahl.

Die jetzt auf dem Grund des Grand Union Canals ruhte.

Wo eine Menge Geheimnisse begraben lagen, unter einem kränklich-blassen, gelben Mond.

Der vorbeifließende Verkehr übertönte das Geräusch seiner Füße, tauchte die magere Gestalt mit den runden Schultern sporadisch in das Licht vorbeigleitender Scheinwerfer. Nur ein weiteres Stück namenloses menschliches Treibgut, allein in der Londoner Nacht, das sich am Rand der Hauptstraße durch die verlassenen Straßen von vier Uhr morgens schlängelte. Tiefer, tiefer, tiefer hinein nach Sodom, in den roten, grünen, gelben Lichtern verschwimmend, in dem Durcheinander von Autos und Fußgängern, ging er in der Menge unter.

2

Montag, der 13. März 1992, war ein Tag wie jeder andere. Mit der unbarmherzigen Effizienz, für die sein Herkunftsland bekannt ist, schreckte mein Braun-Wecker mich exakt um acht Uhr morgens hoch.

Ich war, wie immer, die erste Sterbliche in Arundel Gardens 36, die sich rührte.

Dieses große, vierstöckige Haus mit Stuckfassade, das einst ein eleganter Wohnsitz für den wohlhabenden viktorianischen Gentleman, seine Familie, seine Bediensteten und treuen Gefolgsleute gewesen sein mochte, war jetzt eine Ansammlung kleiner Wohneinheiten, die als Einzimmerapartments inseriert wurden.

Günstige Mieten zogen eine bestimmte Sorte Mieter an. Ich lebte neben alternden Männern ohne feste Arbeit, die in einer seltsamen Art von ständigem Dämmerzustand, umgeben von einer mit Körperpuder überdeckten Duftwolke aus Bacon-Fett und Schweiß, durch den Rest ihres Lebens schlurften. Schleichende Tote, nannte ich sie.

Ich lag mit Lockenwicklern in der Badewanne und schmiedete Pläne, während der Rest des Hauses unter dem Mantel des Schlafs unregelmäßig schnaubte und schnarchte.

Ich bin Diana Kemp, Alter 26, ehrgeizige Journalistin.

Beschäftigt bei einem Magazin namens *Lux*, dem Produkt von über zwei Jahren Plackerei, schlug ich mich mit freiberuflichen Auftragsarbeiten, sowie mit gemeinsamen Büros und den ungewöhnlichsten Arbeitszeiten mit meinen Komplizen Barry Hudson und Neil Bambridge herum. Wir waren nicht gerade Bettgenossen, aber es funktionierte.

Das heißt, Barry und ich standen uns gar nicht so fern. Wir waren schon Freunde, seit wir uns vor drei Jahren in einem Pub auf der Portobello Road kennengelernt hatten. Er sah aus wie ein tätowierter schlechter Elvis, während ich einen auf Gothic-Betty-Page machte. Wir hätten vermutlich ein Traumpaar abgegeben, aber keiner von uns war auf so etwas aus. Ich hatte keine Lust auf Techtelmechtel, und Barry schreckte nach einer plötzlich zerbrochenen Ehe noch davor zurück; was er wirklich brauchte, war ein Freund, mit dem er sich amüsieren konnte. Und da ich Ersatz-Brüder aufgelesen hatte, seit ich von zu Hause fortgegangen war, bildeten wir ein Zweigespann, das auf unser beider Wertschätzung der eher ausgefallenen Seite der Kunstwelt und einem uns gemeinsamen morbiden Humor beruhte.

Monatelang hatten wir nur Pläne geschmiedet. Ich schrieb noch für *Melody Maker*, Barry hatte zwölf Jahre lang in ein und derselben Rock-Management-Company gearbeitet. Wir wollten beide mehr, und so haben wir, während wir uns Musikveranstaltungen in Camden ansahen oder uns endlose Stunden an All-You-Can-Eat-For-1£-Pizzas in Nottingham Hill Gate festhielten, viele verräucherte Nächte hindurch versucht, unsere vollkommene Zeitschrift ins Leben zu rufen. Er liebte Comics und «deviantART»-Filme; ich liebte Krimis und Rock 'n' Roll. Wir wollten ein Magazin, das die ganze Palette abdeckte.

Ich wußte, daß ich gut im Träumen war, und so flog uns das Magazin am Ende nur durch einen reinen Glücksfall zu.

Ich hatte für *Melody Maker* eine schmeichelhafte Kritik über eine Rockabilly-Band mit einem Hang zu Jaques Brel geschrieben, die an einem unserer üblichen Treffpunkte in Camden live auftrat. Als die Kritik herauskam, rief mich der beste Freund des Lead-Sängers im *Maker*-Büro an, um mir zu eröffnen, daß er ein Angebot für mich hätte.

Ich traf ihn in einem Künstleratelier in der Old Street. Neil Bambridge, Unternehmer, Verfechter der transgressiven Kunst, gerissener Geschäftsmann, Absolvent einer Privatschule mit dem Lächeln eines zufriedenen Hais. Er wollte eine alternative Kulturbibel ins Leben rufen, «ein Geschütz an die Spitze der Presselandschaft», wie er es nannte, und er brauchte Mit-Verschwörer. Seine Vorstellungen waren viel weitgehender und wagemutiger als alles, was Barry und ich auch nur angedacht hatten – und er hatte die dicken Geldkontakte, um sie umzusetzen. Und Neil war entzückt von uns. Unser unkonventionelles Auftreten und Barrys derber Birmingham-Humor machten ihn so geil wie Lords, wenn sie sich mit Gangstern einlassen. Aber noch mehr begeisterte ihn vermutlich die Tatsache, daß wir bereits in den Kreisen etabliert waren, die er dominieren wollte.

Zu Anfang machten wir das Magazin von der Hand in den Mund, arbeiteten nach Feierabend von Neils Atelier aus, bestritten die Ausgaben im ersten Jahr von dem Geld, das wir mit unseren anderen Jobs machten und dem, was Neil von seinen Kumpels für den Druck beschaffen konnte. Dann, kurz nach Weihnachten, zahlte sich Bambridges Schmus-Kontaktpflege während der Feiertage aus – er zog einen Förderer an Land, der bereit war, uns ein Büro einzurichten und eine ernstzunehmende Summe einfließen zu lassen. Ein Millionär, der ein paar Kröten übrig hatte und Neils Sinn für das Ausgefallene teilte.

Das Jahr hatte glänzend begonnen: die ewige Suche nach passenden Räumlichkeiten beendet, das Aufstellen richtiger Budgets. Vor zwei Wochen war ich schließlich in der Lage gewesen, meinen ersten Gehaltsscheck von *Lux* einzulösen und mir das Paar schwarze Pantoffeln mit Fersenriemen und Marabu-Besatz zu kaufen, das jetzt neben der Badewanne stand. Ich brauchte mich nicht länger mit den Brosamen von *Melody Makers* Zehn-Pence-pro-Wort-Auszahlungen durchzuschlagen. Endlich war aus dem Traum ein richtiger Job geworden.

Ich spülte den Rest Seife zwischen meinen Zehen weg. Obwohl ich mein Bad erst vor zehn Minuten eingelassen hatte, verlor das dampfende Wasser schnell den Kampf gegen die feuchte Kälte des ungeheizten Raumes. Jetzt kam der Moment, in dem ich mich abrupt und schnell bewegen mußte. Das war immer der heikelste Teil des Tages.

Weil da noch der Spießrutenlauf mit Jerry war.

Die meisten der schleichenden Toten waren eigentlich harmlos, glücklich, wenn sie Nachrichten vom Gemeinschaftsmünztelefon im Hausflur weitergeben und den Tag vor sich hindösen konnten. Aber ich wohnte zufällig neben dem einzigen Energiebündel.

Jerry war ein Bluesmusiker, der in den sechziger Jahren Swing gemacht hatte – Hut ab – und nicht ganz über die Tatsache hinweggekommen war, daß diese Dekade vorüber war.

Ich war dumm genug gewesen, mich vorzustellen, als ich vor mittlerweile etwa drei Jahren neu eingezogen war. Und Jerry zu erzählen, daß ich für die Musikpresse arbeitete. Mir war nicht bewußt gewesen, daß seine eigene Klause eine verlorene Welt aus Röhrenverstärkern und 8-Spur-Kassetten, antiquierten Mischpulten und bis zur Decke reichenden Stapeln von vermoderndem Notenpapier war.

Aber nun hatte sich unser gemeinsames Interesse an Musik in Jerrys Kopf festgesetzt; er meinte, mich belästigen zu können, wann immer ihm danach war, während er mit einem Joint in der behaarten Hand herumfuchtelte und unentwegt von der guten alten Zeit schwärmte.

Diese Freiheit ging auch so weit, mehr als einmal «versehentlich» das defekte Türschloß an unserem gemeinsamen Bad aufzubrechen. Um diese Tageszeit war ich relativ sicher, aber es war mir immer noch unbehaglich, länger als ein paar Sekunden nackt hier drinnen zu stehen.

Ich trat schnell auf die gesprungenen Bodenfliesen, die ebenfalls aus Jerrys Ära stammten, schlüpfte in meine neuen Pantoffeln und einen bodenlangen Morgenmantel. Raus aus der Tür, hinter der das Badewasser mit einem gurgelnden Geräusch abfloß, und über den Flur in meine winzige Küche. Ich vertilgte Müsli und Orangensaft im Stehen, spülte Schale und Glas genauso eilig ab und machte, daß ich wieder in meine Höhle kam, um mit der Aufgabe fortzufahren, mein Äußeres so herzurichten, wie ich es der Welt präsentieren wollte.

Geschwungene schwarze Augenbrauen, blasse Grundierung, schwarzer Lidstrich, rote Lippen. Ich löste die Lockenwickler, bürstete die Locken sorgfältig aus und schwang die Spraydose, bis mein Haar der üppigen Haarpracht einer dieser Femmes fatales aus den fünfziger Jahren glich, bei denen der unentschlossene Mann nicht wußte, ob er ihnen trauen sollte oder nicht.

Die Wirkung wurde durch einige Stücke aus meiner ausschließlich schwarzen Spezialgarderobe vervollständigt – Pulli mit Polokragen, enge Hosen und spitze, schwarze Stiefel.

Ich betrachtete mich kritisch in dem großen Spiegel.

Zufrieden schwang ich meinen Leopardenfellmantel vom Haken an der Wand, schnappte meine Tasche, die neben dem Bett lag, schloß ab, stieg die Kellertreppe hinauf und trat durch die schwere Feuertür in den Hausflur im Erdgeschoß.

In dem fahlen Licht, das durch ein Drahtglasfenster über

der Haustür fiel, blätterte ich den Stapel Briefumschläge durch, die auf einer Ablage neben dem Münztelefon lagen.

Der Brief, an den ich im Bad gedacht hatte, war gekommen – eine Einladung zu einer Veranstaltung für Krimiautoren im Institute of Contemporary Art (ICA). Zu nichts Geringerem als der *Crimewave*. Und noch besser, es waren ein paar Leseexemplare von Taschenbüchern dabei – neue Autoren, die bei der Veranstaltung ihr Debüt geben würden.

Die Dinge entwickelten sich prächtig.

Ich stopfte alles in meine Tasche, trat hinaus und machte die Haustür zu den Zimmern schattenhafter Männer zu, die in den verzerrten Bildern ihrer Träume noch immer ihren Sonntags-Lunch-Kater ausschliefen.

Die *Crimewave* würde mein Traumauftrag werden. Trotz der tristen Szenerie eines Märzmorgens, der extra für Regenmäntel und Schirme geschaffen zu sein schien, fiel es mir schwer, nicht laut loszugackern, als ich Ladbroke Grove hinuntereilte.

Mein Ziel war die Edgware Road, nur vier Stationen auf der Metropolitan-U-Bahnlinie entfernt, und unser Büro in der Bell Street.

Das neue *Lux*-Büro schien mir die perfekte Bude, obwohl es nicht viel mehr als ein begehbarer Schrank war, verborgen unter einer Kunstgalerie, die einem von Bambridges Busenfreunden gehörte. Wir hatten es bis zum Rand mit einem Sortiment von Apple Macs in unterschiedlichen Stadien des Verfalls, einem Fotokopiergerät, einem Leuchttisch, Fax und drei Telefonen vollgestopft. Damit und mit den unzähligen Büchern, die sich auf durchhängenden Regalen stapelten, sah es wie eine überquellende Bibliothek aus. Aber es war voll funktionsfähig, und als wir vier gut aufgenommene Ausgaben von *Lux* herausgebracht hatten, hatten wir das Gefühl, die Welt erobern zu können.

Als ob wir die Welt beeinflussen würden.

Als ich in der Edgware Road aus der U-Bahn stieg, zwinkerten mir ein paar Typen, ungefähr in meinem Alter, zu, ausstaffiert wie Gangster in den sechziger Jahren, Haaröl, fesche Anzüge und Manschettenknöpfe. Eine klare Verbesserung im Vergleich zu Jerry, das mußte man zugeben. Dieser Tage liefen eine Menge solcher Leute herum, und das nicht nur, weil die Welt die Ästhetik von *Lux* einholte.

Für diese Armeen von «Kray-Klones» war ein junger britischer Regisseur namens Jon Jackson verantwortlich. Er hatte einen Film mit dem Titel *Bent* gedreht, der wie eine Bombe eingeschlagen war, eine Persiflage auf die alten Gangsterklassiker wie *Get Carter* und *Villain*, und jetzt wollten sie alle so aussehen, als würden sie für eine dieser alten Gangs arbeiten.

Seit der Uraufführung des Films im Mai letzten Jahres dröhnte der Soundtrack zu diesem Film – etwa zur Hälfte Northern Soul, zur Hälfte klassischer Rockabilly – in ganz London zu Werbespots und aus den Hauseingängen. Es war ein Monstrum, das wuchs und wuchs, mit einem Verehrerkult, der mit Erscheinen des Videos zu Weihnachten und Jacksons Golden Globe für den besten Nachwuchsregisseur vor erst einem Monat noch zunahm.

Was Neil an Barry unter anderem so beeindruckt hatte, war die Tatsache, daß er jahrelang eng mit Jon Jackson befreundet gewesen war. Sie gehörten zu derselben Rockabilly-Bande in Camden, einer Clique elegant herausgeputzter Typen, die alte Filme und seltene Platten verehrten. Seit Erscheinen des Films hatte Neil darum gebettelt, ihm vorgestellt zu werden, aber Barry, dem klar war, wie wichtig es war, Neils heftiges Verlangen unerfüllt zu lassen, hatte sich das wie einen Trumpf im Ärmel aufbewahrt.

In der Bell Street waren die Erinnerungen an die sechziger Jahre noch spürbarer.

Wie das Café, in dem ich auf einen Sprung für meinen Morgenkaffee zum Mitnehmen vorbeischaute. Es war vollgestopft mit Formica-Tischplatten und knarrenden Holzstühlen, in einen Mief aus Rauch von Selbstgedrehten und Fritieröl gehüllt. Die Kundschaft bestand größtenteils aus Bauarbeitern und alten Männern, von denen einige eindeutig persönliche Erfahrung mit Londons Kriminalgeschichte hatten. Wie der Typ mit dem Glasgow-Lächeln und einer bläulich-roten Narbe, die akkurat quer über sein Gesicht verlief. Während ich am Tresen wartete, fragte ich mich, ob die «Klones», die durch die Gegend liefen und den Dialog aus *Bent* nachplapperten, als wären sie in East End geboren und aufgewachsen, ebenso beeindruckt von Ronnie Krays Begeisterung für die Fechtkunst wären, wenn sie so ein Gesicht hätten.

Als ich die Metalltreppe in unser Büro hinunterklackerte, saß das neueste Mitglied der «Kray-Klones» ausgestreckt da, auf zwei Beinen seines Stuhls wippend, die Füße auf dem imposanten alten hölzernen Schreibtisch gegenüber dem Büroeingang. Die Füße, die so unverschämt auf ein Durcheinander aus Zeitungen, Presseverlautbarungen, Fotos und Sandwichpapier geknallt waren, steckten in einem Paar großer, schreiend weißer, weicher Zuhälterschuhe. Die Schnürsenkel verziert mit einem feinen Streifen aus schwarzen Diamanten. Und fast acht Zentimeter dicken Sohlen. Sie bissen sich ganz schrecklich mit den Hosen von einem flaschengrünen Tonic-Suit und einem Paar leuchtend rosa Socken.

Neil machte einen auf modisch.

«Aha! Diana!» rief er mit dröhnender Stimme.

Der Rest von ihm steckte in einer Jacke zu besagtem

Anzug und einem blaßgelben, zerknitterten Hemd. Das paßte kaum zu dem ins Gesicht hängenden braunen Pony, aber ich hielt mich zurück. Die Selbstgefälligkeit, die seine Gesichtszüge ausstrahlten, signalisierte, daß Bambridge, was immer er am letzten Wochenende getrieben hatte, einen seiner Coups gelandet hatte.

Wie auf ein Stichwort hin sagte er: «Du wirst nicht glauben, was ich am Wochenende getrieben habe.»

«Nein?» Ich ließ meine Tasche auf meinen Schreibtisch fallen, unsichtbare Antennen ausfahrend. «Na dann schieß mal los, verblüff mich.»

Er ließ seine großen, weißen Treter auf den Boden zurückfallen und beugte sich mit verschränkten Händen über den Tisch, bebend vor unbändigem Frohlocken. «Ich hab uns ein Exklusivinterview mit Jon Jackson an Land gezogen. Hab den ganzen Samstag mit ihm verbracht. War bei seinem *Guardian*-Vortrag an der South Bank, bin anschließend sogar zu seiner Party im ‹Deansgate Club› gegangen. Das wird die größte Titelgeschichte, die wir je hatten.»

Tief in meiner Brust spürte ich schlagartig die blanke Wut aufflackern.

Er hatte es verdammt noch mal getan. Barrys Trumpf war aus dem Ärmel. Immer mußte Neil ihn um eine Länge schlagen.

Ich mußte meine Gefühle gezeigt haben. Der Triumph in seiner Stimme glich fließender Lava.

«Findest du das denn nicht spitze? Er ist nicht nur genau der Richtige für unser ästhetisches Profil, er ist außerdem weltberühmt. Das wird unser Durchbruch, Diana, unser großer Durchbruch.»

Zu meinem Glück knallte genau in dem Moment oben an der Treppe die Tür.

«Happy monday, pop pickers», rief eine durchdringende Birmingham-Stimme, begleitet von schweren Schrit-

ten über den Boden der Galerie. Eine korpulente Gestalt erschien am oberen Ende der Treppe.

Barry.

Und er bot einen unvergeßlichen Anblick. Kamelhaarmantel und schwarzer Anzug über einem grellen Hawaiihemd, glänzende, schwarze Pompadour-Tolle und ein diabolischer Spitzbart. Gute einsachtzig groß und massig. Die «Klones» an der U-Bahnstation hätten geweint.

«Ich werd verrückt!» Er registrierte Neils neuen Look. «Warst wohl in der Savile Row, was? Etwas fürs Wochenende gefällig, Sir? Wow! Wow!»

Er eilte die Treppen herunter, hängte seinen Mantel an den Haken an der Rückseite der Klotür und ließ sich in seinen Drehstuhl fallen. Er wischte sich den Schweiß von der Stirn und warf seine *Post* auf die Tastatur. Um seine kräftige Gestalt klimperten Schlüsselketten, glänzten Ringe in Form von Augäpfeln und Haifischflossen.

Neil ignorierte den offenkundigen Sarkasmus, sicher in der Gewißheit, daß er Barrys Ballon ebenso unweigerlich platzen lassen würde, wie er meinen hatte platzen lassen. «Nein, eigentlich habe ich das Wochenende mit einem berühmten Regisseur verbracht.»

«Ohhh! Fellini, ja? Oder vielleicht Truffaut?» Barry ahmte Neils Tonfall nach, wenn auch nicht seine perfekte Aussprache.

«Nein, in Wirklichkeit war es Jon Jackson.»

«Du!» Barry spuckte das Wort förmlich aus.

Wir dachten beide, aus unterschiedlichen Gründen: «Wie das?»

Jackson hatte Barry dieses Interview schon vor Wochen versprochen, bei einer Partie Poolbillard in den «Hop Poles» in Camden, nachdem Barry ihm eine Ladung Videos übergeben hatte, die der Regisseur unbedingt sehen wollte. Barry vertraute ihm, wartete nur auf den Anruf, um Neil das anzutun, was Neil ihm gerade angetan hatte.

«Eigentlich hat Andrew Pearson vom National Film Theater es möglich gemacht.» Neils Stimme klang wie eine große, dicke, schnurrende Cheshire-Katze. Pearson war einer von Bambridges Kumpels aus Cambridge. Was hatten wir anderen da schon für eine Chance?

«Wie ich Diana schon sagte, habe ich den ganzen Tag mit ihm verbracht. Hab jede Menge von diesen ...» er hielt ein Bündel Kassetten hoch, «zu transkribieren. Das wird wirklich die beste Titelgeschichte, die wir je hatten.»

«Er hat es sogar fertig gebracht, zu der Party zu gehen», klärte ich Barry auf. «Im ‹Deansgate Club›».

«Du wußtest, daß ich an der Sache dran war.» Barry funkelte ihn finster an, als würde er jeden Moment explodieren.

«Nun, du hast dir Zeit damit gelassen, oder etwa nicht? Im Journalismus und in der Liebe ist alles erlaubt, alter Junge», strahlte Neil. «Wie auch immer, es spielt keine Rolle, wer das Interview gemacht hat. Das Entscheidende ist, das wir es im Kasten haben. Das wird unser Profil gewaltig heben.»

«Ich weiß, was ich gern heben würde», murmelte Barry, «und wohin ...»

«Nun, ich habe meine Einladung zu der *Crimewave*», sagte ich, hievte den Pack aus meiner Tasche und knallte ihn auf die Tischplatte. «Die jetzt wohl von der Titelseite runter ist.»

«Wißt ihr was, ihr zwei.» Neil musterte uns, wie eine viktorianische Gouvernante ihre verzogenen Schützlinge betrachtet haben mochte. «Ich dachte wirklich, ihr würdet euch darüber freuen. Ich hab uns Zugang zu der derzeit größten Persönlichkeit in der Kunstwelt verschafft. Und wir sitzen alle im selben Boot, schon vergessen?»

Barry und ich wechselten einen Blick.

Wir würden uns später darüber auslassen.

Um mich abzulenken, rief ich Lucy, die Pressesprecherin

vom ICA, an. Bestätigte meine Teilnahme an der *Crimewave* und arrangierte ein paar Interviews mit meinen drei Lieblingsschriftstellern unter den Gästen: Luther Lang, Kay McLachlan und Jack Hall.

Lang war ein zum Autor konvertierter Krimineller aus Texas, McLachlan eine Schottin, die sich auf die wahren Fälle weiblicher Killer spezialisiert hatte, und Hall ein mit allen Wassern gewaschener Londoner mit messerscharfem Verstand.

«Das dürfte kein Problem sein.» Sie ratterte eine Reihe von Terminen runter, an denen ich mit ihnen sprechen könnte. «Hast du denn die Leseexemplare gekriegt, die ich dir geschickt hab?»

«Ja.» Ich überflog die Kartonumschläge. Simon Everill und Susie Beck, beide bei *Hard Ball* erschienen.

«Ich denke wirklich, du solltest diese beiden auch interviewen», fuhr sie fort. «Sie werden ganz, ganz groß rauskommen.»

Ein weiterer Hammer der Jackson-Magie bestand darin, daß Krimiautoren der neue Rock 'n' Roll waren. Überall drängten sich *Nouveau-Noir*-Autoren in die Berichterstattung irgendwelcher Life-Style-Magazine, posierten neben luxuriösen Autos und quasselten über die miesen Straßen in ihrer noblen Wohngegend.

«Sie sind beide sehr jung», sagte Lucy, als hätte sie meine Gedanken gelesen. «Susie ist erst 25, und ich führe das nur ungern als Verkaufsargument an, aber sie sieht sehr gut aus. Sie hat einen Gangsterroman mit dem gewissen Etwas verfaßt.»

Ich warf einen Blick auf den Titel.

Slaughtered. Abgeschlachtet.

Hmmmmm.

«Und Simon, nun, er kommt aus dem Nichts. Das ist eins der erstaunlichsten Bücher, das ich je im Leben gelesen habe.»

Dieses hieß *Weirdo*. Der Sonderling. Der Titel gefiel mir schon besser.

«Wenn du Luther Lang magst, wirst du Simon lieben. Er schreibt im gleichen Stil.»

Nun, sie wußte, womit sie mich kriegen konnte.

«Und ich denke wirklich, es wäre von Vorteil für das Magazin, wenn du sie interviewen würdest.»

Nun ja, der «Vorteil für das Magazin» ist kein Argument, wie Bambridge freundlichst klar gemacht hatte. «Das klingt großartig», sagte ich zu Lucy, und sie notierte mich für je eine Stunde mit ihren beiden Schützlingen.

Ich hatte eine Menge zu lesen.

Aber jetzt mußte ich mit meinem Alltagskram vorankommen.

Außer daß, wie ich feststellte, als ich meinen Computer hochfuhr und meine Papiere hin- und herschob, heute nichts alltäglich war. Neil, zum Beispiel, hatte sein Aufnahmegerät eingestöpselt und klapperte lustig auf seiner Tastatur. Noch nie – selbst, wenn er Leute interviewt hatte, die er als seine Helden beanspruchte – hatte er jemals das geringste Interesse an solch einer öden Schinderei gezeigt. Normalerweise drückte er mir den Job aufs Auge.

Währenddessen kauerte Barry über dem Leuchttisch und schien Bilder hinter Stücken von Transparentpapier auf das richtige Format zu bringen. Aber er hatte *Black Sabbath* in unseren Büro-Ghettoblaster eingelegt, und das Dröhnen daraus war so bedrohlich wie der Umriß seines Rückens, der unserem glorreichen Herausgeber zugekehrt war. Letzten Endes würde schon alles gutgehen.

Zur Mittagszeit rührte sich keiner von beiden. Jeder taxierte heimlich den anderen, wartete auf den ersten Schritt. Neil, das war mir klar, brannte darauf, eine Stunde damit zu verbringen, uns zu erzählen, wie clever er war und dabei unsere langen Gesichter zu genießen. Barry hingegen würde ihm am liebsten den Kopf abreißen und ihm in den

Nacken pissen. Weder das eine noch das andere wäre erfreulich, daher bot ich an, Sandwiches zu holen. Bei dem Vorschlag sprangen beide auf, stopften mir jede Menge Kleingeld in die Hände, setzten sich dann gleich wieder hin und fuhren fort, sich gegenseitig zu ignorieren. Aber jedes tap, tap, tap auf Bambridges Tastatur war eine schleichende, bohrende Quelle der Irritation, das auch das ganze Geschrei von Ozzy Osbourne und die durch Mark und Bein gehende Gitarre von Tony Iommi nicht ganz übertönen konnten.

Um noch einen draufzusetzen, stand Neil um 18:30 Uhr auf und machte eine große Show daraus, seine Bänder in seine Tasche zu packen. «Na denn – muß düsen», verkündete er. «Ich hab 'ne ganz besondere Verabredung heute Abend – mit einer jungen Dame.»

«Die Glückliche», brummte Barry, den Blick ostentativ auf seine weißen Schuhe gerichtet. «Sie wird ganz gewiß beeindruckt von denen sein.»

«Genau das dachte ich auch.» Bambridge lächelte strahlend und ließ seine Aktentasche zuschnappen. «Bis morgen, zusammen.»

Kloink, kloink, kloink, die Metallstiege hinauf.

«Hoffentlich bricht er sich sein verdammtes Genick», bemerkte Barry liebenswürdig.

Ich rieb mir die Stirn, mein Blick begann zu verschwimmen, nachdem ich den ganzen Tag auf das Schriftbild eines Monitors gestarrt hatte.

«Ich weiß nicht, wie er es fertig bringt», fuhr mein Kompagnon fort. «Er und dieser affige Mister Scheiß-Pearson, nachdem ich so scheißnah dran war, es zu kriegen. Und was für Scheißfragen wird er überhaupt stellen? Er weiß verdammt noch mal einen Scheißdreck über Gangsterfilme.»

«Unwissenheit hat Neil noch nie davon abgehalten, sich eine Meinung von irgendwas zu bilden», sagte ich nachdenklich. «Du hast ihm genug über Jackson erzählt. Er hat wahrscheinlich alles wiedergekäut, was du ihm jemals erzählt hast.»

Ich hatte Neil das oft in Gesprächen praktizieren sehen. Er konnte sich die Meinung anderer Leute bis ins kleinste Detail merken und sie dann zum Besten geben, als wäre er soeben selbst zu diesen brillanten Schlußfolgerungen gelangt. Oft hatte er anderen Leuten auf diese Art meine eigenen Ansichten wiedergegeben, während ich staunend zuhörte.

«Worüber ich nicht hinwegkomme», fuhr Barry fort, «ist, daß ich Jon für einen Kumpel gehalten hatte. Ich hätte ein wenig Loyalität erwartet.»

Armer Barry. In all den Jahren, in denen er sich um Rockbands gekümmert hatte, hatte seine Hauptaufgabe darin bestanden, sie von jeder schlechten Publicity abzuschotten. Nicht einmal jetzt, trotz aller Bemühungen Bambridges, würde er etwas von ihrem schlechten Benehmen an die Öffentlichkeit dringen lassen. Er glaubte fest an Loyalität.

Nun, das habe ich auch, aber nach ein paar Jahren in der Musikpresse ist mir klar geworden, daß die Bands, für die du dich eingesetzt hast, als sie unbedeutend waren, immer mit deinem größten Rivalen durchbrannten, sobald sie ihren ersten Zug billiges Marihuana geraucht hatten. Jackson würde keine Ausnahme machen. Vor zwei Jahren, als er Werbevideos für Popmusik machte und sich sonst keiner für ihn interessierte, hätte er herzlich gern mit Barry gesprochen. Jetzt, in einer Welt von *Guardian*-Vorträgen, der BBC-Sendung von Barry Norman und dem nicht so fernen Locken Hollywoods, würde Neil, der Herausgeber und Chefredakteur, mehr Eindruck schinden als Barry, der Mitredakteur, mochte Barry auch mit Abstand das größere Einfühlungsvermögen für ihn haben.

Der erste Ruhm stieg ihnen allen zu Kopf. Die meisten wurden wieder nüchtern.

«Wollen wir eine Pizza essen gehen?» schlug ich vor.

Der Trost von Rotwein und Peperoni war etwas, das Barry und ich in harten Zeiten oft geteilt hatten. Gegen Ende des Abends würden wir über Neils Schuhe lachen und Jackson als Erfahrung abschreiben. Als wir uns auf halber Strecke auf der Ladbroke Grove trennten, glaubten wir, daß die Sache damit erledigt sein würde.

Aber wir hätten uns nicht gewaltiger irren können.

Es fing gerade erst an.

3

Eine Woche später ging es los.

Es war an einem dieser unwirtlichen Montag morgen im März, der Sorte ödem, nieseligem Grau-in-Grau, der dir die Hoffnung raubt, jemals wieder die Sonne zu sehen.

Nur daß mich diesmal an der Bürotür weder die berühmten weißen Schuhe, noch der übliche selbstgefällige Gesichtsausdruck begrüßten.

Neil saß an seinem Schreibtisch. Er sah angeschlagen aus. Ihm gegenüber saß ein Mann. Er mochte um die fünfzig sein, mit weißem, kurzgeschorenem Haar. Bekleidet mit einer braunen Lederjacke, Jeans, schwarzem Hemd mit offenem Kragen, dickbesohlten Schuhen. Vor ihm lag ein aufgeschlagenes Notizbuch, ein Stift war in seiner Hand gezückt. Als ich hereinkam, drehte er sich langsam um und starrte mich mit tiefblauen Kulleraugen an, die gleichzeitig durchdringend und seltsam gütig waren, den Hauch eines Lächelns auf einem generösen Mund.

Einziger Gedanke: Er ist von *Old Bill* – von den Bullen.

Die Stimme war so weich und tief wie die Augen, der melodische Akzent Südirlands.

«D. S. Linehan, Kentish Town CID.»

Die Stimme eines Geschichtenerzählers, eine dazu passende Hand. Groß, kühl. Lange Finger.

Ich stand mit hängendem Unterkiefer da wie eine Idiotin.

«Keine Sorge, keiner von Ihnen ist in Schwierigkeiten.» Die deutliche Andeutung eines Lächelns jetzt, das aus seinen Röntgenaugen funkelte.

Aber Neils Gesicht sah nicht danach aus.

Schriftstücke waren überall auf seinem Tisch verteilt, Croissant-Krümel in seinem Haar, durch das nervöse Finger hin- und herfuhren. Sein Lächeln war eine schmale Linie, eine dünne Vorspiegelung von Jovialität.

«Ihr Freund hier hilft mir nur bei ein paar Ermittlungen.»

Ich sah Bambridge an und dann wieder den Polizisten.

CID, hatte er gesagt. Kripo. Nicht das Betrugsdezernat.

«Wir waren gerade fertig, nicht wahr?» fuhr der lächelnde Detective fort und ließ sein Notizbuch zuschnappen. Er sah aus, als machte es ihm Spaß, Neil zappeln zu lassen.

«Ja, ja, ich denke schon.»

Er konnte weder mir noch Linehan in die Augen sehen. Statt dessen stand er hastig auf, strich weitere Krümel von seinen Jeans ab und reichte Linehan die Hand in der Hoffnung, das Ende der Begegnung zu beschleunigen.

Linehan stand ebenfalls auf.

«Ich erwarte Sie gegen Abend auf der Wache», sagte er. «Falls Ihnen in der Zwischenzeit noch etwas einfällt, hier ist meine Nummer.» Er drückte Bambridge eine Karte in die offene Handfläche und durchbohrte ihn dabei mit den gebündelten Strahlen seiner Röntgenaugen. «Und treiben Sie es jetzt nicht zu bunt ...», spöttelte er.

Neil senkte den Blick zu Boden. «Ähm, alles klar», sagte er unbehaglich.

«Ich finde allein hinaus.» D. S. Linehan schritt langsam zur Galerie hinauf. Als er oben ankam, hob er eine Hand und trottete durch die Haustür hinaus, die er leise schloß. Der seltsamste Bulle, den ich je gesehen hatte.

«Die Geschichte spitzt sich zu.» Neil ließ sich in seinen Sitz zurückplumpsen und wischte sich mit dem Arm über die Stirn. «Das könnte entweder wirklich schlimm ... oder auch wirklich gut sein.»

«Was zum Teufel ...», begann ich.

Oben knallte die Haustür zu.

«Wer zum Teufel war das?» schrie ein Echo meiner Gedanken mit Birmingham-Akzent, das polternd von unserer Galerie herkam. «Der hatte es ja mächtig eilig», fuhr die Stimme fort. «War er einer unserer Schuldner?»

«Das war ein Bulle, Barry», sagte ich. «Hat Neil einen Besuch abgestattet.»

«Warum, verdammt?»

«Das darf ich nicht sagen.» Neil gewann seine normale Haltung schnell zurück, ein verschlagenes schwaches Lächeln bildete sich auf seinen Lippen.

«Hör auf!» schimpfte Barry. «War es das Betrugsdezernat? Wird gegen dich ermittelt?»

Große Geister denken gleich und so.

«Nein, es ist nichts dergleichen.» Neil stand auf und reckte sich.

«Er erwartet ihn später auf der Wache», klärte ich Barry auf.

«O. k., ich sag's euch – aber kein Wort außerhalb dieser Büromauern.» Neil erwärmte sich für sein großes Geheimnis. «Es handelt sich um die Ermittlung im Fall einer vermißten Person.»

«Ohhh.» Barry tippte sich mit dem Finger ans Kinn. «Jemand, den wir kennen?»

«Ich sollte das wirklich nicht sagen.»

Jetzt spannte Bambridge uns richtig auf die Folter.

«Aber wenn ihr es unbedingt wissen wollt», er ließ sich wieder in seinen Stuhl fallen und streifte uns mit einem überheblichen Blick, «er ist wegen Jon Jackson gekommen. Anscheinend ist er verschwunden.»

«Wie bitte?» Barry runzelte zerknirscht die Stirn. «Was soll das heißen, vermißt?» Ein Pulsschlag, und dann: «Und was hast du damit zu tun?»

Neil hob die Augenbrauen. Ich stand einfach mit offenem Mund da und glotzte.

«Ich weiß wirklich nicht, was ich damit zu tun haben soll», seufzte er und verschränkte seine Hände hinter dem Kopf. «Ich war nur der Letzte, der ihn interviewt hat, und aus irgendeinem Grund wollte dieser Polizist hören, was auf den Bändern ist. Ich muß in den Kentish-Town-Bullenschuppen gehen und sie übergeben.»

Bei der Aussicht klang er eher verärgert als bestürzt.

«Also», riet ihm Barry. «Reg dich darüber nicht auf, was ist mit Jackson passiert?»

«Ja, o.k., Barry, darauf wollte ich gerade kommen.» Sein Ton wurde jetzt gereizt. «Er sollte letzten Sonntag heim zu einem Familienessen nach Cambridge gehen, anscheinend ist er dort nie aufgekreuzt. Hat nicht einmal angerufen. Keiner von seinen Freunden, Bekannten oder Publizisten haben seitdem von ihm gehört. Was anscheinend nicht seine Art ist. Wie ihr wißt, habe ich den ganzen Tag mit ihm verbracht – den Tag, bevor er verschwand.»

«Dann denken sie also, daß ihm etwas zugestoßen ist?» Barrys Worte sprudelten heraus, als ob sein Gehirn darum ränge, die Verbindung herzustellen.

«Ich weiß nicht, was sie denken. Dieser Polizist war nicht sehr nützlich. Er kam nur rein und verlangte einfach meine Bänder.»

«Nun, du gehst da besser rüber und gibst sie ihm.» Barry klang jetzt schroff. «Hast du sie noch hier?»

«Natürlich habe ich das», schnaubte Bambridge. «Aber

ich hatte nicht vor, ihm das zu stecken. Ich gehe verdammt noch mal sicher, daß ich Kopien mache, bevor ich sie irgendwo hinbringe.»

«Was soll das heißen, Kopien?»

«Nun, wir brauchen ihn für die Titelgeschichte, oder etwa nicht? Und, verdammt, wenn ihm etwas zugestoßen ist, wird das eine verflucht gute Exklusiv-Story.»

Barrys Blick verfinsterte sich. Tiefe Falten gruben sich in seine Stirn.

«Ich könnte das allerletzte Interview mit ihm gemacht haben», plapperte Bambridge weiter, blind für die umgeschlagene Stimmung. «Mein Gott, ich habe sie noch nicht einmal alle fertig transkribiert. Eins fehlt noch.» Er begann, in seiner überfüllten Aktentasche herumzuwühlen.

«Nun, warte mal 'ne Minute.» Ich versuchte, seinen Redefluß zu unterbrechen. «Wenn ihm etwas zugestoßen ist, ist es vielleicht keine so gute Idee ...»

«Hier ist es!» Neil zog eine Kassette aus seinem Müllhaufen. «Fantastisch!»

«Willst du dir das jetzt wirklich anhören?» Barrys Stimme klang wie Maschinengewehr-Feuer. Neil machte einen so hohen Satz in seinem Stuhl, daß er sein kostbares Artefakt beinahe fallengelassen hätte.

«Was?» stotterte er. «Es anhören? 'türlich will ich das. Das könnte die Chance für das Magazin sein. Wir könnten hier etwas haben, das sonst niemand hat. Und überlegt doch mal, wenn da ein Hinweis auf diesem Band ist, werden wir der Polizei bei ihrem Fall des Jahres geholfen haben. Das ist fantastisch!»

Barry stand sehr, sehr langsam auf.

Neil wirkte plötzlich besorgt.

«Ich geh einen Kaffee holen», sagte Barry ebenso langsam, «damit ich dich nicht jetzt gleich mit der Faust durch diese Wand befördere. Wenn ich zurückkomme, will ich nichts mehr über Jon Jackson hören oder davon, der Polizei bei der Lösung ihres Falls des Jahrhunderts zu helfen oder darüber, was du mit deinen beschissenen Bändern vorhast. Behalt es für dich, ich warne dich, und hab ein wenig verdammten Respekt vor Leuten, die sich tatsächlich Sorgen um den Kerl machen.»

Neil sah mit einem angemessen verblüfften Ausdruck im Gesicht hoch auf die grausame Rundung des Haifischflossenrings an Barrys anklagendem Finger.

Er schaffte es, die Klappe zu halten, bis er die Haustür zuschlagen hörte. Dann sagte er: «Ich weiß nicht, worüber der sich so aufregt. O. k., er kennt den Kerl flüchtig, aber sei mal realistisch – das könnte uns mehr Publicity bringen als alles, wovon wir jemals zu träumen gewagt haben.»

«Neil», warnte ich, «überleg dir genau, was du zu ihm sagst, und was du mit diesen Bändern machst. Du hast ihn schon angepißt, als du ihm das Interview mit Jackson geklaut hast. Jetzt treibst du es wirklich zu weit. Ich will nicht, daß du im Krankenhaus landest.»

«Ach, wirklich! Wenn das deine Einstellung ist, dann geh ich und mach es zu Hause. Ihr zwei könnt das Büro für euch haben. Seht zu, ob ihr mit einer besseren Idee für eine Titelgeschichte aufwarten könnt.»

Und er stand auf, marschierte hinaus und knallte die Tür hinter sich zu.

Als ich allein im Büro war, begannen die Telefone zu klingeln.

Ich ging nicht ran. Ich dachte über Jon Jackson nach.

Guardian-Vorträge, Barry Norman, «Kray-Klones», *Bent*.

Bent, um ganz ehrlich zu sein, hatte mich kalt gelassen. Ich wußte genau, was er nachahmte, und warum alle ihn lieben würden. Es war alles *so* clever.

An dem Tag, an dem wir ihn uns angesehen hatten, im letzten Frühsommer, hatten Barry und Neil förmlich Schaum vorm Mund gehabt. Die Zuschauer in dem überfüllten Kino waren spontan vor Lachen und Bravorufen explodiert. Das Genialste daran war die Rollenbesetzung. Besonders die Rolle des lang vergessenen Schauspielers aus den sechziger Jahren, Niall Flynn: Jackson hatte ihn wieder auferstehen lassen als den skrupellosen Ganglord Marley, der sich durch ein aus der Pulp-Legende und ergreifender Kinematographie konstruiertes London schlug.

Ein Zeitgenosse von Richard Harris und Richard Burton, hatte Flynn sich mühsam in Galway durchgeschlagen, bevor Jackson zu seiner Rettung gekommen war. Er hätte keine raffiniertere Wahl treffen können. Flynns Züge hatten sich mit zunehmendem Alter fast zu ihrem Vorteil entwickelt: er hatte immer noch diese stechenden Augen und einen vollen Haarschopf, eine katzenhafte Anmut, die von einem Augenblick zum nächsten in furchteinflößende Drohgebärde umschlagen konnte. Es war, als hätte Flynn seine Karriere absichtlich für diesen Augenblick auf Eis gelegt.

Der Höhepunkt in *Bent* sorgte für Aufsehen. Nachdem Marley herausgefunden hatte, daß sein eigener Bruder in Wirklichkeit der Vater seines geliebten «Sohns» war, kreuzigte er seinen verräterischen Bruder mit dem Kopf nach unten, während der Soundtrack zu Wynder K. Frogs höllischer Hammond-Orgel Version von Green Door erbebte.

Gefolgt von Johnny Kidd und *Shaking All Over* von den Pirates.

Jackson war über Nacht zur Legende geworden.

Welten entfernt von meiner ersten Begegnung mit ihm. Im «Brunswick Club» in Great Yarmouth, an einem Freitag Abend im Sommer 1983. Psychobilly-Bands waren zu der Zeit populär, und ich gehörte zu den Bekehrten. Lächerlich hohe Flat-Top-Frisur, selbstgebleichte Jeans, T-Shirt mit abgerissenen Ärmeln. Cider and Black und John Player Specials. Der Versuch, stahlhart zu wirken.

Eine Band namens The Chevys aus Norwich. Eine Gestalt in zerfetzten Jeans und mit gebleichtem, halbem Irokesenschnitt springt quer über die winzige Bühne und wirbelt ihren schlecht gestimmten, hochkantigen Baß herum. Sämtliche Gothic-Girls fallen in Ohnmacht.

Danach eine melancholische Dämmerung, die von der See her heraufzieht.

Ich mußte auf Distanz bleiben, als ich ihn in der Bar von «Hop Poles» sah, nickte nur und lächelte höflich, als Barry uns einander vorstellte. Ich konnte nicht glauben, daß er es wirklich war, wollte mich aber nicht mit Fragen blamieren.

Aber er war es. Noch bevor der Film uraufgeführt wurde, beherrschte Jackson die Szene. Umringt von seinen Spezis, die Hälfte von ihnen in Bands, die Hälfte in lokalen Platten- oder Psychotronic-Video-Läden beschäftigt, alle im Szene-Look.

Wie die letzte Gang der Stadt.

Jackson jetzt mit schwarzem Haar und dunklen Augen, dunkler, olivbrauner Haut, großer Nase, breitem Lächeln. Dem Aussehen nach schlug er nach seiner Mutter, einer Spanierin, was über seine Benelux-Wurzeln hinwegtäuschte.

Ausgeschlossen, daß er sich an mich erinnern würde.

Stiefelschritte auf der Treppe rissen mich aus meiner Träumerei.

Die Telefone klingelten immer noch.

«Willst du nicht rangehen?» fragte Barry.

Später, gegen halb acht, beschlossen wir, Feierabend zu machen und das Pub anzusteuern. Es war keine große Überraschung, daß Neil nicht mehr ins Büro zurückkam. Aber die Polizei auch nicht, also folgerten wir, daß er seine heilige Pflicht als britischer Staatsbürger erfüllt und seine kostbaren Bänder übergeben hatte. Draußen hatte der Wind den Regen nach Osten abgetrieben, obwohl das Straßenpflaster unter dem silbrigen Schein der Straßenbeleuchtung noch immer naß glänzte. Ein blasser, rosa Streifen hing noch über der untergehenden Sonne und versprach für morgen einen besseren Tag. Die Bell Street war ruhig, alle Läden hatten zur Nacht geschlossen, das Brausen des Verkehrs auf der Edgware Road war zu einem wohltuenden Summen verebbt.

Ich war froh, daß unser Büro hier lag, in der Straße, in der die Zeit stillstand. Abgesehen von der elektrischen Straßenbeleuchtung, den Halteverbotsschildern und doppelten gelben Straßenmarkierungen sah Bell Street nicht viel anders aus als vor 100 Jahren. Neben dem Pub, dem Café und den Nachrichtenagenturen betrieben dort in erster Linie Kunstgalerien und Antiquariate ihren Handel, alle bis unters Dach mit billigen Schätzen vollgestopft.

Das «Bricklayers Arms» war ähnlich unverdorben, ein Zufluchtsort vor den Standardkneipen und Video-Jukeboxes, die in der ganzen Stadt wie abstoßende Wunden aus dem Boden zu schießen schienen. Wir nahmen kaltes Lager-Bier mit in die gemütliche Ecke und saßen so behaglich, wie der Name des Pubs nahelegt, umgeben von grünweißer Velourstapete und gerahmten Fotografien von der Bell Street zu viktorianischen Zeiten.

Barry nahm einen Schluck, wischte sich Schaum von seinem schwarzen Schnurrbart und sprach laut aus, was ich dachte: «Warum muß Bambridge so ein totales Arschloch sein?»

«Ich weiß es nicht», flüsterte ich fast und stierte in mein Pint. «Es ist alles bloß ein gutes Geschäft für ihn, nehme ich an. Aber hier könnte es um das Leben von jemandem gehen ...»

Ich ließ den Satz in der Luft hängen, wollte nicht mehr sagen.

Barry tätschelte mir mit der Hand das Knie.

«Soweit ist es noch nicht, Schätzchen. Wahrscheinlich ist er nur durchgebrannt, angewidert von all der Publicity.»

«Ja», ich versuchte, enthusiastisch zu klingen, «die ganzen Scheiß-‹Klones› überall.»

«Die alle zu ihm hingehen und sagen: ‹Das ist nicht die Art, wie ich Geschäfte mache.›»

Marleys Standardspruch. Ich konnte nicht anders, ich mußte über Barrys entsetzlichen Cockney-Akzent lachen, etwas, das Niall Flynn wesentlich besser hingekriegt hatte.

Das stimmte, sie liefen alle rum und sagten das.

«Siehst du», er freute sich, daß er ein Glucksen hervorgerufen hatte, «wer würde nicht davor ausreißen wollen? Paß auf, ich ruf Woody nachher an, mal sehen, was er gehört hat.»

Ich nickte.

Woody war der Freund, der Barry Jackson überhaupt erst vorgestellt hatte, der Typ, für dessen Band Jon Videos gemacht hatte.

«Ist wahrscheinlich 'ne Mieze», zwinkerte er und trank sein Glas aus. «Willst du noch eins?»

Für Barry reduzierten sich in der Regel eine Menge Probleme auf «wahrscheinlich 'ne Mieze.» Er selbst hatte nicht so viel Glück mit ihnen gehabt, trotz seiner imposanten Erscheinung. Besonders nicht mit seiner Frau, ohne Wiedersehen zu sagen auf und davon, in die Staaten abgedüst, einen Schwanz schlimmer Fetische hinterlassend.

Nun ja, wir hatten beide unsere Narben.

Wir begannen, über andere Dinge zu reden, Bands, die auftraten und die wir sehen wollten, meine Interviews auf der *Crimewave*. Als er beim letzten Schluck seines zweiten Pints angekommen war, waren Barrys Gedanken wieder zu Neil zurückgekehrt.

«Typisch für ihn», platzte er heraus. «Nicht genug damit, daß ich Wochen mit dem Versuch verbracht habe, ein Interview zustande zu bringen. Daß er wußte, wie scharf ich auf dieses Interview war. Oh nein, ‹wir sitzen alle im selben Boot.›» Er äffte Bambridges sonoren Ton nach. «Dieselbe alte Scheiß-Leier, mit der er immer kommt, wenn er einen reinlegt.»

«Feine Pinkel», bemerkte ich, «haben unweigerlich eine angeborene Fähigkeit, sich nicht um die Gefühle anderer zu kümmern. Es hat mit ihrem blauen Blut und der Vorliebe für Arschfickerei zu tun.»

Jetzt versuchte ich, ihn zum Lachen zu bringen, aber es klappte nicht. Er starrte nur in die dunstige Ferne.

«Er sollte etwas Respekt haben, Di», sagte er. «Wir sind nicht die verdammte Boulevardpresse.»

Barry irrte sich selten. Ich dachte darüber nach, während ich an meinem Getränk nippte. Dann sagte ich: «Ich frage mich, was er mit der Kopie vorhat?»

«Das», sagte Barry ernst, «ist genau das, was mir Sorgen macht.»

Er ließ das für ein paar Momente im Raum hängen und wechselte dann bewußt das Thema zurück zu meinem bevorstehenden Gerangel mit Luther Lang; war wieder der scherzende, spöttische Barry.

Und wir verbannten unsere finsteren Gedanken auf den Boden unserer Gläser.

4

Zwei Tage später lag ich auf meinem Bett ausgestreckt da und setzte mich mit den Leseexemplaren auseinander. Ich hatte jetzt *Crime and the City Solution* in meiner Stereoanlage, Simon Bonney sang wie ein gefolterter Engel, verschwommene Worte über Räume voller Licht.

Zuvor hatte ich Jerry glücklicherweise aus dem Weg gehen können. Er war früher nach Hause gekommen; ich konnte ihn herumpoltern und fluchen hören, aber ich hatte meine Musik nicht angestellt, wohlwissend, daß das nur eine offene Einladung sein würde. Statt dessen wartete ich in aller Stille und blätterte durch Susie Beck's *Slaughtered*, bis Jerrys Tür krachend aufflog.

Ich faltete die Hände und betete.

An dem Rumpeln konnte ich hören, daß er seine Baßgitarre die Treppen hochschleppte, wobei er unablässig fluchte. Das bedeutete, daß er einen Auftritt hatte. Wahrscheinlich in der «Station Tavern», der sieben-Tage-die-Woche-live-«Good-Time»-Blues-Bar gegenüber der Latimer Road Station, wo jeder seinen Namen kannte. Er würde mindestens bis Mitternacht weg bleiben, wahrscheinlich länger.

Ich wartete ein paar Pulsschläge, bis er zur Haustür hinaus war, grub in meinem Plattenstapel und suchte etwas Gutes aus. Während ich die Tür mit einem Keil offen hielt, damit ich Rowland Howards harmonischen Gitarrenklängen und Bonnys ergreifendem, schmachtendem Gesang lauschen konnte, machte ich mein extravagantes Abendessen: Sandwiches mit Käse und Gewürzgurken, fertig gesalzene Chips, eine Tasse Tee. Die Haute Cuisine zubereitet, war es Zeit, in Büchern zu schwelgen.

Ich nahm Susie in die Hand und widmete ihr meine volle Aufmerksamkeit. Mein anfängliches Mißtrauen gegen diesen Titel wurde schnell bestätigt. Von dieser Sorte gab es ebenso viele wie «Kray-Klones»: *Bent*-Bücher.

Frau Beck stieg selbstbewußt ein, ohne sich groß mit der Glaubwürdigkeit ihres Plots abzugeben, East-End-Jargon und Böse-Buben-Manieren zurechtgestutzt durch die Fantasie eines Kindes des West-Londoner Trust Funds. Das verblüffende gewisse Etwas enthüllte sich auf der ersten Seite. Der Ganglord war kein Ganglord. Es war eine Ganglady!

Das war sicher die Zukunft der britischen Kriminalliteratur. Ich kämpfte mich durch ein paar weitere Seiten. Aber sie brachte es einfach nicht für mich. Ich blätterte zur letzten Seite, nur um mich zu vergewissern: ein Blutbad unten am alten East End, die Ganglady ließ eine Doppelgängerin den Bullen in die Arme rennen, während sie, als Mann verkleidet, in ihrem Daimler davonbrauste.

Es brachte meine Gedanken zurück zu Unerfreulichem. Zwei Tage lang Neils türenschlagendes Kommen und Gehen im Büro, ständig auf «Geschäftsbesprechungen», die sich plötzlich aus dem Nichts materialisierten. Barrys lauernder Blick, seine abgehackten Bemerkungen: «*Old Bill* die Bänder schon gegeben?»

«Natürlich hab ich das.»

«Hast dir aber Kopien gemacht?»

«Dafür hab ich jetzt keine Zeit. Wir reden später darüber.»

Raus aus der Tür mit seiner ausgebeulten Aktentasche und einem Gesichtsausdruck, als hätte er an einer Zitrone gelutscht, und die Zitrone hätte «igitt» gesagt.

Barry, der später sagte: «Hab mit Woody gesprochen. Kein Arsch hat ihn seit jenem Samstag gesehen. Dieser Bulle war im ‹Hop Poles› und überall, hat rumgefragt …»

Nicht weiter drüber nachdenken wollen. Die Tür zu der Kammer in meinem Kopf vernageln, in der die Geheimnisse verwahrt werden.

Ich legte Susie weg und wandte mich statt dessen Simon Everill zu.

Dem Buch mit dem Titel *Weirdo*.

So nannten mich die Bierjungs in der Schule. «Du bist eine von diesen *weirdos*, stimmt's?»

Sie sprachen es *währ*-do aus, wie *Wehr*-Wolf.

Ich mit meinem gewaltigen, ollen Flat-Top-Haarschnitt, die versuchte, stahlhart zu wirken.

Der Titel weckte meine Neugier. Ich probierte es mit dem ersten Satz:

«Als kleiner Scheißer begriff ich, daß ich aus mir selbst hinaus und in andere Menschen hineinschlüpfen konnte.»

Nicht, was ich erwartet hatte. Nach dem nächsten Satz fiel ich in eine andere Welt.

Weirdo war der Name eines kleinen Jungen. Man erfuhr nicht, ob er einen richtigen Namen hatte, weil niemand ihn je benutzte, und obwohl die Geschichte sich aus seiner Sicht entwickelte, war er sich keines anderen Decknamens bewußt. Er lebte mit seiner Mutter und seinen Brüdern und Schwestern in einem klapprigen Wohnwagen, der auf einem Schrottplatz nahe dem Feld eines Bauern am Rande eines Dorfes stand. Ihre nächsten Nachbarn waren Hühner und Schweine. In den Augen der Dorfbewohner waren die Mastschweine und die *Weirdos*-Familie eng miteinander verwandt. Sie waren die Niedrigsten der Niedrigen.

Die Brut im Wohnwagen war eine Art neuzeitiges Monstrositätenkabinett, jedes Mitglied war das Produkt eines anderen Rockers, Zigeuners oder gewöhnlichen Säufers, die über Nacht geblieben waren. Jedes mit einem unterschiedlichen Grad von Geisteskrankheit oder verwilderter Durchtriebenheit.

Everill schrieb, als wäre er so was wie Harry Crews oder Flannery O'Connor, gefangen in einem kälteren, aber vertrauten Klima.

Kleines England.

Der älteste Junge in *Weirdos* Familie war der Dümmste und Brutalste. Er hieß Fists, und wenn er nicht gerade versuchte, sich mit dem Federvieh zu paaren, herrschte er mit seinen Fäusten, diesen großen, grobknochigen Waffen, über seine Geschwister. Wenn Hühnchen nicht auf dem Speisezettel stand, wandte er sich mit seiner grausamen Lust an seine zwei kleinen Schwestern – Mary, deren einzige Habe eine Gideon-Bibel war, die sie nie aus der

Hand legte, und Mong, die, unfähig zu sprechen, nur sabbern und rotzen konnte.

Dann gab es da noch einen Bruder, Jake, Sohn eines Zigeuners und clever genug, Fists regelmäßig wiederkehrende Attacken auf *Weirdo* umzulenken, der, obwohl älter als Jake, schwächer und bemitleidenswerter war. *Weirdos* Mama war fast ein Spukgespenst; ständig zu betrunken, zu sehr im Tiefschlaf oder zu fix und fertig im hinteren Teil des Wagens, um irgendeinen Schutz zu bieten.

Mary und Mong begruben die Offenkundigkeit ihrer abscheulichen Realität in Gebeten zu Jesus beziehungsweise stummer Leere. Jake verbrachte seine ganze Zeit in der Stadt, tat sein Bestes, das Familiengeschlecht fortzuführen, an Klebetüten zu schnüffeln und die «normalen» Kids um ihr Taschengeld zu erleichtern. *Weirdos* einzige Flucht war seine Phantasie; so übermächtig, daß sie schon fast halluzinatorisch war, öffnete sie ihm die Tür, durch die auch er entfliehen konnte.

Während ich so auf dem Boden des Wohnwagens lag, Fists verletzenden Händen ausgeliefert, konnte ich mich selbst in meiner Hülle irgendwie hinter mir lassen und draußen davontreiben, über das große Feld und die Hecken, über die kurvenreiche Straße zur Stadt hinunter. Dort lebten die wahren Leute. Ich ging gern zum Fluß hinunter, nahe der Brücke, da unten stand ein schöner alter Baum, Trauerweide hieß er. Die neigte sich hinab, damit ihre Blätter von dem Wasser dort trinken konnten und ich darunter schlafen konnte, ganz versteckt und sicher im Gras. Und wenn ich dort lag, konnte ich mir überlegen, wer ich als nächstes werden wollte.

Ich sah den normalen Leuten gern zu. Ich mochte sie, weil sie sauber und strahlend aussahen und hübsche Kleider hatten und so. Sie lächelten mich an, wenn ich die Enten fütterte, ganz, als wäre ich so normal wie sie.

Da war ein Junge, den hab ich da unten gesehen, und der kam oft zum Fluß hinunter, er hatte 'ne feine braune Papiertüte, und sie war voller Brot, was er dazu benutzte, um die Enten zu füttern. Er stand Ewigkeiten da, wirklich.

Und sie konnten ihn kommen sehen, bevor ich ihn sehen konnte. Weil sie alle anfingen zu schreien und zu quaken und mit wedelnden Schwanzfedern das Ufer hochwatschelten, um ihn zu begrüßen. Es gefiel mir, wie die Enten liefen, sie sahen lustig aus. Und es gefiel mir, wie sie alle zusammen schrien und quakten, das war auch lustig.

Und manchmal war'n da kleine Enten, Babyenten war'n das, ganz flaumig und golden und so weich sah'n die aus, so wie wenn du sie nich' in der Hand halten konntest, aus Angst, sie zu zerdrücken. Sie war'n ein bißchen scheu, klar, aber die Entenmama paßte auf und hielt sie alle dicht beisammen, und sie liebten alle das Brot und alles.

Erst wünschte ich, ich wär eine Babyente, so daß ich so eine Ma haben könnte. Aber dann wünschte ich, ich wär ein kleiner Junge und könnte all die Enten dazu kriegen, aus dem Wasser zu steigen und sich quakend und watschelnd um mich zu scharen. Als wenn sie meine Freunde wären.

Und so wünschte ich mich selbst in ihn hinein. Ich hatte dunkelbraunes Haar, das kurz und sauber und nicht völlig verfilzt war. Und ich hatte blaue Hosen, ein richtig schönes Dunkelblau, und sie waren sauber und alles. Und eine rote Daunenjacke und rote Turnschuhe dazu. Aber das beste von allem war, ich hatte die Brottüte. Ich konnte die Tüte langsam aufmachen und die Brotkrusten darin fühlen, sie mit den Fingern rausnehmen und sie dann über das ganze grüne Gras da unten beim Fluß werfen. Die Enten würden angeschossen kommen wie der Blitz. Sie würden mich lieben, das würden sie. Besonders die Babyenten, ganz scheu und weich und golden.

Statt «Bumm! Bumm! Bumm!» zu hören, die verdammten Scheißfäuste von meinem Bruder in meinem Rücken, der mich an den Haaren zieht und mir die Scheißohren vollschreit, höre ich dann nur «Quak! Quak! Quak!». Die Enten sind froh, daß ich hier bin, ich hab ihren Tag gerettet, stimmt's, guck nur, wie sie alle angewatschelt kommen, um mich zu begrüßen. Ich bin nicht in diesem stinkenden Wagen auf diesem stinkenden Flecken Dreck mit diesen rostigen, alten, total zerdepperten Maschinen und dem Schweinemist. Ich bin jetzt ein netter Junge, hab hübsche Kleider – schau sie an! –, ich wette, meine Eltern lieben mich genauso wie diese Enten. Fists, hier kannst du mir nicht wehtun, ich bin in Sicherheit.

Und so habe ich zuerst gelernt, mich selbst auszuwechseln.

Hier mußte ich aufhören und mir eine Kippe anstecken.

Ich begann, auf der Suche nach einer beigefügten Presseveröffentlichung in meiner Tasche herumzuwühlen, um zu sehen, ob es irgendwelche biographische Angaben zu Simon Everill gab. In der Tasche herrschte ein fürchterliches Durcheinander, so daß ich sie am Ende über dem Bett auskippte, immer drauf auf die Brotkrumen und die Zigarettenasche.

Ich fand nichts.

Ich sah in dem Umschlag nach, in dem das Päckchen gekommen war. Da gab's reichlich über Susie Beck. Einen Scheiß von Simon Everill.

Nun ja, dachte ich. Ich ruf Lucy morgen an und bitte sie, mir eine Biographie rüberzufaxen.

Ich sprang förmlich zu der Hi-Fi-Anlage hinüber und

drehte die Platte um. Drehte die Lautstärke auf, um sowohl die Platte als auch das Buch voll und ganz genießen zu können.

Drehte sie so laut auf, daß ich das Telefon überhaupt nicht hörte.

Das nächste, was ich mitbekam, war, daß jemand gegen meine Tür hämmerte.

Oh, Scheiße, dachte ich, das ist Jerry, der besoffen zurückgekommen ist. Aber als ich auf die Uhr sah, war es erst 22:15 Uhr. Er konnte es nicht sein.

Mist, vielleicht belästigte ich den Nachbarn über mir.

Ich stellte die Stereoanlage leiser, stürzte zur Tür hinüber.

«Entschuldige, daß ich dich störe.» Es war tatsächlich der alte Alan von oben. Aber er sah nicht verärgert aus, eher besorgt. «Aber da war gerade ein Anruf für dich, klang dringend.»

Der arme Mann war ganz außer Atem, weil er die Treppe hinuntergehetzt war. Ich hatte sofort ein schlechtes Gewissen. «Ist er noch dran?» fragte ich.

«Das ist es ja gerade», sagte er. «Er sagte nur, er sei Barry, und du solltest sofort den Fernseher anstellen. Die Lokalnachrichten.»

«Den Fernseher?»

Das verstand ich nicht. Drehte mich aber trotzdem um und stellte meinen klapperigen, tragbaren Schwarzweißfernseher an. Man konnte die Stimmen hören, bevor das Bild durch den Schnee und die atmosphärische Störung erkennbar wurde. «...ist heute morgen von städtischen Arbeitern in Camden Town, North London entdeckt worden ...»

Und Alan, der hinter mir stand und mit besorgtem Blick auf den Fernseher lugte.

«... gingen Beschwerden über einen strengen Gestank nach, der von einem Bereich der Bogengewölbe einer

Bahnüberführung ausging, die von Markthändlern genutzt werden …»

In meiner Stereoanlage sang noch immer Simon Bonney, sang über Räume voller Licht.

«… die Polizei muß erst noch eine Erklärung abgeben …»

Aber das Bild, das durch die Röhre kam, zeigte Detective Sergeant Linehan, der eine Kamera von den mit Polizeiband abgesperrten Brückenbögen in Camden Town, North London, fortschupste.

Alan hinter mir, der sagte: «Nun, worum ging das alles?»

Ich, die versuchte, normal zu klingen. Versuchte, meine Erinnerungen wieder festzunageln. «Ich bin nicht wirklich sicher. Ich glaube, ich muß zurückrufen.»

«Vielleicht hast du den Beitrag verpaßt, auf den er dich aufmerksam machen wollte. Mit dem Telefon oben im Flur, und ich so langsam.»

Lieber, süßer alter Mann.

«Du kannst nichts dafür, Alan.» Meine Stimme klang unnatürlich ruhig, wie immer, wenn ich innerlich ausflippte. «Wenn ich meine Musik nicht so laut aufgedreht hätte, hätte ich es selbst gehört.»

«Na gut dann, meine Liebe.» Er verdrückte sich höflich zur Tür hinaus. «Solange du o.k. bist.»

«Ja, mir geht's gut, vielen Dank.»

Tränen in den Augen, als die Tür hinter ihm ins Schloß fiel.

Keine Nägel mehr übrig.

Donnerstag früh, einen üblen Geschmack im Mund.

Ich hatte Barry gestern abend nicht mehr angerufen, weil ich nicht wußte, was ich sagen sollte. Traute mir selbst nicht über den Weg, nicht mein einziges Geheimnis zu verraten, meine einzige Erinnerung an Jon Jackson, die nur mir gehörte. Statt dessen saß ich auf dem Bett und starrte durch die Fenstertüren am Ende meines Zimmers, beobachtete durch das Glas, wie die Äste der Bäume sich im Wind neigten und wiegten. Spürte eine flaue Leere in mir wie seit Jahren nicht mehr.

Eine Million Zigaretten später war ich schließlich eingeschlafen.

Meine Träume, bruchstückhafte Erinnerungen.

Ich saß nach dem Konzert an einem Tisch im «Brunswick Club», um die Ecke von der Bühne, und beobachtete meine Freundin Lisa, die mit einem Punk-Rocker namens Lucas knutschte. Ein Klopfen auf meiner Schulter. Ein gut aussehendes, lächelndes Gesicht, das sagte: «Alles klar, Mädchen?»

Sich in Neil auflösend, der Papiere in seine todschicke Aktentasche schaufelt und sagt: «Dafür hab ich jetzt keine Zeit.» Übergehend in Detective Sergeant Linehan, der an den mit Polizeiband abgesperrten Brückenbögen in Camden Town eine Kamera aus dem Weg schupst.

Ich sah mir die 8-Uhr-Nachrichten nicht an. Zog statt dessen die Stille vor. Sammelte die Leseexemplare zusammen, dachte systematisch, muß Lucy anrufen und diese Biographie noch vor Sonnabend kriegen. Packte sie alle in meine Tasche.

Schminkte mich besonders sorgfältig, damit Barry und Neil die Schatten einer unruhigen Nacht nicht bemerken würden. Abdeckstift und Lidstrich vollbrachten das Kunststück. Noch ein Blick in den Spiegel.

Alle Nägel an ihrem Platz.

Draußen schwankten und ächzten die nackten Bäume noch immer, ein schräger Regen fegte schneidend von Westen herüber. Am Kiosk bei der U-Bahn posaunten die Skandalblätter das Unvermeidliche aus:

CAMDEN-LEICHE IST DER VERMISSTE REGISSEUR

Ohne nachzudenken grabschte ich nach einem der Käseblätter wie all die anderen Otto Normalverbraucher auch. Unter dem Bild eines grinsenden Jackson berichtete die Nummer:

Bei der Leiche eines Mannes, die gestern in den frühen Morgenstunden von städtischen Arbeitern in Camden Town, North London gefunden wurde, handelt es sich vermutlich um die Leiche des vermißten Filmregisseurs Jon Jackson. Obwohl die Polizei sich weigerte, den Tatbestand zu bestätigen, bevor die Leiche offiziell identifiziert wurde, hat die Post *in Erfahrung gebracht, daß der Tatort in Camden einer brutalen Nachstellung einer Szene aus* Bent *ähnelte, dem Unterwelt-Thriller, der Jackson im Mai letzten Jahres schlagartig zu Ruhm verholfen hat.*

Ich sah von dem Zeitungspapier auf, die Bahnschienen hinunter, die von Ladbroke Grove um die Kurve des Westway bogen, umrahmt von Mietskasernen, die wie die gräßlichen Zähne eines Riesen in die graue Brühe des Himmels ragten. Wünschte den Zug schnell herbei.

Auf der Autobahn brausten Ströme von Autos vorüber, kleine Farbflecke, die Dinge zu erledigen, Orte zu erreichen hatten. Mein Blick wurde wieder von den Druckbuchstaben angezogen, die aus der Seite tanzten.

Der Schriftsteller und Regisseur wurde als vermißt gemeldet, nachdem er bei einem Familienessen am 12. März in Cambridge nicht aufgetaucht war. Am Abend zuvor hatte er seinen Guardian-*Vortrag über den British Gangster Movie in Londons National Film Theatre gefeiert. Jackson und seine Freunde waren von der South Bank in den schicken «Deansgate Club» in Soho weitergezogen, wo er gesehen wurde, wie er den Club etwa gegen drei Uhr morgens allein verließ. Es heißt, daß ihn seitdem niemand gesehen hat, und Interpol war hinzugezogen worden, um eine weit angelegte Suchaktion zu starten, nachdem es dem lokalen CID und Scotland Yard nicht gelungen war, irgendwelche Spuren zu seinem Aufenthaltsort zu finden …*

Endlich rollte die Bahn in Sichtweite, wie ein gewaltiger, sich die Schienen entlang windender, grauer Wurm.

Keiner der anderen Fahrgäste wirkte betroffen. Alle hatten sie ihren Kopf in die gleiche Zeitung gesteckt wie ich, blätterten sie aber unbekümmert durch, manche begannen sogar von hinten mit dem Sportteil, mit mehr Interesse an Arsenals Sieg über die Spurs als an irgendeinem eingebildeten Fatzke von Filmregisseur, der sich abmurksen ließ. Ihre ausdruckslosen Gesichter äußerten nichts als stoische Gleichgültigkeit. «Frag mich nicht, Kumpel. Ich hab nie nix gesehen.»

London wie es leibte und lebte.

In der Bell Street saß ich schweigend und starrte auf die Zeitung. Las nicht, starrte nur. Wartete darauf, daß Barry reinkam. Statt dessen hörte ich Neils Füße.

Ich zog die Bücher und die ICA-Programme hervor, breitete sie alle auf meinem Schreibtisch aus und überflog flüchtig den Programmablauf auf und ab, ohne das geringste aufzunehmen.

«Ich nehme an, du hast das gesehen?» sagte Neil und klatschte die Zeitung auf meinen Tisch.

«Mhm.» Ich zwang mich, ihm in die Augen zu sehen.

«Sieht nicht gut aus, was?»

Ich schüttelte den Kopf, senkte den Blick wieder auf meine Papiere.

Keiner von uns machte Anstalten, das Radio anzustellen. Wir fuhren nur unsere Computer hoch, tippten drauflos und horchten auf Fußtritte draußen auf dem Straßenpflaster.

Die Haustür knallte zu. Barry erschien am oberen Ende der Treppe und schwenkte genau das gleiche Boulevardblatt über seinem Kopf.

«Könnt ihr das verdammt noch mal fassen?» Er stapfte die Gangway herab.

«Sie haben die Leiche noch nicht einmal identifiziert, und schon stürzen sich alle darauf wie auf ein verdammtes Monstrositätenkabinett.»

«Du meinst also, es handelt sich definitiv um ihn?» Bambridge saß aufrecht.

«Ich sehe nicht, wie sie ungestraft davonkommen könnten, diesen Mist zu drucken, wenn es nicht so ist.»

«Nun, woher wissen sie», fragte Neil, «daß es so wie in dem Film abgelaufen ist, wenn die Polizei nichts sagt?»

Barry warf ihm einen Blick zu.

«Glaubst du etwa, städtische Arbeiter lassen sich nicht schmieren?»

«Hmm.» Neil brütete über seiner Zeitung, als würde er versuchen, einen kodierten Unterton zwischen den gedruckten Zeilen zu entziffern. Er nippte nachdenklich an seinem Styropor-Kaffeebecher.

«Aber wer würde so etwas tun?» wollte ich wissen.

«Ein Spinner», entschied Barry.

«Ja, aber einer, der ihn kannte?» Mein regelmäßiger Konsum von Kriminalromanen ließ es jetzt in meinem Kopf klingeln.

«Nee, irgendein Spinner. Soweit ich den Kerl kannte, war er einfach nicht der Typ, der sich solche Feinde machen konnte. Wie auch immer, sie gehen davon aus, daß er den Club allein verlassen hat.»

«Meinst du, es könnte der Taxifahrer gewesen sein?»

fragte Neil, als würden wir Cluedo spielen. «Das würde es noch gruseliger machen – der dämonische Droschkenkutscher von Old London Town.»

Barrys Blick verdüsterte sich wieder.

Die Telefone retteten uns, sie begannen zu bimmeln.

«Ich geh ran», sagte Neil und schnappte sich den Hörer von der Gabel des Apparats auf seinem Tisch. «Bambridge am Apparat … Ah, ja, Sergeant Linehan …» Er drehte seinen Kopf von uns weg, als könnten wir ihn so nicht hören. «Ja, ja, ich verstehe … Nein, nein, ich werde nichts dergleichen tun … Sie haben mein Wort, Sergeant. Ja, danke. Was? Was jetzt? Nun, was hab ich … verstehe … verstehe … Nun, ja, selbstverständlich werde ich das. Wir sprechen uns gleich.»

Er knallte den Hörer auf die Gabel zurück.

«Und?» fragte Barry.

«Dieser Polizist spielt seine Spielchen mit mir», schnauzte Neil zurück.

«Er hat gesagt, die Bänder sind jetzt *sub judice*, also rechtsanhängig, und wenn wir nur ein Wort davon drucken, haben wir eine Klage von der guten alten Metropolitan Police am Hals, daß uns Hören und Sehen vergeht.»

«Dann ist er es also wirklich?» Meine Stimme ein Flüstern.

«Ja, er ist es in der Tat. Und sie zitieren mich auf die Wache für weitere Befragungen. Ausgerechnet mich! Erwarten sie, daß ich auch noch den Mörder für sie finde?»

Barry lächelte fast. «Besetze die Titelseite.»

5

Das Sonnenlicht drang nicht in den Raum, in dem er sich befand. Obwohl die Hitze eindrang und ausreichte, um den süßlichen Gestank in der abgestandenen Luft um ihn herum zu erzeugen. Der Außenwelt gegenüber anspruchsvoll, war hier drinnen alles Staub. Geister schwebten wie Staubteilchen an der Decke.

Die Schlagzeilen in der Zeitung brachten seine Erinnerungen zurück.

An seinen ersten Besuch in Camden Town, als er den ganzen Tag lang durch die Straßen gezogen war. Das war im Juli vorigen Jahres gewesen, im Hochsommer und gleich nachdem er dieses Quartier in Sodom zu seinem festen Wohnsitz gemacht hatte. Eine Zeit der Orientierung, des Sich-Zurechtfindens hier in Camden, dem Ort seiner Bestimmung. Was er gefunden hatte, war eine Schnittmenge von Kommerz und Elend.

Träge fingerte er an einem Nickelmedaillon herum, das er in der linken Hand hielt. Es war ein St. Christophorus, der heilige Patron der Reisenden, ein Totem, ein Trostspender für seinen vorherigen Besitzer. Ein im Grunde wirrer Glasgower, dem er bei jenem ersten Ausflug begegnet war. St. Christopherus, der über den Weg der Gerechten wacht.

Am Anfang, durcheinander und aufgewühlt wie er war, wußte er selbst nicht recht, warum er es mitgenommen hatte. Aber mit der Zeit war es ihm klar geworden – es war ein Zeichen. Ein Wegweiser auf seiner Reise.

Die Männer, die von den Heiligen vergessen worden waren, bekamen ein eisernes Bett in den lauten Fluren von Temperance House, einem Zufluchtsort für Alkoholiker, das wie eine Kröte aus roten Ziegelsteinen mitten in der

Arlington Road kauerte. Ein viktorianischer Philanthrop hatte die Einrichtung gegründet, und sie war erhalten geblieben, die letzte ihrer Art in der Hauptstadt, um die zerlumpten Schatten von Männern zu beherbergen, die jeder vorgab, nicht zu sehen, während man auf dem Markt seine Einkäufe tätigte. Heutzutage war ihr einziger lebender Philanthrop die geduldige Wirtin in dem irischen Pub an der Ecke, wenige schwankende Yards entfernt, an der Ecke Inverness Street.

Wo er sich an jenem Tag gegen sechs Uhr abends wiedergefunden hatte. Die Marktstände begannen zusammenzupacken, als er an der Ecke der kleinen Straße stehen blieb, wo die Obst- und Gemüsebuden standen, und sich fragte, was er als nächstes tun sollte. Da war schon so viel zu sehen und aufzunehmen gewesen, daß seine Füße jetzt schmerzten, und die Hitze des Tages machte ihn noch durstiger. Er mußte ein Café oder ein Pub finden, aber welches? Es gab so viele, daß die Wahl verwirrend war.

Die Entscheidung hatte ein Stadtstreicher für ihn getroffen, der schwankend aus einem Eingang gekommen war, die schmutzigen Hände um das Ende einer Selbstgedrehten und eine fast leere Dose Special Brew geklammert.

«T‘schulligung, Kumpel», lallte er laut. «Haschen pa Pennisch üba füane Tasche Schtee?»

Er war verblüfft gewesen. «Tut mir leid, Kumpel, sag das noch mal.»

«Ischsachte, haschen pa Pennisch üba füane Tasche Schtee, Kumpel? Isch hab nischt mea.»

Er versuchte, sich die Aussprache zusammenzureimen. «Es tut mir leid, ich kann nicht verstehen, was du sagst.»

Das Gesicht des Mannes wirkte plötzlich resigniert, und aus irgendeinem Grund kamen seine nächsten Worte glasklar heraus. «Ach, ja, keiner versteht uns. Ich bin ein Camden-Town-Säufer, hä.»

Darüber mußte er lächeln und dachte, na ja, er und ich

sind verwandte Seelen. «Ich geb dir einen aus», sagte er sofort.

Das Gesicht des Stadtstreichers verzog sich zu einem breiten, zahnlosen Grinsen. «Ach, du bist ’n Gentleman», hatte er verkündet und war den Weg die Inverness Street hinunter zum «Hop Poles» vorausgegangen. Er war äußerst überrascht gewesen über das Pub. Von allen Bierkneipen, die er in der endlosen London Town ausprobiert hatte, war diese denen am ähnlichsten, die er als Teenager frequentiert hatte. Die greisen, hoffnungslosen Wermutbrüder, in unterschiedlichen Stadien des stillen Verfalls, besetzten die Lounge-Bar und den kleinen Nebenraum. Aber im vornehmeren Teil des Lokals, in dem sich ein Poolbillardtisch und eine winzige Bühne für sporadische Versuche mit Live-Musik befanden, verkehrten die rebellischen Kreise.

Und wie rebellisch sie waren – nach ihrem Aussehen zu urteilen, verehrten sie dieselben schmalzigen Götter wie ihre Teddy-Boys-Vorväter. Jungs mit glänzend-schwarzem Haar und Lederjacken, Drape Suits und Hemden in schreienden Farben; Mädchen mit hautengen Pencil Skirts und Pfennigabsätzen. Sie bestimmten offensichtlich den Inhalt der Jukebox, da Elvis, Jerry Lee, Johnny Cash und Lee Hazlewood sich durch die verqualmte Luft stöhnten und ächzten, klagten und krächzten. Was auch den alten Leuten behagte, die in ihr Bier starrten, die Augen durch Jugenderinnerungen getrübt, die noch immer strahlend glänzten, auch wenn die nüchternen Einzelheiten des aktuellen Wochengeschehens schon dem Suff zum Opfer gefallen waren.

Zwei Schleimscheißer, die in ihren Dandy-Outfits Poolbillard spielten, sahen auf, als sie eintraten. Sie stupsten sich gegenseitig an und lachten, murmelten etwas von einem weiteren armen Einfaltspinsel.

Er ignorierte sie, trat selbstbewußt auf.

«Was trinkst du?» fragte er seinen neuen Begleiter.

«Highland Dew, hä.» Der Blick des Mannes trübte sich. «Ach, Whisky, Kumpel.»

«Wirt, ein Pint von Ihrem besten Bitter-Bier und einen Malt-Whisky für meinen Freund», sagte er laut.

Ihm war die Gesellschaft älterer, etwas vom Alkohol verwüsteter Männer sowieso immer lieber gewesen. Es war leichter, sich in Begleitung jener zu verstecken, die die Gesellschaft bereits abgeschrieben hatte. Er konnte die Schleimscheißer erneut kichern hören, das Klacken der Queues gegen die Kugeln, Tom Jones, der aus der Jukebox sang und von den heimatlichen Baumwollfeldern träumte.

Sie fanden eine ruhige Ecke in einem kleinen Nebenraum auf der anderen Seite der Bar. Der Alki, Glasgow Bob, brabbelte seine Lebensgeschichte in eine Reihe Whiskys hinein und genoß das seltene Novum, geduldigen Ohren sein Herz ausschütten zu können.

Er tat so, als würde er zuhören, beobachtete aber die ganze Zeit über die Schleimscheißer, während ein Kribbeln seine Wirbelsäule auf und ab lief. Warf Blicke zur Tür, nur für den Fall, daß der nächste, der mit einer schmalzigen Schmachtlocke hereinspazierte, derjenige war, den er suchte. Etwas sagte ihm, daß dies der richtige Ort sein könnte.

Aber die Sperrstunde nahte, und der hatte sich nicht blicken lassen.

Bob prahlte mit seiner Zeit bei den Glasgower Gangs. Es schien eher eine Karriere in den Niederungen des Lebens gewesen zu sein, mit dem Einheimsen von Hehlerwaren und dem Gebrauch von Rasiermessern – alle benutzten die damals, hä. Wenn du keine hattest, würdest du derjenige sein, der in der Gosse blutete. Ein bewaffneter Raubüberfall auf eine Postfiliale schief gegangen, ein Kumpel am Boden, das Blut lief so schnell aus ihm heraus, daß man es kaum für möglich gehalten hätte. Der andere rannte direkt der Polizei in die Arme. Nicht Bob, er war «Der Schatten», hä. Mußte danach aber verschwinden, weißt, was ich mein? Und das Geld lag hier unten natürlich auf den Straßen.

Er hatte gedacht, er würde hier früher oder später eine Arbeit aufnehmen. Aber aus früher wurde wesentlich später, und sein Ehrgeiz hatte sich längst in Zigarettendunst und Whisky aufgelöst, für den gelegentlichen goldenen Schlummer sorgten Drogen – das barbarische, tägliche Überleben in Heimen und auf der Straße. Das Schreien in der Nacht, verdammt noch mal, der Lärm, den sie an solchen Orten machen.

Aber immer noch stolz auf sein Geschick mit dem Rasiermesser. Deshalb haben sie ihn in Ruhe gelassen, hä. In der Blüte seiner Jahre war er der Schrecken der Gorbals gewesen.

Bob gackerte und stupste ihn, während er noch mehr reißerische Ruhmestaten in seine Geschichten einflocht, etwas, das jeder normale Mensch vielleicht als äußerst lästig empfunden hätte. Nicht so er. Er genoß die Gesellschaft eines anderen menschlichen Wesens, sogar eines in diesem heruntergekommenen Zustand. Deshalb ließ er sich, als die Sperrstunde ausgerufen wurde und sie sich auf dem Straßenpflaster wiederfanden, von Glasgow Bob in irgendein zwielichtiges griechisches Restaurant führen, das unter der Hand Whisky verkaufte. Deshalb hatte er die Flasche bezahlt und war dem Stadtstreicher auf seinem Spaziergang entlang des gewundenen Kanals gefolgt, wo Bob, draußen im Ödland hinter King's Cross, seine geheime Schatzkammer hatte, um alles zu verstecken, was er von Wert fand. «Weil du in Temperance House keinem Arsch trauen kannst, hä.»

Das war alles sehr interessant, ein Seminar von einem Insider über das lokale Leben ganz unten, und wie es funktionierte.

Nur, als sie zu der aus Wellblech, ausrangierten Möbeln und rostigen Fässern errichteten Baracke kamen, war das alte Arschloch ihm gegenüber plötzlich mißtrauisch geworden.

«Hä, du bist doch nicht eine von diesen Tunten, oder? Wenn du mir auf die Tour kommst und so, verpiß dich, du Scheißkerl.»

Die Worte blitzten in seinem Hinterkopf auf wie Funken. Hier stand er und war freundlich zu diesem ungewaschenen Schmutzfink, und der schimpfte ihn eine dreckige Schwuchtel, das war der ganze Dank. Das war unfair. Undankbar. Er konnte spüren, wie es in seinen Schläfen schwach zu pochen begann, versuchte das aber zu verdrängen, wischte sich mit der Hand über die Stirn.

«Ahh, sei nicht blöd.» Er zwang sich zu einem Lächeln. «Ich will einfach noch nicht nach Hause. Ich hab Lust, noch mehr von deinen Geschichten zu hören.» Er schwenkte die Scotch-Flasche, um sein Argument zu unterstreichen, und die listigen, alten Augen begannen zu leuchten.

«Ach, du bist in Ordnung. O.k., ich erzähl dir noch ein paar von meinen Geschichten.»

Dann war ihm klar geworden, daß er vorsichtig sein mußte. Also öffnete er den Whisky, und sie setzten sich auf etwas, das einmal ein Sofa gewesen war, und starrten auf den Kanal hinaus. In jener Nacht war Vollmond gewesen, die Ränder verwischt durch den Benzindunst, der aus der Stadt aufstieg; tief und orange hing er an dem pappfarbenen Himmel.

Er nahm einen tiefen Schluck aus der Flasche, wünschte, daß das Klopfen in seinem Kopf nachlassen würde.

An dem Punkt verschwamm seine Erinnerung.

Wenn er jetzt darauf zurückblickte, meinte er, daß etwas, was der Stadtstreicher gesagt hatte, es ausgelöst haben mußte. Irgend etwas über die Frau und die Kinder, die er jenseits der Grenze verlassen hatte. Er konnte sich erinnern, daß er gelacht, die Frau verspottet und sich gefragt hatte, ob sie selbst auch auf die Straße hatte gehen müssen, um für die Kleinen zu sorgen. Weil das sowieso alles war, wozu sie taugte.

«Ach ja?» hatte er gesagt und plötzlich wie von selbst ein Stück Draht in der Hand gehabt. Es mußte etwas gewesen sein, das er aus dem wirren Durcheinander der Baracke aufgehoben hatte, etwas, mit dem er müßig herumgespielt hatte. Das Pochen in seinem Kopf wurde lauter und lauter, bis es jedes andere Geräusch ausschloß, und als würde er sich durch einen Traum bewegen, hatte er sich Glasgow Bob rasch genähert, und seine Hände mit dem Draht hatten sich um den Hals des Saufbruders gelegt.

Bobs große, fleischige Hände hatten sofort nach der Schlinge gegriffen, die in sein ergrauendes, altes Fleisch schnitt, aber es war, als würde er nichts wiegen, als könnte man ihn wie eine Puppe umherwerfen.

«Hältst dich wohl für verdammt hart, Alter, was?» Der Gedanke allein schien belustigend. Glasgow Bob wand sich und taumelte, eine Hand suchte jetzt in seinem Mantel nach dem zuverlässigen Rasiermesser. Ein Tritt in die Nieren, und er ließ die Klinge fallen, und Blut begann ihm dabei aus Nase und Mund zu schießen, während ihm die Augen aus den Höhlen traten. Auch von dort begann Blut zu kommen und blendete ihn mit seiner klebrigen Dunkelheit.

Bobs Darm entleerte sich in einem warmen Schwall. Er bekam keine Luft mehr, und die Sterne verschwammen in einer letzten weißen Explosion strahlend vor seinen erloschenen Augen. Dann brachen Nacht und Schmerz über Glasgow Bob herein. Der Camden-Town-Säufer, den keiner verstand, begriff sein eigenes, brutales Schicksal ebensowenig.

Er brauchte eine Weile, bis er merkte, daß das Zucken jetzt rein reflexartige Spasmen waren. Und als er es merkte, schwand die Kraft sogleich wieder aus seinen Armen, und er stieß den stinkenden massigen Körper fort, keuchend vor Anstrengung. Fiel rückwärts auf eine Bank am Kanal und lag dort minutenlang mit geschlossenen Augen, während er darauf wartete, daß der rote Nebel sich lichtete.

Als er wieder zu sich kam, wunderte er sich, warum Glasgow Bob nicht mehr sprach. Warum er in einem komischen Winkel dalag, sein Kopf unnatürlich auf eine Seite gedreht, mit glasigen Augen, die weit jenseits in eine nie endende Nacht starrten. Warum sich sein Hals wie ein breites, staunendes, spöttisches Lächeln geöffnet hatte.

Die Whiskyflasche war umgekippt, und die ganze Flüssigkeit war ausgelaufen und hatte eine Pfütze auf der trockenen Erde gebildet. Die Dämpfe mischten sich mit einem furchtbaren Gestank, der von der Leiche ausging.

Das war eine abscheuliche Szene. Ein Blutbad. Und er mußte dafür verantwortlich gewesen sein. An die Stelle des dumpfen Klopfens in seinem Hirn war jetzt ein klarerer, heftiger Schmerz getreten, vergleichbar mit dem in seinen Händen, die von dem Draht und der Kraftanstrengung zerschnitten waren. Zitternde, blutverschmierte Hände.

So viele Jahre war nichts dergleichen mehr über ihn gekommen, daß er geglaubt hatte, diese Seite seiner selbst unter Kontrolle zu haben. Geglaubt, daß er diese Macht jetzt nur noch ausfeilen und sicher verwahren würde für den Fall, daß sie einmal gebraucht wurde. Aber jetzt sieh dir das an. Dann heulte er, ausdauernd und heftig, Tränen rannen über sein Gesicht. Er wiegte sich kauernd auf seinen Fersen, wollte die Zerstörung nicht sehen, die er angerichtet hatte, angerichtet mit seinen bloßen Händen an einem unschuldigen Mann.

Schließlich, als der Himmel allmählich hell wurde und blaß-rosa Streifen über den Turmspitzen von St. Pancreas durchzusickern begannen, wußte er, daß er, was immer er getan hatte, jetzt besser verschwinden sollte. Er kniete neben der Leiche nieder und befühlte zögernd die Wunde. Da bemerkte er den St. Christopherus, seltsamerweise nicht zerbrochen, der noch immer um den Hals des toten Mannes hing. Sanft fanden seine langen Finger den Verschluß, öffneten ihn und wickelten die Kette um das Medaillon. Er untersuchte es, dunkelfarben vom Blut.

Er sollte sich besser daran erinnern, hatte er gedacht. Diese Medaille besser behalten, damit er sich erinnerte. Besser auch dankbar sein – obwohl ihn im Pub eine Menge Leute gesehen hatten, bezweifelte er, daß irgend jemand kommen und nach einem Stadtstreicher suchen würde. Niemand würde sich um ihn kümmern. Jemand anders würde Glasgow Bobs eisernes Bett belegen und nicht einen Gedanken daran verlieren, was aus seinem früheren Besitzer geworden war.

Und das Schreckliche war, er hatte recht.

Sanft kniete er neben der Leiche nieder, schloß dem Mann fast zärtlich die Lider und murmelte: «Jetzt ist alles vorbei, Bob, alles vorbei.»

Trotz der Feuchtigkeit stieg eine frische Brise vom Wasser auf und drang durch seine besudelten Kleider. Er zog seine Lederjacke aus, ein Stück, von dem er sich sonst nie trennte, selbst wenn die Temperaturen 30 Grad Celsius erreichten, legte sein T-Shirt ab und tauchte es in den Kanal. Wusch sich Gesicht und Hände, wischte das Leder ab. Spülte noch einmal in dem dunklen Wasser, rollte das T-Shirt dann zu einem Ball und stopfte es in seine Jackentasche. Die warme Luft würde ihn schnell trocknen. Mit der Jacke über seinem rechten Arm gefaltet trat er seinen Heimweg an, den St. Christopherus fest in seiner Faust.

Während er ging, pfiff er vor sich hin, obwohl er sich dessen nicht bewußt war.

Jetzt, mit der Zeitung vor sich auf dem Bett ausgebreitet, deren Schlagzeile in fetten Lettern in 32 Punkt großen Schrift einen «Nachahmungskiller» verkündete, lächelte er erneut das Medaillon an.

Ohne Zweifel ein Zeichen.

St. Christopherus, der ihm den Weg leuchtete.

6

Donnerstag, Freitag – zwei Tage sind einfach an mir vorbeigerauscht.

Angefangen mit Neil, der aus dem Büro stapfte und uns mit offenem Mund sitzen ließ. Es gab einfach zuviel zu verdauen: Jackson tot. Bambridge, der «der Polizei bei ihren Ermittlungen half.»

Barry konnte es kaum abwarten, bis dieser die Treppe hoch und aus der Tür war, bevor er zu Neils Schreibtisch hinüberstürzte.

«Wo ist das verdammte Band?» fragte er. «Es muß hier irgendwo sein.» Aber auf Neils Schreibtisch herrschte ständig Chaos, genau wie in seiner Aktentasche. Überall Papiere, Schubladen voller Kassetten. Barry holte das Ganze heraus, ein verschwommenes Bild von tätowierten Armen und herumfliegendem Papier, schob Band für Band in den Ghettoblaster, fand nichts außer dem sonoren Bambridge, der zu seinen New Yorker Kunstgenossen über die Rolle des Degenerierten beim Sturz des Establishments daherlaberte. Als Barry solche Sachen hörte, wurde er noch zorniger und knallte sämtliche Bänder wutentbrannt auf den Boden. Dann kam ihm eine andere Idee:

«Laß uns einen Blick auf seine Festplatte werfen.»

Die elektronischen Dateien wurden ebenso durchstöbert, sogar solche mit Namen wie JANUAR–APRIL-BUDGET: PROGNOSE, nur für den Fall, daß er uns einen raffinierten Trick vorgespielt hatte, um uns in die Irre zu führen. Aber auch dort war nichts. Schließlich ließ Barry sich wieder auf seinen Stuhl fallen, erschöpft. Ich riskierte eine Vermutung.

«Ich glaube eigentlich nicht, daß Neil der Killer ist, du?»

«Nein!» schrie Barry. «Aber da ist etwas auf diesem verdammten Band, womit er nicht rausrücken will. Was, verdammt noch mal, hat er sonst auf der Kentish-Town-Wache verloren? Was weiß er, verdammt noch mal? Er und seine verdammten Kopien. Das Arschloch hat was, ich weiß, daß er was hat.»

Die Augen rotgerändert vor Frust.

«Ich wette, Bambridge hat einen Safe zu Hause», antwortete ich leise. «Da wird alles drin sein. Er würde nichts hierlassen. Dazu kennt er uns zu gut.»

Ich stand auf und begann langsam, Bänder und Papiere aus allen Ecken des Zimmers aufzusammeln in der Hoffnung, daß ich sie in die richtigen Schubladen zurückstopfte und daß in Neils Chaos keine Systematik steckte.

Barry ging türknallend aufs Klo und blieb dort zehn Minuten. Ich sah mir Neils Festplatte noch einmal genau an. Das erschien mir der logischste Platz. Es gab eine Datei mit Abschriften, aber die Dokumente darin waren, was sie zu sein vorgaben:

Richard Kern
Ted McKeever
Edward Gorey
Dame Darcy

Zeug, das wir schon gebracht hatten, oder das darauf wartete, in die neue Ausgabe zu kommen.

Eine Sache überprüfte ich noch. Den Papierkorb. Aber da befanden sich nur ein paar Entwürfe für die nächste Ausgabe, die ich schon gesehen hatte.

Ich gab gerade auf, als Barry mit belämmertem Blick vom Klo kam. «War nicht meine Absicht, so auszurasten, Schätzchen», fing er an. «Ich kann einfach nicht fassen, was hier vorgeht.»

«Ich auch nicht», stimmte ich zu und plötzlich drohten mir Tränen in den Augen zu schießen. Ich schaute wieder runter auf die Tastatur, riß mich zusammen. «Hier ist nichts, das habe ich genau nachgeprüft. An seinem Platz ist nichts. Ich schätze, alles, was er hat, hat er bei sich zu Hause.»

«Er ist bisher noch nie so vorsichtig gewesen», bemerkte Barry.

«Ich weiß. Nun ja. Für mich ergibt das alles keinen Sinn. Ich weiß nicht, was er hat, aber ich denke nicht, daß es belastend ist, sonst hätte der Bulle nicht so eine Schau daraus gemacht, ihn vor mir aufzuziehen.»

«Hat er das?» Barry lächelte gezwungen.

«Ja. Hat mit ihm geredet, als wäre er ein ungezogener kleiner Schuljunge. Hat durchaus seinen Auftritt gehabt.» Ich nickte mir insgeheim zu. «Ich dachte wirklich, er wäre vom Betrugsdezernat. Bei all dem Geld, das hier rumfliegt, und der Teufel weiß, wo er es her hat. Wenn Neil Dreck am Stecken hat, dann geht's um Geld, nicht um Mord.»

Barry nickte.

Ich sah mich im Büro um und sagte: «Schau, was können wir schon tun? Ich weiß nicht, wie es dir geht, aber ich kann mich heute nicht auf die Arbeit konzentrieren. Nicht bei all dem Scheiß, der hier vor sich geht.»

«Ich auch nicht. Was ist mit ihm?» Er nickte in Richtung Neils Computer. «Meinst du, er kommt zurück?»

«Das bezweifle ich. Er wird wahrscheinlich auf einen überteuerten Champagner zu einem seiner Soho Clubs rennen müssen, um über die Demütigung hinwegzukommen.»

«Ich! Warum ausgerechnet ich!» kreischte Barry und lachte wieder.

«Gehen wir ins ‹Hop Poles›», schlug ich vor.

«Dort wird die Totenwache stattfinden.»

Auf den Stufen zur U-Bahn Station an der Edgware Road posaunte die erste Ausgabe der *Evening News* eine neue Schlagzeile aus:

FILMREGISSEUR ABGESCHLACHTET WIE EIN SCHWEIN, stand dort.

Im «Hop Poles» war der Saal um 11 Uhr morgens schon rappelvoll. Barrys Kumpel Woody, mit seinen ganzen einssiebzig – Haartolle inbegriffen –, schob sich durch die Leiber auf uns zu, Guinness in der einen Hand, Whisky in der anderen. Er warf sich Barry an den Hals und weinte hemmungslos. Mehr Leiber drängten sich um uns, Typen, die ich flüchtig kannte, alle umarmten sich und tranken und weinten und umarmten sich und tranken noch etwas mehr.

In der Jukebox: The Dubliners, ihr melancholischer Sound.

Plötzlich hielt ich einen Whisky in der Hand, ohne zu wissen, wie er dahin gekommen war, aber er schmeckte wie ein Göttertrank, der hinten im Rachen brannte. Ich vertrieb das Brennen mit einer starken Camel und einem Pint Lager-Bier und versuchte mitzubekommen, was so geredet wurde. Ein Kerl namens Mark, noch einer von diesen kleinen, gedrungenen Rockabillys mit dunkelblondem Flat-Top und Säbelbeinen in zu engen Jeans grabschte mich am Kragen und brüllte mir ins Ohr: «Er war der Beste! Verstehst du? Der verdammte König!»

Ich nickte nur und versuchte, in der Masse Leiber aufrecht stehen zu bleiben, mein Pint war schon halb leer und das meiste davon auf dem Teppich gelandet.

Barry lotste uns schließlich in eine Ecke, wo wir uns um den Billardtisch setzten, der in weiser Voraussicht abgedeckt worden war, um massenweise Gläsern als Abstellplatz zu dienen. Mike, der Wirt, tat sein Bestes, die leeren herauszupicken. Ringsum noch mehr Bier und Whisky, Zigarettenpäckchen, die die Runde machten, Nebelschwaden, dichter als unsere üblichen Schwaden, und The Pogues jetzt in der Jukebox, die vom alten Kanal träumten, einer «Dirty Old Town». Camden Town.

Woody, der um 12:30 Uhr bereits so betrunken war, daß sie ihn oben hinlegen mußten. Die alten Wermutbrüder in der Kneipe und im Nebenraum sahen erstaunt zu.

Ich fand mich im Gespräch mit Alex wieder, dem stotternden Inhaber von «Psychotronic Video» und Band-Leader als Teilzeitbeschäftigung. Als ich ihn das letzte Mal gesehen hatte, hatte er Rückwärtssaltos vom Billardtisch herunter gemacht und war in einer perfekten Elvis-Haltung gelandet.

«Wenn sie den SchSchScheißkerl schnappen, der das getan hat», sagte er und wedelte aufgeregt mit den Armen, wobei Bier in alle Richtungen spritzte, «mach ich den SchSchScheißer schschscheißfertig.» Seine Freundin stand hinter ihm und weinte leise in ihr Taschentuch, Arm in Arm mit ihrer besten Freundin, die es ihr gleichtat.

Mike machte die Runde und spendierte gewaltige Platten Käse- und Corned-Beef-Sandwiches. Mehr Bier tauchte aus dem Nichts auf. Barry drängelte sich wieder durch und sagte: «Er ist o.k., ich hab ihn auf die Seite gelegt, er muß nur seinen Rausch ausschlafen.»

Mittlerweise fühlte ich mich beschwipst und versuchte, ein Käsesandwich hinunterzuwürgen, vielleicht würde ich mich dann besser fühlen.

Jetzt waren Nancy und Lee in der Jukebox, sie klangen unheimlich: sein dunkler Bariton, ihre schwebenden, vergeistigten Antworten, ein Song über Fremde in einem fremden Land. Ich stellte fest, daß die Hälfte der Songs, die hier liefen, im Soundtrack von *Bent* gespielt wurde. Betete zu Gott, daß «Green Door» nicht darunter war.

Barry, der meinen Gesichtsausdruck sah, drückte mir ein Briefchen in die Hand. «Danach wird's dir besser gehen. Hab's von Alex.»

Ich wankte durch die Menge zu den Klos, wo sich eine Spur mit Wimperntusche beschmutzter Papiertaschentücher auf dem Boden entlangzog, zwei Mädchen weinten sich gegenseitig aneinander aus, und jemand anders kotzte lautstark in einer der Kabinen. Die andere war glücklicherweise leer.

Ich klappte den Klodeckel herunter und zerbröselte eine dicke, fette Linie Speed darauf. Rollte eine Fünfpfundnote auf und zog mir das teuflische, weiße Pulver geradewegs durch die Nase rein.

Bingo.

Ich zog die Klospülung, und als ich mit glänzenden Augen heraustaumelte, erkannte ich zwei Kollegen, die vor dem Männerklo schwankten, der eine von einer spitzenmäßigen Band namens Suave Bastards, der andere ein Schreiberling für eins der seriöseren Blätter. Beide trugen schwarze Haartollen, schwarze Anzüge, rote Hemden – nur einer mit der Größe und Statur, um damit eine Show abziehen zu können.

«Du verdammter Sauhund!» brüllte der Suave-Bastard.

«Hör zu, es ist ein verdammter Nachruf», brüllte sein kleinerer, rundlicherer Kollege zurück und versuchte dabei, vernünftig und korrekt zu klingen. «Irgend jemand wird ihn schreiben – sie haben ihn nicht vorbereitet und gespeichert. Zweifellos ist es besser, wenn er von einem Kumpel geschrieben wird, statt von irgendeinem Arsch, der ihn nicht einmal gekannt hat.»

«Besser, du kriegst den Judaslohn, meinst du wohl, du kleines, intrigantes Arschloch!»

Ich kämpfte mich vorbei und sah, daß Barry uns endlich einen Sitzplatz ergattert hatte. Er winkte mich zu sich herüber.

Wir machten weiter bis zum frühen Abend, hatten nicht zu wenig Whisky, Bier und Speed. Woody kam wieder von oben heruntergewankt und legte gleich mit einem Pint Guinness los. Verschwörungstheorien entstanden in der verqualmten Luft – Nachahmungskiller, auf Jon fixierte Spinner, die mit einer Überdosis auf den Film reagierten.

Niemand blickte richtig durch, sie waren alle nur froh über eine Ablenkung. Im Eingang die übliche Kundschaft von Wermutbrüdern, die sporadisch auftauchten und verständnislos in die schwermütige Stimmung blinzelten.

Immer weiter mit Whisky, Bier und Speed.

An der Bar tauchte eine Gestalt wie Banquos Geist auf. Mit brauner Lederjacke und weißem Igelschnitt. Ich stieß Barry an und fragte: «Ist das nicht Linehan?»

Der Röntgenblick schoß an der Bar entlang, traf direkt in meine Augen.

«Dann haben sie Bambridge also gehen lassen», antwortete Barry.

Linehans Blick verweilte auf uns, schweifte dann weiter. Das letzte, was ich von ihm sah, war, wie er versuchte, einige Rockabillys anzusprechen und die Rockabillys ihm auswichen. Wie er mit seinem Notizbuch auf den Tresen klopfte und ein Lager aus der Flasche trank. Dann tauchte er in der Menge unter, als wäre er einem Traum entstiegen.

Ich kann mich an einen letzten Song aus der Jukebox erinnern. *«It'll Be Me»* – Jerry Lee Lewis, mit hämmerndem Klavier, die Androhung von jeder nur erdenklichen Gewalt in der Stimme.

Danach an nichts mehr.

7

Ich wachte in meinem Bett auf, noch in meinen Kleidern, völlig in die Laken verheddert, schweißgebadet und stinkend wie die Tröge im «Hop Poles». Der Inhalt meiner Aschenbecher über den ganzen Boden verschüttet, die Schuhe in unterschiedliche Ecken gekickt, Posters von den Wänden gerissen, überall totales Chaos.

«Wie bin ich hierher gekommen?» dachte ich und hielt meinen pochenden Kopf.

Wenigstens war ich zu Hause.

Oben begann das Telefon zu klingeln. Ich warf einen Blick auf die Uhr, fürchtete, was ich sehen würde. Es war Freitag morgen, zehn Uhr.

Ich hörte Alans Tür knarren, seine Schritte im Flur, das Klicken des Hörers, als er abnahm. Eine gedämpfte Antwort, dann ging die Feuertür auf, Schritte kamen die Treppe hinunter.

Oh Gott, jetzt bekomm ich die Quittung.

Ich befreite mich aus meiner zerwühlten Falle, wohl wissend, daß ich in meinem völlig zerknitterten, bierbesudelten schwarzen Hosenanzug von gestern wie Medusa mit ihren Schlangenköpfen aussehen würde, wenn ich die Tür öffnete. Also kauerte ich mich lieber hinter die Tür und wartete auf sein Klopfen.

«Bist du da drinnen, meine Liebe?»

«Ja, ja, komme schon.»

«Telefon für dich.»

«Bin gleich oben. Mach mich nur zurecht.»

Mich zurechtmachen. Klar doch. Dazu blieb nie im Leben genug Zeit. Bei einem Gedanken mußte ich jedoch durch das mahlende Räderwerk in meinem Kopf hindurch lächeln: Endlich hatte ich es Jerry mit gleicher Münze heimgezahlt. Ausnahmsweise mußte ich einmal so viel Krach gemacht haben wie er. Ich schlich barfuß die Treppe hinauf, wartete, bis Alan in sein Zimmer zurückgekehrt war. Als ich den Hörer aufnahm, kam meine Stimme wie ein trockenes Krächzen heraus: «Hallo?»

Ein Hurrikan mit Windstärke neun fauchte durch die Leitung zurück: «Wo zum Teufel habt ihr gestern gesteckt?»

Das war Bambridge.

«Hallo, Neil. Bist du o.k.?»

«Nein, ich bin verdammt noch mal nicht o.k. Ich komme von der Polizeiwache zurück, erwarte Unterstützung, ein wenig Zusammenhalt, und ihr zwei seid abgehauen, habt die ganzen Scheißtelefone klingeln lassen, das Geschäft schludern lassen, mich nach dem Martyrium allein gelassen, mußte eine Million Anrufe auf einmal managen ... »

«Was haben sie dir gesagt?» Ich hielt den Hörer zwei Zentimeter von meinem Ohr weg.

«Was kümmert's dich?»

«Schau, Neil, das tut mir ehrlich leid. Es ist nur, daß Barry der Mord an Jon echt an die Nieren gegangen ist. Er wollte in den Pub runtergehen, um seine Freunde zu treffen, verstehst du, die Gang, die ihn kannte. Sie haben dort eine Art Totenwache abgehalten. Wir hätten auf dich warten sollen, aber das war meine Schuld. Ich dachte nicht, daß du Lust haben würdest, zurückzukommen, und wir haben es bei der Arbeit nicht ausgehalten. Barry war völlig fertig, und ich hasse es, ihn so zu sehen.»

Allmählich wurde Neil zugänglicher. «Ich verstehe, was du meinst. Das muß ein ganz schöner Hammer für Hudson gewesen sein.»

«War die Polizei okay zu dir?»

Er seufzte. «Sie waren höflich. Sind dort nur die Bänder mit mir durchgegangen. Weiß nicht, was sie darauf vermuteten, aber ehrlich, da war kein Unterschied zu jedem anderen Interview, das wir drucken. Keine Enthüllungen, soweit ich erkennen konnte. Ich weiß nicht, was sie gesucht haben, aber ich sag dir, dieser Linehan macht mir 'ne Gänsehaut. Er scheint es wirklich auf mich abgesehen zu haben.»

«Wie meinst du das?» Innerlich klopfte ich Linehan auf die Schulter.

«Es ist, als ob er irgendeinen Verdacht gegen mich hegte, obwohl klar ist, daß ich nichts zu verbergen habe.»

«Nun, du hast die Bänder kopiert.»

«Na ja, natürlich hab ich das – ich bin Journalist. Und ich kapier nicht, wie das Material *sub judice* sein kann, wenn niemand unter Anklage steht. Das ist es aber, was *sub judice* bedeutet.»

Ich konnte ihn vor mir sehen, wie er über dem *Essential Law For Journalists* brütete.

«Haben sie sie dir zurückgegeben?»

«Vorläufig nicht. Aber ich sehe nicht, wie sie sie noch wesentlich länger einbehalten können, sie müssen inzwischen ihre eigene Abschrift gemacht haben. Wie auch immer», er wechselte abrupt das Thema, «wie geht's Hudson? Hält er sich einigermaßen?»

«Ich weiß es ehrlich gesagt nicht», sagte ich beschämt. «Er muß mich wohl letzte Nacht nach Hause gebracht haben, was vermutlich bedeutet, daß er o.k. ist. Wir haben uns ziemlich zugedröhnt da drinnen. Ich kann mich nicht mehr erinnern, wie ich gegangen bin.»

«Ah, ein wenig verkatert also?» Bambridge klang erfreut.

«Kann man so sagen.»

«Kommst du heute rein?»

Du lieber Himmel, nein.

«Ähm, nun, verstehst du, ich hab die *Crimewave*-Geschichte morgen, die dauert das ganze Wochenende. Ich hab fünf Interviews und wollte mich zu Hause darauf vorbereiten – muß einiges lesen, verstehst du.»

Noch ein Kichern. «Verstehe. Nun, alles klar, bleib da, ich ruf Hudson an und seh zu, daß ich heute wenigstens bei ihm etwas für mein Geld bekomme.» Das verstand Bambridge unter einem Witz. Dann wurde er ernst. «Aber tu mir einen Gefallen, Diana. Hör dich ein bißchen um bei dieser Tagungs-Geschichte, die du da machst. Da müssen 'ne Menge Leute hingehen, die ihn kannten – find raus, ob darüber irgendwas gemunkelt wird, klar? Versuch rauszufinden, ob jemand mehr weiß als dieser Scheißkerl Linehan. Er kann seine Ermittlung führen, und ich führe meine.»

Ich versuchte, nicht über Bambridges Wichtigtuerei zu lachen. «Ja, klar, mach ich, Neil. Ich bin sicher, da sind haufenweise Leute, die 'ne Menge zu erzählen haben.»

Nicht, daß ich irgend etwas davon hören wollte.

«Gut. Na dann, du machst also weiter. Wir sehen uns Montag. Aber wenn du in der Zwischenzeit was hörst, von dem du meinst, daß ich es wissen sollte, rufst du mich an, klar?»

«Logo, Neil. Bis Montag.»

Ich legte auf, wunderte mich über meine eigene Ausdauer und Überzeugungskraft, die ich aufbrachte, wenn ich unter Druck stand. Dann sah ich an mir herab und bemerkte die Kotzflecken auf meinem Jackensaum. Mein Magen überschlug sich wie eine Flutwelle.

Wieder unten, Kotzen bis ich nur noch trocken über der vollgespritzten Kloschüssel würgen konnte, während mein Magen mir bis in die Kehle hoch schlingerte. Schwitzend und klebrig begann ich, mir ein Bad einzulassen. Im Moment war es mir sogar egal, ob Jerry hereinplatzen würde. Ich hatte nur das dringende Bedürfnis, mich wieder sauber zu fühlen.

Im Küchenschrank einige Spalt Liqua-Forte, Gott sei Dank. Meine Mama hat mir bei ihrem letzten Besuch eine Großpackung mitgebracht, sie wußte, daß ich ebenso wie sie Kopfschmerzen bekam, solche, die tagelang anhalten und einen schier die Wände hochtreiben. Manchmal braucht man nicht einmal zu trinken, um sie zu bekommen. Ich zwang die Tabletten mit einem Glas lauwarmem, trüben Wasser die Kehle hinunter.

Zurück im Bad schälte ich mich aus meinen widerlichen Klamotten und sank in die warme Umarmung des Wassers. Ich tauchte meinen Kopf unter Wasser und versuchte, alles fortzuspülen. Nicht nur den Gestank von kaltem Qualm, verschütteten Pints und Erbrochenem. Auch die bösen Erinnerungen daran, wie verwahrlost ich war, die Übelkeit erregende Angst davor, verwundbar zu sein, in der Öffentlichkeit die Kontrolle zu verlieren, nicht mehr zu wissen, was um mich herum geschehen war. Ich brauchte Seife und Shampoo und mehr Seife. Spül alles fort, runter in den Abfluß. Als ich mit Neil gesprochen hatte, war ich ruhig gewesen, aber jetzt, als ich in meinen Morgenmantel schlüpfte, dämmerte mir die Erkenntnis. Was ich ihm erzählt hatte, stimmte tatsächlich. Die *Crimewave* war morgen, und ich hatte noch nicht einmal meine Fragen fertig. Ich mußte wieder zur Ruhe kommen und meine Gedanken ordnen.

Zurück in meinem Zimmer warf ich die Klamotten in den Beutel für schmutzige Wäsche und fiel wieder aufs Bett. Hier gerieten meine guten Vorsätze ins Wanken. Nur fünf Minuten Schlaf, dachte ich, nur, um einen klaren Kopf zu bekommen. Das nächste, was ich mitbekam, war das erneute Klingeln des Telefons.

Diesmal war es drei Uhr nachmittags.

Verwirrt rappelte ich mich hoch, wohl wissend, daß es für mich sein würde. Im Haus waren jetzt keine anderen Geräusche zu hören, weder Schritte auf der Treppe noch das Rasseln antiquierter Klospülungen. Nur das schrille, unaufhörliche Klingeln.

Es war Barry. «Geht's dir gut?» Er flüsterte beinahe.

«Ja, und du?» Ebenfalls ein Flüstern.

«So einigermaßen. Außer meinem Kopf, irgendwie.»

«Wie bin ich nach Hause gekommen?»

«Im Taxi, mit mir. Du bist ganz gut reingewankt.»

«Mir war hundeübel, und ich kann mich an nichts erinnern.»

«Braves Mädchen.»

«Bekommt Bambridge etwas für sein Geld?»

«Das will ich aber meinen. Er hat heute mit einem Haufen Amis telefoniert, irgendwelche Mauscheleien. Um ehrlich zu sein, kann ich mich nicht besonders gut konzentrieren. Wollte nur sicher gehen, daß du o.k. bist.»

«Ja, mir geht's gut. Ich sollte besser an die Arbeit gehen.»

«Alles klar. Bis bald. Hab dich lieb.»

«Ich dich auch.»

Ich trottete die Treppe wieder hinunter in diesem seltsamen Schwebezustand, der entsteht, wenn man zu lange, aber nicht gut genug geschlafen hat. Keine Spur von Jerry, nur die unheimliche Stille eines leeren Hauses. Ich setzte den Kessel auf und brühte mir eine große Kanne Kaffee. Auf der Suche nach etwas Eßbarem fand ich ein wenig Brot und schob es in den Toaster. Stapelte alles auf ein Tablett – Kaffee, Milch, Toast, Margarine und Marmite – und kehrte in meinen Bau zurück.

Kaum hatte ich in die erste Scheibe Toast gebissen, verspürte ich plötzlich Heißhunger. Ich hätte lieber ein üppiges Frühstück mit Spiegeleiern und Speck gehabt, konnte mich aber nicht überwinden, bei Tageslicht ins Café an der Ecke zu gehen und mir eins zu holen. Das würde bedeuten, daß ich die ganze Skala von Bauarbeitern mit ihren Sprüchen durchlaufen mußte: «Kopf hoch, Kleine! So schnell geht die Welt nicht unter!»

Statt dessen trank ich mehr Kaffee und machte dann einen Versuch, mein Zimmer aufzuräumen. Alles geschah im Zeitlupentempo des Katers, bis meine Uhr 17:10 anzeigte. Okay, dachte ich, jetzt mußt du wirklich ran.

Meinen Morgenmantel wie eine Kuscheldecke um mich gewickelt, setzte ich mich an die Schreibmaschine und tippte:

Zwanzig Fragen an Luther Lang.

Zwanzig Fragen an Kay McLachlan.

Zwanzig Fragen an Jack Hall.

Meine Finger flogen über die Tastatur. Die Fragen kamen wie von selbst. Irgendwie arbeitete ich so immer am besten, wenn es mir beschissen ging; als ob irgend etwas es für mich übernehmen, mein Hirn umgehen und es statt dessen direkt in meine Fingerspitzen fließen ließe. Ich hatte es nicht verdient, aber es war nun mal so. Ich konnte mich nicht mit Susie Beck abgeben, mit der würde ich einfach improvisieren. Sie würde sowieso nur der Typ sein, der eine Stunde lang belangloses Zeug daherschwafelte. Damit blieb nur Simon Everill. Also sollte ich sein Buch besser zu Ende lesen. Ich ließ mich wieder damit aufs Bett plumpsen, schlug die Seite auf, wo ich aufgehört hatte, und begann zu lesen …

Mama kam aus ihrem Schlafzimmer, und ich sah sofort, daß mit ihr etwas nicht stimmte. Die Haare standen ihr zu Berge und ihr Hausmantel hatte einen Riß quer über der Brust. An ihrer Nase lief Blut herunter, und sie hatte dunkle Augenringe. Zuerst wußte ich nicht, was schlimmer war. Ihre ollen Titten, die durch den Riß im Hausmantel heraushingen, ganz mit Biß- und Brandmalen bedeckt. Oder der Gestank, den sie verströmte, dieser Aschenbecher-Mief roch jetzt eher nach Mülltonne, aus der fauliger alter Fusel und tausend Millionen Zigarettenkippen quollen, dazu Spucke und Kotze und irgendwo dazwischen hing ein schrecklich süßlicher Geruch, der Geruch des Todes. Und noch etwas Schlimmeres. Ich sehe ihre Augen; völlig blind, tot, leer. Schwarze Löcher in ihrem Gesicht, die kein Licht mehr reflektieren, sie sind wie Brandlöcher, die tiefer als die Haut gingen, tiefer als ein Fluß. Und sie singt, oder so was, eine seltsame, leise Melodie, die eigentlich keine Melodie ist, und die Worte sind nur ein Murmeln und Summen.

Everills Buch wurde immer unheimlicher und schrecklicher. Weirdos Schwester Mong ging eines Tages los und fiel in irgendeine landwirtschaftliche Maschine. Sie wurde zu einem Ballen verarbeitet und mit Schnur umwickelt, während der Sohn des Bauern eine Zigarettenpause machte.

Weirdo berichtete von diesem Faktum in einer seltsam distanzierten Art, als würde es ihn nicht wirklich betreffen, seine Gedanken ganz eingenommen von der Vorstellung, in die Gestalt des Jungen zu schlüpfen, der die Enten fütterte. Eines Tages sprach er den kleinen Jungen an, und zu seinem Erstaunen schien es das Enten-Kind nicht zu stören, daß Weirdo im Wohnwagen auf dem Bauernhof lebte. Es gab ihm etwas von dem Brot ab und ließ ihn die Enten füttern, erklärte ihm, welche Stockenten waren und welche Krickenten und zeigte ihm die scheuen Bläß- und Moorhühner, als sie durch das Schilf huschten.

In der Zwischenzeit brummten immer mehr Rocker mit ihren Motorrädern hoch zu dem Wohnwagen. Vielleicht als eine Folge dieser rituellen, nachmittäglichen Erniedrigung begann Mary wirres Zeug zu faseln. Trotz alledem herrschte eine beängstigende Nichtanwesenheit an Lehrern, Sozialarbeitern, Polizei, Geistlichen, besorgten Dorfbewohnern oder sonst jemandem, der ein Auge auf diese Kinder haben könnte.

Der Bauer, der so entsetzt über den Zwischenfall mit der Ballenpresse war, daß er diese Inzucht-Familie nicht länger auf seinem Land dulden konnte, begann sich die Anwesenheit der Rocker zunutze zu machen, um Weirdos Mutter zu warnen, daß sie nicht bleiben könnte, wenn sie weiterhin so ein Lotterleben auf seinem Grund und Boden führte. Er sagte das, um seine Schuld zu mildern, denn obwohl seine Hände alles andere als sauber waren, konnte er bei dieser Brut nicht einschreiten, weil er Angst vor einer Art Bosheit hatte, die dort herrschte und jenseits seines Begriffsvermögens lag.

Weirdos Mutter war zu besoffen, um irgend etwas davon mitzubekommen.

Jake verleitete Fists dazu, in die Klärgrube zu spähen, um den «blauen Goldfisch» anzuschauen. Er stieß ihn hinein, schloß den Deckel und rannte davon. Da sich niemand die Mühe machte, nach dem verhaßten Tyrannen zu suchen, blieb er da drin und verfaulte. Danach lief Jake selbst fort – ein paar Zigeuner hatten in der Nähe ihr Lager aufgeschlagen, und er schloß sich ihnen an, dem Ruf seines rumänischen Bluts folgend. Die Herumziehenden wußten, daß er einer von ihnen war und nahmen ihn gern mit, fort von der Hölle in der Ecke eines verwahrlosten Feldes.

Danach verlor Weirdo seine Fähigkeit, in eine andere Haut zu schlüpfen. Als er spürte, daß seine Phantasie ihn verließ, ertrug er es nicht länger, den Enten-Jungen zu treffen. Eines eisigen Weihnachtsabends, während ihre Mutter sich stöhnend mit einem weiteren schmierigen Freier hin- und herwarf, fanden Weirdo und Mary eine Flasche Brandy und etwas, das Mary für Hostien hielt, offen in dem Saustall des «Wohnzimmers» vom Wohnwagen rumliegen und beschlossen, Jesus um Hilfe zu bitten.

Sie nahmen ihre heilige Hostie mit hinaus auf die eiskalten Felder, tranken den Brandy und ließen sich die «Oblaten» auf der Zunge zergehen. Als das LSD zu wirken begann, waren sie entsetzt, den Messias zu sehen, der, die Dornenkrone in sein verfilztes Haar gedrückt und an Händen und Füßen eine Blutspur hinter sich herziehend, weiß und strahlend auf sie zukam, die Augen voller schrecklichen Erbarmens, dessen Anblick sie nicht ertrugen. Die Kinder flohen weinend und schreiend über die gepflügte Erde, um sich im Heuschober zu verstecken, dem einzigen Ort, der bei so einer widernatürlichen, schrecklichen Neuinszenierung der Weihnachtsgeschichte Wärme und Zuflucht bot.

Keine Hirten für sie. Auch keine heiligen drei Könige.

Danach konnte keines der Kinder mehr sprechen. Aber sie brauchten ihre stille Qual nicht mehr lange zu ertragen. Der Bauer, der freundlicherweise bis zum zweiten Weihnachtstag damit gewartet hatte, händigte Weirdos Mama einen Räumungsbefehl aus und drohte ihr, daß er und «seine Jungs» ihr beim Packen helfen würden, wenn sie es nicht bis morgen schafften.

Und erst denk ich, sie muß schlafwandeln, diesmal ist sie in 'nem echt fürchterlichen Zustand. Und sie schwebt irgendwie zu Marys Koje hinüber, immer noch mit dieser seichten Melodie auf den Lippen, und ich seh, wie sie ein Kissen nimmt und denk: «Gottverdammte Scheiße, was macht sie jetzt?» Und sie legt das Kissen über Marys Gesicht, und ich denk: «Nein, Mum, dazu sind Kissen nicht gedacht, das macht doch keinen Sinn, nicht wahr, sie kriegt doch keine Luft mehr, wenn du so weiter machst.» Und dann wird mir klar, daß sie genau das tut, sie ermordet meine Schwester, die arme kleine Mary, die einzige, die ich geliebt hab, die einzige, die mir noch geblieben war.

Und ich versuch, zu schreien oder so oder sogar einzugreifen und sie aufzuhalten, aber ich bringe keinen Laut hervor, und ich versuch, meinen Arm auszustrecken, aber er ist wie gelähmt, wie in einem von diesen Träumen, wenn man versucht, durch Treibsand zu laufen. Und ich merk, daß meine Trainingshose mit einem Mal ganz warm wird, ich merk, daß ich mir in die Hosen mach, während ich da im Bett lieg und mich verdammt noch mal nicht rühren kann, und dieser Summton wird lauter und lauter, und dazu kommen andere Geräusche, wie ein gurgelndes Geräusch, und ich seh Marys kleine Hände, sie rudert irgendwie mit den Händen und strampelt mit ihren Beinen, und Mum singt ihr lauter und lauter vor. Ich kann das nicht glauben, das bilde ich mir nur ein, ich muß träumen, aber nein, das geht weiter und weiter, und Mary strampelt mit den Beinen und rudert mit den Händen, und die Laute wie von einem sterbenden Tier, sie hören einfach nicht auf, und warum kann ich mich nicht bewegen? Warum kann ich meine dumme, verfluchte Mum nicht aufhalten, sie ist total übergeschnappt, sie singt, und ich halte das nicht aus, und als Marys Beine schließlich aufhören zu strampeln und ihre Hände herabsinken, seh ich, wie meine Mum langsam den Kopf dreht und mich direkt anlächelt. Ihre Zähne sind ganz zerschlagen und abgebrochen, und Blut läuft ihr übers ganze Gesicht, das wie ein einziges riesiges, gähnendes Loch aussieht, und sie singt, und sie kommt auf mich zu…

Weirdos Mutter wußte, daß das Spiel aus war. In einer zombiehaften Trance erstickte sie ihre Kinder und trug ihre kleinen Körper zum Fluß hinunter, wo sie sie von der Brücke warf, dort, wo Weirdo die Enten gefüttert hatte.

Sie sprang hinterher.

Und als er in die eisige Strömung fiel, schlüpfte Weirdo schließlich in den kleinen Jungen und sah sich selbst vorübertreiben, während er am Flußufer die Enten fütterte.

Ich starrte etwa eine halbe Stunde lang auf die letzte Seite. Es war Mitternacht, als ich zu Ende gelesen hatte, so in Everills Welt versunken, daß ich nicht gemerkt hatte, wie die Zeit verging, ob Jerry nebenan zu Hause war, oder daß meine Tränen einige der Seiten des Leseexemplars verschmiert hatten.

Schließlich legte ich es beiseite, stellte den Wecker, machte das Licht aus und fiel in einen tiefen Schlaf.

In jener Nacht träumte ich, ich läge in einer Gruft auf einem viktorianischen, gotischen Friedhof, während ein Mann, der wie Neil aussah, mein ganzes Blut langsam durch einen Plastikschlauch abzapfte, der aus meinem Hals herausragte. Ich war starr vor Angst.

8

Am nächsten Morgen prangten auf den Titelseiten der Zeitungen zwei Gesichter: ein grinsender Jon Jackson vor dem National Film Theatre in seiner letzten Nacht auf Erden. Daneben Niall Flynn, den sie am Eingang zum «Groucho Club» erwischt hatten, und der seine Augen mit einer Zeitung abschirmte und dem Fotografen mit der Faust drohte.

Eine plötzliche Hitzewelle war über die Hauptstadt hereingebrochen. Überall war blauer Himmel und blutroter Tod, und als meine U-Bahn auf Charing Cross zuratterte, war ich nicht die einzige, die sie im Wintermantel überrascht hatte.

Ich las die Schlagzeilen, während ich in meinem Kunstfell schwitzte und die schwere Tasche voller Bänder, Notizbücher, Kurzbiographien und Bücher unbequem auf meinen Knien lag. Das war alles zuviel, zu früh am Tag. Ich faltete die Zeitung zusammen, steckte sie zurück in meine Tasche und konzentrierte mich statt dessen auf das ICA-Programm.

Als ich gestreßt die Mall hochging, drängte sich vor dem Foyer des Instituts bereits eine Menschenmenge, mit den Zeitungen wedelnd und in eine lebhafte Diskussion vertieft. Ich hielt meinen Kopf gesenkt und schlüpfte zum Empfangstisch hindurch, um mich anzumelden und meinen eigenen, eingeschweißten Passierschein in Empfang zu nehmen. Ich fand mich umringt von Verlegern, Publizisten,

Journalisten, einer Schar mehr oder weniger vertrauter «Kray-Klones» und einer verschwindenden Zahl von Autoren selbst. Alle sprachen nur über eine einzige Sache: was mit Jon Jackson passiert war.

Ich hielt meinen Kopf gesenkt, die Augen auf das Programm gerichtet. Endlich öffneten sich die Türen, und alle marschierten in einer Reihe in das Kino, damit das Forum beginnen konnte.

Ein erwartungsvolles Schweigen legte sich über die Versammlung, als eine einsame Gestalt zur Mitte der Bühne schritt und das Mikro in die Hand nahm. Das war Bill Beauford, Kritiker beim *Guardian* und Londons Mr. Crime. Ein großer, aufrechter, finster wirkender Mann mittleren Alters mit krausem, grauem Haar und einer schweren Hornbrille, die auf einer Trinkernase saß. Sein Tweed-Dreiteiler mit gelber Fliege war trotz der Hitze tadellos und zugeknöpft, und in sein Gesicht hatten sich die grimmigen Falten eines Predigers gegraben, der schlechte Nachrichten zu verkünden hat.

«Wie ihr alle wißt», begann er in düsterem Ton, «ist diese Woche eine große Tragödie über uns hereingebrochen. Ein bedeutendes junges Talent, auf brutalste Weise aus unserer Mitte gerissen, gerade als er zu etwas ansetzte, was zweifellos nur der Beginn einer bemerkenswerten Karriere gewesen wäre. Ich spreche natürlich von Jon Jackson.

Ein Mann, der mit seinem bemerkenswerten Debüt-Film *Bent* nicht nur für eine Neubelebung des britischen Kinos, sondern der britischen Kriminalliteratur als solches gesorgt hat. Jackson hat unsere Hauptstadt wieder in den Mittelpunkt des Weltinteresses gerückt, nachdem aller Augen so lange auf Amerika gerichtet waren. Er sorgte für Aufregung und eine Welle von Anhängern», die wässerigen braunen Augen hinter den dicken Brillengläsern schweiften über die versammelten «Klones», «und er hat unserer Branche einen gewaltigen Aufschwung verschafft in einer

Zeit, in der, seien wir ehrlich, die Geschäfte schlicht flau liefen.

Ich bin sicher, daß ihr alle wie ich schockiert und entsetzt über die Art des Todes seid, den dieser junge Mann gefunden hat. Schockiert und entsetzt ebenfalls über die Andeutungen der Presse, daß dies die Tat eines Verrückten war, der so besessen von Jacksons Kunst war, daß die Grenzen zwischen Wirklichkeit und Fiktion bei ihm verschwammen. Daß Jackson auf schreckliche Art verantwortlich für sein eigenes entsetzliches Ende war. Verantwortlich für …» Beaufort hielt inne und ließ die Pause andauern, um eine maximale Wirkung zu erzielen, bevor er die gefürchteten Worte zischte: «… für die Ermutigung zur Gewalt.»

Durch den rappelvollen Saal lief das raschelnde Geräusch von *Guardians*-Exemplaren, die gegen von panischem Entsetzen erfaßte Herzen gepreßt wurden.

«Wenn das der Fall wäre», dröhnte Beaufort jetzt, «dann wären wir alle hier in diesem Raum des Mordes schuldig.»

Er kriegte sich wieder ein und sprach seine nächsten Worte in normaler Tonlage.

«Das ist natürlich Unsinn. Es ist jedoch nicht meine Absicht, heute eine ausufernde politische Debatte heraufzubeschwören, obwohl es sich niemand von uns leisten kann, selbstzufrieden zuzuschauen, wenn die rechten Elemente der Presse über diese Angelegenheiten herfallen. Nein. Heute», fuhr er fort, nahm seine Brille ab und tupfte mit einem großen weißen Taschentuch etwas Feuchtigkeit von seinen Augen, «will ich lediglich Jon Jacksons Leben und Talenten Hochachtung zollen. Und es ist gleichfalls im Sinne der Veranstalter und aller Teilnehmer dieser ICA-*Crimewave* 1992, die diesjährige Veranstaltung seinem Gedenken zu weihen.»

Diese Erklärung wurde von einer Runde rauschendem Applaus begrüßt, und Bill stand zufrieden da. «Danke euch allen», erwiderte er. «Und jetzt möchte ich euch ohne weitere Umschweife die Autoren für unsere einleitende Podiumsdiskussion ‹amerikanische versus britische Kriminalliteratur› vorstellen sowie unseren Ehrengast Luther Lang.»

Weiterer erleichterter Applaus folgte, als sich die bösen Buben selbst auf die Bühne begaben, angeführt von dem riesenhaften Lang. Die restlichen Jungs sahen im Vergleich zu ihm eigentlich nicht so böse aus. Britannien wurde von einem Typ mittleren Alters, der einem Gebrauchtwagenhändler ähnelte, und von einem wesentlich jüngeren Mann repräsentiert, den ich nicht einordnen konnte. Er war groß, hager, zog an einer Zigarette. Für Amerika stand, hinter Lang, ein gemischtrassiger Mann aus Los Angeles, der zur Zeit als der schwarze Raymond Chandler bejubelt wurde. Was schön für ihn gewesen sein muß. Sie setzten sich in einem Halbkreis hin, zwei Fraktionen einander gegenüber, alle für den Ton verkabelt. Beauford mußte als Moderator die Runde der Kontrahenten leiten und sie zu einer kleinen Kontroverse anstacheln.

Na ja, die Amis waren klar überlegen.

Lang war ein Riesenkoloß von einem Mann mit Bizeps so groß wie Polsterkissen, übersät mit Gefängnis-Tattoos, und einem breiten, stoischen, zerschlagenen Gesicht. Sein Haar war kurz geschnitten, nach Marine-Art, und auf seiner Oberlippe strotzte ein großer, grauer Schnurrbart, über den niemand, aber auch niemand, Village-People-Witze machen würde.

Luther war mein literarischer Held. Sein Werk war so umfangreich wie seine Gestalt: großartige, aufrührende Geschichten über den amerikanischen Außenseiter – den fahrenden Jahrmarktsschreier, den hyperbolischen Straßenprediger, den mysteriösen Outlaw. Er hatte die längste Zeit seines Lebens im Gefängnis verbracht, in trautem Beisammensein mit seinen literarischen Geschöpfen, und er beschwörte sie so packend herauf, daß man ihren Atem riechen, ihre Paranoia erleben konnte, während sie durch seine Seiten huschten.

Auch heute wählte er seine Worte mit Bedacht und knüpfte an Beaufords Worte an: «Bevor wir mit der Diskussion beginnen, möchte ich kurz der Familie und den Freunden des seligen Mr. Jackson in dieser schrecklichen Zeit mein tiefstes Beileid aussprechen.» Seine Stimme war ein düsteres Grollen.

«Und ich möchte Bills Worten darüber, warum wir alle hier versammelt sind, noch etwas hinzufügen. Und zwar aus dem Mund eines Fachmannes: es hat nie einen offiziellen Beweis gegeben, daß irgend jemand aufgrund von etwas, was er in einem Film gesehen oder in einem Buch gelesen hat, irgendein Verbrechen begangen hat.

Wahrscheinlicher ist, daß die meisten Kids, die auf die schiefe Bahn geraten, nie ein Buch gelesen haben. Sie haben Eltern, oder einen Elternteil, die sich einen Dreck um sie scheren – nicht mit ihnen reden, ihnen keine Aufmerksamkeit schenken, sie sich selbst überlassen. Die meisten Kids im Knast sind dort, weil sich niemand darum gekümmert hat, ihnen moralischen Halt zu geben. Ihre Eltern nicht, die Gesellschaft nicht, niemand. Ihr alle kennt das Klischee, daß die Gesellschaft die Verbrecher bekommt, die sie verdient? Das ist zweifellos wahr.

So bin ich aufgewachsen», seufzte er, «‹aus dem Bauch der Hölle›, wie mein Mit-Knastautor Jack Henry Abbott es formuliert. Dies ist das Amerika, das ich euch in meinen Büchern nahe bringe. Und die wirklich Kranken im Bunde, eure Henry Lee Lucases, eure Ted Bundys, so wie ich es sehe, die wachsen auf zwei unterschiedliche Arten auf.

Unsere Person hier ist ein Bursche, bei dem vor langer Zeit was schief gegangen ist. Möglich, daß seine Alten was damit zu tun hatten – Henry Lee wurde als kleiner Dreikäsehoch mißbraucht, und der olle Henry begann seine Karriere auf seiner eigenen lieben Mama. Nehmt jedoch jemanden wie Ted Bundy. Seine Alten waren ehrbare Angestellte, er hat kein Elend gesehen wie Henry, mit dem Typen stimmt einfach von Anfang an was nicht. Ein *Psy-cho-path*», er zog das Wort in die Länge, spürte, wie es auf der Psyche der Zuhörer lastete, «kann keinen Bezug zur Welt aufbauen wie normale Menschen. Es ist, als wäre er irgendwie leer; er hat keine Gefühle als solche, er muß sein Verhalten dadurch erlernen, daß er die Reaktionen anderer Leute beobachtet – wann es gilt, ärgerlich zu werden, wann traurig. Er hat zweifellos keinen Bezug zu so etwas wie Liebe. Wissenschaftler meinen nun, das alles hat mit dem vorderen Gehirnlappen zu tun», er tippte sich zur Unterstreichung an seinen eigenen kahl werdenden Schädel. «Dieses Teil hier wird in den frühen Lebensjahren nicht ausreichend stimuliert. Es entwickelt sich nicht richtig, und das ist der Teil unseres Gehirns, der unsere Gefühle steuert. Haben wir nicht genug davon, haben wir keinen Bezug zu irgend jemand anderem.

Dieser Nachahmungs-Killer nun, oder wie immer wir ihn nennen wollen, war entweder vorher schon häufig in Schwierigkeiten, oder dieser Mord ist etwas, woran er geraume Zeit gebastelt hat. Ich würde die Vermutung wagen, daß er jemand ist, der das Opfer sehr gut kannte, genau geplant hatte, wie er vorgehen würde, und es aus irgendeinem psycho-sexuellen Grund durchgeführt hat, der mit seiner Vorstellung von Vergeltung zu tun hat.

Man wird sehen, ob ich mich irre», sagte er achselzuckend, «aber ich würde jede Wette eingehen, daß es so und nicht anders war.»

Sowohl Zuschauer als auch Diskussionsteilnehmer schwiegen andächtig.

«Was mich eigentlich nahtlos auf den American Way of Life bringt», lächelte Luther sarkastisch. «Tod. Tod, Korruption, Alkoholschmuggel, Sklaverei. Nennen Sie mir einen Ort, der das, in größerem Stil, besser macht. Können Sie nicht, stimmt's?

In Amerika ist Kriminalliteratur das Sprachrohr des Immigranten, des Unterdrückten, des Typs am unteren Ende der sozialen Leiter. Und glauben Sie mir, in unserem gottverdammten Land der Freien gibt es so viele Sprossen, daß sie etwas von einer Feuerleiter hat, die bis ganz hinab in die Hölle führt …»

Ich saß wie gebannt, während Luther den Raum in seinem honigsüßen texanischen Tonfall mit seinem Zauber durchwirkte, mit einer Stimme von der gleichen Art Feierlichkeit wie die Stimme, die sagt: «Hi, ich bin Johnny Cash.» Eine Stimme, die das Getreide plattdrücken würde, während sie über das Land strich.

Auf jeden Fall war die Opposition platt.

Wer war jetzt wohl dreist genug, für Britannien anzutreten?

Der, den ich nicht einordnen konnte. Der, mit dem ich später einen Termin hatte.

Auf der britischen Seite schien allein Mr. Simon Everill sich pudelwohl zu fühlen. Er sonnte sich offenbar in der Ironie, daß er tatsächlich ein junger britischer Autor war, während sein Mitstreiter für den «Nouveau Noir» die Fünfundvierzig unwiederbringlich überschritten hatte.

Er war natürlich ganz in Schwarz gekleidet, mit kurzem, dunkelblondem Haar, einem stoppeligen Drei-Tage-Ziegenbart und grauen Augen mit schweren Lidern, die pausenlos zwischen den anderen Sprechern hin- und herhuschten wie eine Viper, die zu einem vergnüglichen Sommerpicknick durchs Gras gleitet. Und er konnte es kaum abwarten, an die Reihe zu kommen.

«Man kann die Erfahrung nicht wirklich vergleichen», verkündete er, als er endlich gefragt wurde. So wie er sich in seinen Sitz gelümmelt hatte und frech an einer Zigarette zog, hatte er wahrscheinlich einen akademischen Grad in existentialistischer Anti-Held-Technik.

«In Amerika», fuhr er fort, «habt ihr die grandiose Bühne. Ihr habt Hollywood, ihr habt die Mafia, ihr habt, wie Luther sagt, ein ganzes Land, das auf schmutzigen Geschäften mit der Prohibition, illegalem Schnaps und Sklaverei basiert. Hier haben wir alte, gruselige Landhäuser, in denen Geheimnisse unter den Dielenbrettern versteckt liegen, schmuddelige Küstenstädte und den verblaßten Sonnenuntergang über dem Empire. Kleine alte Ladys, die Verbrechen wie Kreuzworträtsel lösen. Die Killer sind alle verhinderte Büroangestellte oder vielleicht gescheiterte Schauspieler, aber nicht die handverlesene Sorte à la Howard Hughes.»

Dies entlockte sowohl den Diskussionsteilnehmern als auch dem Publikum ein Glucksen.

«Was ihr aber nicht machen könnt», er hielt inne und beugte sich in seinem Sitz vor, so daß sein Zigarettenqualm um ihn herum wirbelte, «was ihr wirklich nicht machen könnt, ist, die Verfolgungsjagd von *Bullitt* in die Tottenham High Road zu verlegen.»

Das war ein deutlicher Angriff auf seinen britischen Mitstreiter Paul Carver, der all seine Romane in «norf Lahndan» – Nord London – ansiedelte. Die Zielscheibe feuerte mit voller Zündstoffladung zurück. «Wenn du scheißlangweilig sein willst, dann nicht», explodierte er in einem Atompilz aus Zigrettenasche. «Wenn alles amerikanische Hard-boiled großartig und alles englische Tea-and-Sympathy scheißlangweilig ist, dann wegen engstirniger Arschlöcher wie dir.»

Eloquent bis zum letzten.

«Ich liebe *Bullitt*!» sprudelte er hervor, daß seine braun getönte Fliegerbrille beschlug, «ich liebe Verfolgungsjagden! Ich liebe Schießeisen! Ich liebe Miezen mit großen

Titten und schlechtem Benehmen, und ich werde alles über sie schreiben! Leck mich am Arsch!»

«Danke, Mr. Carver.» Beauford ging eilig dazwischen, der perfekte Englishman bis zum letzten. «Sollen wir zum nächsten Diskussionsteilnehmer übergehen?»

Luther Lang war keine Enttäuschung. Von Angesicht zu Angesicht wirkte er wie ein Naturdenkmal; das Grand Canyon in bequemen Chino-Hosen und einem Hemd mit offenem Kragen.

Meine Fragen waren vergessen, ich saß nur da und starrte in die zerfurchte Visage, während er zur Tagesordnung kam und mich umgarnte. Sein texanischer Sprachstil war einfach faszinierend: altmodisch, respektvoll und dennoch gänzlich ausdrucksvoll.

«Das ist das Gesetz der Höflichkeit der Südstaaten, Ma'am», erklärte er mir mit einem Lächeln. «Wir haben dort alle Schießeisen, also brauchen wir uns nicht ungehobelt zu benehmen.»

Als das Interview vorüber war, stand er auf und zwinkerte mir zu. Ich schüttelte eine Hand so groß wie eine Lammkeule, verabschiedete mich und spazierte mit diesem seltsamen, angeborenen journalistischen Instinkt zur Bar hinüber.

An besagtem Gebilde lehnte ein verschwörerischer Haufen. Wie Usus bei diesen Anlässen herrschte eine hektische Orgie aus Schulterklopfen und Sich-in-den-Rücken-fallen, alle krochen sich gegenseitig in den Arsch, während sie jedes erkennbare Zeichen eines Abrutschens an der glitschigen Fahnenstange der Berühmtheit taxierten. TV-Serie? Im Wochenendprogramm? Nicht schlecht. Hast du von meinem Anruf von David Lynch gehört?

Heute schienen sich die ewig vom Untergang bedrohten Autoren Paul Carver, dem glücklichen Rezipienten einer demnächst anlaufenden eigenen TV-Serie anzuschließen, in der Hoffnung, daß vom Geldsegen etwas auf sie abfallen würde.

Alle außer Simon Everill.

Er rekelte sich ein wenig abseits von dem Getümmel, die langen Glieder über den ganzen Sessel von sich gestreckt und lächelte vor sich hin, während seine agilen Augen den Saal und alle darin unablässig forschend beobachteten. Ich verstand, was Everill tat. Er lachte sie aus.

Ich wollte ihn ansprechen, aber irgendwie traute ich mich nicht. Ich beobachtete ihn nur und lächelte ebenfalls.

Meine Stunde kam später an jenem Tag. Um 17:30 Uhr führte Lucy mich zu einem kleinen Raum hinter dem Pressebüro, einem kleinen Raum, in dem Everill sich weiter rekelte und grinste. Ich sah mit einem Blick, daß dies kein Spaziergang werden würde.

Er war kribbelig.

Er war aalglatt.

Seine schlaksige Gestalt rutschte in seinem Designerstuhl aus Chrom und Pinienholz hin und her und ließ das Ding offen gestanden unbequem aussehen. Er hielt keinen Augenblick still. In der einen Minute warf er seine langen Beine über die Armlehne seines Stuhls, in der nächsten kratzte er sich mit seinen langen Fingern den Stoppelbart. Seine neugierigen Augen waren ebenso unstet wie sie auf der Bühne gewesen waren, nur aus der Nähe war das sehr viel irritierender. Wie die Spiegelung schwerer Wolken über einem stillen Teich trafen sie meinen Blick nur kurz, bevor sie weiter wanderten.

«Was fasziniert dich an Verbrechern und Verbrechen?» begann ich.

Der Sessel wippte auf drei spindeldürren Beinen.

«Das ist eine originelle Frage.» Er krauste die Oberlippe.

«Wie lange hast du gebraucht, bis du darauf gekommen bist?» Er lächelte fies und schaukelte weiter.

Das Herz rutschte mir in die Hose. Mist, dachte ich, ist er zu allen so schroff? Aber ich behielt mein wie in Beton gegossenes Lächeln bei, während ich überlegte, was ich Interessanteres sagen könnte. «Na gut, also. Deine Romane sind sehr ortsverbunden. Mit der abgeschiedenen, ländlichen Gemeinde. Du sprichst offensichtlich aus Erfahrung, oder?»

«Ah, das gute alte Dorf mitten auf dem flachen Land.» Er verschlang seine Finger ineinander. «Wo jeder seine Nase in anderer Leute Angelegenheiten steckt, sich aber nicht um seine eigenen kümmert.»

«Wo war das flache Land in deinem Fall?»

Die Lider sanken tiefer über seine trüben Augen. «Spielt das eine Rolle? Es wäre in jedem Dorf in jedem Teil dieses Landes das Gleiche gewesen.»

Ich versuchte den Eindruck abzuschütteln, daß er geradewegs in mein Innerstes schaute und bemühte mich, seinen Akzent einzuordnen. Er klang irgendwie nördlich, die abgerundeten Vokale ließen auf Yorkshire schließen. Peter Sutcliffe, Donald Neilson, Ian Brady und Myra Hindley – eine Menge sonderbare Leute in den düsteren Bergen. Die Sorte Ort, die bei einem Jungen eine Menge Alpträume hervorrufen könnten, die ihm zu schaffen machten.

«Was ist also mit diesen Leuten?»

«Diese Leute?» Er sah mich an, als hätte er eine Schwachsinnige vor sich.

Ich konnte spüren, wie meine Hände zu zittern begannen. Ich war nie besonders gut bei direkter Konfrontation gewesen. «Die Leute, die sich nicht um ihre eigenen Angelegenheiten kümmern. Die Bösen in Ihrem Buch.»

Er beugte sich vor. «Ah, die Bösen.»

Würde er einfach nur alles wiederholen, was ich sagte?

Aber nein, plötzlich legte er los: «Sie gehen in die Kirche, und anschließend tratschen sie über die gefallenen Mädchen in der Gemeinde. Sie qualmen und saufen, ziehen aber ohne Ende über die Schrecken der Drogen her, und was soll aus diesen jungen Leuten nur werden? Sie lächeln ihre Nachbarn an, während sie ihr Vermögen abschätzen und sich selbst blasiert für ihren besseren Geschmack loben. Wie schon gesagt, das ist wie mit den Geheimnissen unter den Dielenbrettern, dem Store, der sich bewegt. Und wenn du jemals, jemals anders bist als sie, machen sie dir das Leben zur Hölle.»

«Heißt dein Buch deshalb *Weirdo*? Beruht es auf einer persönlichen Erfahrung?»

Er sah mir das erste Mal richtig in die Augen.

«Gewissermaßen.» Der Stuhl schaukelte ununterbrochen. Er zog sich wieder in Schweigen zurück, schaute auf die Uhr.

Ich spürte meine Hochstimmung so plötzlich schwinden wie sie gekommen war. Er hatte mich gelinkt. Er würde nichts preisgeben. Aber ich würde nicht aufhören, es zu versuchen. «Also, wie viel davon ist persönlich?»

«Das ist unwesentlich.» Er warf mir einen Blick zu, der unmißverständlich sagte: «Halt verdammt noch mal die Klappe.»

Was er tatsächlich sagte, war: «Was zählt ist, was die Geschichte dir gibt.» Seine schmalen Lippen kräuselten sich zu so etwas wie einem Lächeln, das seine Augen nicht im entferntesten erreichte. «Und was hat meine Story dir gegeben, Diana?»

Bei der Art, wie er meinen Namen aussprach, hätte ich mir fast in die Hose gemacht.

«Daß kleine Gemeinden äußerst gespenstische Orte sind», murmelte ich kläglich.

Er konnte in mich hineinschauen. Das gefiel mir nicht.

«Eben das sagte ich gerade.»

Die Pause, die darauf folgte, war quälend. Ich suchte verzweifelt nach einer Erwiderung, irgendeiner freundlichen Art, diesen arroganten, nur zu allwissenden Lack platzen zu lassen.

«Aber kommen wir nicht eigentlich alle aus einer Kleinstadt?» piepste ich schließlich und haßte meine eigene Unterwürfigkeit. «Ich habe in London noch nie jemanden getroffen, der wirklich aus London stammt.»

«Das ist das Gute an Kleinstädten», überlegte Everill, womit er mir einen unerwarteten Rettungsring zuwarf. «Sie geben einem etwas, wovor man fliehen kann.»

«Stimmt. Ich bin ganz deiner Meinung.»

«Und etwas, womit man arbeiten kann.»

Als ich mich schwerfällig zum Tresen zurückschleppte, kam ich mir vor wie ein geplatzter Ballon.

Nun, das war ganz große Scheiße gewesen, kein Zweifel.

Ich wurde meines Braves-Mädchen-Orangensaft-Einerleis müde und bestellte ein Pint, verzog mich damit in eine möglichst entlegene Ecke und brach an einem Tisch zusammen. «War er maßlos arrogant, oder war ich einfach eine beschissene Interviewerin?» fragte ich mich, wütend über mich selbst, steckte mir eine Kippe an und warf das Streichholz in den Aschenbecher, als hätte es mich persönlich beleidigt.

Ich holte meine zerknitterte Zeitung aus der Tasche und tat so, als würde ich sie sorgfältig durchgehen, den Kopf gesenkt, die Ellenbogen auf dem Tisch und die Hände in meinem Haar, versuchte ich mich von dem rauhen Gelächter abzuschotten, das noch immer von Paul Carvers Seite der Bar herübertönte. Jetzt wußte ich, wie es sich anfühlte, von dem krimischreibenden Gegenstück von Johnny Rotten hereingelegt zu werden. Plötzlich fragte eine Stimme neben mir sanft: «Alles klar mit dir, Di?»

Ich sah blinzelnd auf. Das war Peter Reid, ein Kleinverleger, dessen engagierte Verlagsarbeit Beweis seiner Entschlossenheit war, auch seine zweite Hypothek platzen zu lassen, wenn es darum ging, um jeden Preis seine Lieblingsautoren herauszubringen.

Ich mochte Peter wirklich gern, bewunderte seine Hartnäckigkeit und die meisten seiner Autoren auch.

«Ich bin gerade mit Simon Everill aneinander geraten», gab ich zu und forderte ihn mit einer Geste auf, sich zu setzen, was er tat und seinen Krug richtiges Ale auf den Tisch knallte, so daß es über meine ganze Zeitung spritzte.

Er merkte es nicht, und mich störte es nicht weiter.

«Aha! Der Wunderknabe», nickte er. «Spielt sich ganz schön auf, was?»

«Führt eher alle anderen vor», brummte ich. «Das war so ungefähr das schlechteste Interview, das ich je geführt habe.»

«Nun, er hat Carver wie eine olle Schwuchtel aussehen lassen», gab Reid zu bedenken. «Was wir nicht genug begrüßen können.»

Er hob sein Glas in die allgemeine Richtung, aus der der Lärm kam und nahm einen schaumigen Schluck. Noch ein Grund, warum ich Peter mochte. Er brachte mich immer zum Lachen.

«Wo kommt er her, Pete?» fragte ich. «Everill, meine ich. Hat irgend jemand schon mal von ihm gehört?»

«Verdammt, wenn ich das wüßte», gab Reid zu, und das war ein wahres Eingeständnis für ihn. Normalerweise war er der erste bei jedem Tratsch, ob wahr oder erfunden. «Glaub, er kommt aus dem Nichts, weiß nicht, wer ihn entdeckt hat. *Hard Ball* schweigt sich auch darüber aus, und ich hab's weiß Gott versucht. Wünschte, der Kerl hätte mir sein Buch zuerst geschickt, das ist verdammter Zündstoff. Ich könnte ein wenig Umsatz gebrauchen, sag ich dir.»

Ich nickte zustimmend. «Sie hatten keine Biographie über ihn», erzählte ich Peter. «Und aus ihm kriegst du verdammt noch mal auch nichts darüber raus, wo er herkommt. Das ist sonderbar.»

«Klingt, als käme er aus dem Norden», bemerkte Reid. «Aber aus Lancashire kommt er nicht, so viel kann ich dir sagen. Hab noch nie so einen Akzent da oben gehört. Vielleicht Yorkshire ...»

«Das dachte ich mir auch.»

«Eine Art Johnny Rotten.»

Ich konnte nicht anders, ich mußte laut lachen. «Den Gedanken hatte ich auch.»

Noch jemand kam auf unseren Tisch zu.

«Alles klar, Ihr beiden?»

Noch ein Kleinverleger, aber ein erfolgreicherer. Ryan Smiths *Short Fuse* verfügte über Starautoren und reichlich amerikanische Verbindungen.

«Alles klar, Ryan», sagte Peter herzlich. «Wir reden gerade über das Großmaul Everill, den Wunderknaben. Was weißt du über ihn?»

Ryan setzte eine Aktentasche auf einen Stuhl und sich selbst auf den anderen, während er sich von zahlreichen Tragetaschen befreite.

«Eigentlich nichts», antwortete er. «Niemand weiß etwas. Nicht einmal seine Verleger, glaube ich.»

«Wird aber zweifellos eine Menge Geld einbringen», sagte Peter wehmütig.

«Seid ihr durch für heute?» fragte Ryan.

«Sicher», nickte ich. «Mein letztes Interview mit diesem Everill war eine Katastrophe. Mir ist danach, meinen Kummer zu ertränken.»

«Ich hab für einen Tag genug Kunden abgeschleppt», stimmte Peter zu. «Zeit für einen Dämmerschoppen.»

«Weil, wißt ihr was: ich treff mich hier gleich mit Kay McLachlan. Ich hatte vor, mit ihr ins ‹Deansgate› zu gehen, eine Weile von diesem Viehmarkt hier wegkommen. Ihr könnt gern mitkommen – du interviewst sie morgen, nicht wahr, Di? Ist vielleicht ganz gut, vorher ein wenig zu plaudern?»

«Schrecklich gern», lächelte ich. Für die Idee erwärmte ich mich schnell. «Danke.»

«Recht hast du Kumpel», sagte Peter und kippte sein Ale hinunter. «Selbst wenn sie da unten eine Snob-Auswahl an Lager-Bier aus der Flasche servieren.»

Das «Deansgate». Der Strudel des gesellschaftlichen Treibens. Der letzte bekannte Aufenthaltsort von …

Scheiße, dachte ich. Gib's dir voll.

9

Der «Deansgate Club» war nicht das, was ich erwartet hatte.

Ich war davon ausgegangen, daß jeder Ort, an dem die großen Berühmtheiten herumhingen, wie das «Groucho» sein würde – groß, prahlerisch, voller cola-saufender, großmäuliger Arschlöcher. Nein, das «Deansgate» war etwas ganz anderes.

Ryan drückte einen Klingelknopf an einem gut verborgenen Eingang an der Shaftsbury Avenue, Ecke Dean Street. Ein obdachloser Liverpooler stand mit uns vor der Tür. Er scherzte mit uns, während wir ihm unser Wechselgeld in die Hand drückten, bis eine samtene, männliche Stimme aus der Gegensprechanlage antwortete: «Drück die Tür auf, Süßer.»

Eine enge, steile Treppe hinunter, dunkelgrüne Wände gesäumt von Theaterpostern aus alten Zeiten, hinein in ein winziges Stückchen Soho, an dem die Zeit glücklicherweise vorbeigegangen war.

Es war ein kleiner Keller mit einer winzigen Bar und

kerzengeschmückten Tischen in ledergepolsterten Nischen, das Ganze umgeben von einem ziemlich unberühmt aussehenden Haufen Leute, die offensichtlich lieber gehört als gesehen wurden. An jedem zur Verfügung stehenden Platz an den Wänden und über der Bar hingen professionelle Fotografien von Schauspielern. Die Atmosphäre war erfüllt von lebhaftem Geplapper, das die Tonlage erreicht hatte, in der es wie Wellen klingt; Wellen, die in einen auffallenden, langgezogenen Oberschicht-Vokal mündeten: O.

Roy Orbison, das Big O, hing auch in der Atmosphäre mit seinem Song *It's Over*. Ein Haufen Männer, die am Tresen lehnten und große Gin and Tonics in noch größeren Fäusten hielten, versuchten mitzusingen. Sie klangen wie streunende Hunde, die in einer Gasse den Mond anheulten.

Ich war wie verzaubert. Das war perfekt. Das war eine andere, geheime Welt.

Ryan war an der Bar und bestellte Drinks. Der Mann mit der samtenen Stimme, der Inhaber, trug eine stolze, weiße Haarpracht, passend zu Bart und Schnauzer. Er stellte sich mit sanftem Händedruck vor, Lachfältchen um die Augen: «Hallo, Süße.»

Ich wollte nicht wie ein Neuling wirken und bestellte Gin and Tonic. Im Hintergrund maulte Peter über das Becks-Bier aus Flaschen.

Wir fanden einen Ecktisch neben einem Wandklavier und einem Satz Trommeln. «Wart's nur ab.» Ryan nickte in Richtung der Instrumente. «Wenn die mit dem ganzen Zeug da loslegen, hauen die richtig auf die Pauke.»

«Jaha.» Peter stupste mich, freute sich über den Scherz. «Und all die alten Leute fangen an, Walzer zu tanzen.» Kay McLachlan, klein, dunkel und lebhaft, lachte zustimmend. «Was für ein verdammt fantaaastischer Ort, Ryan. Kaum zu fassen. Sind wir durch einen Zeittunnel gefallen, oder was?»

Kay McLachlan war zum Totlachen. Sie strömte förmlich über vor unterhaltsamen Schmähungen über all die anderen Autoren bei der *Crimewave*, gespickt mit Anekdoten über gemeine Killerfrauen, die sie mit ein paar Wasserstoff-Blondinen an der Bar verglich, die schwankenden, aber gut betuchten alten Männern das Geld für einen regelmäßigen Nachschub an Champagner aus der Tasche zogen. Ich lachte mit ihr in der Gewißheit, daß wenigstens mein nächstes Interview gut werden würde.

Ein elegant aussehender Schwarzer setzte sich ans Klavier und improvisierte etwas Jazz mit einem befreundeten Saxophonisten und einem kleinen, stämmigen Schlagzeuger. Genau wie Peter vorausgesagt hatte, begannen Leute auf der winzigen, verfügbaren freien Fläche Walzer zu tanzen.

Auf einmal steuerten Kay und Peter auf die Toiletten zu, während Ryan zum Tresen ging. Für den Augenblick allein, sah ich mich genauer in dem Raum um. Hier drin verkehrten einige herrliche Typen. Ein Fatzke wie aus einem Stück von P. G. Wodehouse brüllte einem kleinen, aufgeregt wirkenden Kerl im Safarianzug lautstark etwas zu. An der Bar skizzierte ein langhaariger Lord Byron Karikaturen von den Leuten. Die Roy-Orbison-Sänger versuchten, sich gegenseitig unter den Tisch zu trinken, während sie die Anzahl ihrer jeweiligen Besitztümer herausposaunten.

«Ich hab FÜNF Häuser!» bellte der Größte von ihnen.

Und plötzlich fuhr ich fast erschreckt hoch. Ein Augenpaar durchbohrte mich von der Ecke des nächstgelegenen Tisches aus.

Er sah aus wie dieser Schauspieler, Niall Flynn.

Das konnte nicht sein.

Aber er war es.

Er konnte nicht mich ansehen – oder?

Wie als Antwort auf diese unausgesprochene Frage taumelte der Mann aus seinem Sitz und wankte unsicher zu mir herüber. Er war eindeutig besoffen, hielt seinen Blick aber starr auf mich gerichtet. Er streckte einen langen, knochigen Finger aus und fragte:

«Wo zum Teufel hast du gesteckt, Mädchen?»

«Tut mir leid», stammelte ich und sah in Augen, die so drohend wie die des Leinwand-Bandenkönigs Marley waren. «Ich glaube, Sie müssen mich mit jemandem verwechseln.»

Er setzte sich trotzdem auf den Stuhl mir gegenüber, Peters Platz. «Gott vergib mir, das habe ich wohl.» Seine Stimme war wunderbar, seine Augen furchteinflößend. Er zitterte und sah aus, als hätte er eine Woche lang ununterbrochen geweint. Sein weißes Haar stand nach allen Seiten ab. «Du kannst nicht sie sein, du bist keine Irin. Aber du siehst ihr so ähnlich, Emily Davey, meine ich.» Er ergriff meine Hand und sah mir gerade in die Augen. «Gott vergib mir, Liebes, wie heißt du?»

«Ich heiße D-Diana», stotterte ich. «Diana Kemp.»

«Diana, du bist ein schönes Mädchen und ich bin ein jämmerlicher alter Mann», sagte er. «Kann ich dir einen Drink spendieren?»

Ich schaute auf und sah Ryan mit einem Arm voll Gläser hinter ihm stehen. Hinter ihm der Wirt, Sorgenfalten auf der Stirn.

«Ist schon gut», sagte ich, «mein Kumpel bringt mir gerade einen.»

«Alles klar mit dir, Süßer?» Die Hände des Wirts lagen jetzt auf Flynns Schultern. Er sah eher besorgt um mich aus.

Flynn wirbelte herum und griff den Wirt bei der Hand. «Oh, Gerry O'Brian, du bist ein guter Mensch, und jetzt sag, sieht sie nicht aus wie Emily Davey?»

«Emily Davey wäre mittlerweile sechzig Jahre alt, Süßer», sagte der Wirt sanft. «Komm rüber an den Tresen, ich spendier dir einen Drink. Diese junge Lady ist mit ihren Freunden hier. Komm schon, Niall.»

Flynn kam taumelnd auf die Füße und begann an Gerry O'Brians Schulter zu weinen. Der Wirt sah mich an und sagte: «Tut mir leid, Süße, aber du weißt, was er durchgemacht hat.»

Wer wußte das nicht.

«Heute bleibt uns aber auch nichts erspart, Di», bemerkte Peter mit hochgezogenen Augenbrauen und nahm seinen Platz wieder ein. «Du ziehst Spinner magnetisch an, Herzchen.»

Es war fast zwei Uhr morgens, als wir schließlich aus dem «Deansgate» torkelten. Als wir die Treppe wieder hochgingen, konnte ich nicht anders, ich mußte mich einfach umsehen und bemerkte Niall Flynn, der immer noch schwankend an der Bar stand und mich mit diesem tragischen Blick anstarrte, als hätte ich ihm persönlich das Herz gebrochen. Er hob sein Champagnerglas, um mir zuzuprosten und brüllte quer durch den vollen Raum:

«Gott hab dich lieb, Emily Davey. Auch ich werde dich ewig lieben.»

Ryan und Peter konnten es natürlich kaum abwarten, diesen Augenblick noch einmal ins Leben zu rufen, als ich am nächsten Morgen gegen zehn Uhr im Foyer des ICA zu ihnen stieß.

«Was hatte das alles zu bedeuten?» fragte Peter ohne Umschweife.

«Was, dieser Schauspieler?» Ich wollte seinen Namen nicht laut aussprechen.

«Ja, Niall Flynn», dröhnte Peter. «Hat der jetzt völlig den Verstand verloren, oder was?»

«Ich weiß nicht.» Ich war mir schmerzlich der langen Ohren bewußt, die sich bei dieser letzten Bemerkung spitzten. «Ich glaube, er hat mich mit jemandem verwechselt.»

«Dann ist Emily Davey nicht dein richtiger Name?»

setzte Peter an und griff sich dann an den Kopf. «Oh, dieses Lager-Bier aus Flaschen, ich vertrage das Zeug nicht.»

«Armes Schwein», sagte Ryan, meinte aber nicht Peter. «Er muß wegen der Sache mit Jackson einen Knacks abbekommen haben. Ich meine, bevor der Film rauskam, war er nur einer von vielen.»

«Stell dir vor, der arme Kerl mußte Beaufords ganze Rede über sich ergehen lassen und alles», fügte Peter verständnisvoll hinzu. «Nicht, daß Bill vom *Guardian* gesponsert wurde, um das alles zu erzählen, oh nein. Dennoch», er ließ seinen Sarkasmus für einen Moment fallen und rückte nachdenklich seine Hoden in seiner braunen, breitgerippten Kordhose zurecht. «Das muß ihn beunruhigen, daß der Killer immer noch da draußen rumläuft. Vielleicht denkt er, er ist der nächste.»

«Mein Gott, Pete, komm mir nicht mit *Texas Chainsaw Massacre*», sagte Ryan.

Zum Glück wurde ihre Stichelei plötzlich durch die Ankunft der ewig frischen und strahlenden Lucy unterbrochen.

«Entschuldigt, daß ich unterbreche», unterbrach sie, «aber wir ändern unsere Podiumsdiskussionen heute. Ihr erinnert euch, was Bill gestern über die Pro-Zensur-Elemente bei der Presse gesagt hat, die einen Heidenspaß mit dem Jackson-Mord haben ...»

«Ja, Herzchen», Peter setzte sein betroffenstes Engelsgesicht auf. «Wir haben gerade darüber gesprochen. Er hatte absolut recht, absolut recht.»

«Ich bin so froh, daß du der Ansicht bist.» Ihr Autoscheinwerfer-Lächeln war so blendend wie die Vorderlichter eines entgegenkommenden Brummis. «Nämlich, habt ihr das gesehen?»

Sie schwang eine Ausgabe von *The News of the Screws*. Die Titelschlagzeile verkündete:

JACKSON-KILLER WAR FILMNARR, SAGT FÜHRENDER PSYCHIATER

«Ich habe vorgeschlagen, daß wir die Beziehung zwischen Kunst und Gewalt diskutieren, und ich muß mich um alle wichtigen Zeitungen kümmern. Ich habe Gareth Davies bekommen, einen Kriminologen, Shaun Turner, der Jon Jacksons *Guardian*-Vortrag arrangiert hat, und George Dickinson, führender Kriminalpsychologe bei Scotland Yard bis zu seinem Ausscheiden im letzten Jahr.»

«Dann ist er also besser als deren Typ?» Peter tippte auf die «führender Psychiater»-Schlagzeile.

«Offensichtlich», sagte sie. «Nun, würde einer von euch beiden», sie warf Ryan einen strahlenden Blick zu, dann einen weniger wohlgesonnen auf Peter, «sich bereit erklären, da mitzumachen?»

Das war meine Gelegenheit, die beiden Spottdrosseln für eine Weile loszuwerden. Ich erinnerte mich an meine beruflichen Pflichten, eilte zum Telefon neben den Toiletten und wählte Neils Nummer.

«Ah, Diana. Irgendwelche Fortschritte?»

«Na ja, nachher wird es hier interessant», sagte ich und berichtete ihm von der Podiumsdiskussion. «Klingt, als ob der alte Knacker von Scotland Yard wüßte, wovon er spricht. Aber alle sind ganz verrückt nach einer Verschwörungstheorie. Ich denke, du solltest herkommen und dir das selber anhören.»

«Ja, sehr schön, danke für den Tipp.» Er klang begeistert, wie ich vorausgesehen hatte. «Wie komm ich rein?»

So bleiben sie reich. Freiwillig zahlen sie nie für irgend etwas.

«Triff mich um 13 Uhr im Foyer», sagte ich. «Du kannst

meine Karte benutzen. Sie werden sie nicht kontrollieren, das tun sie nie. Ich treff dich hinterher in der Bar.»

«Großartig, Diana. Und danke.»

«Oh, und Neil. Vergiß nicht, auf deinem Weg hierher *Britain's Brightest Sunday* zu kaufen. Der hat sie alle so aufgeheizt.»

«Aber sicher.»

Als nächstes rief ich Barry an. Er war, was Filmwissen betraf, weit besser auf dem laufenden als ich.

«Was weißt du», fragte ich, «über Niall Flynn?»

«Was, bevor er in *Bent* aufgetreten ist?»

«Ja.» Ich erinnerte mich an Gerry O'Brians Worte: Emily Daveys wäre mittlerweile sechzig Jahre alt.

«So um die Anfangszeit seines Ruhmes.»

«Warum fragst du?»

«Wenn ich es dir sagen würde, würdest du mir wahrscheinlich nicht glauben.»

«Sag schon.»

«Ich hab ihn letzte Nacht getroffen. Ein paar Verleger hier haben mich in den ‹Deansgate-Club› mitgenommen. Er war dort, und er ist ausgeflippt, als er mich gesehen hat. Er hielt mich für jemanden namens Emily Davey.»

«Emily Davey, da klingelt was bei mir.» Barrys Stimme knisterte durch die Leitung. «Das war diese Schauspielerin aus den sechziger Jahren, ein junges britisches Starlet. Sie hat in ein paar Filmen mit ihm zusammen gespielt, laß mich mal überlegen ... *The Slaves of Solitude* und *Next Door to Danger*, glaub ich. Er hat recht, verstehst du. Sie sah dir wirklich ein wenig ähnlich ...»

«Klasse.» Das war alles, was ich brauchte. «Hat er sie gebumst?»

«Vermutlich. Anzunehmen, daß er halb London zu der Zeit gebumst hat. Weißt du was, Schätzchen, ich hab ein paar Bücher, die ich ausgraben kann, mal sehen, was ich darüber für dich rausfinden kann.»

«Danke.»

«Wie läuft's denn überhaupt so?»

Ich erzählte ihm von der überraschenden Formierung der Anti-Zensurlobby. Er seufzte. «Besser du als ich, Schätzchen.»

«Na ja, besser Neil als einer von uns.»

«Da muß ich dir zustimmen.»

«Ich geh besser, hab in zehn Minuten Kay McLachlan. Sie war gestern abend dabei. Zweifellos wird auch sie mich damit aufziehen.»

Aber Kay McLachlan hatte glücklicherweise keine Ahnung, wer Niall Flynn war, hielt ihn einfach für einen typischen Soho-Säufer. Wir plauderten während des Interviews recht vergnüglich miteinander, wiederholten das meiste, worüber wir am Vorabend gesprochen hatten. Nach dem Interview tauschten wir unsere Telefonnummern aus, und ich schleppte mich auf der Suche nach Stärkung zur Bar – Sandwiches mit kaltem Huhn, ein starker Kaffee und eine liegengelassene Ausgabe *Screws* von heute morgen.

Zur verabredeten Zeit traf ich Neil im Foyer. Er wedelte mit seiner Ausgabe der gleichen Zeitung und konnte sich meine Karte nicht schnell genug grabschen. Daher beschloß ich, einen Spaziergang zu machen. Hinaus in die Sonne, über die Mall und in den St. James's Park. Eine Menge Leute nutzten die Sonnenstrahlen aus, mehr oder weniger bedeckte Körper lagen bunt über den ganzen Rasen verstreut. Ich bahnte mir meinen Weg zwischen ihnen hindurch und steuerte unbewußt den See in der Mitte des Parks an.

Auf dem Wasser wimmelte es von Touristen in Tretbooten, während Kinder mit eiscremeverschmierten Gesichtern auf den Bänken den hier ansässigen Kanadagänsen Brot zuwarfen. Ich gelangte zum Ufer und blickte die Biegung des Sees hinab. Ein Stück weiter unten hatte eine vertraute Gestalt hier ebenfalls Zuflucht gefunden.

Trotz der Hitze trug er noch immer seine schwarze Uniform und schleuderte Steine in die Teichmitte wie ein wütender Teenager.

Ich spürte echten Ärger in mir aufwallen. Du hast mich gestern wie eine Idiotin dastehen lassen, dachte ich. Jetzt zahl ich's dir heim. «Enten füttern», rief ich Simon Everills Rücken zu. «Macht dir das wirklich Spaß?»

Er fuhr herum, für eine Sekunde erschrocken. Dann starrte er mich unter seinen schweren Lidern hervor an. Ich konnte sehen, wie es in seinem Kopf arbeitete, wie er versuchte, mich einzuordnen, sich erinnerte und nicht vergaß, höhnisch zu grinsen.

«Tja, so ist das halt», sagte er. Seine Augen glitten an mir herab, als würde er mich abschätzen. Er kramte eine Schachtel Zigaretten aus seiner Lederjacke, steckte sich langsam eine an. Er schien nicht zu schwitzen oder sonst irgendwie unter der Hitze zu leiden. «Das ist ein Grund dafür, daß ich es in meinem Buch erwähnt habe. Als Kind habe ich das gern getan. Ich bin gern mit Tieren zusammen.»

«Wieso das?» Ich wollte ihn reizen. Er war der Ansicht, daß ich in Klischees sprach, also bediente ich mich des ältesten Klischees aus dem Buch. «Weil sie dich nicht im Stich lassen wie die Menschen?»

«So ungefähr.» Er schleuderte einen weiteren Stein soweit er konnte. Sein Blick folgte dem Wurfgeschoß, das über die Seeoberfläche hüpfte.

Ich probierte es anders. Mit Schmeichelei klappte es bei schwierigen Menschen letztendlich meistens, aber das wollte ich wirklich nicht herausfinden. Nach gestern schien es nichts mehr auszumachen, wenn ich mir durch die Frage metaphorisch eine blutige Nase holte. Er konnte nur noch sarkastischer werden, oder er konnte mir beweisen, daß der Mensch, der *Weirdo* geschrieben hatte, irgendwo in ihm drin steckte.

«Dein Buch scheint voller Einfühlungsvermögen», bemerkte ich ruhig. «Voller Mitgefühl.»

«So, meinst du?» fragte er schroff und drehte sich um, um mich anzusehen, den distanzierten Blick jetzt direkt auf sein Ziel gerichtet.

«Es wäre nicht so packend, wenn da nicht dieses Gefühl drin wäre», fuhr ich fort und erwiderte den Blick geradeheraus. «Sonst wäre es eine grundlose Pornographie der Gewalt. Und man müßte sich über den Geisteszustand desjenigen Gedanken machen, der sie sich ausgedacht hat.»

Everills Augen verengten sich zu Schlitzen, und ein dünnes Lächeln umspielte seine Lippen. Er betrachtete mich auf eine Art, mit der er mich vorher nicht angesehen hatte. Ich hatte sein Interesse geweckt.

«Der Grund, weshalb ich wollte, daß mehr als nur ein paar Journalisten dieses Buch lesen», erklärte er, als würde er mit einem kleinen Kind sprechen, «ist, daß ich den Leuten zeigen wollte, was das für ein Gefühl ist, unsichtbar zu sein. Ein unsichtbarer Mann, der ertrinkt, während Leute wie diese», er machte eine Geste zu all den fröhlichen Campern um uns herum, «vorübergehen. Nicht einmal hinschauen.» Seine Stimme war fast zu einem Flüstern herabgesunken. «Weil ich dieses Gefühl persönlich erlebt habe.»

Plötzlich kam ein Wind auf und kräuselte die Seeoberfläche. Eine Wolke schob sich vor die Sonne.

«Vielleicht habe ich Lust, dir mehr darüber zu erzählen», sagte er, saugte seine Unterlippe ein und kaute eine Weile darauf herum. «Aber nicht heute.»

Und damit schritt er eilig davon, zurück durch den Park, zwischen den sorglosen Sonnenbadenden hindurch. Ein langes, hageres Schreckgespenst ganz in schwarz am heißesten Tag des Jahres.

Ich steckte mir eine Kippe an und sah ihm nach. Der

Panzer hatte also seine Risse. Der Mensch, der das Buch geschrieben hatte, steckte irgendwo darunter. Und jetzt, wo er sich gezeigt hatte, mußte ich einfach mehr erfahren.

Als ich zurückkam, hatte Neil bereits einen Trupp von Anhängern um sich herum versammelt. Sie waren in eine Diskussion darüber vertieft, wie empört sie alle über den falschen Zeitungs-Seelenklempner und die Angriffe der Presse der Torys auf ihre liberalen Ansichten waren.

«Ich denke, wir widmen der Sache unsere nächste Ausgabe», sagte Neil gerade. «Wir machen einen Fall gegen die Zensur daraus.» Ich konnte mir nur zu gut vorstellen, was als nächstes kam: «Er hätte das so gewollt.»

«Ah, Diana, da bist du ja», sagte er, stand auf und winkte. «Du hättest zu dieser Podiumsdiskussion kommen sollen. Du hast einen wahren Hochgenuß verpaßt. Aber soviel ich mitbekommen habe, habe ich das auch. Worum geht's denn bei diesem ganzen Theater um Niall Flynn?»

Gute Nachrichten verbreiten sich schnell.

«Nichts, Neil, ehrlich.» Ich war gleichzeitig beschämt und wütend. Gerade, als ich so etwas wie einen Durchbruch mit Everill hatte, war Bambridge drauf und dran, mich zum Gespött zu machen. «Ich weiß nicht, wer was gesagt hat», ich sah ihm gerade in die Augen, «aber er war nur ein trauriger, betrunkener Mann an der Bar. Ich glaube, er hat in letzter Zeit viel durchgemacht.»

Aber mein Sarkasmus ging in dem Lautsprecher unter, der seine Version der Ereignisse offensichtlich an alle ausposaunt hatte.

«Er hält sie für eine Schauspielerin namens Emily Davey», verkündete Peter Reid.

«Emily Davey?» sagte ein nachdenklich wirkender dünner Mann, dem ich noch nie begegnet war. «Ah. Sie war eine alte Liebe von Flynn, ja. Sie haben ein paar Filme zusammen gemacht, und ich glaube, sie wurden ein Paar.

Aber sie ist gestorben. Unter zweifelhaften Umständen auch noch, wenn ich mich recht erinnere. Ist aus dem Fenster gesprungen – oder gestoßen worden. Das ist nie ganz geklärt worden.» Der dünne Mann, wesentlich älter als der Rest der schnatternden Schar, starrte angestrengt ins Leere, als versuchte er, sich die Szene vor Augen zu rufen.

«Nun ja, ich denke, es ist gleich Zeit für mein nächstes Interview, wenn ich meinen Ausweis jetzt wieder haben könnte, Neil?» sagte ich und streckte meine Hand aus.

«Oh, bist du sicher, daß du nicht noch Zeit für einen schnellen Drink hast?» Er wirkte verdutzt.

«Ja», nickte der dünne Mann und träumte weiter. «Sie haben sie auf dem Straßenpflaster vor dem Hilton gefunden, so war das. Das Fenster war auch zerbrochen, sieht nach einem etwas verdächtigen Selbstmord aus, wenn Ihr mich fragt.»

Ich nahm Neil meine Karte wieder ab.

«Du meinst also, Flynn hat sie geschubst?» fragte Peter mit unverhohlener Freude.

«So ging das Gerücht damals. Deshalb ist er nach Irland zurückgekehrt und untergetaucht. Wegen seiner Schuld, haben sie gesagt.»

«Ich hab gleich ein Interview», sagte ich zu Neil und wünschte, sie würden alle die Klappe halten, während der dünne Mann sprach. «Ich komm Montag auf dich zu.»

«Nun, vielleicht treibe ich mich selber noch ein wenig hier rum», sagte er ärgerlicherweise. «Man kann nie wissen. Vielleicht laufen wir uns später noch mal über den Weg.»

«Sie sollten vorsichtig sein.» Der dünne Mann schaute zu mir hoch. «Halten Sie sich von dem fern, meine Liebe.» Er legte eine pergamentene Hand auf meinen Arm und sah mit wäßrigen Augen zu mir hoch.

«Danke», murmelte ich.

«Ich will dir was sagen, Di», unterbrach Bambridge, der

Bluthund, «wenn der alte Knabe dich so gern hat, solltest du versuchen, ein Interview zu bekommen. Er ist berühmt dafür, keine zu geben, aber wenn du bei ihm so gut ankommst, könntest du uns eine weitere Exklusivgeschichte an Land ziehen. Das wäre der Knüller für unser …»

«Ja, Neil, ich bin sicher, das wäre es.» Ich schnitt ihm das Wort mit einem Blick ab, bei dem ihm hoffentlich das Blut in den Adern gefrieren würde. Aber er hob nur sein Glas und lächelte spröde.

«Klasse. Du machst das. Und laß dir nicht zuviel Zeit damit.»

Ich stolperte davon zu meinem nächsten Interview, die Berührung des dünnen Mannes brannte noch immer auf meinem Arm.

Susie Beck war so langweilig, wie ich es vorausgesehen hatte. Die Gang-Lady hatte französisch manikürte Fingernägel, eine Louis-Vuitton-Handtasche und langes, honigblondes Haar, das sie verlegen hin und her warf, während sie ihre Geschichte herunterleierte. Channel 4 war wirklich an ihr interessiert, offenbar, weil sie solche Barrieren durchbrach. War es nicht komisch, kicherte sie, daß alle anderen Kriminalautorinnen, die sie getroffen hatte, lesbisch waren.

Ich machte mir nicht einmal die Mühe, das Band einzuschalten.

Aber unterm Strich war nicht alles schlecht. Das letzte Interview mit Jack Hall war ein Mordsspaß. Als einzigem bekennenden schwulen Kriminalautor des Landes hatten ihm Susie Becks naive Kommentare über Lesben besonders gefallen, und er hatte eine Auswahl seiner eigenen Fantasien über die heimliche Homosexualität Paul Carvers und Bill Beaufords hinzugefügt. Wie bei Luther Lang brauchte man bei ihm nur auf PLAY zu drücken und ihn erzählen zu lassen. Wir verstanden uns so gut, daß wir schließlich an der Bar landeten. Unglücklicherweise hatte Bambridge Wort gehalten und den Tag damit verbracht, einen neuen Klüngel Medienfreunde heranzuziehen. Wir waren erst ein paar Sekunden dort, da hatte er meinen neuen Freund schon vereinnahmt. Jack trug legere Kudos-Klamotten, Neil trug Savile-Row-Anzüge passend zu dem Belisha-Leuchter, der über seinem Kopf funkelte und Neil wie eine Motte anlockte.

Gegen Ende der Veranstaltung stand ich also da und redete mit Peter, dem letzten aufrechten Betrunkenen an der Bar. Und, Gott segne ihn, er hatte wirklich versucht, die Aufmerksamkeit bei dieser Veranstaltung von Jon Jackson abzulenken. Er bemühte sich, statt dessen mich in den Mittelpunkt aller Tratscherei zu stellen.

«Emily Davey», lallte er in sein Pint. «Wer hätte das gedacht?»

Ich dachte, statt Peter mit meiner äußerst schweren Tasche eins überzuziehen, würde ich ein letztes Mal versuchen, brauchbare Informationen aus ihm herauszuquetschen. «Wer war der alte Knacker vorhin an der Bar? Der, der sie gekannt hat?»

«Robin Ainsley», antwortete er, die Quelle allen Wissens. «Er arbeitet für *Time Out*. Er ist seit fast fünfundzwanzig Jahren ihr Theaterkritiker.»

«Herrje, dann weiß er also, wovon er spricht?»

«Oh ja», nickte Peter weise. «Er hat sie alle gekannt, verstehst du. Schauspieler, Künstler, wen du willst, er hat zu dem ganzen Haufen Kontakt gehabt. Wie es scheint, war sein Vater ein Mitglied des Oberhauses und stinkreich, und Robin hat sein ganzes Erbe in Soho mit Francis Bacon und seinesgleichen verschleudert. Oh ja.»

Seine Augen trübten sich, und der Barmann rief zur Sperrstunde.

Bambridge kam herüber und rieb sich frohlockend die Hände.

«Kommt ihr noch mit ins ‹Groucho› mit mir und Jack?»

«Neil», starrte ich ihn mit vor Erschöpfung roten Augen an. «Ich hatte mehr als genug für ein Wochenende.»

«Ja, das denke ich auch», lachte er zustimmend.

«Austrinken, Ladiiies and Gennnelmen!» brüllte der Barmann.

Was mir als Wink mit dem Zaunpfahl genügte.

10

Danach war er für eine Weile nicht nach Camden zurückgegangen. Er mußte mit seiner Tat klarkommen, sicher gehen, daß es nicht wieder passieren würde. Also konzentrierte er sich darauf, seine Zeitungsausschnitte zu lesen und seine Pläne zu schmieden, wagte sich nur gelegentlich hinaus, um in den regionalen Zeitungen nach Nachrichten über Glasgow Bob zu suchen. Nur eine winzige Anmerkung zu dem ehemaligen Schrecken von Gorbals, ein Absatz in der *Camden New Journal*:

Im Ödland am Grand Union Canal, nahe der Rückseite der King's Cross Station, wurde die stark verweste Leiche eines Obdachlosen entdeckt. Es wird vermutet, daß der Mann irgendwann in den letzten Wochen ermordet wurde, aber aufgrund des Stadiums der Verwesung konnten die Pathologen sich nicht festlegen. Der Mann ist bislang nicht identifiziert worden.

Nachdem er das schwarz auf weiß gelesen hatte, legte sich die Panik, und er hatte das Gefühl, daß der Ort ihn zurückrief, daß er dort noch nicht fertig war. Obwohl es ihn ursprünglich aus persönlichen Gründen dorthin gezogen hatte, entdeckte er einen unerwarteten positiven Aspekt seiner Nachforschungen: es machte ihm Spaß. Trotz der heruntergekommenen Fassade herrschte in Camden eine Jahrmarkt-Atmosphäre, die es von anderen Vierteln abhob und ihm das Gefühl vermittelte, sich wirklich im Zentrum einer pulsierenden Stadt zu befinden und nicht in irgendeinem Vorort endloser Grundstücke und verstopfter Straßen festzuhängen, die sich in der grauen Endlosigkeit Londons verloren.

Und es war voller Musik.

Er war immer ein Musikfan gewesen, und in seiner Teenagerzeit hatte seine Suche nach neuen Klängen dazu geführt, daß er mit einer kleinen Plattensammlung begonnen hatte. Weil es dort, wo er herkam, keine anständigen Läden gab, hatte er schließlich die Musikpresse und *Record Collector* nach Händlern durchforstet, die hatten, was er wollte – hauptsächlich Krautrock und Psychedelia, je obskurer, desto besser. Hier war das etwas anderes. Es gab nicht nur unzählige Plattenläden, Pubs voller Live-Bands und legendäre Veranstaltungsorte wie «Dingwalls» und das jetzt mit Brettern zugenagelte «Roundhouse», sondern auch Stände über Stände voller Vinyl auf dem Markt. Er konnte der Versuchung nicht widerstehen, in den Ständern zu stöbern, und die meisten Standinhaber waren froh über ein Schwätzchen, eine Fachsimpelei unter wahren, fanatischen Plattensammlern. Allmählich tastete er sich vor und blechte hin und wieder für etwas, das er wirklich haben wollte, wenn ihn auch eigentlich die Händler selbst mehr in ihren Bann zogen. Ein Stand zog ihn ganz besonders an: Big Tonys *Sounds for Swingers*, der sich auf Schallplatten aus den sechziger Jahren spezialisiert hatte.

Tony selbst war der stärkste Magnet. Ein Bär von einem Mann, Anfang vierzig, aus der zweiten Generation italienischer Einwanderer; er strahlte gutmütige Heiterkeit aus und schien die Gespräche, die sie über seine Sammlung von Progressivem Rock führten, ernsthaft zu genießen.

Tony war übrigens beeindruckt von dem umfangreichen

Wissen des jungen, zurückhaltenden Mannes, der seinen Stand immer wieder aufsuchte. Er hatte nach jemandem Ausschau gehalten, der ihm hin und wieder zur Hand gehen konnte, aber er brauchte einen Fachmann – einen, der wußte, was die Platten wert waren und den Preis je nach Naivität des Feilschers in die Höhe treiben konnte. Dieser Bursche schien das alles drauf zu haben.

Außerdem merkte er an all den Begeisterungs- und Gefälligkeitsbekundungen, daß er es hier mit jemandem zu tun hatte, der in dieser Stadt ein wenig einsam und verloren war. Du kannst nicht viel anderes im Leben erwarten, dachte er sich, wenn du so viel von Musik verstehst. Da sein Herz so groß war wie sein Bauch, beschloß er deshalb, diesen Einzelgänger unter seine Fittiche zu nehmen und fragte ihn, ob er Lust hätte, hin und wieder mal ein paar Stunden auszuhelfen.

Die Freundlichkeit des Händlers erschreckte und erfreute ihn über alle Maßen – das war, als würde Camden selbst ihn willkommen heißen. Es gab nur einen Moment der Verlegenheit – als Tony die einfache Frage stellte, «Wie heißt du eigentlich?».

Er mußte einen Moment zögern, bis ihm jemand einfiel, mit dem er zur Schule gegangen war und den er irgendwie gemocht hatte: Andy Smith.

Später beglückwünschte er sich zu der Einfachheit seiner Wahl. Nur wenig ausgefallener als der allgegenwärtige John, war der Name nichtssagend und leicht zu merken. Genau wie der Mensch, den er verkörpern wollte. Seinen Lohn bekam er sowieso bar auf die Hand, also brauchte er sich nicht gesetzlich auszuweisen. Zu Andy Smith zu werden war wie ein Neuanfang.

Zu Tonys Zufriedenheit war Andy eine gute Kraft, die nie klagte, nie fehlte oder zu spät kam. Er hatte nicht einmal etwas dagegen, für ein paar von Tonys Kumpeln einzuspringen – Mitch vom Videostand, und Lee, der überteuerte afrikanische Schnitzereien verkaufte. Um 18 Uhr würde er beim Zusammenpacken helfen und die Kisten auf Handwagen in Tonys Lagerraum unter der Bahnüberführung karren.

Unter diesen Bogengewölben der Überführung gab es eine Menge zu entdecken. Manche von ihnen waren in Cafés verwandelt worden, andere in Theaterstudios. Viele wurden von den Markthändlern genutzt, aber viele standen damals auch noch leer und waren, warnte ihn Big Tony, nicht besonders sicher.

«Sie sind seit Jahren nicht abgestützt worden», erklärte er. «Und sie sind voller Ratten und Scheiße. Treib dich da drin nicht rum.»

Als Tonys Bande der Zuneigung zu diesem komischen Kauz sich allmählich vertieften, gab er Andy einen extra Satz Schlüssel. Und so wie Tony dachte, daß er einen guten Fang gemacht hatte, so wußte auch sein Schützling, daß er Glück gehabt hatte. Das war vielleicht die glücklichste Zeit seines Lebens. Nicht nur hatte er plötzlich ein paar Freunde und einen Job, der ihm wirklich Spaß machte, sondern er befand sich auch genau an dem Ort, an dem er sein wollte.

Denn Camden, so wiederholten die zahlreichen Artikel, die er gesammelt hatte, immer aufs neue, war der Ort, an dem sein Opfer rumhing. Wenn man sich an London gewöhnt hatte, unterteilte man die homogene Masse in einzelne Viertel, Dörfer fast. Camden war ein auffallendes und faszinierendes Dorf, aber es war das gleiche wie mit allen anderen: je länger man dort verbrachte, desto kleiner wurde es. Der Plattenstand war ein perfekter Deckmantel. Er wußte, daß es nicht mehr lange dauern konnte.

Dennoch versetzte es ihm einen Schock, als es das erste Mal passierte. Bei all seiner sorgfältigen Planung hatte er nicht damit gerechnet, daß er so reagieren würde, wie er es dann tat.

Die Schleimscheißer aus dem Pub hingen dauernd am

Plattenstand rum und gingen ihm entsetzlich auf die Nerven. Nicht, weil er glaubte, daß sie sich auch nur an den Abend erinnern würden, an dem er mit Glasgow Bob dagewesen war. Sondern wegen ihres Verhaltens. Tony schlossen sie rasch ins Herz, ihn aber sahen sie immer an, als würden sie jeden Moment losprusten. Sie erinnerten ihn an die Rocker daheim, die, in der Gewißheit, daß er sich nie wehren würde, im Pub über ihn gekichert und ihn absichtlich angerempelt hatten, damit er sein Bier verschüttete.

Eines Tages im August kamen sie mit einem besonderen Gast.

Er überprüfte gerade irgendeinen Warenvorrat und kehrte den Kunden den Rücken zu, als er Tony erheblich lauter als sonst rufen hörte: «Alles klar, Jon? Schön, dich zu sehen, Kumpel.»

Seine Stimme klang freudig.

Andy drehte sich langsam um.

«Alles klar, mein Freund. Und selbst?»

Die Aussprache war wie ausgewechselt. Alle Spuren der Vergangenheit durch ein munteres Cockney-Gezwitscher ausgelöscht. Aber sein Gesicht hatte sich nicht großartig verändert. Diese dunklen Augen, die große Nase, diese arrogante Neigung des Kopfes, als wäre er hier zu Hause. Ganz gegenwärtig und korrekt. Jon Jackson schüttelte Big Tony die Hand, ein dümmliches, breites Grinsen übers ganze Gesicht. Er trug ein albernes, leuchtend-rotes Hawaiihemd mit lauter weißen Blumen darauf, konnte offensichtlich nicht genug Aufmerksamkeit auf sich ziehen. Frech wie Oskar mitten auf dem Markt in Camden.

«Gut, gut», strahlte Tony wie ein Fünfjähriger. «Nun, du hast es geschafft, was?»

«Noch nicht halb, mein Freund, aber es tut gut, wieder in der Wirklichkeit zu weilen, kann ich dir sagen.»

Jackson ließ seinen hochherzigen Blick zum hinteren

Teil des Stands schweifen, wo Tonys Assistent unter der Persenning im Schatten stand.

Stocksteif, von den Scheinwerfern dieses Blicks eingefangen. Auf ein Zeichen des Wiedererkennens in den Augen des anderen Mannes wartend.

«Das ist mein neuer Assistent», plapperte Tony unbeschwert weiter.

Für Andy Smith blieb die Zeit stehen, als er in die dunklen Augen starrte. Sackte ab wie seine Magengrube.

«Mr. Jon Jackson, das ist Andy Smith. Was er nicht über Platten weiß, hat noch keiner geschrieben.»

«Alles klar, Andy?»

Jackson beugte sich zu ihm vor, streckte ihm seine Hand entgegen.

Andy starrte zurück wie ein Idiot, wartete darauf, daß das törichte Grinsen erlosch. Wartete darauf, daß der Regisseur tiefer in seine eisigen Augen schaute und bei dem erschauerte, was er dort sah. Wartete darauf, daß er begreifen würde ...

«Andy?» Tony fuhr herum, jetzt leicht beunruhigt.

Nichts. Kein Schimmer.

«Sei nicht so argwöhnisch, er ist ein alter Kumpel. Er hat nicht vergessen, wo er herkommt.»

Die Worte des massigen Mannes könnten nicht ironischer gewesen sein. Aber sie schienen ihn aus seiner Träumerei zu reißen.

«Guten Tag.» Andys Worte kamen mühsam hervor, als hätte er einen Frosch im Hals. Er streckte auch seinen Arm aus und schüttelte ihm kurz, aber fest die Hand. Dabei zuckte Jackson zusammen, nur für eine Sekunde, bevor er die Augenbrauen hob und so schnell noch einen auf die unaufrichtigen Platitüden draufsetzte, wie er seine Hand losließ.

«Angenehm.» Sein Blick schweifte rasch zu Tony zurück, der verlegen wirkte.

«Dann bleibst du jetzt also eine Weile, Jon?» Der Standinhaber schien es ebenso eilig zu haben, das Thema zu wechseln.

«Ja, bis Ende des Jahres, hoffe ich. Hab noch an anderen Projekten zu arbeiten, muß mich in den neuen Kram reinknien, wenn sie mich lassen. Die Staaten waren der reine Wahnsinn, kann ich dir sagen, aber sie müssen jetzt bis zum Frühling ohne mich klar kommen.»

«Ich wette, du hast da ein paar gute Sachen erstanden, was?»

«Puh.» Jackson runzelte die Stirn und pfiff. «Und ob. Mußte alles hierher verschiffen lassen, zuviel zu tragen. Kistenweise gute Platten da drüben ...»

Es war, als existierte Andy Smith nicht, dachte er. Als hätte er nie existiert.

Jackson und Tony plapperten weiter über Platten, seltene Labels, reine Vinyl-Kaufhäuser, wie sie sie in den USA kennengelernt hatten. Währenddessen stahlen sich von dem stillen Mann im hinteren Teil des Stands die letzten Spuren wahren Glücks in Camden davon, als würde nach einem vollkommenen Tag die Sonne untergehen und die Dunkelheit durchsickern.

Diese vertraute Dunkelheit, dieser Schleier seiner Besessenheit, der ihn vom Rest der Welt trennte, von dem unbeschwerten Geschnatter und den albernen Sommerklamotten um ihn herum. Da setzte die Besessenheit sich in ihm fest, hartnäckiger und gewaltsamer als zuvor.

«Kommst du später in die Kneipe?» fragte Jackson, als er sich zum Aufbruch anschickte, durch seine Auswahl von Northern-Soul-Schätzen von dem Stand um 50 Pfund erleichtert.

«Aber hallo!» Tony klatschte in die Hände. «Heute war ein guter Tag.»

«Ein schöner Tag. Bis später.» Jackson hob seinen Arm und winkte, während er sein Gefolge um sich scharte und sich abwandte. Ein rotgesichtiger Klon seiner selbst, der während ihrer Unterhaltung nervös am Stand herumgehangen hatte, trat ihm wegen eines Autogramms in den Weg, das er mit diesem stets paraten Lächeln gab. Als ob die schwere Würze des Ruhmes betörend in der Luft hinge, wurden andere bald aufmerksam und bedrängten ihn. Er hatte nichts als Lachen und Händeschütteln für alle übrig.

«Prima Kerl», sagte Tony bewundernd und starrte ihm nach. «Wirklich, es gibt keinen Grund, argwöhnisch zu sein. Der ist grundsolide.»

«Scheint so.» Andy versuchte, seiner Stimme einen heiteren Klang zu geben, zufrieden, daß sein Wohltäter ihn falsch verstanden hatte. «Kommt er öfters hier vorbei?»

«Normalerweise jede Woche, letzten Monat hat er nur in den Staaten Werbespots gedreht. Schätze, jetzt kriegen wir ihn wieder regelmäßig zu Gesicht.»

«Das ist schön.» Sein Ton war jetzt glaubwürdig, die Begeisterung klang echt.

Regelmäßig war gut. Regelmäßig würde ihm erlauben, sich darauf einzustellen, den richtigen Moment abzupassen und bereit zu sein, wenn er kam.

Aber vorerst mußte er sich darauf konzentrieren, sich so normal wie möglich zu verhalten.

11

Montag Morgen, und das Büro seltsam verwaist. Vielleicht war nun Neil an der Reihe, sich mit den Nachwirkungen von Albträumen herumzuschlagen, trübselig über all die Aufpreise nachzusinnen, die er für seinen Abend im «Groucho» draufgehauen hatte. Ich für meinen Teil hatte eine traumlose Nacht gehabt. War ganz früh aufgewacht, ohne eine Spur von Müdigkeit, nur mit dem Drang, ins Büro zu gehen und weiterzumachen. Mit Geklapper packte ich die ganzen Interviewkassetten auf meinem Tisch aus.

Die Hitzewelle war vorüber. Als hätte die herrliche Sonne vom Wochenende alle Farbreserven der Stadt geschluckt, lag sie nun da und erholte sich in eintönigen Grauschattierungen, während die Temperatur einige Grade an Sympathie verloren hatte. Alles in allem der ideale Tag, um mit der mühsamen Transkription weiterzumachen.

Ich nahm das Luther-Lang-Band zuerst. Ich wollte mit seinem Lucky-Strike-gewürzten Poltern loslegen; das wäre wie Balsam, würde mir den Einstieg in die Aufgabe erleichtern, bis ich vor Begeisterung hingerissen wäre, begierig, den Augenblick noch einmal an mir vorüberziehen zu lassen.

Das war das Komische bei der Abschrift von Bändern. Oft entpuppten sich die Gespräche, von denen man zunächst begeistert gewesen war, am Ende als flach, als Folge verpaßter Gelegenheiten, um die Unterhaltung auf interessantere Gleise zu lenken. Man erkannte, daß man sich zu sehr von seinen eigenen Vorstellungen hatte hinreißen lassen, um mitzubekommen, daß der Interviewte andere Dinge andeutete. Schlimmer noch, man quatschte genau in dem Moment dazwischen, in dem sie drauf und dran waren, etwas wirklich Interessantes zu sagen. Umgekehrt konnten jedoch die Gespräche, die anfangs äußerst zäh oder schlichtweg langweilig schienen, Funken sprühen, einem zeigen, daß man tatsächlich einen Nerv getroffen hatte. Aber Luther, das wußte ich, war eine sichere Nummer.

Außerdem hätte ich es kaum ertragen können, das Everill-Band zuerst abzuhören.

Und daher tippte ich munter vor mich hin, in die Hitze und den Staub des Südens versunken, als Barry eine Stunde später hereingestapft kam.

«Du bist früh dran», bemerkte er, als ob das irgendwie ungewöhnlich wäre.

Ich drückte die STOP-Taste auf meinem Gerät und nahm die Kopfhörer ab.

«Hab ’ne Menge aufzuarbeiten. Du ahnst ja nicht, was ich für ein Wochenende hatte.»

Barry zog die Augenbrauen hoch.

«Ach ja? Haben sich dir noch mehr alte Schauspieler an den Hals geworfen?» Er hatte ein paar Plastiktüten dabei, und aus einer zog er einen gebundenen Schwarzweißbildband hervor. Er reichte ihn mir.

Der britische Film Noir der 50er und 60er Jahre.

An einer Ecke klebte ein Post-it-Zettel und markierte eine Seite, die er mir offensichtlich zeigen wollte. Ich ließ sie aufklappen. Eine Doppelseite mit einem Foto über die ganze rechte Seite und drei weiteren, waagerecht angeordneten Einzelaufnahmen auf der Linken. Das große Foto zeigte einen atemberaubend gut aussehenden jungen Mann in einer Uniform der US-Army, ganz rasiermesserscharfe Wangenknochen und eine Tolle schwarzen Haares, mit Fett zurückgekämmt und glänzend. Seine rechte Hand war erhoben und berührte das Kinn einer ebenso umwerfenden jungen Frau mit ebenso rabenschwarzem Haar, das zu einer Rolle frisiert war, wie sie zu Kriegszeiten getragen wurde.

«Emily Davey und Niall Flynn in *The Slaves of Solitude*», lautete die Bildunterschrift.

Jetzt erkannte ich ihn, oder sein Schattenbild, das noch in dem zerfurchten Gesicht steckte, dem ich am Wochenende begegnet war. Aber wenn ich die Frau im Profil betrachtete, konnte ich die Ähnlichkeit, die Flynn entdeckt hatte, trotz einer beinahe identischen Frisur und dem dick aufgetragenen Make-up jener Zeit nicht erkennen. Sie war viel zu schön.

«Das da.» Barry tippte auf die gegenüberliegende Seite. Ihr Gesicht war frontal zu sehen.

Jetzt verstand ich es.

Die Augen, die Gesichtsform waren gleich. Ihre Nase und ihr Mund waren anders – erstere wesentlich kleiner, letzterer voller – wodurch sie im Profil anders aussah. Es war die Kombination daraus und aus ihrem Ausdruck in dieser speziellen Aufnahme.

Sie sah verängstigt aus.

Sie sah aus wie ich.

«Ich verstehe, was er gemeint hat», sagte Barry.

«Ich auch», nickte ich und biß mir auf die Unterlippe. «Und ich habe am Wochenende herausgefunden, was ihr zugestoßen ist.»

«Selbstmord», sagte er.

«Vielleicht. Da war so ein alter Typ, der laut Peter Großmaul Reid fünfundzwanzig Jahre für *Time Out* gearbeitet hat. Er meinte, es wurde nie aufgeklärt, ob sie gesprungen ist oder geschubst wurde. Und danach ist Niall Flynn nach Irland zurückgekehrt, um fast dreißig Jahre lang seinen Kummer zu ertränken.»

«Nun, er ist nie dafür verknackt worden, oder?» Barry klang skeptisch. «Ich würde dem nicht zuviel Bedeutung beimessen, Schätzchen, wahrscheinlich haben sie dich nur aufgezogen.»

Ich dachte einen Moment über diese Erklärung nach. Wahrscheinlich hatte Barry recht, und sie hatten mich das ganze Wochenende zu ihrer eigenen Belustigung verarscht. Wenn Ainsley sein Leben lang gesoffen hatte, war seine Erinnerung wahrscheinlich getrübt. Ich schloß das Buch, schob es zur Seite.

«Ich leihe es dir», sagte Barry, während er sich setzte und seinen Tisch aufräumte. «Wie war es denn sonst so?» fragte er.

Ich berichtete von den Höhepunkten, schloß mit Everill.

«Klingt nach einem Wichser für mich», war Barrys Kommentar.

«Na ja, er hat es mir angetan», gab ich zu.

«Laß mal das Buch sehen.» Er gestikulierte zu mir herüber. «Hast du's dabei?»

«Mmmm...» Es lag ganz unten in meinem Stapel, mittlerweile in einem entsprechenden Zustand, der Buchrücken vom häufigen Lesen vollständig aufgebrochen.

«Werrrdo,» Barry gab so etwas wie einen Norfolk-Dialekt zum besten. «Was dagegen, wenn ich es mal lese?»

«Ganz und gar nicht. Ich hab bergeweise Abschriften zu erledigen.»

«Wo ist Seine Gnaden überhaupt?»

Ich sah ihn finster an. «Er ist gestern Abend mit Jack Hall ins ‹Groucho› gezogen. Nachdem er den ganzen Tag rumgelungert ist und mich verarscht hat.»

«Das würde zu ihm passen», überlegte Barry. «Herumschnüffeln wie üblich.»

«Hmmm. Das hab ich dir noch gar nicht erzählt, er hat vor, in dem Jackson-Mord seine eigenen Ermittlungen zu führen.»

«Ach ja?» Barry hob seinen Blick nicht von dem Buch, wohl aber die Augenbrauen. «Nun, mit mir kann er nicht rechnen.»

Er legte seine Füße auf den Tisch und las weiter. Er hatte nicht einmal seinen Mantel ausgezogen. Ich stöpselte mich wieder ein, machte mit Luther weiter. In der wohltuenden Stille eines Büros ohne Neil flutschte der Text seitenweise unter meinen Fingerspitzen. Nur das Klopfen des Regens gegen die Fensterscheiben über unseren Köpfen, das leise Rascheln von Buchseiten, die umgeblättert wurden. Sogar die Telefone blieben an jenem Morgen still.

Nach einer Stunde oder so, gegen Ende der ersten Seite der Kassette, wurde meine Aufmerksamkeit wieder auf die Seiten von Barrys Buch gelenkt:

Niall Flynn und Emily Davey traten das erste Mal zusammen in Peter Steeles Adaptation von Patrick Hamiltons Kriegsdrama von 1959 auf. Die Bearbeitung nahm sich ein paar Freiheiten mit dem Original heraus, Davey war als die geplagte Miss Roach mit 29 zehn Jahre jünger als die Figur im Buch und bedeutend attraktiver. Flynn spielte den amerikanischen Leutnant, der den ersten Schimmer einer Romanze in ihr Leben bringt, was zu einem Konflikt mit ihrer nicht vertrauenswürdigen Freundin, der deutschen Femme Fatale Vicky Kugelmann führt, in dieser Version von Veronica Stone gespielt. Die Romanze zwischen Flynn und Davey war echt genug; ein Jahr später traten sie zusammen in Roland Pickards Next Door to Danger *auf, und 1961 verlobten sie sich. Davey, kurz vor der Heirat und Angeboten aus Hollywood stehend, nahm sich 1962 unter mysteriösen Umständen das Leben. Die Filmwelt verlor ein wenig erinnertes, aber brillantes Talent. Flynn spielte danach noch einmal in einem Film, den viele für sein bestes Werk halten,* Ganglord*, 1936, (Regisseur Don Hill), bevor er in Vergessenheit geriet.*

Ganglord war der Film, den Jackson gesehen hatte und der ihn davon überzeugt hatte, daß Flynn ein Comeback als Marley haben würde. Barry und ich hatten ihn im «Scala» angeschaut, als sie eine Reihe Flynn-Filme zeigten, nachdem *Bent* ihn wieder berühmt gemacht hatte. Als ein für damalige britische Standards erstaunlich harter Streifen, hatte er doch lange nicht den gleichen magischen Effekt auf Don Hills Karriere wie das Produkt, was dem Wesen nach auf das gleiche hinauslief, etwa dreißig Jahre später für die Karriere von Jackson hatte. Hill war 1979 als Alkoholiker gestorben. Mir gefiel sein Ansatz wesentlich besser als der bei *Bent*. Jetzt wünschte ich, wir wären geblieben, um die anderen Flynn-Filme zu sehen.

Ich betrachtete die Fotos genauer. Arme Emily. Was für ein schönes Paar sie abgegeben hatten. Kein Wunder, daß Flynn sie von den Toten zurückholen wollte.

«Barry», setzte ich an. «Meinst du, daß wir die Filme in dem Video-Laden in deiner Nähe ausleihen können?»

«Hä?» Barry war noch tief in *Weirdo* versunken.

«Die beiden mit Emily Davey. Meinst du, sie haben die?»

«Wir können es versuchen, Schätzchen.» Er legte das Buch hin. Er hatte ungefähr die Hälfte gelesen.

«Gefällt's dir ?» fragte ich.

«Ist verdammt brillant», nickte er. «Ich verstehe, was du an ihm findest.»

Ich lachte. «Ich finde gar nichts an ihm, wenn du das meinst.»

Barry zwinkerte leicht verstohlen. «Wenn du es sagst. Lust auf Lunch? Diese ganze Schufterei macht hungrig.»

Auf dem Rückweg vom Café schlenderten wir an den Second-Hand-Buchläden vorbei. Mit frisch erwecktem Interesse stöberte ich in den vereinzelt geführten Filmabteilungen, bis ich zerfledderte Ausgaben sowohl vom *Film Guide 1963* mit einem Kapitel über *Ganglord*, als auch von *The Angry Young Men* mit einem Kapitel über Flynn gefunden hatte. Über Davey war überhaupt nichts aufzutreiben. So viel zu ihrem brillanten Talent. Zurück im Büro, immer noch keine Spur von Bambridge.

Vielleicht schlief Neil auch gar nicht seinen Rausch aus, vielleicht war er unterwegs und machte ein paar krumme Deals. Er könnte übers Wochenende einige weitere, wichtige Verbindungen geknüpft haben, während ich nicht dort war. Er verschwand bei solchen Gelegenheiten oft ohne Vorwarnung, nur um sich bei seiner Rückkehr die Hände über ein paar weitere tausend Pfund zu reiben, die er von irgendeinem selbstlosen Sammler oder Möchtegern-Medienmagnaten eingestrichen hatte.

Während ich noch darüber nachdachte, klingelte das Telefon.

«Hallo, *Lux* hier, womit kann ich Ihnen helfen?» Barry ging ran, affektiert Neils Tonfall nachahmend. Dann wechselte sein Gesichtsausdruck, ein Ausdruck übertriebener Überraschung huschte über sein Gesicht. «Einen Moment, bitte.»

Er legte eine Hand über die Sprechmuschel.

«Für dich», sagte er. «Simon Everill.»

Ich nahm den Hörer, mein Herz schlug schneller.

«Diana Kemp.»

«Hallo, Simon hier. Hör zu, ich hoffe, es macht dir nichts aus, aber ich hab deine Nummer von Lucy, und ich dachte, ich ruf dich lieber an ...»

Das klang nicht mehr nach dem feixenden Punk von Sonnabend oder dem existentialistischen Einzelgänger von Sonntag. Die Stimme am anderen Ende der Leitung war rundum entspannter, ja sogar kumpelhaft.

«Ach ja?» sagte ich.

«Ja. Ich wollte mich entschuldigen. Mir ist klar, daß ich mich dir gegenüber gestern ganz schön daneben benommen habe, und das wollte ich nicht. Es ist nur so, daß eine Menge Leute Interesse an dem Buch gezeigt und bei mir rumgeschnüffelt haben, aber du bist die erste, die tatsächlich, wie soll ich sagen, betroffen», er betonte das Wort mit Bedacht «davon schien. Wie gesagt, ich bin ein ziemlicher Einzelgänger, und manchmal weiß ich nicht recht, wie ich mich verhalten soll. Es war nicht meine Absicht, so grob zu sein. Und ich hab mich gefragt, ob ich dich zu einem Drink oder so einladen und versuchen könnte, mich ein wenig besser zu benehmen? Ich möchte nicht, daß du mich für ein totales Arschloch hältst.»

Er klang so aufrichtig, daß er mich völlig überrumpelte. Aber ich mußte zugeben, daß ich froh war. Mein Plan hatte funktioniert. Er wollte mich tatsächlich wiedersehen. Und dafür hatte er sich die ganze Mühe gemacht, meine Nummer herauszufinden.

«Nun ... Das wäre super. Wann wollen wir uns treffen?»

«Ähm, morgen wäre o.k.» Ihm schien sehr daran gelegen. «Wenn du Zeit hast, natürlich.»

Ich konnte mich nicht entscheiden, ob ich morgen eigentlich Zeit hatte oder nicht. Aber ich wollte die Gelegenheit nicht verpassen. Wenn alle anderen «rumschnüffelten», dann war es eine Frage des persönlichen Stolzes, ein besseres Interview zu kriegen als sie.

«Nein, morgen wäre ausgezeichnet. Wohin wollen wir gehen?»

«Wo ist dein Büro?»

«Nahe Edgware Road – ich könnte leicht ins West End kommen, wenn dir das paßt?»

«Nun, wie heißt das Pub noch, wo die verkommenen Subjekte angeblich alle rumhängen – das ‹Coach and Horses›, stimmt's?»

«Oh ja.» Die Idee gefiel mir. Das Zuhause des ewigen Delinquenten. Das würde ganz gut zu ihm passen.

«Treffen wir uns dort gegen 20 Uhr?»

«Prima. Wir sehen uns dort.»

Ich legte auf. «Unglaublich», erzählte ich Barry. «Jetzt ist er lammfromm. Will ein ordentliches Interview geben.»

«Will ein Date, meinst du wohl.» Barry fuhr sich mit den Fingern durch seinen Ziegenbart und musterte mich forschend. «Bist du sicher, daß du nicht auf ihn fliegst?»

«Ja! Er sieht nicht gerade gut aus, weißt du.»

Aber zu meinem Entsetzen konnte ich spüren, wie ich rot wurde. War ich sicher, daß ich nicht auf ihn flog? Nun, ja. Die Art, wie er sich wand und seine Lippen leckte, war nicht gerade attraktiv. Genau genommen war sie leicht abstoßend. Aber gestern im Park hatte ich einen Draht zu ihm gespürt. Fast hatte er mir Leid getan. Und sein

Buch war das Werk eines Genies. Das war das Entscheidende.

Barry lächelte mich an und fächelte sich mit meiner Ausgabe von *Weirdo* Luft zu.

«Was dagegen, wenn ich das heute Abend mit nach Hause nehme?» fragte er. «Du kannst es morgen wieder haben. Jetzt will ich wissen, wie es ausgeht.»

«Natürlich.» Ich wandte meinen Blick ab, denn mir war bewußt, daß sein Lächeln die aufwallende Röte, die mir den Hals hinauf und ins Gesicht schoß, noch provozierte.

Die Telefone begannen erneut zu klingeln. Diesmal stürzte ich mich darauf, bevor Barry eine Chance hatte und wurde mit einer vertrauten Stimme belohnt. Am anderen Ende der Leitung war mein alter Freund Hugh Fielding; er klang, als befände er sich mitten auf einer Party.

«Hallo, mein Herz», trillerte er, «du errätst nie, was passiert ist.»

«Bist du auf der Royal Yacht Britannia?»

Das war ein Spiel zwischen uns, seit wir uns das erste Mal an der Kunstakademie in Yarmouth begegnet waren. Es hatte damals unschuldig genug auf irgendeiner verrückten Kostümparty begonnen und war mit den Jahren immer alberner geworden.

Hugh war zwei Jahre nach mir nach London gekommen und hatte sich in einem Job bei einer Public-Relations-Agentur und einer Wohnung in West Hampstead eingerichtet. Oder wenigstens bisher.

«Noch nicht», kicherte er. «Ich bin nur in irgendeiner ollen Kaschemme an der Harrow Road, aber ich hab mir gerade einen Job bei *Dove Records* an Land gezogen.»

«Spitze! Wie hast du das geschafft?»

«Abgeworben, natürlich.» Er schlug seinen snobistischsten Ton an und gluckste dann: «Nun, eine der Bands, für die wir in dem Public-Relations-Büro gearbeitet haben, hat einen Vertrag mit *Dove*, und die hat mich da eingeschleust. Im Pressebüro war eine Stelle frei, und jetzt gehört sie mir! Ganz mir!»

«Gut, das hast du gut gemacht. Und du feierst in West London?»

«Deshalb dachte ich, ich ruf dich an – wann bist du heute abend zu Hause?»

Ich sah auf die Uhr unten in der Ecke von meinem «Mac». Es war fast 17 Uhr. Nach dem Wochenende, das ich gehabt hatte, würde ich hier heute nicht alt werden. Und die Aussicht, Hugh zu sehen, stimmte mich wesentlich heiterer als der Abend, den ich mir vorgestellt hatte.

«Ich kann gegen 18:30 Uhr zurücksein, wenn du vorbeikommen willst.»

«Hurra! Soll ich was zu essen mitbringen?»

«Nein, mach dir keine Gedanken. Die Köchin wird schon was zaubern.»

«Alles klar. Ich bring den Wein mit.»

Als ich an dem Abend aus der U-Bahn kam, war mein Erröten daher völlig vergessen. Meine Tasche wog schwer von Barrys Buch und meinen neuen Einkäufen, zusammen mit dem Aufnahmegerät und den Interviewkassetten. Und eine Einkaufstasche, die ich bei «Marcs and Spencers» an der Edgware Road Station aufgegabelt hatte, schlug auch noch gegen meine Waden.

In der Ladbroke Grove Station drängte sich zur Rushhour der Fußgängerverkehr. Wie immer irrten ein paar verlorene Spinner um den rund um die Uhr geöffneten Laden an der Station herum, Dosen *Special Brew* in der Hand, und starrten mit leeren Augen in eine Welt, die keine Zeit für sie hatte. Ein Mann war besinnungslos gegen eine Wand gesunken, er sah aus, als bestünde er nur aus ein paar Kartoffelsäcken mit einem ausgefransten Besen als Kopf, aus seinen zerlumpten Hosen lief eine Spur von Pisse über das Straßenpflaster. Ein schwarzer Mann, dünn wie eine

Bohnenstange, mit Schichten voller schlecht sitzender Kleidung, die an ihm herunterhingen wie die sich auflösenden Bandagen einer Mumie, wankte gefährlich vor einer Bushaltestelle, die Arme weit ausgebreitet, als befände er sich in der Gewalt irgendeiner biblischen Offenbarung. Ein paar schwarze Kids auf BMX-Fahrrädern machten sich über ihn lustig. Ich eilte vorbei, vermied jeglichen Augenkontakt, denn ich spürte rasende Wut in dieser verkorksten Gestalt und in diesen spottenden Kindern, die das kleinste Blinzeln in die falsche Richtung entfesseln konnte.

Alle anderen dachten offensichtlich genauso und eilten, die Taschen dicht an den Körper gepreßt und die Köpfe gesenkt, die Unebenheiten auf dem Gehweg prüfend, nach Hause. Den ganzen Weg vorbei an dem verrufenen «Elgin Pub» an der Ecke der Westbourne Park Road, wo die verschlagenen Gestalten sich an dich heranschlichen, «Haschisch, Speed, Haschisch» murmelten und darauf warteten, dich um das Kleingeld zu erleichtern – für einen Suppenwürfel oder ein Päckchen Ajax.

Schnell die Westbourne Park Road überqueren, den Hügel hinauf, wo die stuckverzierten Häuser den Übergang zu einem anderen Viertel abgrenzten. Nirgendwo sonst in London existierten so großer Reichtum und so große Armut so nah beieinander. Als ich die Ecke von Arundel Gardens erreichte, fuhr kreischend ein Polizeiwagen vorbei und entfernte sich mit heulenden Sirenen auf der Grove Richtung Norden.

Die Treppe zum Kellergeschoß hinunter und die Taschen auf den Boden fallen lassen, während ich die Schlüssel ins Schloß fummelte. In dem Einzimmer-Apartment war die Luft kühler als draußen.

Ich stellte sofort den stinkenden Heizlüfter an und ließ den Raum warm werden, während ich in der Küche die Einkäufe auspackte. Ich hatte Pasta und Salat gekauft, etwas Einfaches und Schnelles, wenn Hugh kam. Ich hatte

Wasser aufgesetzt und schnitt ein paar Zwiebeln, als es an der Tür klingelte.

Meine gute Fee war eindeutig schon angeheitert, als er vor der Tür stand, eine Weinflasche schwenkte und «huuhuuu!» rief.

«Das Abendessen ist gleich fertig», teilte ich ihm mit, während ich ihn hereinbat. «Die Köchin arbeitet in diesem Moment an dem Menü. Ist Schwan gefüllt mit Pfeifenten genehm?»

«Natürlich. Deshalb habe ich den dreitausend Jahre alten Port mitgebracht. Hab meinen Jungen extra heute morgen in den Keller geschickt, um ihn zu holen und abzustauben.»

Er folgte mir in die Küche, sah nach, was passierte, und begann, auf der Suche nach weiteren Zutaten in den Schränken und im Kühlschrank herumzuwühlen. Was Tomaten-Zwiebel-Pasta mit ein wenig Blattsalat und einer Tomate als Beilage hatte werden sollen, wurde Penne all'arrabbiata mit Avocado-, Spinat- und Pinienkernsalat und etwas schnell gezaubertem Knoblauchbrot. Er nahm den ganzen Arbeitsablauf in die Hand, mir blieb nur, an meinem Wein zu nippen und zuzuschauen, wie er in der winzigen Küche herumwirbelte wie ein Derwisch. Mit Hugh war nichts jemals fade oder langweilig.

Während er kochte, erzählte er mir alles über seinen neuen Job. Er würde Pressesprecher sein, ein wesentlich besseres Gehalt bekommen und es mit einem Heer von interessanten Künstlern zu tun haben. Seine Aufregung war spürbar, floß in das Essen ein.

«Schon besser», seufzte er, während er das Ergebnis seiner Bemühungen begutachtete.

Wir nahmen unsere Teller und Gläser wieder mit in mein Zimmer hinüber. Die Temperatur hatte jetzt ein angenehmes Maß erreicht. Hugh hockte sich ans Ende von meinem Bett und pickte vornehm an seinem Essen, während ich mir dieses unerwartet köstliche Festmahl so hastig in den Hals stopfte, wie ich nur irgendwie konnte. Nachdem ich die letzte halbe Stunde bei seiner Verwandlung in Fanny Craddock zugesehen hatte, hatte ich einen Bärenhunger.

«Ahhh.» Schließlich stellte er seinen Teller auf den Boden und ergriff sein Glas. «Das war köstlich. Erzählst du mir jetzt, was du so getrieben hast? Was ist das alles hier?» Er untersuchte meine neuen Bücher, nichts entging seinem scharfen Verstand.

«Sieh dir den an.» Ich fand die Seite in Barrys Buch, auf der Flynns gutes Aussehen und seine Jugend am vorteilhaftesten zur Geltung kamen. «Er ist in mich verknallt.»

«Wie kannst du es wagen?» schrie Hugh auf. «Er ist traumhaft!»

«Nicht wirklich», lachte ich. «Wie auch immer, er ist jetzt ein alter Mann. Nein, ich habe ihn am Wochenende kennengelernt. Er war in diesem Film, den Jon Jackson gedreht hat.»

«Ah, er ist die olle Schießbudenfigur, der Ganglord», bläffte Hugh. Dann wurde sein Ton ernst: «Ich muß zugeben, daß ich nicht nur gekommen bin, um anzugeben. Als ich in den Nachrichten gesehen hab, was passiert ist, wollte ich dich unbedingt sehen. Alles klar mit dir?»

Hugh war der einzige Mensch, der alle meine Geheimnisse kannte. War dabei, als einige von ihnen entstanden. Wenn ich jemanden brauchte, mit dem ich über alles reden konnte, was im Laufe der letzten Woche geschehen war, nun, hier war er.

Ich senkte meinen Blick, ließ die Mundwinkel herabfallen.

«Nicht wirklich. Ich hab versucht, mich zu beschäftigen, aber alles läuft immer wieder auf ihn hinaus.» Als ich wieder aufsah, spürte ich, wie die Tränen hervorquollen.

«Hast du je sonst jemandem davon erzählt?» fragte er.

Ich schüttelte den Kopf. «Was soll ich sagen? Es war nur

ein One-Night-Stand, vor neun Jahren. Seitdem bin ich einmal mit ihm in einem Raum gewesen, er hat mich nicht erkannt, warum sollte er auch?»

«Nein», nickte Hugh zustimmend, «wo du jetzt so viel besser aussiehst.»

Ich konnte mir ein Lächeln trotz allem nicht verkneifen. Hugh hatte meinen Psychobilly-Look nie gutgeheißen. Er hielt ihn für absolut geschmacklos.

«Wo er wesentlich schönere Mädchen anschauen konnte, meinst du wohl.» Ich versuchte, die Bemerkung mit einem Achselzucken abzutun.

«Nun, es hat dir mehr bedeutet als ein One-Night-Stand», sagte er ruhig.

«Ich weiß.» Ich senkte den Blick, fummelte an der Bettdecke herum.

Er merkte, daß ich jeden Moment losheulen würde und hatte Mitleid mit mir. «Und wie hast du Mister Gutaussehen hier nun kennengelernt?» Er wies in Richtung Filmbuch.

«Das war auf dieser Krimi-Autoren-Tagung am Wochenende. Hab alle möglichen irren Leute da getroffen, darunter auch einen Gatten für dich, bis dieser Scheißkerl Bambridge mit ihm durchgebrannt ist.»

«Neil ist nicht schwul.» Hugh runzelte die Stirn. «Hinter was war er her?»

«Hinter seinem Geld. Sie haben gestern Abend im ‹Groucho› verbracht, verstehst du?»

«Uch, wie gewöhnlich. Und wer ist mein Zukünftiger?»

«Jack Hall. Du würdest ihn lieben. Er sieht aus wie ein italienischer Schieber. Er war der einzige intelligente, gut aussehende und gut gekleidete Kerl auf der ganzen Tagung.»

«Mußte also schwul sein», dachte Hugh nach. «Nichts für dich?»

«Nein ...» Meine Gedanken wanderten zurück zu Everill. Überlegten es sich dann anders. «Aber sie haben mich in diesen heißen Club mitgenommen, dieses ‹Deansgate›, und da bin ich unserem Freund hier begegnet. Das ist wie ein Land, an dem die Zeit unbemerkt vorüber gegangen ist, wie ein Tor zu den sechziger Jahren oder so. All diese beeindruckenden ...» ich suchte nach dem richtigen Wort, «Sauf-Künstler da unten. Und da gibt es eine Jazzband, und sie tanzen Walzer und Swing und führen die jungen Leute vor. Ich muß einen Weg für uns finden, da wieder rein zu kommen. Du wärst begeistert.»

«Wie ist der dir begegnet?» erkundigte Hugh sich und tippte auf das Bild.

«Ich bin ihm begegnet. Er hat mich mit ihr verwechselt.» Ich zeigte auf die gegenüberliegende Seite.

«Oh, mein Gott!» Er riß die Augen auf und hielt sich das Buch dicht vor die Nase. «Sie ist du? Wer ist sie?»

«Seine ehemalige Braut, die sich das Leben genommen hat.»

Wir sahen uns eine Minute an, beide auf unseren Unterlippen kauend. Das passierte immer, wenn wir wußten, daß wir das nicht tun sollten. Wir brachen in hysterisches Gelächter aus, drückten unsere Gesichter in die Kissen und kullerten gut zehn Minuten auf dem Bett herum.

«Oh je.» Hugh setzte sich schließlich auf, griff in seiner Jackentasche nach einem Taschentuch und putzte sich lautstark die Nase. «Ich glaube, wir brauchen noch etwas Wein. Wie spät ist es?»

Ich konsultierte den «Braun»-Wecker. «Zehn Uhr. Laß uns zum Kiosk um die Ecke gehen.»

Ich folgte ihm hinaus auf die Straße und fühlte mich wie von einer Last befreit. Wir brauchten nicht weit zu gehen, nur bis zum «Peppermill» bei dem mit Brettern zugenagelten «Electric Cinema» an der Portobello Road. Ein langer, schmaler Kramladen mit einer Auswahl überteuerter Weine zweifelhafter Herkunft. Hugh wählte einen Soave aus, wobei er sich das Wort «Soave» auf der Zunge zergehen ließ, denn es war eines unserer Lieblingswörter.

Als wir zurück waren und die Flasche öffneten, bestand er darauf, Dean-Martin-Platten zu spielen, zu denen wir durch's Zimmer tanzten. Wir führten gerade den *Mambo Italiano* auf, zur Erbauung eines jeden, der uns mit einem Fernglas aus den gegenüberliegenden Häusern zuschauen mochte, als es laut gegen meine Tür hämmerte.

«Mist», sagte ich. «Wir haben die Musik zu laut aufgedreht.» Hugh beugte sich vor, um den Plattenspieler leiser zu stellen. «Ich mach auf», sagte er.

Er öffnete die Tür und sagte in seinem höflichsten Ton: «Kann ich dir helfen?»

«Ist hier eine Party im Gang?»

Jerry platzte mit Stielaugen ins Zimmer, verdrehte den Hals à la Linda Blair und versuchte verzweifelt irgendeinen Beweis für eine Swing-Orgie zu erhaschen.

«Nein», brummte Hugh. «Wir haben nur Musik gespielt. Tut mir leid, wenn wir dich gestört haben, wir drehen sie leiser.»

Jerry wartete sehnlichst auf eine Einladung, dabei zu sein. Als er merkte, daß keine kommen würde, beschloß er, es auf einem anderen Weg zu versuchen. Einem äußerst absonderlichen.

«Was ist das?» fragte er und zeigte auf meine beiden Mäntel, die von der Tapetenleiste hingen.

«Meine Mäntel?» schlug ich vor.

«Du bist eine Mörderin!» schrie er.

«Was?» Ich begriff nicht, was er meinte.

«Das ist echtes Fell!» schäumte er über. Ich hatte ihn noch nie zuvor so sternhagelvoll gesehen. Offensichtlich war er in der Hoffnung von der «Station Tavern» zurückgewankt, daß er Glück bei mir haben würde, und empört, als er sah, daß schon ein Mann bei mir war.

Hugh nahm den Leopardenmantel vom Haken und hielt ihn Jerry unter die Nase.

«Ja», sagte er finster. «Wir haben dafür echte, kuschelige Schmusekätzchen umgebracht. Zwanzig kleine Schmuseleoparden und zwanzig kleine Schmusezebras haben hier ihren Tod gefunden. Durch unsere Hand. Und du wirst der nächste sein, wenn du nicht freundlicherweise gehst. Sofort.»

Jerry lief hochrot an.

«Mach schon.» Hugh drängte ihn hinaus. «Geh und schlaf deinen Rausch aus.» Es gelang ihm, ihn auf die andere Seite zu bugsieren, ihm die Tür vor der Nase zuzuknallen und zweimal hinter ihm abzuschließen.

«Mörder!» kreischte Jerry erneut.

Ich konnte hören, wie Alan über unseren Köpfen zu schlurfen begann.

Hugh legte seinen Finger auf die Lippen.

Jerry stampfte ein wenig mit den Füßen, sagte noch einmal «Mörder!», schon viel leiser, und ließ die Tür zu seinem eigenen Zimmer knallend hinter sich zufallen. Über uns verzog Alan sich wieder in sein Bett.

«Was für ein Saftarsch!» rief Hugh aus. Wir fingen wieder an zu lachen, aber mittendrin lachte ich plötzlich nicht mehr. Etwas war über mich gekommen, etwas, das Jerrys Geschrei ausgelöst hatte, und ich begann hysterisch zu weinen. Tränen strömten über mein Gesicht, ich klammerte mich an Hugh und stieß schluchzend immer dasselbe Wort hervor: «Warum?»

Er wiegte mich in seinen Armen, bis der Kummer nachgelassen hatte, bis dieses Gesicht in meiner Erinnerung wieder zu einem Schatten verblaßt war und das messerscharfe Bohren zu einem dumpfen Schmerz abgeflaut war. Er hielt mich fest, wie keiner meiner Freunde es je getan hatte.

«Tut mir leid», sagte ich schließlich.

«Pssst.» Er schüttelte den Kopf. «Irgendwann mußte es rauskommen. Besser jetzt, als wenn du allein bist.»

Er reichte mir ein Taschentuch, und ich tat mein Bestes, mir die schwarzen Spuren vom Gesicht zu wischen, während er jedem von uns ein weiteres Glas Soave einschenkte und uns Zigaretten anzündete.

«Hier.» Er reichte mir eine herüber.

«Danke.» Wir stießen an.

Der Wein brannte in der Kehle und trieb mir die Tränen in die Augen. Ein kräftiger Zug aus der Zigarette hielt alle weiteren Tränen zurück.

«Ich bleib heute Nacht hier», beschloß Hugh. «Ich laß dich nicht allein mit dem Idioten nebenan.»

«Vielen, vielen Dank.»

«Schon o. k.» Er lächelte. «Wirklich.»

Er hielt die Dämonen für den Rest der Nacht auf Distanz, bis die kühle Morgenstille uns erlöste.

12

«Wach auf, mein Schatz, es ist halb neun.»

«Hmmm?»

Ich machte die Augen auf und erblickte Hugh, eine Teekanne und einen Stapel Buttertoast.

Schwerfällig rappelte ich mich auf. Mußte vergessen haben, den Wecker zu stellen. Wie schön, zu etwas anderem aufzuwachen als zu dem üblichen erbarmungslosen, elektronischen *guten Morgen*. Wie schön aufzuwachen, und jemand anders ist da. Jemand, der Kosenamen benutzt und mir mein Frühstück bringt. Ich hatte vergessen, wie Nähe sich anfühlen konnte.

«Wie lieb von dir», sagte ich.

«Mach dir keine Sorgen, ich hab unterdessen seine Tür

zubetoniert.» Er wies mit dem Kopf auf die Trennwand zwischen Jerrys und meinem Zimmer und kicherte über seinen eigenen geistreichen Witz. «Probier das, dann halte ich vor dem Badezimmer Frühpatrouille.»

Ich ließ mir Zeit, genoß jeden warmen, triefenden Bissen, jeden Schluck perfekt gebrühten Tee. Sogar mein Bett erschien mir ungewöhnlich warm und gemütlich.

«Hast du uns in eine andere Welt katapultiert?»

«Ja. Wenn ich die Vorhänge zurückschlage, wirst du sehen, daß wir uns in der Royal Suite auf der Queen Elizabeth 2 befinden und einen atemberaubenden Blick auf den Ozean genießen. Von unserem Standort aus wirst du wahrscheinlich gerade den chinesischen Küstenstrich erkennen können. Da-ah!»

Leider war es immer noch die betonierte Terrasse, die Aussicht auf die öffentliche Grünanlage gewährte, aber am Himmel zeigte sich ein Hoffnungsschimmer in Gestalt von blaßblauen Flecken.

«Wegen dem Wetter habe ich auch ein Wort eingelegt.» Hugh starrte in den Himmel hinauf. «Sollte angenehm sonnig sein, mit leichten, wechselnden Brisen aus dem Osten.»

«Ausgezeichnet. Es sieht tatsächlich schon besser aus.»

Noch besser, als ich aus dem Bad zurückgekehrt war. Er hatte nicht nur das Schlafsofa zusammengepackt, sondern schien auch das übrige Zimmer geputzt zu haben, ordentlich und fast glänzend lag es in dem schrägen Sonnenstrahl, der jetzt direkt durch die Doppeltür hereindrang. Das mußte die Staubfee gewesen sein.

Wir trennten uns am Rand von Westbourne Park Road, wo er rechts abbog, um den 28er zurück nach West Hampstead zu erwischen. Wir verabredeten uns erneut für Freitag abend, an dem wir dann versuchen würden, uns ins «Deansgate» hineinzumogeln. Nach allem, was er für mich getan hatte, verdiente er ein kleines Extravergnügen.

Als ich ins Büro kam, wartete Neil schon, zappelte mit einem Überschuß an nervöser Energie auf seinem Stuhl herum und trommelte mit den Fingern auf den Schreibtisch.

«Hallo!» dröhnte er, als ich die Stufen hinunterstieg. Er hatte einen etwas irren Blick.

«Hallo, Neil. Was hast du getrieben?»

«Ich hatte gestern eine fantastische Begegnung», sagte er, stand auf und reckte sich. «Ich warte, bis Barry reinkommt, bevor ich euch alles erzähl – aber wir haben was zu feiern. Wie sind deine Interviews eigentlich gelaufen?»

«Recht gut, alles in allem», überlegte ich und setzte mich. «Außer dieser großkotzigen Susie Beck. Ich will sie nicht mit in die Reportage reinnehmen. Sie ist nicht gut genug.»

Neil nickte zustimmend. Eine gute Sache an ihm war, daß er sich bei Themen, die nicht in sein Gebiet fielen, auf dich verließ.

«Ich dachte, Luther Lang würde am besten werden», fuhr ich fort, «und die Bänder sind auch gut geworden. Aber da war noch ein Autor, der meiner Ansicht nach noch interessanter ist. Simon Everill. Er hat ein Buch mit dem Titel *Weirdo* geschrieben.»

«Ich hab davon gehört.» Neil runzelte die Stirn. «Wo hab ich bloß davon gehört?»

«Wahrscheinlich an der Bar, zweifellos von Peter Reid.»

«Nein, da war es komischerweise nicht, obwohl man es meinen sollte...», er hielt inne und ging im Geiste seine Rollodex-Karteikarten durch. «Ich bin sicher, jemand hat mir schon vor Jahren von ihm erzählt...»

«Wirklich? Ich dachte, er wäre aus dem Nichts aufgetaucht...»

Typisch Neil. Er mußte immer behaupten, als erster dagewesen zu sein, auch wenn er das gar nicht war. Peter Reid, das größte Klatschmaul in der Bücherwelt, wußte nicht Bescheid, aber Bambridge wohl.

«Wie auch immer, ich führ heute Abend ein zweites Interview mit ihm. Ich wollte tiefer gehen, als die Zeit im ICA erlaubt hat.»

Wenn ich es recht überlegte, dankte ich Gott, daß Peter nichts über diese erste Katastrophe ausgeplappert hatte. «Wir müssen eine bessere Story über ihn kriegen als irgend jemand sonst.»

«Ganz genau», sagte Neil geistesabwesend, während er noch immer seine Kartei durchging. «Ich wünschte, ich könnte mich erinnern, wer mir von ihm erzählt hat. Das fuchst mich ... »

Das Schlagen der Eingangstür kündigte Barrys Eintreffen an. Neil verlor schnell den Faden seiner Gedanken.

«Barry», verkündete er aufgeregt, «ich hab erstklassige Neuigkeiten.»

«Ach ja?» Barry wirkte erstaunt. Wahrscheinlich war das Sarkasmus.

«Ja, ich hatte gestern eine Begegnung mit einem der wichtigsten Verlagsauslieferer in New York. Sie haben eine Nummer von *Lux* in die Hand bekommen, und sie waren begeistert. Sie haben mich zu sich gebeten, um zu schauen, ob wir handelseinig werden könnten.»

«Klar», sagte Barry «nett von dir, das erst mit uns zu besprechen.»

Neil ignorierte den Hieb. «Nun, ich wollte niemandem falsche Hoffnungen machen, falls nichts dabei herauskommen sollte. Aber wie auch immer, es scheint, daß sie 10 000 Ausgaben kaufen und in ganz Amerika verbreiten wollen.»

«In Kommission?»

«Nein, fest. Keine Rückgabe. Sie kaufen die ganze Lieferung! Ich dachte, ich führ euch zum Abendessen aus, um das zu feiern.»

Wenn es ausgesprochen gut lief, kam es gelegentlich

vor, daß Neil uns zu einem Auswärtsessen und ein paar Flaschen Wein einlud. In den Tagen, bevor er uns Lohn zahlen konnte, murrten wir, daß uns das Geld lieber wäre. Jetzt, wo der Laden sich gesund gestoßen hatte, würde das um einiges besser sein als das übliche Pizza-Express-&-Chianti.

«Ich wollte es heute Abend nicht riskieren, falls ihr zu tun habt, aber wie wär's mit morgen?»

Wir waren beide platt. Sogar Barrys Stimme klang überspannt und dünn, als er antwortete: «Ja, klar, prima.»

«Gut. Ich dachte, wir gehen ins ‹Criterion›. Ich hab für alle Fälle einen Tisch reserviert. Jetzt, wo die Sache amtlich ist, werde ich die Reservierung bestätigen.»

Wir sprachen es uns gegenseitig mit den Lippen vor, während Neil sich umdrehte und den Hörer abnahm, eine Show daraus machte, daß er Wort hielt. «*Das Cri-terion*!»

Das war das erste Mal, daß wir jemals eingeladen wurden, in den Kern von Bambridges gesellschaftlichen Trubel vorzudringen.

«Jetzt, wo das geklärt wäre», fuhr er fröhlich fort, während er den Hörer wieder auflegte, «möchte ich dich bitten, etwas für unsere nächste Ausgabe zu schreiben, Barry. Es ist etwas, über das wir früher schon gesprochen haben, aber bei dem, was in den letzten paar Wochen geschehen ist, ist jetzt wirklich der Zeitpunkt, es zu bringen.»

Barry wirkte schon wieder alarmiert. «Ah ja», sagte er vorsichtig. «Worum geht's?»

«Diese Kiste über Filmzensur, die du immer schon bringen wolltest.» Er fing Barrys Stirnrunzeln auf und erging sich in aalglatten Beteuerungen. «Nun, das ist etwas, das übers Wochenende aufgekommen ist, in den Zeitungen und bei der Tagung. Ich weiß, daß du persönlich betroffen bist, aber jetzt ist der richtige Zeitpunkt, dir das alles von der Seele zu schreiben.» Barry nickte und trat unbehaglich von einem Fuß auf den anderen. «Mach weiter», sagte er.

«Also, was die reaktionäre Boulevardpresse am Wochenende vom Stapel gelassen hat, war, daß Jon Jacksons Filme seinen Killer inspiriert haben, eine Art Anstoßwirkung der Gewalttätigkeit im modernen Film und Fernsehen auf die Gesellschaft.»

«Scheißdreck!» spuckte Barry aus.

«Genau», stimmte Neil zu. «Deshalb möchte ich, daß du eine ausführliche Kritik darüber schreibst, warum dieser Ansatz völlig hirnrissig ist. Ich möchte, daß du eine Geschichte des gewalttätigen Kinos und verbotener Filme schreibst, von Regisseuren wie Peckinpah und Ferrara bis hin zu Jackson.»

Das war clever, verdammt clever. Der Politiker Neil bekam gerade genau das, was er wollte – die Was-Er-Gern-Hätte-Story – und verwandelte Barry dabei vom zweifelnden Thomas zum normalen Deadline-Joe.

«Versuch dein Bestes, daß du alle Regisseure zu fassen kriegst, mit denen du sprechen willst, und frag sie nach ihrer Meinung», fuhr er fort und gab Barry damit endgültig grünes Licht zu seinem Traumfeature. «Dann nimm dir die Statistiken vor, auf die sich die Politiker stützen. Ich hab die Nummer von George Dickinson, diesem Scotland-Yard-Spezialisten im Ruhestand, der bei der Diskussionsrunde gesprochen hat, der ich beigewohnt hab, und er ist gern zu einem Interview bereit. Er erklärt im Grunde die Psyche eines Psychopaten und daß sie zu äußerlichen Einflüssen wie Film und Fernsehen in keinerlei Beziehung steht. Sprich auch mit ihm und leg die ultimative Einlassung gegen das Zensieren vor.»

Barrys finstere Miene hatte sich um 180 Grad gewandelt. «Verdammte Spitzennummer», strahlte er. «Ich mach mich gleich ran. Ich hab einen Kumpel, der mit Abel Ferrara gearbeitet hat, das wäre ein guter Ansatzpunkt ...»

Ich schüttelte vor Erstaunen den Kopf. Neil war der geborene Spieler. Gott steh uns allen bei, wenn er beschlossen hätte, ein Tory-Parlamentsabgeordneter und kein Kunstterrorist zu werden. Ich hoffte nur, ich könnte mit Everill am Abend nur zu einem Bruchteil so gut sein.

Hughs Wettervorhersage hatte sich bis zu den letzten Sonnenstrahlen bewahrheitet. Es war immer noch angenehm mild, als ich quer durch Soho zum «Coach and Horses» ging.

Keine Überraschung, daß Everill sich an die ältere Liga der Bösen Buben unter den Literaten anpassen wollte. Ich wußte von diesem Pub hauptsächlich aus den Kolumnen seines treuen Stammgasts Jeffrey Bernard, die ich nicht im *Spectator*, sondern in der Alternative für Geizkrägen, dem unabhängigen *Midweek* Magazin las.

Seit ich nach London gezogen war, hatten Jeffreys nörglerischen Mittwochs-Ergüsse mich immer erheitert. Sein selbstverachtender Stil war das eine, aber es waren seine Zeilen über Suffolk, die mir wirklich etwas sagten. Jeffrey hatte einmal versucht, sich selbst in dem vergeblichen Traum von einer gesunden Lebensweise dorthin ins Exil zu locken, aber unter der erdrückenden Last des «eisigen ostenglischen Himmels», unter dem er versucht hatte, wie ein rechtschaffener Mann zu schuften, hatte er mit seinem Vorsatz gebrochen und war schleunigst in die Gemütlichkeit von Old Smokey zurückgekehrt. Besser Kneipenrechnungen den Kampf ansagen als der Natur. Das konnte ich nachempfinden.

Leider lehnte Jeffrey nicht an einer Ecke des Tresens, als ich ankam. Aber ich wurde Zeuge, wie Norman, der legendär unverschämte Wirt, von dem ich ebenfalls durch die Lektüre von *Midweek* erfahren hatte, zu einer außergewöhnlichen Maßnahme griff. Einige sehr blonde und braungebrannte junge Mädchen versuchten, einen Tisch zu ergattern – ein zu jeder Zeit recht schwieriges Unterfangen –, und sie waren in seinen Augen eindeutig attraktivere Gäste als der Haufen biersaufender Typen, die sich an der Tür niedergelassen hatten, die seinem momentanen Platz an der Bar am nächsten lag. Norman stakste hinüber.

«Ihr da», sprach er die Truppe an, «habt alle Lokalverbot. Haut ab.»

Verblüfft gaben sie klein bei. Zufrieden setzte Norman sein onkelhaftestes Gesicht auf und wandte sich an die Frauen. «Ihr könnt euch jetzt hier hinsetzen, meine Verehrtesten», gurrte er.

Ich gluckste über dieses Schauspiel, als Everill durch die Tür kam.

«Hallo, hallo», grüßte er überschwenglich und zog ein paar Blicke unter herablassend hochgezogenen Augenbrauen von ein paar giftigen Möchtegernschauspielern auf sich, die sich nahe dem Männerklo herumdrückten.

«Hallo, Simon», antwortete ich. «Wie geht's?»

«Gut, gut. Viel besser, seit du die Einladung zu diesem Drink angenommen hast. Apropos, was nimmst du?»

Ich trank fast nie das gleiche. Das kam ganz auf meine Stimmung an. Heute Abend beschloß ich, daß ein Radler gerade richtig wäre. Das hieß, ich würde mich nicht besaufen und Scheiße bauen, während ich dennoch das Image aufrecht erhielt, daß ich mit jedem mithalten konnte. Everill schaffte es, ein Fleckchen zu finden, an dem es möglich war, einen Ellenbogen auf den Tresen zu bekommen, die Getränke zu holen und meines herüberzureichen.

«Sollen wir uns draußen hinstellen?» fragte ich. «Und uns unter Sohos Traumtänzer mischen?»

Darüber lachte er. Er war ganz und gar nicht wie der anmaßende Simon Everill, der seine Rivalen im CIA abgekanzelt hatte. Er wirkte sehr viel natürlicher.

Draußen fielen die Stadtstreicherinnen mit ihren Plastiktüten, in denen sie ihre Habe verstaut hatten, über uns her wie die Fliegen über die Windschutzscheibe.

«Hast 'n paar Pence für 'n Drink, Schätzchen? Ich mach dir nicht vor, daß es für 'ne Tasse Tee ist ...»

Simon wühlte in den Taschen seiner Jeans.

«Hast 'ne Kippe übrig, Schätzchen?» fiel eine andere ein.

Schließlich waren wir in der Lage, eine Unterhaltung zu führen.

«Wer sind denn all die Leute, die über dich hergefallen sind?» fragte ich.

«Oh, du weißt schon. Die Regenbogenpresse. *Time Out*. Sogar die Musikpresse. Und ich beginne, ein paar Filmangebote zu kriegen», sagte er und verzog das Gesicht.

«Das ist doch gut, oder nicht?»

«Nun, das sollte es. Aber es fällt mir schwer, mir das als Film vorzustellen.»

«Aber das ist das, wo für Schriftsteller die Kohle sitzt.»

«Da mach ich mir eigentlich nichts draus.» Er klang gelangweilt. «Ich nehme an, ich will bloß nicht, daß sie mir mein Baby wegnehmen. Ich meine, dir gefällt das Buch. Kannst du dir das wirklich auf der Leinwand vorstellen?»

«Nicht wirklich», überlegte ich. «Es dreht sich alles um den Dialog, nicht wahr? Die Schreibweise macht es so packend. Ich bezweifle, daß es unter allen lebenden Regisseuren einen gibt, der dem gerecht werden könnte ...»

Er sah mich erwartungsvoll an.

«Wie wär's mit einem toten?» fragte er belustigt.

«Nun, Sam Peckinpah war der einzige, der mir eingefallen ist, der das Verständnis dafür gehabt hätte. Und ihn wirst du wohl nicht kriegen, oder?»

Er lachte. «Ich versteh, was du meinst. Ja, Onkel Sam. Er wäre gut gewesen. Hab gar nicht an ihn gedacht.»

«Nun, ich nehme an, das ist wie mit uns, die wir unser eigenes Magazin machen», fuhr ich fort, froh, daß ich ihm ein Lächeln entlockt hatte. «Wir machen nicht viel Kohle – bis vor ein paar Monaten mußte ich noch freiberuflich arbeiten – aber wenigstens bedeutet das, daß wir genau das reinnehmen, was wir wollen. Das liegt ganz in unserer Hand. Und ich denke, deshalb steuern einige gute Leute was bei, weil sie wissen, daß wir mit ihrer Arbeit kein Schindluder treiben.»

«*Lux*, hm?» Er sah mich nachdenklich an. «Wie lange machst du das schon?»

«Etwa zwei Jahre. Wir haben es geschafft, bisher vier Mal zu erscheinen – obwohl es eigentlich vierteljährlich rauskommen sollte. Aber wir haben jetzt genug Förderer, um uns in unserem eigenen Büro zu etablieren, und wir können uns selbst gerade genug zahlen, um davon zu leben. Es ist also gut.»

«Deshalb bist du vielleicht nicht so miserabel wie normale Journalisten.» Dieser höhnische Ton war wieder da, aber er riß sich zusammen.

«Du weißt schon, was ich meine.»

«Die, denen die Zeile mit dem Namen des Verfassers wichtiger ist als das, worüber sie schreiben», seufzte ich. «Ich weiß genau, was du meinst. Ich hab für die Musikpresse gearbeitet.»

«Wer sind denn deine Lieblingsschriftsteller?»

Die Unterhaltung plätscherte eine Weile so freundlich dahin. Wir redeten über alle von Dashiell Hammett bis Jim Thompson, während die Wermutbrüder auf und ab stolperten und die Möchtegernschauspieler lauter und lauter wurden. Über Bücher zu reden gehörte zu meinen Lieblingsbeschäftigungen, und Simon schien sich ziemlich gut auszukennen.

«Bücher und Songs», sagte ich schließlich, «ohne sie wäre ich durchgedreht.» Was dann nahtlos zu unseren

Lieblingsbands und -sängern führte. Da gingen unsere Geschmäcker auseinander. Er mochte zunächst einmal die Space-Rock-Gruppe Hawkwind. Aber seine Begeisterung war ansteckend. Wir tranken eine Runde nach der anderen und sprachen nie wieder wirklich über sein Buch. In dem Bewußtsein, daß ich eigentlich nur hier war, um ein Interview zu führen, merkte ich auch, daß er es absichtlich vermied, auf das Thema seines Romans zurückzukommen, indem er entweder über etwas völlig anderes sprach oder auf weiteren Drinks bestand. Mir war jedoch klar, was er tat. Er beschnupperte mich. Bei den letzten Bestellungen wurde er ein wenig zappelig. «Ich sollte besser gehen», verkündete er, als hätte er zuviel Spaß gehabt und müsse dem nun ein Ende setzen.

«Ja, ich auch.» Ich nahm es locker. «Und danke.»

«Nein, ich danke.» Er schien es ernst zu meinen. «Und danke, daß du nicht nochmal auf das Buch zu sprechen gekommen bist. Ich hatte wirklich keine Lust darüber zu reden, aber ich hatte Lust, mit dir zu reden.»

Das war ein Test gewesen.

Er beugte sich unbeholfen vor und streifte meine Wangen mit feuchten Lippen. Ich konnte spüren, wie diese blöde Röte wieder aufstieg. Konnte Barry vor mir sehen, wie er sich mit dem Buch, das er immer noch nicht zurückgegeben hatte, Luft zufächelte und mich mit diesem zeitlupenhaften Zwinkern bedachte, das andeutete, daß er mehr wußte als ich. Scheiße, auf was für ein Spiel hatte ich mich da eingelassen?

«Nun, ich hoffe, wir sehen uns bald wieder», sagte ich verlegen, befreite mich aus seiner Umarmung und machte mich auf den Weg zur U-Bahn Station an der Tottenham Court Road.

«Ja, das werden wir», lächelte er und schien zufrieden mit dem, was gerade geschehen war. «Ich denke, ich kann dir vertrauen, meine Geschichte zu schreiben.» Und damit tauchte er in die entgegengesetzte Richtung ab, die Charing Cross Road hinunter, Richtung Leicester Square.

Ich sah ihm nicht nach.

13

Am nächsten Tag gab Barry mir das Buch zurück. Er wählte einen Moment, in dem Neil ganz vom Telefon beansprucht war, klatschte es auf meinen Tisch und verkündete:

«Verdammt brillant. Wie ist es gestern Abend gelaufen?»

Ich krümmte mich innerlich. Ich wollte nicht, daß Neil erfuhr, daß das Interview, mit dem ich so vor ihm angegeben hatte, genau genommen nicht stattgefunden hatte. Ebenso wenig wollte ich, daß Barry sich darin bestätigt fühlte, daß ich Everill insgeheim für eine heiße Nummer hielt.

«Das war seltsam», sagte ich statt dessen. «Er hat den ganzen Abend über alles außer über sein Buch gesprochen. Dann, als es Zeit für die letzten Bestellungen war, hat er mir dafür gedankt, daß ich ihn nicht danach gefragt habe.» Barrys Augenbrauen schossen in die Höhe.

«Dann, und das ist noch seltsamer.» Ich drehte mich um, um sicher zu gehen, daß Neil nicht angefangen hatte, zu lauschen, wandte mich wieder zurück und traf Hudsons starren Blick. «Als er gegangen ist, hat er gesagt: ‹Ich denke, ich kann dir vertrauen, meine Geschichte zu schreiben.› Ich hab die ganze Nacht darüber nachgegrübelt.»

«Klingt, als wollte er dich verarschen», sagte Barry unverblümt.

«Was hältst du von ihm?» Ich ignorierte das bewußt. «Nach dem Buch, das du gelesen hast?»

Er musterte mich sonderbar. «Ich fand, es war ein großartiges Buch, aber das muß nicht heißen, daß er ein großartiger Mensch ist», sagte er. «Er hat da einigen verdammt abgedrehten Mist drin.»

«Genau darum geht's», sagte ich. «Ich frage mich, wieviel davon wahr ist.»

«Nichts davon ist wahr», erwiderte Barry. «Das ist ein Märchen!»

«Nein, hör zu. Als ich das erste Mal versucht hab, ihn zu interviewen, wollte er mir nicht sagen, wo er herkam. Er wurde richtig ärgerlich, als ich nachgehakt habe. Offensichtlich will er nicht, daß irgend jemand zuviel über ihn erfährt. Also muß da etwas Wahres dran sein.»

«Komm schon, Di.» Barry versuchte, seiner Stimme die Schärfe zu nehmen. «Na gut, wahrscheinlich ist in seiner Vergangenheit irgendwas Widerliches geschehen, vielleicht war da eine verrückte alte Schachtel in seinem Kaff, die alle ihre Kinder abgemurkst hat – so was kommt vor. Aber diese Geschichte ist eine Phantasiegeschichte, die darum herum gesponnen ist; sie ist eine Übertreibung, magischer Realismus.»

Was er sagte, leuchtete vollkommen ein. Vielleicht interpretierte ich zuviel in die ganze Sache hinein. Weshalb ich mir ziemlich dämlich vorkam.

«Wie du meinst.» Ich stöpselte meine Kopfhörer wieder ein und kehrte Barry den Rücken zu, damit er nicht sah, daß ich verärgert wirkte. Er gab mir das Gefühl, daß ich tatsächlich ein verliebter Teenager war. Aber ich würde ihm das Gegenteil beweisen. Die nächste Stunde lang tippte ich schweigend an Kay McLachlan vor mich hin, ließ meine Finger die Arbeit machen, während Barry laut Bruchstücke von *Ma Chérie Amour* sang in dem Versuch, mich zum Lachen zu bringen. Ich ignorierte ihn, konzentrierte mich darauf, Kays Worte auf die Seite zu hämmern.

Das Everill-Band lag immer noch zuunterst in dem Stapel.

Der Tag neigte sich seinem Ende zu, als er wieder anrief.

«Danke für den letzten Abend», sagte er so unbeschwert wie man es sich nur wünschen konnte. «Ich weiß, das ist ein wenig kurzfristig, aber ich habe mich gefragt, ob du Lust hättest, dich heute Abend wieder mit mir zu treffen?»

«Heute Abend?» Ich erinnerte mich an diesen feuchten Kuß auf der Wange und fühlte mich leicht unbehaglich. Ich wollte nicht, daß er auf mich abfuhr, oder dachte, daß ich auf ihn abfuhr. «Tut mir leid, ich muß zu einem Arbeitsessen, wir hatten gerade ein paar gute Neuigkeiten.»

«Ja, klar. Ich hab schon befürchtet, daß ich zu aufdringlich bin.» Er klang, als wäre er ehrlich sauer, bemühte sich aber, die Tatsache zu vertuschen. Mit einiger Anstrengung schlug er einen leichteren Ton an. «Wie wär's irgendwann nächste Woche? Die Sache ist die, ich habe viel darüber nachgedacht, und ich bin zu dem Schluß gekommen, daß du die Richtige bist. Ich muß jemandem die wahre Geschichte hinter meiner Geschichte erzählen, und dieser Jemand bist du.»

Was für ein Charmeur. Und es funktionierte.

«Das wäre super!» rief ich aus. «Bist du sicher?»

«Mir hat gefallen, was du über die Integrität eures Magazins gesagt hast», antwortete er ruhig, «und ich denke, es wäre die beste Adresse, sie zu veröffentlichen. All die verdammten Zeitschriftenkonzerne schlagen sich um mich, also dachte ich mir, denen würde ich bei der Gelegenheit allen eins auswischen.»

«Deine Einstellung gefällt mir», sagte ich, «und du hast recht. Wann wollen wir uns treffen?»

«Nächsten Donnerstag?»

Ich blätterte mein eselsohriges Filofax durch. «Sieht gut aus. Wollen wir wieder ins ‹Coach› gehen?»

«Nein, ich denke, wir sollten uns ein ruhigeres Plätzchen suchen. Ich glaube nicht, daß du in dem Laden wirklich ein anständiges Interview führen kannst.»

Das war ein Argument.

«Wo schlägst du vor?»

«Gibt es irgendeinen Ort, an dem du normalerweise Interviews machst?» fragte er.

Ich ging die Pubs in meiner Nachbarschaft durch. «Es gibt da ein Pub an der Portobello Road, das ist nett und ruhig, und man findet immer einen Tisch», sagte ich. «Das ‹Earl of Lonsdale›, Ecke Westbourne Grove. Würde dir das passen?»

«Ja, in Ordnung. Treffen wir uns dort um 20 Uhr?»

«Prima. Bis dann.»

«Er schon wieder?» fragte Barry, sobald ich den Hörer aufgelegt hatte. Dann, an Neil gewandt: «Di hat einen neuen Verehrer. Komischer Freier. Er schreibt verdrehte Geschichten über mörderische Inzest-Kinder. Aber er hat ein reizendes Lächeln.»

«He, halt die Klappe, du.» Ich gab ihm einen Klaps, aber jeder wirkliche Ärger war in dem Triumph über eine weitere Chance verraucht, ihm zu zeigen, worum es bei der ganzen Sache wirklich ging. Wir lachten beide erleichtert.

«Wer ist es?» erkundigte Neil sich.

«Dieser Autor, Simon Everill. Nur, daß er nicht mein Freier ist, klar?»

«Also deswegen wolltest du eine lange Story über ihn schreiben.» Augenbrauen gingen in die Höhe. Sie würden mich für den Rest des Tages und unseres feudalen Abends im Criterion verarschen, da war ich mir sicher. Aber Neil zog erneut die Stirn kraus.

«Ich hab diesen Namen allerdings irgendwo schon mal gehört. Ich wünschte nur, ich könnte mich erinnern, wer mir von ihm erzählt hat.»

Konnte er aber nicht, und so verstrich die Gelegenheit.

Das «Criterion» war mit Abstand der prächtigste Laden, in den Neil uns jemals geführt hatte. Es hatte eine fantastische blau-vergoldete gewölbte Decke, die jahrelang unter Gips verborgen gewesen war und nun funkelte und strahlte wie die St.-Markus-Kathedrale in Venedig im Nebel. Schmucke Tische unter der Vergnügungskuppel, gestärkte weiße Tischdecken, Bestecke und Glasgeschirr glänzten wie etwas aus der Ära der Cunard Liners und Debütantenbälle, etwas Kultivierterem und Fernerem.

Ich fühlte mich sofort *underdressed*, irgendwie schmuddelig; nicht schön genug, um ungehindert durch solch ein prunkvolles Portal zu schweben.

Neil und Barry hegten keine solchen Gefühle. Neil, weil er sich in heimischen Gewässern befand, er war ein Hai, der Happen in Scheckbuchgröße aus schönen Menschen herausbiß. Barry, weil er sich immer wohl in seiner Haut fühlte, und sein eingefettetes Haar und seine scharfen Ringe ebenso prächtig schimmerten wie unsere Umgebung.

«Champagner, denke ich», bestellte Neil bei einem hochnäsig dreinschauenden Kellner, der meine Gefühle für Barry offenbar nicht teilte. «Laurent Perrier», fuhr er fort, ohne in die Karte zu schauen, «Rosé, wenn du so gut wärst.»

«Sehr feudal», bemerkte Barry.

«Nun, wir haben es uns verdient. Wir», Neil lehnte sich mit der Zufriedenheit eines Jagdhundes in seinem Stuhl zurück, dem es soeben gelungen war, einen Elefanten niederzustrecken, «werden ganz groß rauskommen. Wir haben in kurzer Zeit viel erreicht, wißt ihr. Und jetzt zahlt sich die ganze harte Arbeit aus. Amerika ist eine Goldgrube für uns.»

«Nun, ich hab immer geglaubt, daß die Yankees groß drauf abfahren würden.» Barry zog ein Stück Ciabatta aus dem schmucken kleinen Korb mit warmem, frischem Brot und tunkte es in die dezente Schale mit Olivenöl. «Es ist die Welthauptstadt verquirlter, verrückter Scheiße. Wenn die das nicht raffen, dann keiner.»

«Genau», sagte Neil.

«Darauf trinke ich», sagte ich, als die imposante Flasche voller Perlen serviert wurde, der Korken knallte und das Getränk in unsere Kristallkelche sprudelte.

«Prost!» stießen wir darauf an.

Neil quatschte uns weiterhin mit Zahlen zu, während wir etwas zu essen bestellten. Offenbar sollte in New York, wo viele unserer Mitwirkenden lebten, zur Markteinführung eine Party geschmissen werden – alles bezahlt, alles inklusive –, und laut Neil würde sie zum Stadtgespräch werden. Das bezweifelte ich nicht. Es gab sehr wenig, was er nicht erreichte, wenn er es sich einmal in den Kopf gesetzt hatte. Ich genoß das ungewohnte Gefühl von Champagner und Erfolg, ließ mich angenehm davon einlullen. Und dann fragte Barry: «Und was war nun letztendlich auf diesen Jackson Bändern?»

«Barry», sagte Neil und sah auf seinen Teller hinab. «Es war nicht leicht für mich, einem Mann zuzuhören, der gerade gestorben war. Ich habe den ganzen Tag mit ihm verbracht, ich mochte ihn wirklich, und die Vorstellung, daß das sein letzter Abend war, ist schwer zu verkraften.» Er sah auf und begegnete Barrys Blick mit aufrichtigstem Gesichtsausdruck. «Sogar für mich. Ich weiß, du denkst, ich hätte mich an seinem Unglück bereichert. Gewissermaßen habe ich das, ich gebe zu, es war ein goldenes Ei, um die Amerikaner damit zu ködern. Wir haben das allerletzte Interview mit dem Opfer des sensationellsten Mordes seit der Manson-Family, in dem Tenor habe ich es ihnen schmackhaft gemacht, und sie wußten, daß es rasanten Absatz finden und uns in unserem neuen Leserkreis in großem Stil einführen würde. Aber du mußt verstehen, daß an der Sache mehr dran ist als das.»

Barry nickte, hielt die Gabel mitten in der Luft.

«Die Fans werden es lesen wollen», fuhr Bambridge fort. «Es wird eine Huldigung an ihn und alles sein, für das er je gestanden hat. Schließlich haben wir ihn nicht umgebracht.»

Ich mußte ihm recht geben. «Ich würde es lesen wollen», sagte ich.

«Na gut.» Barrys Ton klang unbeschwerter, als ich erwartet hatte. Ob er sich zunehmend damit arrangiert hatte, oder ob es die Mischung aus seinem Traumfeature und dem Champagner war, konnte ich nicht sagen.

«Wann können wir es lesen?» fügte ich hinzu.

Neil seufzte. «Ich hab die Abschrift noch nicht fertig. Ich weiß, daß ich das Ganze auf dem Polizeirevier durchgegangen bin, ich hab es alles gehört, aber wenn du damit allein bist, geht es dir an die Nieren.»

«Verdammt!» Barry zwinkerte mir zu. «Er hat ein Gewissen.»

«Warum machst du es nicht im Büro?» fragte ich. «Dort hast du doch damit angefangen. Mit uns beiden in der Nähe würde es dir vielleicht nicht so unheimlich vorkommen.»

Neil lachte. «Das ist in der Tat nur zu wahr. Wie könnte sich jemand im Vergleich zu euch beiden komisch vorkommen? Nein, ehrlich, das ist eine gute Idee. Ich bring die Bänder morgen mit.»

Es entstand eine Pause, als er sich in seinem Stuhl zurücklehnte und den Raum einem prüfenden Blick unterzog, weil er das Thema fallenlassen wollte.

«Ich frag mich, wann sie das Arschloch finden, der es getan hat.» Barry wischte sich den Mund mit einer steifen weißen Serviette ab, so leicht ließ er nicht locker. «Sie lassen sich Zeit damit. Hast du noch was von deinem Bullenfreund gehört?»

«Nein, Gott sei dank», sagte Bambridge schnell. «Ich mein, ich wünsch ihm viel Glück, aber ich hab keine

Ahnung, warum er mich so behandeln mußte. Als ob ich etwas damit zu tun hätte.»

«Nun, wer immer die Täter waren, sie wußten, was sie taten», überlegte Barry. «In der *Post* stand, daß der ganze Tatort mit Desinfektionsmittel getränkt war. Keine Haare, keine Fasern. Müssen alles vorher geplant haben, meinen sie. Als nächstes könnten sie es auf dich abgesehen haben», wandte er sich an Neil, «wenn wir das Interview bringen.»

Bambridge lachte, ein wenig nervös. «Komm schon, bis dahin haben die Bullen ihn längst geschnappt. Wenn ihn jemand dermaßen gehaßt hat, müßte einer seiner Freunde das wissen. Vielleicht wurde er erpreßt oder bedroht. Wahnsinnige, die so was tun, verraten sich am Ende immer selbst», schloß er.

«Nun, ich drück dir die Daumen», lachte Barry.

«Schau mal», bellte Neil geradezu, «laß uns das Thema wechseln. Das hier sollte eine Feier sein.» Er nahm die leere Flasche aus dem Eiskübel und schlug wieder den kumpelhaften Ton von vorher an. «Ich weiß ja nicht, wie es euch geht, aber ich könnte noch eine von diesen vertragen. Ich sage, Ober ...»

14

Er nahm Tonys Angebot nicht an, sich ihm und seinem berühmten Freund an dem Abend im «Hop Poles» anzuschließen. Es würde schon schwer genug sein, sich in dem Pub abseits zu halten, auch ohne weiterhin mit Jon Jacksons Arroganz konfrontiert zu werden. Statt dessen verdrückte er sich früh nach Hause, um seine Unterlagen durchzugehen, seine Wut zu nähren und in einen Plan umzusetzen.

Er kam zu dem Schluß, daß Tonys Reaktion zu seinem

Vorteil war. Wenn der große Mann dachte, daß er den Regisseur bewunderte, dann würde er das ausnutzen. Unterwürfig sein zu Jackson, wenn der den Stand besuchte. Jackson war das mittlerweile gewohnt, und es würde ihn noch unbefangener machen, Andy Smiths Wesen noch glaubwürdiger erscheinen lassen.

Es würde ihn antörnen.

Er gab die Rolle ein paar Wochen, und siehe da, es klappte. Tonys Prophezeiung traf ein; Jackson schaute regelmäßig vorbei, als könnte er von den farbenprächtigen Cockney-Ständen und ihren Waren nicht genug kriegen, als wollte er wirklich dazugehören. Andy achtete darauf, sich möglichst kriecherisch zu verhalten, wenn seine Meinung über irgendeine obskure Wigan-Casino-Single gefragt war, über die sie an jenem Tag schwafelten und wurde mit augenscheinlichem Respekt für sein Wissen belohnt. Selbst wenn dieser Scheißkerl in seinen Gebärden eine leichte Überraschung darüber verriet, daß er so viel wußte.

Es funktionierte. Er konnte spüren, wie die Macht wuchs. Sein Blendwerk war jetzt so vollkommen, daß er nur gewinnen konnte, wenn er die Hülle fallen ließ und seinem Opfer zu erkennen gab, daß seine Augen ihn die ganze Zeit betrogen hatten.

Es war am Wochenende des Bankfeiertags im August, als er spürte, daß die Zeit gekommen war. Wenn alle ausgelassen waren, in Feierlaune.

Sie packten wie üblich um 18 Uhr zusammen, schleppten die Plattenkisten auf stählernen Gepäckwagen zu den Bogengewölben der Bahnüberführung hinunter und schluckten schon kräftig kaltes Dosenbier, für das Lee in weiser Voraussicht kurz weggegangen war, als der Feierabend in Sicht kam. Andy war in besonders gehobener Stimmung, als sie Lieder singend durch die mit Schlaglöchern übersäten Hintergassen steuerten wie Fußballer nach einem Sieg.

Tony hatte an jenem Tag 500 Pfund gemacht und Andys

Lohn dementsprechend angehoben. «Heute Abend mußt du mit ins Pub kommen», sagte er und klopfte ihm auf die Schulter, während sie ihren Verschlag abschlossen, den Rest aus ihren Dosen runterkippten und sich nach all dem Schleppen und Bücken streckten. «Es wäre unanständig, nicht zu kommen.»

«Ein zu schöner Abend, um ihn zu verpassen», stimmte er unter Lees und Mitchs Beifall zu.

Sie schlenderten die High Street wieder hinunter und in die Inverness Street, wo die Obststände zusammengepackt worden waren und die Straßenreiniger die Straße abspritzten, so daß sie glänzte wie ein gläserner See. Wie immer wankten die Wermutbrüder durch die Straße, ihr Special Brew oder Thunderbird in der Hand, und begutachteten in Frage kommende Wohltäter, als diese, begierig darauf, sich dem bunten Haufen von Berühmtheiten in der «Hop Poles Bar» anzuschließen, aus den Comix-Shops, Plattengeschäften und Cafés auftauchten.

Nur, daß sie auf Andy nicht mehr zukamen. Es war, als hätten sie durch irgendeinen geheimen Code erfahren, daß er mehr als geizig war.

Als Tonys Truppe eintraf, war das Pub halb voll, Kugeln klackerten über den Pool-Billard-Tisch, an dem die Schleimscheißer, die ihm jetzt als Woody und Alex bekannt waren, die Kippen im Mundwinkel hängend ihre Stöße machten und zu der Jukebox Dean Martins *Little Ole Wine Drinker Me* mitsangen.

Die Freundinnen saßen um die Tische, makellos in ihrer Rekonstruktion von Dean Martins Ära, bis hin zu ihren glitzernden Ohrringen und aufgetürmten Haarprachten. Jackson saß mitten unter den Mädchen, die ihn mit glänzenden Augen verschlangen, während er ihnen den Hof machte, sie zum Lachen brachte, ihnen Feuer gab. Sie hingen an seinen Lippen, obwohl ihre Freunde nur wenige Meter entfernt waren.

Zu jeder anderen Zeit hätte ihn das vielleicht angekotzt, aber heute Abend war Andy beschwingt. Er bestand darauf, die erste Runde zu schmeißen und reichte die köstlichen, kalten Pints weiter, während der Vierertrupp sich um die Bar versammelte, zu den Schleimscheißern hinüberrief und hochgestreckte Daumen als Antwort erhielt.

Es dauerte nicht lange, bis Mister Großkotz zu ihnen hinüberschritt, Cocktails für alle Ladies und Bier für alle Jungs bestellte, den Einsatz für seine Großkotzerei noch mit einem Gläschen Tequila für alle erhöhte.

Andy machte sich nichts daraus. Er ritt auf seiner Glückssträhne, und tatsächlich, als Jackson seine Wohltätigkeit um den Billardtisch herum verteilt hatte, wankte er zurück, um mit Big Tony zu plaudern.

Andy stand lässig neben ihm an den Tresen gelehnt, nahm den Saal in sich auf, genoß jeden Moment. Er hatte sich zurechtgelegt, wie er das Gespräch anfangen würde, wenn es schließlich dazu kam, und weil Jackson nicht widerstehen konnte, mit allen gut Freund zu sein, kam es in der Tat dazu.

«Na, Andy», begann Jon. «Du weißt eine Menge über Northern Soul. Wann hast du angefangen, dich damit zu beschäftigen?»

«Als Teenager.» Andy zuckte mit den Schultern. «Etwa mit fünfzehn. Wo ich herkomm, da waren ’ne Menge Jungs mit Motorrollern und ’ne Menge Typen, die die ganze Nacht auf Veranstaltungen durchmachten, auf denen Northern Soul gespielt wurde – draußen an der Küste. Hab mir bei ein paar Jungs ’ne Mitfahrgelegenheit erschnorrt und die Platten bei den Shows aufgekauft. Manchmal haben da sogar die alten Stars gespielt. Geno Washington war ein ziemlich regelmäßiger Gast, aber wo ich herkomm, das war früher sein Landsitz. Er war dort im Zweiten Weltkrieg bei der Luftwaffe stationiert.»

Er sah das Glimmen in Jacksons Augen.

«Du meinst Norfolk.» Der Regisseur schnalzte mit den Fingern. «Da komm ich auch her.»

Andy konnte es sich nicht verkneifen, in sein Pint zu kichern.

«Ich weiß.» Jackson schien sich plötzlich bewußt zu werden, daß sein Cockney-Dialekt ein wenig unecht klang. «Es ist ein bißchen peinlich, von da zu kommen. Allerdings war ich weiter oben, mehr Richtung Cambridge, und hab nicht wirklich viel von dem Dialekt aufgeschnappt. Und du?»

Andy drehte sich ruckartig herum, um ihn anzusehen, das Lachen noch auf den Lippen, wenn es auch nicht ganz bis zu den Augen reichte.

«Ich war auch oben, mehr Richtung Cambridge, Jonny Boy.» Er senkte die Stimme, so daß sie nur für den Mann vernehmbar war, an den seine Worte gerichtet waren. «East Melsham. Klingelt da was bei dir?»

Etwas huschte über Jacksons Gesicht. Ein Stirnrunzeln, und dann begannen seine Pupillen sich zu weiten. Instinktiv drosselte auch er die Lautstärke seiner Unterhaltung.

«Kenn ich dich von irgendwo her?» In seinem Lächeln lag noch ein Rest von Kumpelhaftigkeit, aber seine Augenbrauen begannen, sich zusammenzuziehen.

«Das solltest du.» Andy lächelte zurück. «Wir haben zum großen Teil die gleiche Geschichte.»

Er beobachtete, wie der Spaß langsam von Jacksons Lippen schwand und das Wiedererkennen gleichzeitig in seinen Augen wuchs. Damit ging ein Schauer von etwas anderem einher – Schuld? Angst? Verlegenheit?

Was immer es war, es reichte: sein Kumpel war wie vom Blitz getroffen. Endlich, dachte er und hätte am liebsten laut gelacht. Endlich hat er's kapiert.

«Wie heißt du nochmal, sagtest du?» fragte Jackson ihn. «Andy Smith?»

Andy schnaubte. «Aber du kennst mich als ...»

«Sag kein Wort mehr!» dröhnte Jackson. «Jeremy Beadle!»

Der andere war für einen Moment schockiert.

Der Regisseur lachte laut auf, aber seine Augen sprachen eine andere Sprache. «Alles klar, du hast gewonnen», fuhr er fort und achtete darauf, dabei Augenkontakt mit Big Tony zu halten. «Na, dann komm.»

Er tippte sich an den Nasenflügel und zwinkerte.

Andys Gedanken wirbelten durcheinander. War Jackson gerade völlig durchgeknallt? Dann schnallte er es. Der Regisseur gab vor, mit ihm aufs Klo gehen zu wollen, um sich eine Linie Koks reinzuziehen. Um ihn außer Hörweite zu kriegen.

Tony lachte hinter ihnen, klopfte Andy auf die Schulter. «Dachte nicht, daß du der Typ bist, Sohn.» Er zwinkerte ihm anzüglich zu und machte dann klar, daß er zu scherzen beliebte. «Na los, hau rein. Du hast es dir heute verdammt nochmal verdient.»

Jackson zwinkerte ihm erneut zu und schritt davon in Richtung Männerklo.

Die plötzliche Wendung hatte ihn auf dem falschen Fuß erwischt. Er konnte Tony nur albern angrinsen und kleinlaut hinterherlaufen.

Jackson wartete auf ihn, und als ob das Glück jetzt auf seiner Seite war, war das Klo ansonsten leer. Der Regisseur schloß die Tür schnell hinter ihnen und lehnte sich dagegen, so daß niemand folgen konnte.

Er hatte jetzt ein Pokergesicht und Augen hart wie schwarze Kohlen. Sie gruben sich in die von Andy.

«Jamie Merritt», sagt er. «Nach all der Zeit. Du bist es, nicht wahr?»

15

Ich verabredete mich mit Hugh an jenem Freitag um 20:30 Uhr im «French House».

Irgendwie wollte ich nicht wieder ins «Coach», nur für alle Fälle, falls Everill dort war. Ich hatte keinen Grund zu der Annahme, daß er da sein würde, aber keine Lust, in sein altes Stammlokal zurückzukehren und überrascht zu werden. Daher wählte ich statt dessen das «French House», eine andere altbewährte Abfüllstation für die Zügellosen Sohos. Ich hatte das Gefühl, daß dies der Ort war, jemanden zu angeln, der uns nochmal ins «Deansgate» schleusen konnte.

Wie beim «Coach» standen die meisten Gäste draußen auf dem Bürgersteig, ein kleines Bier in der Hand, und krakeelten lärmend in die Nacht. Tritt ein, und du siehst warum – der Laden war winzig und gerammelt voll. Drei Angestellte des Lokals bemühten sich, mit dem nicht abreißenden Gebrüll von Bestellungen fertig zu werden:

«Ein Glas Aligoté hierher, alter Junge.»

«Mach uns eins von diesen Cocktail-Teilen, die du vorhin gezaubert hast. Verdammt gutes Zeug.»

«Ein Päckchen Gauloises, ginge das? Und mach das noch mal voll.»

Als wollten sie verzweifelt das Abendmahl mit den Heiligen von Soho einnehmen, die vor ihnen hier gewesen waren, pferchten die Übriggebliebenen ihre Leiber gegen den kreisförmigen Tresen und unterhielten sich in einem Smog aus authentisch französischem Zigarettenqualm. Die Vergangenheit starrte beifällig von John Deakins Fotos an der Wand auf sie zurück. Viele von ihnen waren mir von meinem Ausflug ins «Deansgate» bekannt. Der Karikaturist, der lautstark mit dem Mann mit den fünf Häusern stritt:

«Ich bin ein waschechter, schwermütiger Angelsachse!» sprudelte Fünf-Häuser hervor.

«In dem Fall bist du ein Scheiß-Kraut», stellte der Zeichner klar.

«Waaas?» Fünf-Häuser wandte sich Bestätigung heischend an sein Gefolge weniger dickwanstiger Anhänger.

«Fürchte, er hat recht, Alter», lächelte ein hochgewachsener Strohblonder, der mir von verschiedenen Dickens-Adaptationen auf BBC 1 vage bekannt vorkam.

«Nix ist mehr heilig!» brüllte Fünf-Häuser.

Nach zehn Minuten gelang es mir, die Aufmerksamkeit auf mich zu lenken. Am Tresen standen zwei «Kray-Klones». Ich stellte fest, daß einer von ihnen mich beobachtete. Nun, dachte ich mir, für irgendwas müssen sie ja gut sein.

«Na, wie wär's mit uns beiden?» Der mit den umherschweifenden Augen winkte mir zu. Er war ein kleiner Dickwanst mit angeklatschtem, tief schwarz gefärbtem Haar, einem Hemd mit einem Kragen, der zu eng für seinen Hals war, und Glubschaugen wie ein von Myxomatose befallenes Kaninchen.

«Danke.» Ich schlüpfte mit soviel Würde, wie ich aufbringen konnte, zwischen ihn und seinen Kumpel und wedelte mit einem Zehner in der Luft in der Hoffnung, daß noch jemand auf mich aufmerksam werden würde. Sein Kumpel sah wesentlich besser aus. Groß und dünn, dunkelrotes Haar, triefend von Black 'n' White-Gel, Hornbrille im Ronnie-Kray-Stil, abgesetzt gegen einen schön geschnittenen, smaragdgrünen Tonic Suit.

Aber es mußte natürlich der Häßliche sein, der darauf bestand, mit mir zu quatschen.

«Kommst du oft her, Mädchen?» Er stieß mir seinen Ellenbogen in die Rippen und lachte schallend über seine wenig bemerkenswerte Beherrschung des Klischees.

«Nicht oft», antwortete ich höflich und hoffte, daß sein Freund mir aus der Not helfen würde.

«Is' komisch, denn ich kenn dich von irgendwo her», fuhr Glubschauge fort.

Verdammt noch mal, nicht noch einer.

«Du trinkst dort unten im ‹Hop Poles›, nicht?» Er musterte mich von Kopf bis Fuß wie ein Bauer, der die besten Stücke bei einem Schwein taxierte.

«Manchmal.»

Es gelang mir, den Blick der Kellnerin zu erhaschen. Ihr Blick streifte Glubschauge, als zöge der seine übliche Nummer ab, schweifte dann mit einem Zwinkern wieder zu mir: «Was darf es sein?»

«Ein Pint Lager, bitte», brachte ich hervor.

«Wir haben hier nur Kleine», erklärte sie und sah wieder zu Glubschauge in einer Art, daß ich am liebsten laut losgeprustet hätte.

«Ein Kleines ist recht. Kronenbourg, bitte.»

«Hier, ich regel das.» Glubschauge wedelte mit einem zerknitterten Fünfer ungefähr in Richtung der Kellnerin.

«Nein, ist schon o.k.» Ich wollte die Unterhaltung mit diesem Idioten auf keinen Fall in die Länge ziehen müssen.

«Nimm schon, Mädchen, du kannst das nächste ausgeben», drängte er.

«Ist schon gut.» Ich spürte, wie die Lehrerinnenstimme meiner Mutter durchdrang.

«Wie du willst», schnaubte er und stopfte den Grünen wieder in seine Tasche, einen äußerst verstimmten Ausdruck im Gesicht.

Sein stoischer Begleiter registrierte das und fühlte sich schließlich bemüßigt zu bemerken: «Laß gut sein, Darell.

Sie will nicht mit dir trinken, und wer kann ihr das schon übel nehmen?»

Ich lächelte ihn dankbar an, er nickte zurück.

«Sie ist sowieso ’ne Schlampe», entschied Glubschauge. «Hochnäsige Kuh.»

Reizend. Ich nahm mein kleines Bier und mein Wechselgeld und verdrückte mich von dort so schnell ich konnte, dachte, wo bleibt meine gute Fee?

Gerade, als die Frage in meinen Gedanken aufblitzte, trat eine weitere bekannte Gestalt durch die Tür. Oder besser, schwebte. Es war Gerry O’Brian, der weißhaarige Inhaber des «Deansgate», und er erkannte mich sofort.

«Hallo, Süße!» sagte er. «Wie geht’s? Ich hoffe, diese Begegnung mit Mister Flynn hält dich nicht davon ab, uns wieder zu beehren?»

Das war ein besseres Ergebnis, als ich zu träumen gewagt hätte. Ich blickte mich um und sah Glubschauge angewidert fluchen, während sein Freund ihn belächelte.

«Nun, schrecklich gern», sagte ich. «Ich dachte nur, man muß Mitglied sein.»

«Du bist jederzeit willkommen», antwortete Gerry O’Brian mit einem Augenzwinkern. «Kann ich dir einen Drink spendieren?»

«Ist schon gut, ich hab gerade einen bestellt.»

«Na dann, entschuldige mich für einen Moment.»

Ich sah zu, wie das Wasser sich teilte, als O’Brian auf die Bar zusteuerte. Ein Glas Champagner war sofort zur Stelle, und Fünf-Häuser kam um den Tresen, um ihm herzlich auf die Schulter zu klopfen.

«Hallo, schönes Kind.» Hugh stand hinter mir. «Mein Gott, da hast du dir ja das Richtige ausgesucht. Ich hab bald eine Stunde gebraucht, um von der anderen Seite des Saals rüberzukommen.»

Er sah untadelig aus in grauen Sta-Prest-Hosen und blauem Hawaiihemd. Ich bezweifelte, daß Glubschauge merken würde, daß Hugh schwul war, und hoffte, das Schauspiel würde einen frühzeitigen Herzanfall auslösen oder so.

Zum Glück hatte er schon eine Halbe für sich erstanden, so daß wir das nicht alles noch einmal durchexerzieren mußten.

«Ich denke, wir sind drin», erzählte ich Hugh. «Der Wirt ist da drüben, er hat gesagt, ich wäre jederzeit willkommen.»

«Hugh Fielding», tönte eine laute Stimme hinter uns. Es war der Zeichner. «Dachte mir, daß du das bist.» Er streckte eine Hand aus und schüttelte Hugh herzlich die Hand. «Wie geht's, alter Junge?»

«Marc, wie schön, dich zu sehen.» Hugh war offensichtlich hocherfreut, und ich konnte verstehen, warum. Mit seinem langen, dunkelblonden Haar und dem imitierten viktorianischen Samtwams mit passender Hose war der Zeichner ein echter Lord Byron. Mit vielleicht obendrein einem Hauch von Marc Bolan und Jimmy Page beigemischt.

«Das ist eine Freundin von mir, Diana Kemp», machte Hugh uns bekannt. «Diana, Marc Miller. Marc hat ein paar Plattenhüllen für uns gemacht, als ich bei der Public-Relations-Agentur war. Ich bin jetzt bei *Dove*, Marc, Ich muß mal sehen, ob ich dich da nicht auch reinschleusen kann.»

«Dich kenn ich.» Millers Miene leuchtete auf, als er mich musterte. «Du bist die, die Flynn letzten Sonnabend durch den Saal verfolgt hat. Herrgott!»

Er drückte mir fest die Hand. Er hatte die längsten Wimpern, die ich je bei einem Mann gesehen hatte.

«Hoffe, du hast dich erholt.» Er wiederholte Gerry O'Brians Einschätzung. «Der arme Kerl steht in letzter Zeit ganz schön neben sich, wohlgemerkt. Nicht gerade der glücklichste Mann der Welt. Also, Hugh, *Dove*, sagst du? Super, das ist ein Schritt nach oben auf der alten Leiter.»

«Was ist mit dir? Hast du gute Aufträge gehabt?»

«Nicht schlecht», überlegte der Zeichner. «*Punch Scallywag*. Nächste Woche hab ich einen Termin mit der *Mail on Sunday*, man kann nie wissen.»

Plötzlich erinnerte ich mich an den Namen Miller unter dem satirischen Cartoon auf der Literaturseite von *Scallywag*. Sein Zeug war echt abgefahren.

«Ich hab deine Sachen in *Scallywag* gesehen», sagte ich. «Die über Ian Paisley ...»

«Ah, erwähn das nicht zu laut», sagte er, einen Finger auf den Lippen. «Die hat mir Todesdrohungen eingebracht. Leute mit Ulster-Dialekt, die im Büro anrufen und behaupten, sie seien alte Freunde von mir, ob sie nur mal gerade meine Adresse haben könnten ...»

«Verdammte Scheiße!» rief Hugh aus.

«Nun, du weißt, daß du sie dort triffst, wo es weh tut», gab ich zu bedenken.

«Du solltest Di deine Sachen zeigen», regte Hugh an. «Sie arbeitet für ein Magazin. *Lux*. Weiß nicht, ob du es schon mal gesehen hast.»

«Mein Gott! Da arbeitest du! Das ist ein hervorragendes Magazin.»

«Na ja, mein Herausgeber kennt sich im Kunstmetier aus», erklärte ich. «Du solltest mit deinem Portfolio vorbeischauen. Ich wette, er wäre beeindruckt.»

«Na, darauf einen Drink», schlug Miller vor. «Wißt ihr was, hier drinnen ist es ein bißchen voll. Habt Ihr Lust, nach nebenan ins ‹Deansgate› zu gehen? Da ist nichts los, bis die Pubs schließen.»

Hugh zwinkerte mir zu.

Miller hatte den Nagel auf den Kopf getroffen. Die einzigen Gäste im «Deansgate» waren ein paar alte Männer, die geistig abwesend in ihre Getränke starrten. Als sie unsere Schritte auf der Treppe hörten, fiel einer von ihnen prompt rückwärts von seinem Hocker.

Miller beeilte sich, ihm aufzuhelfen. «Oh je, alter Junge, ist es Zeit, ein Taxi zu rufen?»

Die Bardame sah leicht verzweifelt aus, als ob dies regelmäßig vorkäme. «Ich ruf ihm eins», sagte sie. «Schafft ihr ihn aus dem Weg.»

Marc und Hugh streckten den alten Mann auf den langen Sitzen in einer der Nischen aus. Es dauerte nicht lange, und er schnarchte.

«Nun, da wären wir, alter Freund», sagte Miller zu Hugh. «Hier hast du das ‹Deansgate›.»

Er besorgte uns eine Flasche Rotwein und bestand auf der Nische in der äußersten rechten Ecke.

«Das ist ein erstaunlicher Laden», bemerkte ich, während ich meinen Blick über die Fotos von Schauspielern aus alter und neuer Zeit gleiten ließ. So was würde man hier nie vermuten.

«Das gefällt mir so daran», nickte Marc.

«Ich war letzten Sonnabend das erste Mal hier», fuhr ich fort. «Ich wollte unbedingt, daß Hugh es auch sieht.»

«Nun, das ist ein glücklicher Zufall, daß wir uns getroffen haben.» Miller hob sein Glas, und wir stießen alle zusammen an. «Jetzt erzähl mir ein wenig mehr über dein Magazin.»

Ich setzte ihn über die Geschichte und die jüngste Entwicklung ins Bild, über den Einstieg in den amerikanischen Markt. Einige Flaschen Rotwein flossen, und plötzlich, als die Uhr halb zwölf schlug, wurde der Laden nach Schließen der Pubs von einem Ansturm auf die Bar überschwemmt; dieselben Gestalten aus dem «French» und viele mehr fanden sich erneut ein, wo immer sie ein Plätzchen fanden, Gerry O'Brian schwebte die Stufen wieder hinunter zu seinem Platz hinter dem Tresen, Zigarre zwischen den Lippen, Champagnerkelch in der Hand. Dies war der beste Laden überhaupt, beschloß ich.

Die nächste Runde ging auf mich, also wackelte ich zwischen den Leibern hindurch zum Tresen, kein geringes Kunststück, wenn die Hälfte von ihnen den Altmänner-Jitterbug tanzte. Ihr Durchhaltevermögen wunderte mich. Ja, ich war so damit beschäftigt, sie zu beobachten, daß ich nicht bemerkt hatte, daß Glubschauge auch an diesem Tresen lehnte, und ich mich direkt neben ihn gequetscht hatte.

«Und warum bist du so eine arrogante Zicke?» lautete seine Einleitung.

Erschrocken drehte ich mich zu ihm um. Er war eindeutig ein Arschloch, ganz rot und verschwitzt dazu, sein Haaröl hinterließ Spuren entlang seiner Ohren und auf der fetten Stirn. Leider war hier keine Spur von seinem Freund, um mich aus der Not zu retten. «Verdammte Scheiße», sagte ich, bevor ich mir auf die Zunge beißen konnte.

Kein Traumschloß ohne Kummer.

«Denkst wohl, du bist sonst wer, was?» Er piekste mich mit einem seiner spitzen, kleinen Finger und spuckte dabei Schleim in mein Gesicht. «Du verdammte Schlampe.»

Eine Hand klatschte auf seine Schulter. Eine Stimme sagte mit drohendem Unterton: «So sprichst du nicht mit einer Lady.»

Niall Flynn.

Er sah nicht so verheerend aus wie letztes Mal. Eigentlich sah er mit seinem zurückgestrichenen Haar, seinen klaren Augen und seinem schwarzen Anzug, der so akkurat geschnitten war wie eine Haifischflosse, genau wie der Typ aus, dem Glubschauge so verzweifelt nachzueifern versuchte.

«Mister Marley», würgte der fette Widerling hervor, der nicht recht glauben konnte, wie ihm geschah.

Flynn zerrte ihn an der Schulter herum, so daß er ihm geradewegs in die Augen starrte.

«Für dich Mister Flynn, du Wicht», zischte er, bediente sich aber dennoch Marleys Cockney-Dialekt. Offensichtlich wollte er Glubschauge den Schrecken seines mickrigen Lebens einjagen. «Dein Auftritt gefällt mir nicht.»

«Tut mir leid, Mister Flynn. Ich wollte niemanden beleidigen.»

«Und ob du das wolltest. Du bist ein Wurm, nicht wahr? Ein kleiner, erbärmlicher Wurm. Ich trinke nicht gern am gleichen Ort mit Würmern, nicht, wenn du dort sein solltest, wo du hingehörst, einsachtzig tief unter der Erde.»

Glubschauge schüttelte den Kopf, und sein Körper wabbelte mit, als wäre das genau der Ort, an den er sich hinwünschte.

«T-tut mir leid», wiederholte er, den Tränen nahe.

«Gut.» Flynn grinste ihn höhnisch an. «Dann geh mir aus den Augen.»

Glubschauge rannte praktisch den ganzen Weg die Treppe hinauf und zur Tür hinaus. Flynn und ich blickten ihm nach, sahen uns dann an und prusteten los.

«Was für eine Glanznummer», sagte ich.

Er streckte seine Hand aus und sprach in seinem natürlichen Galway-Dialekt. «Hoffe, ich hab mein Verhalten von letzter Woche wieder gutgemacht. Ich war dir was schuldig. Und es hat mir schon immer Vergnügen bereitet, Abschaum wie ihn zur Schnecke zu machen.»

Darauf schüttelten wir uns die Hand.

«Darf ich die bezahlen?» Flynn wies mit dem Kopf auf meine Weinflasche.

Diesmal war es o.k., ja zu sagen.

Er schob Gerry O'Brian das Geld rüber, der lächelte und mir zuzwinkerte. Also deshalb war ich jederzeit willkommen. Er wollte Frieden stiften.

«Willst du dich zu uns setzen?» fragte ich. «Wir haben einen Tisch in der Ecke.»

Flynn lächelte und verneigte sich spöttisch. «Wenn du mit einem alten Mann Nachsicht zeigst, werde ich dir das sichere Geleit durch den Rest dieser Idioten geben.

Mark sprang sofort auf, als Flynn herüberkam.

«Flynn, wie geht's, Alter? Schön, dich zu sehen.»

«So schlecht geht's mir nicht», sagte er und setzte sich neben Miller, Hugh und mir gegenüber. «Bin froh, daß ich die Gelegenheit habe, mich bei ihr zu entschuldigen.»

«Mach dir darum keine Sorgen, wirklich.» Ich fühlte, wie ich rot wurde, weil ich nicht im Mittelpunkt der Aufmerksamkeit stehen wollte. «Wie auch immer, ich hab ein paar Standfotos von Miss Davey gesehen. Ich kann die Ähnlichkeit nachvollziehen.»

«Na siehst du.» Er steckte sich eine Silk Cut an und bot das Päckchen an. «Sie ruhe in Frieden.»

Wir stießen auf meine abwesende Doppelgängerin an, dann führte Miller die Unterhaltung angeregt weiter. Als Flynn aufstand, um noch eine Flasche zu holen, beugte Hugh sich zu mir herüber und flüsterte: «Puh, ich würd's ihm noch besorgen, und wenn er hundert ist. Was für ein schöner Mann. Obwohl», er nickte in Millers Richtung, «ihm würde ich's auch besorgen.»

«Das hab ich schon gemerkt», lachte ich.

«Kein Erfolg bisher», fuhr er fort, «aber ich versuch's weiter.»

So ging es weiter, bis Gerry O'Brian herumlief und allen und jedem zurief: «Schlafenszeit! Schlafenszeit für Jungs und Mädchen! Mein Bett ruft!»

Als er in unserer Ecke anlangte, schüttelte er jedoch den Kopf. «Nicht ihr, ihr Süßen, ihr könnt bleiben.»

Und als er die Schlimmsten von ihnen losgeworden war, kam er zu uns an den Tisch und brachte eine Flasche

Champagner mit. Es dauerte nicht lange, und er, Marc und Hugh waren in eine Diskussion über Francis Bacon vertieft. In dem Moment ertappte ich mich selbst dabei, wie ich Niall Flynn erzählte: «Ich habe Jon Jackson gekannt. Vor Jahren.»

Seine Stimme war sanft und sein Ausdruck besorgt. «Dann hast also auch du deine Geister?»

«Könnte man so sagen.» Ich wußte nicht, warum ich ihm das erzählte, aber plötzlich kam alles raus. «Als Hugh und ich auf der Kunstakademie waren, spielte Jon in einer Band namens The Chevys. Sie spielten auf den Bällen, die als unsere Semesterabschlußbälle galten. Sie kamen aus Norwich, verstehst du, wir waren in Yarmouth, sie waren damals die Lokalhelden. Jedenfalls, eines Nachts spielten sie, und er sprach mich einfach an. Ich konnte es gar nicht richtig glauben, genauso wenig wie irgendeines der anderen Mädchen, die mir am liebsten alle die Augen ausgekratzt hätten. Aber eins führte zum anderen, und...» Ich starrte in mein Glas und sah zu, wie die kleinen Bläschen an die Oberfläche stiegen, nur um zu zerplatzen, sobald sie an die Luft kamen. Es fiel seltsam leicht, ihm das zu erzählen, sogar den schwersten Teil. «Die Sache war die, es war das erste Mal, daß ich mit einem Mann zusammen gewesen war, richtig, meine ich. Ich wurde mit vierzehn vergewaltigt, und ich dachte nie, daß ich dazu in der Lage sein würde.»

Flynn seufzte tief und legte seine Hand auf meine.

«Und die Hunde sind immer noch hinter dir her», sagte er. «Wenn etwas schön und außer Reichweite ist, zerstören sie es lieber, ehe sie es jemandem anderen gönnen. Als Emily gestorben ist, haben viele von ihnen hinter meinem Rücken geredet. Ich weiß, was sie gesagt haben: daß ich etwas damit zu tun hatte. Daß ich sie gestoßen haben könnte...» Er sah auf seine Hände hinab. «Jemand hat sie gestoßen, aber die Bullen haben sich einen Dreck um ein Stück irisches Gesindel wie sie geschert. Oder wie mich. So waren sie damals. Ich weiß, daß jemand mit ihr dort oben gewesen sein muß, jemand wie dieser Scheißkerl an der Bar heute Abend, jemand, dem sie einen Korb gegeben hat. Es war ihre Lebensgeschichte. Ich dachte, ich würde ihr Sicherheit bieten. Ich bin zu spät gekommen.»

Er sah mit trüben Augen zu mir auf. «Du ahnst nicht, wie ähnlich du ihr bist, verstehst du. Und du verstehst jetzt auch, warum ich den Charakter so mochte, den ich gespielt habe. Der, der die Scheißkerle niedermacht und wie verrückt auf die Bullen ballert. Wie auf mich zugeschnitten. Ich dachte, ich würde ihn nur einmal spielen, aber, Gott hab ihn selig, Jackson gönnte mir noch eine Szene. Und jetzt wiederholt der Fluch sich.»

«Es gibt keinen Fluch!» rief ich aus. «Oder?»

«Ich bin ein verdammter Fluch, sag ich dir.» Er streckte sich in seinem Sitz zurück, seine Augen verschleierten sich, starrten ins Leere.

«Nun, du hast mich heute Abend gerettet», erklärte ich und dachte an Glubschauges fette Visage, an die verzerrten, abstoßenden Züge, die allein meine Existenz hervorgerufen hatte.

Er tätschelte meine Hand. «Das habe ich.»

«Alles klar, Süßer?» O'Brian bemerkte Flynns Unbehagen.

«Ach, mir geht's gut, Gerry, mach dir keine Sorgen. Tu mir nur selber leid, wie üblich.»

«Nun, das tust du nicht», sagte Gerry im Befehlston. «Dir braucht nichts leid zu tun.»

Da begriff ich etwas. In diesem Raum lagen so viele Geheimnisse verborgen, wohl gehütet von Gerry O'Brian und den Soho-Getreuen. Und Robin Ainsley irrte sich. Ich brauchte mich vor Niall Flynn nicht in acht zu nehmen. Auch meine Geheimnisse würden hier gut aufgehoben sein.

Ich beschloß, etwas Offizielles zu tun, etwas, das ich Neil berichten konnte, wenn ich zurückkam.

«Gibst du jemals Interviews?» fragte ich Flynn.

Er lächelte mich an. «Niemals», sagt er und stieß einen Rauchring aus. «Nicht einmal schönen Damen wie dir.»

Wir stießen an, und er zwinkerte mir zu und sagte: «So können wir immer Freunde bleiben.»

16

Es war drei Uhr nachmittags, als ich mich am Samstag schließlich aufraffte, aus meiner Falle zu steigen.

Komischerweise nicht so verkatert, wie ich es hätte sein müssen. Dafür mit einem Bärenhunger und nicht in der Stimmung zu kochen. Ich ging hinaus auf die Straße zum Zeitschriftenladen, kaufte einen Stapel Zeitungen und nahm ihn mit in den billigen Schnellimbiß.

Komplettes englisches Frühstück, heißer Milchkaffee, und Mord in jeder Kulturbeilage.

Jacksons Ermordung natürlich.

Jede erregt über die Anstrengungen der Polizei. Jede bestrebt, die Sache unter einem anderen Aspekt anzugehen. War Neils Prahlerei berechtigt – hatten wir etwas, das sie nicht hatten?

Es schien so. Könnte auch nur eine von ihnen von einem «letzten Interview» berichten, hätte sie es mit Sicherheit mittlerweile getan.

Der *Guardian* brachte einen akribischen Zeitablauf von allem, was Jackson während seiner letzten vierundzwanzig Stunden getrieben hatte – mit Ausnahme der Tatsache, daß er sich in Gesellschaft des innovativen Herausgebers Neil Bambridge befunden hatte, versteht sich. Weil das letzte öffentliche Engagement des Regisseurs ein *Guardian*-Vortrag war, lastete ein Schuldgefühl über dem Artikel. War der Mörder jemand, mutmaßte der Beitrag, der eben diesem Vortrag beigewohnt hatte? Jemand, dem es gelungen war, Jackson vom National Film Theatre bis zu der Party im «Deansgate» zu verfolgen und ihn dann auf dem Nachhauseweg abzufangen? Könnte er Jackson während des Vortrags irgendwie eine Botschaft zukommen lassen haben, die ihn aufforderte, sich später mit jemandem zu treffen? Wenn ja, hatte der Regisseur keiner Menschenseele davon erzählt. Weder seinem Agenten, noch seinem Pressereferenten, noch einem seiner Freunde. Aber es war aufgefallen, daß er von dem Moment an, in dem er das «Deansgate» betreten hatte, ständig auf die Uhr gesehen und sich nicht wirklich auf ein Gespräch mit jemandem eingelassen hatte, was für diejenigen, die ihm nahestanden, nicht zu der großartigen Rede passen wollte, die er vor den Zuhörern im National Film Theatre gehalten hatte.

Wußte er, daß es die letzte Rede des Verurteilten war?

Es gab eine Liste von Orten, an denen er gern herumhing. Jackson gehörte nicht der Soho-Szene an. Er verabscheute die hysterische Welt professioneller Möchtegerne, zog die Gesellschaft desselben Freundeskreises vor, den er aufgebaut hatte, als er das erste Mal nach London gekommen war. Die Zeitung hatte herausgefunden, daß seine Stammkneipe ein Pub in Camden war. Er wurde in dem Artikel nicht namentlich erwähnt, aber es handelte sich eindeutig um das «Hop Poles». Die Kriminalreporter des *Guardian* hatten versucht, mit einigen der Stammgäste dort zu sprechen, aber niemand, der Jackson gekannt hatte, äußerte sich. Es gab ein Bild von Woody und Alex an der Bar, die finster in die Kamera starrten. Eine Bildunterschrift bemerkte, daß Jon Videos für ihre jeweiligen Bands gemacht hatte.

Dann war da eine Beschreibung von Marleys Szene in

Bent. Niemand konnte wirklich mit einer vollständigen Enthüllung der genauen kriminaltechnischen Ergebnisse aufwarten, aber bei dem Wirbel, den die Boulevardblätter mit ihrer Theorie eines Nachahmungstäters veranstaltet hatten, schien es sicher, daß Jacksons Tod eine Neuinszenierung des filmischen Blutbads war.

Nun wurden alle möglichen Verschwörungstheorien in diese Szene hineininterpretiert. War Jackson der heimliche Vater von irgend jemandes Sohn, von jemandem, der nicht besonders glücklich darüber war, die Wahrheit herauszufinden – hatte er die Szene deshalb überhaupt erst geschrieben? Hatte er jemanden betrogen, der jetzt auf Rache aus war, ihn in der Blüte seiner Jahre dahinraffen wollte? Der *Guardian* wollte über die Nachahmungstätertheorie hinausgehen, die seine skandalträchtigen Konkurrenzblätter so fanatisch verfochten.

Also durchwühlten die aufdringlichen Reporter Jacksons Kindheit und sein Liebesleben nach Hinweisen.

Er war in einer kleinen Stadt an der Grenze zwischen Norfolk und Cambridgeshire geboren und aufgewachsen, in dem öden, kultivierten Landstrich der Fens. East Melsham war einmal eine florierende Hafenstadt gewesen, über die letzten hundert Jahre jedoch dem Verfall anheim gegeben worden. Die prächtigen Georg-IV-Wohnsitze, von reichen Händlern errichtet, standen jetzt unbehaglich neben Zigeunerlagern, der Fremdenverkehr blieb aus, und die Arbeitslosigkeit war hoch. Bis vor zwanzig Jahren war Melsham ein reizvoller Wohnort gewesen, ein Ort, an dem die Reichen ihre Jachten anlegen und leicht ins nahe gelegene Cambridge oder Ely pendeln konnten. Aber jetzt wirkte es mehr wie eine Grenzstadt im Wilden Westen, wo Jugendliche nachts auf der Hauptstraße auf verrosteten Motorrädern Rennen veranstalteten und die Polizei durch Abwesenheit glänzte.

Die Reporter, die seine Spur bis dorthin verfolgt hatten,

hatten versucht, mit einigen Ortsansässigen zu sprechen, waren jedoch in den Hinterraum des Pubs, den sie betreten hatten, geführt und vom Wirt in strengem Ton aufgefordert worden, ihre Drinks in einem Zug hinunterzustürzen und nicht wieder zu kommen. Sie verglichen das mit der Szene in *An American Werewolf in Londen*, in der Brian Glover die unglücklichen Rucksack-Yankees in den Tod ins Moor schickt. Was ein recht passender Vergleich war. Fremde waren in den abgelegenen Städten Norfolks nie willkommen.

Aber Jackson, der in einem jener Relikte von Wohlstand aufgewachsen war, hatte den Vorteil, einen Spitzenchirurgen zum Vater zu haben, der in Cambridge praktizierte, und eine Akademikerin als Mutter, die am Kings College arbeitete. Die Eltern waren zu durcheinander gewesen, um Interviews zu geben, aber Freunde der Familie hatten so viel verraten: sie dachten, es wäre besser für ihren Sohn, auf dem Land aufzuwachsen statt in Cambridge oder Ely, und es schien, daß sie recht behalten hatten. Der Junge, seit früher Jugend voller Drive, war gescheit und in der Schule beliebt. Seine Eltern erkannten seine künstlerische Neigung und hielten ihn nicht zurück oder zwangen ihm eine akademische Laufbahn auf. Er war ihr Goldjunge, vielleicht weil er ein Einzelkind und spät in ihr Leben getreten war, und sie wußten, daß er sich hervortun würde, was immer er auch anpackte. Sie wollten, daß er glücklich war.

Also studierte der junge Jackson in den frühen achtziger Jahren am Norwich Art College Graphik-Design und hatte, während er als Student für einen Grad in Design eingeschrieben war, seine eigene Psychobilly Band gegründet – The Chevys –, die während der zwei Jahre mit ihm als Frontmann zu einer lokalen Legende wurde.

Aber in dem verschlafenen Bilderbuch-Norwich sollte es jemanden wie Jackson nicht lange halten. Mit achtzehn wurde er an der St. Martin's School of Art aufgenommen und wandte sich bald nach seiner Ankunft vom Graphik-Design ab und dem Film und Video zu. Fasziniert von der aufkommenden Pop-Werbung und ihrer Fähigkeit, zu schockieren und zu provozieren, machte er eine Anzahl packender Musik-Videos für Bands, mit denen er sich herumtrieb, bevor sein allererster Spielfilm ihn zum Retter des britischen Kinos krönte.

Er hatte auch eine Menge Freundinnen; schien es mit keiner allzu lange auszuhalten, wahrscheinlich wegen diesem hartnäckigen, inneren Drive. Oder vielleicht war er zu sehr Frauenheld. Wie auch immer, auch hier hatte niemand ein schlechtes Wort über ihn zu verlieren. Die um ihn vergossenen Tränen bewiesen, daß die meisten von ihnen noch bis zum heutigen Tag in ihn verliebt waren. Seine letzte Flamme, ein umwerfendes, elfenhaftes Mannequin, stand noch immer unter Schock, nachdem er plötzlich Schluß mit ihr gemacht hatte, sechs Monate bevor seine Leiche gefunden wurde.

Die Schlußfolgerung des *Guardian* lautete, daß Jon Jackson ein Mann war, der leicht Neid auf sich zog. Aber niemand, mit dem die Reporter Kontakt aufgenommen hatten, hatte auch nur entfernt etwas Schlechtes über ihn zu sagen. Niemand konnte sich vorstellen, wen er dermaßen gekränkt haben mochte. Weil er immer so extrovertiert und gesellig war, schien es wirklich nicht so, als könnte er ein Geheimnis zu verbergen haben.

Ich fragte mich, was Neils Bänder zutage fördern würden. Er hatte es immer noch nicht geschafft, sie fertig zu transkribieren oder auch nur angeboten, uns das zu zeigen, was er schon hatte. Würde dort in den Spulen irgendein Hinweis verborgen liegen, eine beiläufige Bemerkung, die in Wirklichkeit bedeutungsschwer war?

Wenn ja, warum hatte D. S. Linehan nicht wieder angeklopft?

Ich beendete mein Frühstück, schlürfte den Bodensatz meines inzwischen kalten Kaffees. Schlaffe Bacon Rinden lagen wie blasse Würmer auf meinem schmierigen Teller. Es war Zeit aufzubrechen.

Ich sammelte meine Zeitungen zusammen, bezahlte für das Essen und trat hinaus in einen weiteren regnerischen frühen Abend. An diesem Ende des Markts priesen die Händler überall ihre speziellen Feierabendangebote an:

«Ein Pfund Erdbeeren nur zwei Pfund.»

«Schöne reife Tomaten, ein Pfund die Kiste, greifen Sie zu, solange der Vorrat reicht, Ladies.»

«Zwei Blumenkohl für ein Pfund, billiger gibt's sie nirgends.»

Stände, umringt von Ladies in Plastikregenhauben, die für die Angebote Schlange standen, die sie rasch in blauen Tragetaschen verschwinden ließen, Marktschreier, die nicht aus dem Takt kamen, während sie bedienten. Vor dem Büro der Heilsarmee schüttelte ein einsamer, dicker Mann in Uniform verloren seine Sammelbüchse, während die glücklichen Käuferinnen um seinen Standplatz herum mehr an Gemüse zu Schleuderpreisen als an der Errettung verlorener Seelen interessiert waren.

Ich ließ mein letztes Kleingeld in seinem Plastikbehälter klimpern. Es war es wert, den dicken Mann lächeln zu sehen. Das ganze Jahr über sah ich ihn hier bei jedem Wetter stehen und mit Hiobsgeduld seine Arbeit machen.

Durch den Nieselregen die Kensington Park Road hinauf nach Hause, als mit einem plötzlichen Summen die Straßenlaternen angingen und verschwommene, bernsteinfarbene Lichtschweife in die Gosse warfen. Ich fragte mich, ob Barry wohl zu Hause war.

Da ich meine letzten Münzen für warme Suppen für die Obdachlosen ausgegeben hatte, mußte ich natürlich in mein

Zimmer zurückgehen und tief in Taschen nach verirrten 2-Pence-Stücken suchen. Als ich zehn zusammen hatte, stieg ich damit wieder die Treppe in die düstere Eingangshalle hinauf, warf sie in den Schlitz und wählte.

Nach dem dritten Klingeln ging er ran, er klang verschlafen. «Hallo, Schätzchen, wie geht's?»

«Nicht schlecht, hab mich nur gefragt, ob du Lust auf Gesellschaft hast. Du klingst fix und fertig.»

«Hm, ja, ich bin bis vier aufgewesen, hab Abel Ferrara interviewt.» Er unterbrach sich, um zu gähnen. «Verdammt brillant, sag ich dir. Er hat 'ne Menge über *I Spit On Your Grave* geredet. Hab alles gekriegt, was ich für mein Feature brauchte, das hat sich also wirklich gelohnt. Ich hab gerade meine Bücher über Horrorvideos und Sam Peckinpah und so hervorgekramt. Wünschte, er wäre noch hier, damit ich mit ihm reden könnte.»

«Das sind wirklich gute Neuigkeiten», sagte ich begeistert. «Dann mußt du früh ins Bett gehen?»

«Nee, ich bin o.k. Ich hab für einen Tag genug getan. Komm vorbei, wenn du magst. Weißt du was, gib mir 'ne Stunde, und ich geh runter zu dem Video-Laden und guck, ob sie diese Filme haben, die du sehen wolltest.»

«Super.» Darauf hatte ich gehofft. «Ich bring 'ne Flasche Wein mit.»

«Alles klar, Schätzchen, bis dann.» Er hielt inne, um auf die Uhr zu schauen. «Gegen 19 Uhr.»

«Abgemacht.»

Ich ging wieder in die Küche hinunter, machte mir noch einen Kaffee, um damit den Rest der Zeitungen durchzugehen, und stellte die frühen Abendnachrichten im Fernsehen an.

«Das Kentish Town Criminal Investigations Department hat in Verbindung mit dem Mord an Filmregisseur Jon Jackson einen Mann verhaftet», verkündete der Nachrichtensprecher mit versteinertem Gesicht. «Wie es scheint wurde der Mann, der nicht namentlich genannt wurde, nach wiederholter Überwachung des Hauses des verstorbenen Regisseurs in Primrose Hill sowie des Tatorts in Camden Town festgenommen. Es ist jetzt dreizehn Tage her, seit Jacksons Leiche entdeckt wurde, und die Polizei stand unter zunehmendem Druck, ihren Verdächtigen zu finden ...»

Die Kaffeetasse rutschte mir aus der Hand, kippte um und ergoß sich über den ganzen Boden.

17

Jackson lehnte sich gegen die Klo-Kabinentür und hielt sie mit der rechten, zur Faust geballten Hand zu. Sein Bizeps war angespannt; er war so hart wie seine Augen, Zeugnis täglichen Trainings im Fitness-Studio. Sein Körper war gut in Form, so viel wollte er zumindest eindeutig klarstellen. Gleichzeitig begann jedoch unter seinem linken Auge ein Muskel zu zucken.

«Was soll das?» Seine Stimme ein tiefes Grollen. «Was für ein Spiel spielst du hier?»

Sein Ton war so ärgerlich wie dieses Zucken, als wäre der Mann, der seinen normalen, fröhlichen Samstag abend störte, derjenige, der im Unrecht war.

Aber den Mann, der nicht Andy Smith war, störte das nicht. Jetzt, wo er die Verärgerung aus dem anderen deutlich herauslesen konnte, hatte er ein Gefühl, als hätte sich ein Mantel cooler Selbstsicherheit über seine Schultern gebreitet. Er sah ruhig zu Jackson hinüber. Er wollte nur Zeit gewinnen. Es war ein Bluff, und er wußte es.

«Ist gut geworden, nicht wahr?» Er genoß jeden Moment, es endlich aussprechen zu können. «Die Idee für den Film?»

«Ich weiß nicht, wovon du redest.»

Jemand drückte von der anderen Seite gegen die Tür. Trotz all seiner Muskeln versetzte es Jackson für einen Moment einen Stoß.

«Nur eine Minute, Kumpel, ich komm gleich raus», rief er und richtete sich wieder auf. Er hörte seinen Begleiter glucksen, und dieser Laut fuhr wie die Schneide einer Rasierklinge an seinen Nervenenden entlang.

«Ach, wirklich», sagte der andere. «Dann brauchen wir ja nicht hier drinnen zu stehen. Du kannst ebensogut die Tür aufmachen. Es macht dir nichts aus, vor Publikum mit mir zu reden? Wenn wir wieder dort drin sind?»

Er wies mit dem Kopf in Richtung des Saals jenseits der Toilettentür.

Jacksons Augen huschten verstohlen von dem spöttischen, starren Blick seines Gegenübers auf den Boden und zurück.

«Ich rede schon mit dir», sagte er aufgebracht, «aber nicht dort drinnen. Ich denke, hierfür sollten wir unter uns sein, findest du nicht?»

«Wie du willst.» Der andere gab sich flexibel, geradezu großzügig, dachte er. Er würde ein Szenario finden, um Jackson die Scham zu ersparen. «Warum lädst du mich nach dem Pub nicht zu dir nach Hause ein? Um deine Northern-Soul-Platten anzugucken?»

Jackson zögerte einen Moment, biß die Zähne zusammen. Es war klar, daß ihm der Gedanke nicht gefiel, aber so wie es aussah, hatte er keine Wahl.

«Ja», lenkte er ein, ohne dem anderen ganz in die Augen zu sehen. «Das klingt vernünftig.»

Er öffnete die Toilettentür, ging mit Andy raus, zurück zur Bar.

«Wurde auch Zeit», knurrte ein miesepetrig dreinschauender Saufbruder, als sie auftauchten.

Nach außen hin war das Paar ganz Lächeln. Und nur ein wenig high, kribbelig. So, wie man nach ein paar Linien von dem weißen Stoff sein würde.

Smith kehrte zu Tony, Mitch und Lee zurück. Jackson holte sein Pint vom Tresen und schlenderte zurück zum Billardtisch, wo er ein Zwanzig-Pence-Stück hinlegte und verkündete: «Ich bin dabei.»

Es dauerte nicht lange, bis er drankam. Er nahm einen Queue auf, kreidete die Spitze sorgfältig. Jackson war gut im Poolbillard, wie er in den meisten Dingen gut war. Schau ihn an, dachte Andy, zieht immer noch ’ne Show ab, sogar in einem Moment wie diesem.

Jackson landete kraftvoll und präzise ein Break, schickte zwei rote Kugeln in gegenüberliegende Löcher.

Er blickte auf und zu Andy hinüber, um zu sehen, ob er zuschaute.

Andy lächelte und hob sein Pint.

«Verdammter Glückspilz», sagte Woody, der seine Chancen schwinden sah, dieses Spiel zu gewinnen.

Jackson erwiderte das Lächeln seines Widersachers.

Um den Schein zu wahren, achtete er darauf, etwa eine halbe Stunde vor Sperrstunde wieder zu Tonys Truppe zu stoßen. Die Unterhaltung kam wie von selbst wieder auf ausgefallene Platten zurück; sie sprachen selten von etwas anderem. Und als Wirt Mike die Sperrstunde verkündete und alle begannen, den Inhalt ihrer Gläser hinunterzukippen, erschienen Jacksons Bemerkungen zu Smith allen Anwesenden daher nur als natürliche Fortsetzung ihrer Unterhaltung.

«Weißt du was», sagte der Regisseur, als er sein leeres Glas zurück auf den Tresen stellte. «Hast du Lust, mit zu mir zu kommen und einen Blick auf das Zeug zu werfen, das ich in den Staaten erstanden hab? Ich hätte nichts dagegen, deine Meinung dazu zu hören. Ich glaub, ich hab in diesem Laden in Detroit eine Goldmine entdeckt. «Car

City Records» heißt er. Er ist etwa so groß wie eine Autofabrik, vollgestopft mit Vinyl. Ich bin mir ziemlich sicher, daß ich ein paar gute Schnäppchen gemacht hab, aber ich würde gern ganz sicher sein.»

«Wirklich?» Andy täuschte begeisterte Überraschung vor. «Das wär' spitze.»

«Bist ein feiner Kerl», zwinkerte Jackson ihm zu. «Ich hol nur meine Sachen.»

Draußen auf der Arlington Road ging der Regisseur schnell, an Temperance House vorbei, außer Hörweite von langen Ohren. Sein Begleiter hielt leicht Schritt, genoß jeden Moment des wachsenden Gefühls von Macht in seinem Innern.

«Also, nun sag schon, was hast du hier zu suchen?» knurrte Jackson schließlich.

«Das ist ein freies Land», sagte der andere versonnen. «Du hast nicht damit gerechnet, daß du mich jemals wiedersehen würdest, stimmt's?»

«Nein», gab Jackson zu.

Sie gingen an ein paar Müllsäcken in einem Hauseingang vorüber. Die Säcke bewegten sich und stöhnten: «Hast zehn Pence übrig, Alter?»

Jackson schreckte zurück, als hätte er einen Geist gesehen.

«Die Gegend hier gefällt dir, oder?» fragte sein Begleiter genüßlich. «Mir gefällt's. Ich hab gern für Big Tony gearbeitet. Ich muß sagen, hier findet man einen besseren Menschenschlag. Die Leute sind ehrlich. Anständiger als ich es gewohnt bin. Das Komische ist, daß sie genau das auch von dir denken.»

Bei diesen Worten blieb Jackson abrupt stehen. «Wie lange beschattest du mich schon?» bläffte er.

«Ein paar Monate, vermutlich drei», antwortete Smith so beiläufig, als redete er über das Wetter. «Seit ich damals im Kino war, um deinen Film zu sehen. Danach dachte ich mir, ich komm nach London runter, um dich zu finden. Dir zu deinem großartigen Werk zu gratulieren.»

«Hör zu, ich glaub, ich weiß, warum du gekommen bist und mich sprechen willst», platzte Jackson heraus, wütend über den drohenden Unterton, der in der Stimme seines Begleiters mitschwang. «Aber ich weiß nicht, was du in der Sache von mir erwartest.»

Er vernahm ein leises, zufriedenes Glucksen als Antwort. Dann: «Nun, zunächst einmal kannst du mir zeigen, was du mit dem Geld aus dem Film gemacht hast. Ich will wissen, wie gut du davon lebst.»

«Hör zu.» Die Ruhe, die er über dem Billardtisch gezeigt hatte, kam Jackson abhanden. Er spürte die Rasierklinge wieder. «Am Ende dieser Straße gibt es einen Club, der länger geöffnet hat, ich denke, wir sollten dahin gehen. Die Leute da werden uns in Ruhe lassen, wir können reden.»

«Ach, Jonny, mein Junge, du bist ja so bescheiden. Du bist jetzt ein berühmter Mann. Natürlich werden sie dich nicht in Ruhe lassen. Das tun sie doch nie, oder? Ich hab dich gesehen, auf dem Markt, im Pub. Und sie werden Dinge zu hören kriegen, nicht wahr? Dinge, die peinlich sein könnten für einen Mann in deiner Stellung. Nein, nein, nein, Jonny, das geht nicht. Ich denke, wir sollten zu dir gehen, wirklich unter uns sein, ganz wie du gesagt hast.»

Jacksons Kinnlade klappte herunter.

«Andernfalls könnte ich dich hier einfach stehen lassen und statt dessen Kontakt mit der Presse aufnehmen. Ich meine, das hätte ich sowieso tun können. Aber mit Rücksicht auf die Vergangenheit dachte ich mir, ich spreche erst mit dir darüber.»

Smith konnte zuschauen, wie Jackson das abwog, konnte dieses Zucken unter seinem Auge wieder sehen, das sein ruhiges Äußeres Lügen strafte. Ein paar Sekunden, und Jackson kapitulierte. «O.k.», sagte er kleinlaut, «hier entlang.»

Es war eine große, komfortable Wohnung oben am Primrose Hill. Ein Ort, der für sein literarisches Erbe berühmt war – Rimbaud und Verlaine, Sylvia Plath und Ted Hughes, sie alle hatten dort oben gelebt, geliebt, gekämpft und Kraft getankt. All die dem Untergang geweihten Romantiker.

«Hübsches Plätzchen», sagte Smith und ließ seinen Blick träge über die Designermöbel, die nackten und blankgewienerten Bodendielen, die allesamt hübsch gerahmten Pop-Art- und Filmposter gleiten, die an den strahlend weißen Wänden hingen. Jackson führte ihn nach links in das geräumige Wohnzimmer. Darin befand sich ein brandneuer Fernseher, eine Wand voller Videos, eine Hochleistungs-Stereoanlage und eine weitere Wand voller Platten und CDs.

«Hat für all das gereicht, was?» fragte der Inquisitor.

«Nicht ganz. Ich hab ’ne ganze Menge mit Pop-Videos verdient.»

«Verstehe.» Er ließ sich auf das rote Ledersofa plumpsen, das eine Reproduktion der Rücksitze eines Cadillacs aus den fünfziger Jahren darstellen sollte.

«Ich hab Lust auf ein Bier», sagte er. «Und ich bin sicher, sie sind dir nicht alle ausgegangen. Hol uns eins, ja?»

Gerade dann jedoch, als Jackson wieder durch die Tür und Richtung Küche ging, spürte Smith, wie ihm die Kontrolle über die Situation entglitt. Smiths Blick fiel auf die Nummer eines Lifestyle-Magazins für Männer, die auf einem Couchtisch lag, und plötzlich schien die Sache in immer weitere Ferne zu rutschen, als würde sich vor seinen Augen ein Tunnel öffnen. Er begann ein tosendes Geräusch zu hören wie einen vorbeibrausenden Wind, der seine Ohren füllte. Er schloß für eine Sekunde die Augen, und als er sie wieder aufschlug, sah er kein Hochglanzmagazin mehr auf einem Tisch, sondern einen kleinen Jungen, der unter einer Brücke stand.

Der kleine Junge tat etwas. Etwas Widerliches. Er zerpflückte langsam und entschlossen ein winziges Entchen mit seinen bloßen Händen. Pfiff dabei. Warf die Federn und blutigen Teile in den Fluß, steckte seine Finger dann in seine Hose hinein. Während Smith zusah, erkannte er, wer genau dieser kleine Junge in Wirklichkeit war. Das war er, Jamie Merritt, im Alter von neun Jahren.

«Scheiße.» Er wischte sich mit der Hand über die Stirn, spürte den kalten Schweiß, der sich dort gebildet hatte. Was ging hier vor? Was tat das Wiedersehen mit Jackson ihm an, daß es diese unwillkommene Erinnerung aus dem Nichts heraufbeschwor? Er lehnte sich auf dem Sofa des Regisseurs zurück, kniff die Augen zu und schüttelte die Erinnerung aus seinem Kopf. Hörte das Klacken einer Bierdose, die auf den Tisch vor ihm gestellt wurde. Öffnete die Augen und fiel zurück durch den Tunnel, fiel durch auf den Tisch, bis die Dinge wieder da waren, wo sie hin gehörten. Jon Jackson, der dastand und nervös wirkte.

Er griff nach der Dose, Lichtblitze seiner Vision zischten noch immer herum, als sich seine Pupillen rasch verengten.

«Prost, Kumpel.» Er riß die Dose auf und knallte sie geräuschvoll zurück, leckte sich die Lippen.

Jackson sackte ihm gegenüber in einen passenden Sessel, wie gelähmt durch den Eindringling auf dem Sofa.

Als das Bier seine Wirkung tat, kam Smith wieder zu sich. Er lümmelte sich bequemer in den Ledersitz, steckte sich eine Zigarette an.

«Die Sache ist die», sagte er schließlich, «wenn du es bei einer Idee von zwei kleinen Jungen belassen und den Rest selbst gemacht hättest, wäre das in Ordnung gewesen. Aber du weißt, daß ich dir ein Manuskript geschickt habe, und ich weiß, daß du es bekommen haben mußt.» Er stellte seine Dose auf dem Tisch ab und begann zu kichern, seine Schultern zuckten auf und ab.

«Was ist so komisch?» fragte Jackson.

«Bevor ich dir das Drehbuch geschickt habe, hab ich mir selbst eins geschickt. Mit einem Datumsstempel auf dem Umschlag und allem. Ich habe also jeden Beweis, den ich brauche, daß du mich beklaut hast. Du hast kaum etwas daran geändert, oder?»

An der Reaktion im Gesicht des Regisseurs konnte er sehen, wie kläglich Jackson ihn unterschätzt hatte.

«Nein.» Jacksons Stimme war nur ein Flüstern.

«Hast du geglaubt, daß ich dich nicht wieder aufspüren würde?» Die Stimme klang aufrichtig interessiert. «Hast du geglaubt, ich würde dort oben bleiben und vermodern, während du mit meiner Arbeit den ganzen Reichtum und Ruhm einheimst?»

«O.k.», sagte Jackson, den Blick starr auf den Boden gerichtet. «Ich gebe zu, daß ich dein Drehbuch bekommen habe. Und bis zu diesem Zeitpunk hatte ich diese Geschichten ganz vergessen, die wir immer erfunden haben. Und du hast mich auf die Idee gebracht, aber was du mir geschickt hast, war kein ordentliches Drehbuch, keins, mit dem man in der wirklichen Welt arbeiten kann. Es war eine Idee, die wir bereits hatten, das gibst du selber zu, aber es war eine sehr klischeehafte, alberne Idee. Ich dachte, wenn ich es aufpeppte, es raffiniert aussehen ließe, einen Haufen Gags aus älteren, besseren Filmen einstreute, würde es beweisen, daß alles, was die Zuschauer wollen, klischeehafter, alberne Scheiße *ist*. Es war ein Witz. Und der Witz ist, es hat funktioniert.»

Smith traute seinen Ohren nicht.

«Meine Ideen, Scheiße?» schrie er. «Was ist das hier alles?» Er schwang seinen Arm rund um das geräumige Zimmer. «Ist das hier Scheiße? Nun, wenn es das ist, nehme ich auch ein wenig von dieser Scheiße.» Er stand auf und baute sich vor Jackson auf, der sich in seinem Sessel wand.

«Ich habe dich gesehen», murmelte Jackson, «wie du ein kleines Entenjunges getötet hast. Ich habe gesehen, was du angestellt hast, wenn du dachtest, ich sei nicht in der Nähe.»

In Smiths Kopf drehte sich alles. Für eine Sekunde glaubte er, er würde in Ohnmacht fallen. Dies war ungeheuerlich! Jackson hatte diese Erinnerung in ihm wachgerufen! Sie ausgerechnet dann wachgerufen, als er ihn da hatte, wo er ihn haben wollte! Sie wachgerufen, um ihn zu testen und auszutricksen!

Aber er durfte sich das nicht anmerken lassen, Jackson durfte das nicht wissen. «Wovon», fragte er statt dessen, «redest du?»

«Hör zu.» Jackson reckte den Kopf so weit zurück, daß in seinem Hals die Adern hervortraten. «Ich weiß, was du durchgemacht hast. Ich weiß, wie schrecklich es für dich war. Ich wollte es auf irgendeine andere Art wieder gut machen. Aber, ich schwöre bei Gott, ich hatte zuviel Angst vor dir, um es direkt zu tun.»

«Aber du warst mein Freund!» Smiths Stimme klang schrill. «Mein einziger Freund. Deshalb habe ich dir das Drehbuch geschickt, du Arschloch. Ich habe dir vertraut. Und du hast mich beschissen.» In seinen Augenwinkeln schimmerten Tränen, sein bohrender, starrer Blick ließ nach.

«Aber es gibt einen Weg, wie ich es wieder gut machen kann», sagte Jackson schnell. «Es gibt etwas, das ich für dich tun kann, das bedeuten würde, daß du eine Wohnung wie diese haben kannst und all die Dinge, die dazu gehören. Auf dem Markt von Fans angesprochen werden. Menschen haben, die dir einen Gefallen tun, dir Kram schenken, wenn du schon mehr Dinge hast, als du je brauchen könntest. Es ist ein gutes Leben, wie du schon bemerkt hast. Und es könnte auch deins sein.»

«Ach ja?»

Smith sah Jackson an wie vor all den vielen Jahren ein kleiner Junge einen selbstbewußteren Jungen angesehen hatte, als er unter der Brücke wartete. Und genau wie damals fragte er sich, ob Jackson ihn retten konnte.

18

Ich konnte es kaum erwarten, zu Barrys Wohnung zu kommen.

Um 19 Uhr war aus dem Nieselregen ein Platzregen geworden, und dazu kam ein garstiger Wind, der meinen Regenschirm umstülpte, als ich die Grove Richtung St. Charles Square hinaufpatschte. Hier lag Barrys Etagenwohnung, im zweiten Stock eines viktorianischen Hauses, vom äußeren Erscheinungsbild weniger vornehm als mein eigenes, aber innen wesentlich geräumiger. Ich holte eine Flasche Rotwein in dem Laden an der U-Bahn, der gerappelt voll war mit dampfenden Pendlern, die allesamt über das Wetter fluchten und murrten. Der Regen hatte das Etikett weggespült, bis ich Barrys Haustür erreichte. Sogar meine Schuhe hatten sich mit Wasser gefüllt.

Ich drückte schlotternd auf die Türklingel. Dieser erste April hatte es in sich.

Ein Licht ging an, und ich hörte Barry die Treppen herunterpoltern. Schwungvoll öffnete er die Tür zu einem Flur, der von dem wohligen, orangefarbenen Schein von gedämpftem Licht durchflutet war, als ich meinen Schirm in einer Wasserlache zuklappte.

«Komm schnell rein», sagte er. «Was für ein Scheißabend.»

«Das kannst du laut sagen. Hast du die Nachrichten gesehen?»

«Nein.» Er ging voraus, die Treppe wieder hinauf. Der Flur vibrierte zu den Klängen von Industrial-Musik, die aus seiner Wohnung drangen. «Ich hab mir gerade Platten angehört, während ich aufgeräumt hab. Warum? Was ist passiert?»

«Sie haben jemanden», berichtete ich.

«Sie haben was?»

«Sie haben jemanden für den Mord an Jon Jackson festgenommen. Haben ihn in seiner Wohnung geschnappt.»

«Verdammte Scheiße, laß mich schnell die Glotze anstellen.»

Als ich meinen Mantel in seinem Wohnungsflur aufhängte, konnte ich sehen, daß Barrys Wohnzimmer voller Anzeichen von frischer Aktivität war. Auf seinem niedrigen Couchtisch stapelten sich Bücher und Videos, ein Kugelschreiber lag auf seinem komplett vollgeschriebenen Notizblock, ein weiterer Stapel Magazine, die meisten eigens in Plastikumschläge gehüllt, waren darunter geschoben worden. Sogar mitten in einer Recherche ordnete er seine Sachen übersichtlich, sorgfältig.

Plötzlich wurden die hämmernden Klänge von Ministrys *Stigmata* abgewürgt.

«Willst du deinen Schirm vielleicht vorher ins Waschbecken stellen, bis er abtrocknet?»

«Äh, ja.» Ich durchquerte rasch die Diele, knipste das Licht in seinem Badezimmer an. In seinem Bad lagerte etwas, das aussah wie ein gebleichter Bisonschädel. Das Sammeln der Überreste von Tieren gehörte zu Barrys Lieblingshobbys; mit dem hier hatte er wirklich einen Coup gelandet.

Als ich das Wohnzimmer betrat, liefen die Nachrichten auf Channel 4. Barry stand da und schaute zu, die Fernbedienung noch immer in der Hand. Auf dem Bildschirm Szenen von einem Land im Chaos: plötzliche Überschwemmungen hatten die Midlands und Wales getroffen, ein Gegenstück des Monsuns, der die Grove entlang wütete. Flüsse hatten ihre Dämme durchbrochen, und Hausbesitzer saßen in der Patsche. Wir sahen Menschen auf ihren Dächern hocken und fassungslos auf reißendes, braunes Wasser starren, das durch die Erdgeschosse ihrer Häuser rauschte. Um dem Elend der Midlands das I-Tüpfelchen aufzusetzen, war ein Blitz in Dudley in das Dach eines Hochhauses mit Sozialwohnungen eingeschlagen, und das ganze Gebäude war in Flammen aufgegangen.

«Schwein gehabt, daß es nicht Birmingham war», bemerkte Barry und verschwand kurz in der Küche, um einen Korkenzieher und Gläser zu holen. «Sonst müßte ich eine verdammte Arche bauen und losziehen, um meine Leute zu retten.»

Als er zurückkam, nahm Michael Portillo von Channel 4 den Labour-Politiker John Smith unter Beschuß, kalte Duschen an diesem Wochenende auch für die Regierung.

«Hoffentlich haben wir es nicht verpaßt», sagte ich, als er mir ein Glas reichte.

Dann plötzlich, Spätnachrichten.

Ein Haufen Reporter vor Scotland Yard, Regenschirme und Flutlichter, das dauernde Klicken von Blitzlichtern. D. S. Linehan und einige hohe Tiere für eine improvisierte Nachrichtensendung versammelt, mit nach oben gekehrten Handflächen und beschwichtigendem Gesichtsausdruck. Außer Linehan, der wie gerädert wirkte. «Ich kann bestätigen, daß wir in Verbindung mit dem Jackson-Fall einen Mann festgenommen haben», sagte Chief Inspector Phil Benson vom Yard, während um seinen Kopf herum die Blitzlichter klickten. «Er ist uns bei Ermittlungen in einer neuen Richtung behilflich, und wir werden ihn über Nacht dabehalten.»

«Habt ihr einen Namen ?» rief einer der Presseleute.

«Keine Namen derzeit», sagte Benson, während Linehan

in die Kamera stierte, als würde er sie dafür verantwortlich machen, daß er hier draußen befragt wurde.

«Stimmt es, daß Sie ihn am Tatort geschnappt haben?» Eine weitere Stimme übertönte die Menge.

«Keinen Kommentar dazu im Augenblick.» Linehan, der seinen Vorgesetzten unterbrach.

«Haben Sie ihn angeklagt?»

«Im Moment ist er uns bei unseren Ermittlungen behilflich.» Benson, die Gewandtheit in Person, lehnte sich ins Bild und verdeckte seinen wütend dreinblickenden D. S. «Wenn wir irgendwelche Neuigkeiten haben, werden Sie, Gentlemen, als erste davon erfahren.»

«War es ein Stalker?»

«Danke, alle zusammen.» Drei Gestalten, die zurück in die Wache eilten, während die Schreiberlinge noch immer lärmten.

Blende zurück ins Studio und zu den Weltnachrichten.

«Klingt ernsthaft», flüsterte Barry. «Verdammt, hoffentlich haben sie ihn geschnappt.»

«Darauf trinken wir.» Wir stießen an. «Dieser Linehan sah verstört aus.»

Barry drehte die Lautstärke herunter. «Soll ich Bambridge anrufen, sicher gehen, daß es sich nicht um ihn handelt?» Er scherzte nur halb, aber ich lachte trotzdem.

«Ja, das solltest du besser», gab ich zurück.

«Nee, lassen wir ihn da in der Zelle schmoren, mit den Ratten und den Fußschellen. Wie du gesagt hast, der Bulle sah verstört aus, was wahrscheinlich bedeutet, daß er ihm schon einen Besuch in seiner Zelle abgestattet hat. Ich wußte, daß er in bezug auf den Inhalt der Bänder gelogen hat.»

«Wir könnten ihn den Yankees gleich mit verkaufen», schlug ich vor. «Größter Unternehmer seit Howard Hughes verantwortlich für den größten Mord seit Manson.»

«Das wird ein Renner!» brüllte Barry.

«Aber mal im Ernst, hoffentlich jagt Linehan dem Arschloch genauso einen Schrecken ein wie Neil. Ich jedenfalls möchte es nicht mit ihm zu tun kriegen.»

«Ich hoffe, daß er in diesem Moment die ‹eiserne Jungfrau› aufmacht», stimmte Barry zu.

«Überwachung seines Hauses und des Tatorts?» überlegte ich. «Dann könnten all die Verschwörungs-Theoretiker recht haben, es könnte ein besessener Fan gewesen sein.»

«Wie ich neulich gesagt habe, am Ende verraten sie sich alle», nickte Barry. «Ich hab die Bücher alle gelesen, verstehst du.»

Das hatte er tatsächlich. Seine Bücherregale enthielten reihenweise Titel wahrer Kriminalgeschichten, insbesondere solche über die Manson-Family. Ich hatte einige angelesen, aber solche Bücher sind selten gut geschrieben, lesen sich für gewöhnlich wie Auflistungen von Gemetzeln, so platt und eintönig wie die Killer, die sie beschreiben.

«Also, was meinst du? Sind sie bewußt zum Tatort zurückgekehrt, in der Absicht, die Bullen zu verhöhnen?»

«Schon möglich», nickte er. «Wenn sie der Ansicht waren, daß die Bullen nicht clever genug waren. Erinnerst du dich noch an Ed Kemper? Er hat die Arschlöcher dauernd angerufen, wenn er es nicht mehr ausgehalten hat, und sie haben ihm immer wieder gesagt, er soll aufhören, ihnen auf die Nerven zu gehen. Es ist verdammt unfaßbar, aber so war es.»

«Und jetzt steigt dem Killer seine Berühmtheit zu Kopf.» Noch etwas, an das ich mich aus Barrys Bibliothek wahrer Kriminalgeschichten erinnerte. Sie wollten alle unbedingt, daß die Welt ihren Namen erfuhr.

«Ungefähr in dem Format», nickte er grimmig. «Der Arsch.»

«Nun, es läuft alles gut für unsere nächste Ausgabe», überlegte ich. «Fast, als hätte Bambridge Regie geführt.»

«Bist du sicher, daß ich ihn nicht anrufen soll?»

«Nee, ich warte bis Montag, um ihn damit zu quälen, was ich Freitag abend erlebt hab. Daß ich im ‹Deansgate› mit Niall Flynn geplaudert habe. Du hattest recht mit ihm, Barry, sie haben mich alle verarscht, denn er ist wirklich ein prima Kerl. Er hat sich nicht nur entschuldigt und mir einen Drink ausgegeben, sondern hat mir auch einen beschissenen kleinen Psychopathen vom Hals geschafft, der an der Bar versucht hat, mich anzumachen. Dann hat er sich den ganzen Abend mit uns unterhalten.»

«Ich dachte mir, daß er einen weichen Kern unter der harten Schale hat. Und was hast du dann getrieben, bist du ihm hinterhergelaufen? Dachte, du hattest schon einen Neuen?»

«Halt die Klappe!» Ich schlug mit einem seiner roten Satinkissen nach ihm. «Zum hunderttausendsten Mal, ich stehe nicht auf Simon Everill. Nein, ich wollte noch einmal in den Club gehen, um ihn Hugh zu zeigen. Es ist verdammt fantastisch dort. Und Bambridge, Überraschung, Überraschung, wollte, daß ich ein Interview mit Flynn mache. Er hat gesagt, daß er nie welche gibt. Nicht einmal Mädchen wie mir.»

Barry kicherte. «Oh je, das wird seine Hoheit freuen. Wie auch immer, das nächste Mal kannst du mich mitnehmen, wenn du da hingehst und mit ihm rumhängst.»

«Wohl wahr, das werde ich. Neil kann sich den ‹Groucho› in den Arsch schieben.»

«Oooooh.» Barry setzte seine Schwulenstimme auf. «Aber das würde er nur zu gern. In seiner Schnellfickhose ist immer reichlich Platz.»

«Und all die Amerikaner.»

«Nun, wo wir gerade von Flynn sprechen, ich hab *The Slaves of Solitude* bekommen.» Barry langte unter dem Tisch nach dem Videoband. «Aber sie glauben nicht, daß sie jemals ein Exemplar von *Next Door to Danger* hatten.

Der Typ meinte, ‹Psychotronic› ist wahrscheinlich der einzige Laden, der es hat.»

«Oh, mach dir deshalb keine Sorgen», sagte ich. «Es ist prima, daß du eins davon bekommen hast.»

«Laß mich nur Mama kurz anrufen, mich vergewissern, daß bei ihnen alles in Ordnung ist.»

«Na klar.»

Ich machte es mir auf dem Sofa bequem und ließ die Szene von Scotland Yard noch einmal in meinem Kopf ablaufen. Das war lustig, aber Linehans Gesichtsausdruck erinnerte mich an Niall Flynn als Marley. Vielleicht hatte er das gleiche Bedürfnis, Schädel einzuschlagen. Und sie kamen beide aus Irland, ähnlicher Dialekt, vielleicht sogar aus dem gleichen Ort. Zufälle schossen wie die Blitzlichter der Boulevardpresse vor dem Yard durch meinen Kopf.

Barry kehrte zurück.

«Sie sind o.k. dort, wo sie sind, aber da bläst ein ganz schöner Sturm mit allem Drum und Dran», erzählte er und schob das Band in das Videogerät. «Offenbar hat mein Bruder die Hälfte seiner Dachziegel verloren. Also», er ließ sich neben mir auf das Sofa plumpsen, «los geht's.»

Der Bildschirm füllte sich mit flackernden Schwarzweißaufnahmen. London im «Blitzkrieg». Die Luftaufnahme eines Zugs mit Dampflok, der aus Paddington hinaus in Richtung Vororte rollte, während der Vorspann auf dem Bildschirm erschien. Keine Lichter in den Waggons, die gesamte Hauptstadt unter dem Schutz der Verdunkelung. Spannungsgeladene Streichmusik im Takt mit dem Rhythmus der Lokomotive, die schließlich zischend in einen Bahnhof namens Thames Lockden einfuhr.

Die Maschine schien vor Erleichterung zu pfeifen, als sie ihre Ladung ausspie: in jedem Waggon schlugen Türen auf, ein Strom von Pendlern eilte den Bahnsteig entlang. Zunächst zeigte die Kamera nur Aufnahmen von der Menge;

Männer in Anzug, mit Melone und dem Markenzeichen der Zeit – dicken, runden Brillen –, die ihre Aktenkoffer umklammerten. Frauen in weiten Mänteln und raffinierten Hüten, das Haar hochgesteckt, die Stirn frei, Sekretärinnen und Krankenschwestern, wieder zu Hause nach einem Tag in der belagerten Stadt. Sie alle gingen mit verschlossenem, gestreßtem Gesichtsausdruck auf die Kamera zu, passierten die Ticketschranke und zerstreuten sich in alle vier Winde.

Dann schwenkte das Objektiv auf ein einzelnes Gesicht.

Ein ovales Gesicht, umrahmt von hochfrisiertem, schwarzem Haar, mit schwarzen Augen, die einen resignierten, fast gelangweilten Ausdruck vermittelten. Sie trug eine Baskenmütze und einen langen, dunklen Mantel, tailliert und bis auf halbe Wadenlänge hinabfließend. Ihre behandschuhten Hände hielten eine Handtasche und eine Zeitung fest. Die Kamera folgte ihr, als sie den Bahnhof verließ und den Weg neben dem Fluß einschlug. Emily Davey.

«Verdammte Scheiße, Schätzchen, das bist du!» Barry versetzte mir einen Stoß in die Rippen.

«Niemals. Sie ist viel zu schön.»

Dennoch war es beunruhigend, sie in die Dunkelheit einer Film-Dekoration aus den sechziger Jahren hineinspazieren zu sehen, in ein Studiogelände, das in einen Vorort der vierziger Jahre verwandelt worden war, in dem sich ein unechter Mond auf der Oberfläche des schwarzen, unechten Flusses kräuselte.

Emily Daveys Miss Roach war im Begriff, dem Mann zu begegnen, der ihre Welt auf den Kopf stellen sollte, der ihr spießiges Dasein vollständiger sprengen sollte als die V- und V2-Raketenwaffen, die auf die Stadt regneten. Er würde mit einem Lächeln und ausgestreckter Hand auf sie zukommen. Sein Interesse würde sie so verblüffen, daß sie ihn mit einer Unbekümmertheit, von der sie selbst nicht wußte, daß sie sie besaß, über die Schwelle zu ihrem ruhigen, gewöhnlichen Leben bitten würde.

Aber im Augenblick ging sie weiter, ahnungslos.

Die Schlagzeilen am Sonntag verrieten uns nicht viel.

Ebenso wenig die ersten Ausgaben am Montag.

Ich war ziemlich enttäuscht von dem Mangel an Hartnäckigkeit bei der Boulevardpresse. Normalerweise würde jedes Rattenloch in Camden mittlerweile von Skandalreportern wimmeln, die den neugierigen Nachbarn Fünfer in die Hand zwängten und Beziehungen und Verwandtschaften des Verhafteten – den Scotland Yard sich stoisch weigerte, beim Namen zu nennen – quasi aus den Mülleimern ausgruben.

Normalerweise wäre etwas ans Licht gekommen.

Alles, was berichtet wurde, war, daß der Mann angeklagt worden war. Wegen Einbruch und Vorsatz zum Diebstahl.

«Sie halten ihn nur fest», mutmaßte Barry, als wir im Büro bei einem Kaffee die Montags-Schlagzeilen überflogen, «bis er zusammenbricht.»

Der Höhepunkt der Sonntagsnachrichten war der *News-of-the-Screws*-Oberseelendoktor gewesen, der sein eigenes Genie zum Besten gab:

Das Criminal Investigations Department von Kentish Town hatte sowohl Jacksons Wohnsitz als auch den Tatort ständig überwacht. Dank der Zeugenaussage des Taxifahrers Thomas Franks, der sich freiwillig zur Vernehmung gemeldet hatte und am Tag nach Auffinden der Leiche ohne Anklage freigelassen wurde, wissen wir, daß der Regisseur zu seinem Luxusapartment in Primrose Hill zurückkehrte, bevor der Mord stattfand. Hatte der Mörder dort bereits auf ihn gewartet? Den leitenden Beamten von Scotland Yard zufolge, seien die ermittelnden Beamten überzeugt, daß der Mörder zurückkommen würde, um sich an dem Tatort zu weiden. Und wie dieses Blatt vom ersten Tag an betont hat, ist dies eindeutig das Werk eines Besessenen. Ein Geist, verwirrt durch die ganz legal erlebte Gewalt, über Popcorn und Orangensaft, in einem Kino in deiner Nähe…

Barry hatte bestimmt gedacht, das würde ihm bei seinem Artikel gegen die Zensur helfen.

Neil hatte aufgeregter gewirkt als wir beiden. Zunächst einmal war er nicht erfreut gewesen über mein Scheitern, ein Interview von Flynn zu bekommen. Jetzt hing er am Radio und hörte alle fünfzehn Minuten die Nachrichten ab in der verzweifelten Hoffnung auf eine Mordanklage. Ging nicht einmal mit uns zum Lunch aus; brütete nur über Sandwiches, die er, nach dem Aussehen der Reste zu urteilen, lediglich zerpflückt, nicht aber gegessen hatte.

An diesem Nachmittag war Barry auf dem Sprung, um diesen George Dickinson zu treffen und die Meinung des Kriminalexperten einzuholen.

«Sieh zu und find raus, wie er sich das Ganze zusammenreimt, Barry», drängte Neil, als Barry versuchte, fort zu kommen. «Er muß doch irgendwelche Insider Kenntnisse haben, verflucht noch mal, ein alter Hase wie er.»

«Oder einer mit dem alten Freimaurer-Handshake.» Barry streckte Neil den Arsch entgegen und schob sich den Arm wie einen Elefantenrüssel zwischen die Backen.

«Meinst du, so machen die das?» fragte Neil angewidert.

«Nun, das solltest du ja wissen. Bis dann zusammen!» Oben von der Treppe warf er uns Kußhändchen zu.

Bambridge sah aus, als würde ihm jemand einen Hering unter die Nase halten.

Die nächsten BBC-Lokalnachrichten verkündeten, daß Primrose Hill vom Verkehr abgeriegelt worden war, da die Polizei versuchte, die Boulevardpresse und neugierige Teile der Öffentlichkeit fernzuhalten.

«Bist du in letzter Zeit da oben gewesen?» fragte Neil.

«Nein, nicht seit jenem Tag… ich wollte ihn nicht noch mehr nerven, als er es offensichtlich schon war.»

«Als du ihn im ‹Hop Poles› getroffen fast?» fuhr er fort. «Wirklich, du hättest seitdem wieder hingehen sollen. Du und Hudson, Ihr kennt all diese Leute, die nicht mit der Regenbogenpresse sprechen wollen. Mit euch würden sie reden. Wir sollten sie wirklich mit in diese Ausgabe einbeziehen. Da du es schon nicht geschafft hast, Flynn zu kriegen, wären sie diejenigen, die uns die Würze geben würden.»

«Nun, darüber müßtest du mit Barry reden.» Ich versuchte, auszuweichen. «Das sind seine Freunde, nicht meine. «Vielleicht sind sie bereit zu reden, wenn die Bullen mit einer Mordanklage kommen.»

«Ja.» Neil spielte wie verrückt mit einem Bleistift herum. «Ja, du hast recht. Nun, laß uns einfach hoffen, daß sie etwas erreichen, und zwar bald.»

Peng! Der Bleistift flog aus seiner Hand und zerbrach an der gegenüberliegenden Wand.

«Worüber machst du dir Sorgen?»

«Ich will nur, daß diese Ausgabe perfekt wird», bellte er. Versuchte dann eine Kehrtwendung. «Hör zu, laß dich durch mich nicht stören. Ich glaube, ich muß mal kurz an die frische Luft. Brauchst du irgendwas von da draußen?»

«Du kannst uns eine Cola holen», sagte ich schelmisch, aber er biß nicht an.

«O.k. Nimm alle Anrufe an, Diana. Wenn es für mich ist, ich bin in zehn Minuten wieder da.»

Ich hatte so meinen Verdacht in bezug auf Bambridges Zappeligkeit. Die meisten Leute in der Musikszene benahmen sich haargenau so wie er und waren ebenso schlecht in ihrer Heimlichtuerei.

Darum ging's ihm also. Er machte seine Artikel über die

Mordanklage, weil er Woody und Alex ins Magazin kriegen wollte. Das war sein Ansatzpunkt. Er hatte nur nicht den Nerv, Barry das einfach so vor den Latz zu knallen. Also zog er los, um sich mit ein wenig Koks Charisma zu verschaffen.

Was tat er nicht alles für diese Yankees.

In der Zwischenzeit hatte ich mit meiner eigenen Aufgabe zu kämpfen. Ich war mit meiner Abschrift nun ganz durch. Außer der von Everill. Ich nahm das Band in die Hand, fragte mich, ob ich es gleich jetzt erledigen sollte, während das Büro leer war. Vielleicht würde es nicht so peinlich sein, wie ich es mir einbildete. Vielleicht war es eines von denen, vor denen man anfangs zurückschreckt, die sich am Ende aber als in Ordnung erweisen. Ich schob es in mein Gerät.

Und außerdem hatte ich ja noch morgen abend. Wahrscheinlich meine letzte Chance, um bei Simon Everill durchzusteigen.

19

«Du», Jacksons Augen glänzten nun vielversprechend, aber seine Stimme blieb leise, ruhig, «hast eine wahre Geschichte zu erzählen.»

Sein Angreifer schwankte immer noch zwischen zwei Welten. Noch vor Sekunden hatte er gespürt, wie der Nebel sich über sein Gehirn senkte, hatte den roten, hämmernden Drang gespürt, seine Hände auszustrecken und um Jacksons Kehle zu schließen, dann zu drücken und zu drücken, bis dem Scheißkerl die cleveren Worte versiegten. Aber jetzt, als er das Flehen in den Augen des Regisseurs sah, ließ das Hämmern nach, die Worte begannen, zu ihm durchzudringen.

«Was meinst du damit?» Der wahnsinnige Jamie Merrit verschmolz wieder mit dem Durchschnittsmenschen Andy Smith und neigte seinen Kopf zurück, ein Stirnrunzeln im Gesicht.

Jackson schluckte schwer und spielte seine Karten aus. «Du hast eine richtige Geschichte zu erzählen. Besser als der ganze Gangsterscheiß. Du weißt, was passiert ist, als wir Kinder waren.»

Jetzt war es an dem anderen, tief in seinem Bauch einen Stich der Angst zu spüren. Dieser Teil seiner Vergangenheit war ein anderes Land. Eines, in das er nie zurückkehren wollte.

«Es ist wirklich wichtig, diese Geschichte zu erzählen», fuhr der Regisseur fort, wobei er einen mitfühlenden Ton beibehielt. «Sie ist etwas, auf das die Welt aufmerksam gemacht werden sollte, denke ich. Daß diese kleinen, ländlichen Gemeinden, die alle für so idyllisch halten, in der Lage sind, so schwere Verbrechen zu kaschieren wie das, das dir widerfahren ist. Daß wir da draußen auf dem Land ebensogut noch im 17. Jahrhundert leben könnten. Und Jamie ...»

Daß Jackson jetzt seinen richtigen Namen benutzte, bewirkte, daß sein Gegenüber begann, sich wieder genauso vorzukommen wie in ihrer Kindheit, tolpatschig und dumm und ehrfürchtig.

«Jamie, du müßtest die Geschichte nicht so erzählen, wie sie wirklich geschehen ist. Du kannst einsetzen, was sie den magischen Realismus nennen, sie fast wie ein Märchen darstellen, dann wäre sie sogar noch wirkungsvoller. Ich weiß, daß du gern schreibst, und jetzt bin ich in einer Stellung, in der ich Leute kenne, mächtige Leute, die das Buch veröffentlichen würden. Niemand bräuchte jemals zu erfahren, daß ich dir geholfen habe, aber wir könnten einen Star aus dir machen, einen echten Star. Und du könntest dich rächen, nicht nur an mir, sondern auch an den

Leuten, die dir diese schrecklichen Dinge angetan haben. Erfolg, habe ich immer gedacht, ist die beste Form der Rache ...»

Tolpatschig und dumm kam er sich vor, obwohl er gerade noch so mächtig und stark gewesen war.

«Warum sollte irgend jemand ein Buch über mich lesen wollen?» fragte er schließlich.

«Weil», Jackson konnte ihm nicht wirklich in die Augen sehen, «ich es nicht fassen konnte und es immer noch nicht fassen kann, daß niemand jemals etwas unternommen hat, um dir zu helfen. Daß wir an einem Ort gelebt haben, an dem das Ganze unter den Teppich gekehrt werden konnte. Du hast die Fähigkeit, den Leuten zu erzählen, daß wir in so einer Welt leben.»

«Und du meinst, damit können wir Geld machen?»

«Ja», sagte Jackson, seine Stimme nur noch ein Flüstern. «Geld, um dir zurückzuzahlen, was ich dir schulde, was ich dir genommen habe.»

Er sah den anderen forschend an, suchte nach einem Zeichen, daß seine Taktik aufgegangen war, daß er aus dem Schneider war.

Merrit und Smith schwankten und haderten weiter miteinander, gefangen zwischen Haß und Hingabe. Der Mann in ihrer Mitte versuchte, am Haß festzuhalten. «Erst klaust du meine Idee.» Die Worte kamen so leise heraus, daß sie kaum hörbar waren. «Jetzt denkst du, du kannst mein Leben stehlen.»

«Ich gebe dir ein neues Leben», Jacksons braune Augen flehten nun, «als Englands bester Schriftsteller, ein Mann, der etwas wirklich Wichtiges zu sagen hat. Ein Mann, dem die Leute zuhören werden müssen.»

Die Augen des anderen waren jetzt ängstlich wie die eines verwundeten, bösartigen Hundes.

«Warum zum Teufel sollte ich dir glauben?» Er sprang auf die Füße.

Jackson kauerte sich in seinen Cadillac-Sessel, die Hände vorm Gesicht, die Handflächen nach außen gekehrt.

«Weil du, wenn ich nicht tue, was ich sage und dir hierbei nicht helfe, direkt zu *News of the Screws* gehen und mein Leben total ruinieren kannst. Meinen Segen hast du. Ich weiß, daß ich dir Unrecht getan habe. Jetzt will ich Buße tun.»

Um die Lippen des anderen spielte ein verzerrtes Lächeln. Der wahnsinnige Jamie verschaffte sich aus den wirren Gestalten in seinem Kopf Gehör.

«Oder ich könnte dich jetzt einfach umbringen», sagte er, als würde er jemanden bitten, ihm freundlicherweise das Salz zu reichen. «Du bezweifelst doch nicht, daß ich dich umbringen könnte, oder, Jonny Boy?»

Ein kleiner Junge zerpflückt kleine Enten, stößt lange Daumen in pulsierendes Blut, zerfetzt, zerreißt winzige Flügel und kleine Beine, den Blick in weiter Ferne in einer anderen Welt.

«Nein», flüsterte er, «das bezweifle ich nicht im geringsten.»

«Gut.»

Und damit lächelte der wahnsinnige Jamie und floh und ließ Andy Smiths Geist erneut angenehm besänftigt zurück. Ja, er war wieder da, zurück in Befehlsposition, und hatte Jacksons Leben in seiner Hand. Er kehrte die Positionen ihrer Kindheit um, als er der Bittsteller war, der verzweifelt angenommen werden wollte. Das alte Hämmern war jetzt ein entferntes Summen, ein beruhigendes Echo, das vollkommener Klarheit wich.

Letztendlich sprach eine Menge für Jacksons Vorschlag.

Diese Wohnung, zum Beispiel. Wäre es nicht schön, so ein Apartment zu haben, statt einer Bruchbude in Sodom? Wäre es nicht schön, gute Kleider zu haben, derjenige zu sein, zu dem die Leute aufsahen? Wenn er berühmt war, würde niemand mehr hinter seinem Rücken kichern. Sie müßten ihn respektieren, ja sogar vor ihm kriechen. Allen voran Jackson. Letztendlich würde er sich nur nehmen, was ihm zustand. Seine eigene Lebensgeschichte.

In Jacksons Augen vollzog sich die Verwandlung so reibungslos, als würde Wasser über einen Stein laufen.

«Gut», wiederholte Andy, setzte sich wieder auf das Sofa und machte es sich bequem. «Weil deine nette Idee ihre Vorzüge hat.»

«Ich mach das für dich, das verspreche ich dir. Ich schulde dir was, und nicht zu knapp.»

«Ja, noch ein Bier, bitte, Herr Wirt, um das Geschäft zu besiegeln. Und dann kannst du mir deinen großen Plan näher auseinandersetzen.»

«Scheiß drauf.» Jacksons Gesicht barst in ein erleichtertes Lächeln. «Das verlangt nach Champagner.» Er kam auf die Füße, steuerte auf die Küche zu. «Etwas, an das du dich besser gewöhnst.»

Smith leckte sich die Lippen vor Vorfreude.

«Eins noch», sagte der Regisseur, als er zurückkam und die Flasche Moët vorsichtig auf den Couchtisch stellte. «Unter welchem Namen willst du es schreiben? Hast du deinen Namen offiziell in Andy Smith geändert?»

Der andere blickte rasch auf, reagierte schnell. Mad Jamie mußte verbannt werden, aber Andy Smith, dieser nichtssagende Schatten, sollte nicht an seine Stelle treten. Nein, wenn er berühmt werden sollte, dann unter dem Namen, den er sich ausgesucht hatte, als er für die Welt neu geboren worden war. «Das ist bloß ein Name, unter dem ich, ähm, Geschäfte mache.» Er zwang sich zu einem Lachen. «Jamie Merrit ist unter jener Brücke fortgespült worden, verstehst du, auch wenn ich nicht fortgespült worden bin.»

Jackson ließ den Korken geräuschlos unter einem Geschirrtuch ploppen. Er musterte seinen Gefährten mit besorgtem Blick, während er den Champagner eingoß.

«Sie geben dir eine neue Identität, wenn dir so etwas passiert», fuhr der andere fort und sah zu, wie die Bläschen in dem Glas aufstiegen. «Sie denken, das schützt dich im späteren Leben. Dr. Barnardos hat mich zu einer neuen Familie geschickt, und ich hab ihren Nachnamen angenommen. Den Vornamen durfte ich mir aussuchen.»

«Und wie heißt du jetzt?» Jackson reichte ihm das Glas hinüber.

Die grauen Augen trafen die seinen.

«Simon. Simon Everill.»

20

Donnerstag morgen erschien er in den Boulevardblättern.

«PERCY IST KEIN MÖRDER», BETEUERT EMPÖRTER ONKEL.

Percival Prevezeer hieß der Mann, der in Jacksons Haus festgenommen worden war. Ein Einzelkind, aber mit einer weitverbreiteten Großfamilie, so daß die *Post* seine Sippschaft schließlich ausfindig gemacht und einen Onkel aufgetan hatte, der redselig genug war, um für den ganzen Clan zu sprechen. Er sagte: «Er mochte den Film, ja, und er hat sich wie ein Gangster gekleidet. Aber das tun haufenweise Kids heutzutage. Vielleicht war er ein klein wenig fehlgeleitet, ein klein wenig durcheinander. Aber mein Percy ist niemals ein Mörder. Wir wollen nur, daß die Polizei aufhört, ihn aufgrund fadenscheiniger Anschuldigungen festzuhalten und ihn zu seiner Mama nach Hause läßt.»

Es gab ein Bild von Percy in schwarzem Anzug und weißem Hemd, der mit einem Martini-Glas in der Hand posierte, einen Ausdruck im Gesicht, als wäre er die Königin von Saba. Vielleicht fand seine Familie, daß er in dieser aufgesetzten James-Bond-Pose kultiviert aussah. Das Problem war: er sah darin noch idiotischer aus.

«Das glaub ich nicht», bemerkte Barry. «Dieser Penner ein Gangster? Er sieht nicht so aus, als wäre er dazu fähig.»

Wir hockten alle drei beim Frühstück über den Zeitungen und verdauten die Tatsachen schneller als den Toast und die Croissants, die noch in ihren Papiertüten auf unseren Schreibtischen lagen. Von Arbeit würde keine Rede sein, bevor wir nicht den vollen Überblick darüber hatten, was in Jacksons Haus übers Wochenende losgewesen war. Weitere, unheilvolle Details aus der Vorgeschichte des Festgenommenen waren ausgegraben worden. Percy – oder Percival, wie er lieber genannt werden wollte – hatte fünfzehn Jahre für das Verteidigungsministerium gearbeitet. In der Pressestelle. Offensichtlich wollte niemand den *Official Secrets Act* verletzen, aber ein ehemaliger Kollege, der sich weigerte, seinen Namen preiszugeben, sagte immerhin so viel: «Percy war immer von etwas besessen. In erster Linie war es James Bond, weshalb er, glaube ich, beim Verteidigungsministerium arbeiten wollte. Dann kam dieser Film *Bent* heraus. Er hat immer gesagt, daß er ihn über zwanzig Mal angesehen hat. Du mußt für die Arbeit zwar elegant aussehen, aber er hat es wirklich auf die Spitze getrieben und sich wie einer der ‹Kray Twins› gekleidet.»

Dennoch mußte er ein paar Tricks von James Bond aufgeschnappt haben – er hatte es immerhin geschafft, in Jacksons Bude einzubrechen, während das Haus angeblich unter Bewachung stand.

«Nun, Charly Manson war ein kleiner Hippie», stellte ich fest.

«Vorsicht.» Barry warf mir einen gespielt ärgerlichen Blick zu. «Über Charlie sagst du besser nichts Schlechtes. Er hat einen langen Arm ...»

«Ich frage mich, ob es militärisches Nachrichtenmaterial oder James-Bond-Filme waren, die für seine Ausbildung gesorgt haben.» Bambridge gab echoartig mit einem verschmitzten Lächeln meine eigenen Gedanken wieder.

Er schien wesentlich besserer Laune, seit er gestern kurz frische Luft schnappen gewesen war. Kam als anderer Typ zurück – wesentlich lebhafter. Ich fragte mich, ob er genug Selbstvertrauen gekauft hatte, um Barry seine Woody-Idee schon vorzusetzen.

«Hatte Dickinson irgendwelche Theorien?» fragte er Barry, während er winzige Stückchen von seinem Croissant abbrach und sie sich in den Mund schob.

«Hatte er, in der Tat.» Barry lehnte sich mit ernster Miene in seinem Stuhl zurück. «Er hat gesagt, daß es äußerst unwahrscheinlich ist, daß der Mann, hinter dem sie her sind, dem gleichen Profil entspricht wie dieser Arsch. Wenn er des Mordes angeklagt wird, scheint es so, als wären wir auf dem Holzweg.»

«Ja», stimmte ich zu, «und das würde bestätigen, daß der Oberseelendoktor von *Screws* recht hatte.»

«Quatsch!» schimpfte Neil. «Dies ist ein klassischer Fall von Zwangsneurose. Das geht deutlich genug allein aus diesem Artikel hervor.» Er wedelte mit der *Post* in der Luft herum und tippte mit dem Zeigefinger auf das Foto von James Bond. «Gott weiß, was er vorher nicht auf die Reihe gebracht haben mag. Aber er ist intelligent genug, um einem Job im Verteidigungsministerium nachzugehen, also paßt er kaum in das Bild vom sabbernden Stalker, das sie uns vorgaukeln.»

«Glaub nicht, daß die Gentlemen von der Presse das ganz so sehen werden.» Barry zuckte mit den Schultern. «Aber wir werden ja sehen. Ich sag dir Bescheid, wenn ich mit der Abschrift fertig bin, dann kannst du herausfinden, was ich damit machen soll. Und dann vielleicht, wenn ich dir meine gezeigt hab, kannst du uns deine zeigen …?»

«Ach, ja.» Bambridge begann plötzlich, die Gegenstände auf seinem Tisch umzuordnen. «Ist fast soweit, Leute, ehrlich. Ich hab das in ein, zwei Tagen fertig.»

«Hmmm.» Barry hob eine Augenbraue, sagte aber nichts weiter.

Sie hatten ja keine Ahnung, aber ich meinerseits hatte eine Art psychologisches Persönlichkeitsprofil erstellt. Als ich im Büro und gestern abend zu Hause das Everill-Band abgehört hatte. Das Interview war überhaupt nicht so peinlich, wie ich es in Erinnerung hatte. Gut, er drückte sich defensiv aus, aber vielleicht hatten diese Antworten mich die ganze Zeit über auf den Weg meiner eigenen Intuition geführt.

Wir hatten einiges gemeinsam.

«Ah, das gute alte Dorf mitten auf dem flachen Land. Wo jeder seine Nase in anderer Leute Angelegenheiten steckt, sich aber nicht um seine eigenen kümmert.»

Kleine Städte und Geheimnisse.

«Es wäre in jedem Dorf in jedem Teil des Landes das Gleiche.»

Nicht hineinpassen.

«*Wenn du jemals, jemals anders bist als sie, machen sie dir das Leben zur Hölle*.»

Je mehr ich über diese gemeinsamen Stigmata nachdachte, desto mehr glaubte ich, daß ich sie nutzen könnte, um zu ihm durchzudringen. Dieses Mal würde ich es richtig machen. Keine Ausflüchte mehr.

Um 18:30 Uhr war ich zu Hause. Ich wollte nichts übereilen. Ich machte mir eine Folienkartoffel mit Salat, genug um damit den Magen auszukleiden, und sah mir an, wie Percy Preveezer in einem weißen Polizeiwagen nach Brixton in Schutzhaft gebracht wurde, während Presse und Öffentlichkeit gegen die Türen hämmerten, ihn brüllend die Straße hinunter verfolgten und versuchten, durch die

Panzerverkleidung Blitzaufnahmen zu machen. Ich fragte mich, ob der kleine Arsch immer noch den gleichen eitlen Gesichtsausdruck trug, konnte es aber nicht erkennen. Er hatte eine Decke über dem Kopf.

Als das vorbei war, änderte ich meine Notizen. Ich hatte den ganzen Tag über Fragen nachgedacht, die ich stellen könnte, wollte sie aber nicht ausformulieren. Everill brauchte nicht den Vorteil zu haben, schon etwas Vorbereitetes zu sehen. Ich mußte ihm als einfühlsame Zuhörerin gegenübertreten. Ich warf nur Stichwörter auf meinen Notizblock, Wörter, die mich an alles erinnern würden, das ich abdecken wollte. Wenn er wieder anfangen sollte, spöttisch und ausweichend zu sein, brauchte ich meine Anhaltspunkte.

Um 19:30 Uhr war ich bereit. Die Notizen in meiner Tasche, reichlich Bänder, frische Batterien im Gerät. Lippenstift und Lidstrich perfekt. Schwarzer Anzug und kamelhaarfarbener Mantel. Ich sah fast professionell aus. Es würde zehn Minuten dauern, zu dem Pub hinaufzugehen. Ich wollte eine viertel Stunde früher da sein, einen guten Platz ergattern.

Als ich das Haus verließ, ging gerade die Straßenbeleuchtung an. An den Bäumen in der Kensington Park Road kamen die ersten Knospen der Kirschblüte zum Vorschein. In der Brise konnte man einen undeutlichen Duft von aufsteigendem Lebenssaft und neu beginnendem Wachstum wahrnehmen. Ich bog links in die Westbourne Grove und ging zu dem großen Pub an der Ecke hinunter, ließ mir Zeit, versuchte, Ruhe zu bewahren. Ich hatte Schmetterlinge im Bauch und konnte mir nicht ganz erklären, warum. Es war nicht nur das journalistische Gefecht, das ich, wie ich wußte, gleich in Gang bringen würde. Ich hatte so viel Zeit und Mühe darauf verwendet, dieses Interview zu bekommen. Es ging über den normalen Ruf der Pflicht hinaus, ebenso wie die sorgsame Auswahl eines

Outfits, in dem ich ihm nachkommen würde. Everill hatte mich auf eine Art neugierig gemacht, mich aus der Reserve gelockt, wie es mir noch nie zuvor passiert war. Ich wollte die naheliegende Frage beiseite wischen, aber hatte Barry recht? Hatte ich mich insgeheim in mehr als seine Schreiberei verliebt? Das schien unvorstellbar, weil keine körperliche Anziehungskraft von ihm ausging. Nichts an seiner glatten Erscheinung erschien mir begehrenswert. Everill war irgendwie unförmig: sein Kopf war zu groß für seine hängenden, runden Schultern, seine Glieder waren zu lang und linkisch, und seine ganze Haltung war nicht gut. Er stolzierte mehr als daß er ging, als wäre er ständig eingeschnappt. Er war nicht häßlich, aber seine besonderen Merkmale waren nicht von der stattlichen Sorte. Diese Augen mit den schweren Lidern waren irritierend; die Art, wie er sich ständig die Lippen leckte, verstärkte sein allgemeines Gehabe des gehemmten Jugendlichen. Everill hatte einfach nicht das Selbstvertrauen, das selbstbewußte Auftreten eines reifen, erwachsenen Mannes.

Aber er hatte etwas, auf das die meisten gut aussehenden Typen sich in der Regel nicht zu stützen brauchten: einen scharfen Verstand. Einen Verstand, dem ich möglicherweise nie auf den Grund kommen würde. Das war es, was die Gefühle in mir so in Wallungen brachte, sagte ich mir. Dieses Informationsbedürfnis, diese Wißbegier.

Im «Earl of Lonsdale» saß Simon Everill schon hinten im Nebenraum, genau an dem Platz, den auch ich in Erwägung gezogen hatte, sein Pint zu drei Viertel ausgetrunken und einen *Evening Standard* offen auf dem Tisch vor sich.

Seine Augen blickten sofort von der Zeitung auf, und er lächelte.

21

«Hier rüber!» rief er, als hätte ich ihn nicht bemerkt.

Als ich näher kam, stand er auf und wühlte in den Taschen seiner Jeans.

«Kann ich dir einen Drink besorgen?»

«Ja, eine Flasche von ihrem rein gebrauten Lager», sagte ich.

Er ging, um es für mich zu holen. Ich setzte mich und bemerkte, was er gelesen hatte. Die Sterne. Auch noch abergläubisch. Ich wollte ihm seinen Kram nicht ausreden, also zog ich lieber mein Aufnahmegerät hervor. Beobachtete, wie er mit dem Barpersonal sprach, sich über den Ziegenbart strich und einen Witz machte. Er schien hier mehr zu Hause zu sein als ich.

Das «Earl of Lonsdale» war ein gemütliches Pub; groß, wie ein altes Gin-House, mit einer spießigen Velourstapete und mit soliden Tischen und Stühlen. Die Jukebox spielte gängige Rock- und Pop-Hits, Queen, Chris Rea und ähnliches, und die Getränke waren deutlich billiger als anderswo in der Nachbarschaft. Es war das unmodernste, schlichteste Pub in der Gegend, um den sowohl der harte Kern der Säufer als auch die Boheme-Kinder reicher Eltern einen weiten Bogen machten. Hier konnte mir gewiß nichts Böses zustoßen.

«Bitte sehr.» Er stellte die Flasche und ein Glas vor mich hin.

«Danke.» Ich spürte deutlich, daß er mir beim Einschenken zusah. Als ich fertig war, hob er sein Glas und stieß mit mir an.

«Prost», sagten wir beide.

Er lächelte mich an.

«Und jetzt laß uns von vorn anfangen, einverstanden?» sagte er. «Von Anfang an. Was wolltest du wissen?»

Ich schluckte. Beschloß, ins kalte Wasser zu springen. «In unserem letzten Interview hast du gesagt, daß die Geschichte zu *Weirdo* gewissermaßen auf einer persönlichen Erfahrung beruht. Könntest du das jetzt ein bißchen näher ausführen?»

Schaum von seinem braunen Ale auf seiner Oberlippe. Er saugte ihn auf.

«Als ich dich das erste Mal getroffen habe, war mir nicht klar, was für ein Mensch du bist», sagte er, ließ seinen Blick die Tapete hinauf- und dann hinabschweifen, um den meinen zu treffen. «Ich brauche lange, bis ich jemandem traue, also verzeih meine Grobheit.» Er streckte seine langen Beine von sich, sah auf sein Pint hinab. «Ich habe dir nicht die ganze Wahrheit gesagt. Die Wahrheit ist, daß es etwas war, das in meiner Kindheit passiert ist. Etwas, das einem Freund von mir zugestoßen ist.» Er saugte seine Unterlippe wieder ein, schlug erneut die Beine übereinander. «In unserem Kaff ist eine Frau ausgeflippt. Sie war nicht die verrückte Hure, als die ich sie in meinem Buch dargestellt habe. Ich mußte meine Spuren verwischen. Du weißt, wie Kleinstädte sind, oder?»

«Ja», nickte ich, hielt seinem Blick stand. «Ich habe meine eigenen Erfahrungen.»

Er nickte, langte hinunter nach einer Zigarette. «Eigentlich war sie eine stille kleine Maus, konnte keiner Fliege etwas zuleide tun. Ihr Ehemann war der örtliche Arzt, die Säule der Gemeinde. Sie hatten drei kleine Kinder, ließen sich immer beim Kirchenfest sehen, du kennst das ja.» Seine Stimme nahm wieder einen sarkastischen Ton an, aber er war nicht gegen mich gerichtet. Er sah weg, über den Raum der Kneipe hinaus, blickte in weite Ferne zurück. «Nur, daß der Doktor sich ein wenig mit einer seiner

Patientinnen angefreundet hat, wenn du verstehst, was ich meine. Hat sie wegen einer jüngeren Frau verlassen. Einer kurz zuvor geschiedenen jüngeren Frau. Du kannst dir ja vorstellen, was das ‹Women's Institute› daraus gemacht hat.» Er stieß eine lange Rauchwolke aus. «Und das ganze Gerede, die ganze Tratscherei hinter ihrem Rücken muß sie fertig gemacht haben.»

«Wie du schon sagtest, die Heuchelei», erinnerte ich aus dem letzten Interview. «Gehen alle zur Kirche und spielen sich dann als Pharisäer auf.»

Er nickte. «Genau. Eines Abends also knallt diese Alte sich mit Sherry und dem Inhalt des Arzneischranks, den der gute Doktor hinterlassen hat, die Birne zu. Ich weiß nicht recht, wo sie die Kraft hergenommen hat, aber irgendwie ist es ihr gelungen, ihre drei Kinder im Schlaf zu ersticken. Dann hat sie sie in ihren Wagen gepackt, ist zum Fluß hinunter gefahren und hat sie allesamt von der Brücke geworfen, eines nach dem anderen.»

«Mein Gott», flüsterte ich.

«Sie wollte sich selbst auch von der Brücke stürzen», fuhr er fort. «Aber irgendein alter Knabe, der mit seinem Hund spazieren ging, hat gesehen, was sie da tat, und es verhindert. Sie haben sie in die Klappsmühle gesteckt. Für die Kinder allerdings zu spät.»

Er drückte seine Zigarette im Aschenbecher aus. Seine Augen waren gerötet, füllten sich mit Tränen. Ich konnte spüren, wie mit meinen eigenen dasselbe geschah. Ich wagte nicht, ihn anzusehen, aus Angst, ihn zu unterbrechen.

Der Kassettenrekorder nahm alles auf, die winzigen Spulen surrten.

«Die Sache war die», sagte er, nahm einen letzten großen Schluck von seinem Ale und wischte den Schaum mit dem Handrücken fort. «Ich kannte eins von diesen Kindern. Das Älteste. Er war genauso alt wie ich, neun damals. Wir haben unter derselben verdammten Brücke zusammen Enten gefüttert, von der sie ihn gestoßen hat ...»

Seine Stimme rutschte einige Oktaven hoch. Er versuchte, das Weinen zu unterdrücken. Er preßte sich die Hand übers Gesicht, wendete sich von mir ab.

«Das tut mir leid», sagte ich. «Willst du an dieser Stelle einen Augenblick Pause machen? Kann ich dir noch was zu trinken holen?»

«Ja», schniefte er.

Ich stand sofort auf, eilte zur Bar hinüber. Ich dachte mir, daß er ein paar Minuten allein sein wollte. Jetzt leuchtete mir das alles ein. Diese Wut. Die Leidenschaft, die aus diesen Seiten sprach. Solche Sachen kann man nicht simulieren. Jetzt mußte ich nur noch dafür sorgen, daß er weiterredete.

Ich kaufte noch eine Flasche braunes Ale, noch eine Flasche Lager-Bier und nahm sie mit zurück an den Tisch. Everill hatte sich wieder gefaßt.

«Tut mir leid», sagte er.

«Das braucht es nicht.»

Ich legte ihm instinktiv eine Hand auf die Schulter, als ich mich setzte. Er fuhr hoch, als hätte ich unter seiner Haut eine Sprengladung gezündet.

«Entschuldigung», sagte jetzt ich und spürte, wie mir die Röte ins Gesicht stieg. Was immer für Gefühle auch in meinem Kopf rumort haben mochten, bevor ich das Pub betreten hatte, nun vertieften sie sich. Ich wußte, daß mir dieser Mann tatsächlich etwas bedeutete.

«Nein, nein.» Er lächelte nervös. «Mach dir keine Gedanken, es macht mich nur so nervös, darüber zu reden.»

«Das kann ich gut verstehen.» Ich setzte mich wieder, muß ihn so ernst angestarrt haben wie eine Sechzehnjährige. «Ich wußte, daß du nicht so geschrieben haben könntest, wenn es nicht aus dem wirklichen Leben gegriffen gewesen wäre.»

Er nickte, sah zu Boden.

«In allen Krimis, die ich je gelesen habe», sagte er, «ging es darum, wie clever der Detektiv war oder wie gerissen der Killer. Niemand schreibt jemals darüber, wie es für die Opfer ist. Ich wollte nur etwas Gerechtigkeit für Jamie.»

«Hat er so geheißen?»

Er nickte. Sein dünnes Lächeln erlosch, und er sah aus, als würden ihm gleich wieder die Tränen in die Augen steigen, seine Stimme klang hoch und krächzend. «Tut mir leid, seinen Nachnamen kann ich dir nicht sagen, den muß ich geheim halten. Aber ich konnte nicht vergessen, was ihm zugestoßen ist.» Schließlich sah er mich wieder an. «Ich kann dir bei der Sache doch vertrauen, Diana, oder? Dies ist nur für dein Magazin – du läufst nicht zu einem der Boulevardblätter damit?»

«Natürlich nicht. So was könnte ich niemals tun.»

Er starrte mich eine Weile an, so lange, daß ich spürte, wie mein Gesicht glühte.

«Ja», sagte er schließlich. «Ich denke nicht, daß du das könntest.»

Ich fummelte eine Zigarette aus dem Päckchen, steckte sie nervös an, wich der Intensität seines Blicks aus. Als würde er mein Unbehagen spüren, fuhr er mit seinem Monolog fort.

«Und danach war ich es, der zum *Weirdo*, zum Sonderling, wurde.» Er lachte bitter. «Ich hatte immer wieder Alpträume wegen ihm. Sie gingen einfach nicht weg, und mit elf begann ich zu trinken, schwer zu trinken. Du weißt, wie es an solchen Orten ist, die älteren Kids können dir immer was besorgen.»

Ich wußte alles über ältere Kids, und was sie dir besorgen konnten. Aber dies war nicht der richtige Zeitpunkt, darauf näher einzugehen.

«Hab mit LSD angefangen, als ich etwa 14 war», fuhr er fort, als ob er sich das Ganze plötzlich nicht schnell genug von der Seele reden könnte. «Ich war ganz vernarrt in das Scheißzeug. Es hat dich in eine andere Welt entführt. Ich fand das lustig. Meine Schwester hat einmal gesehen, wie ich eine Stunde lang um einen Laternenpfahl herumgelaufen bin, ich weiß nicht, was zum Teufel ich da tat, aber offensichtlich hat es mir Spaß gemacht. Zum Glück fand sie das auch lustig, so daß sie meiner Mama nie was davon gesagt hat. So habe ich ein paar Jahre weitergemacht, bis ich schließlich einen schlimmen Trip hatte.»

Ich weiß nicht, woher, aber ich wußte es: «Die Jesus-Vision?»

«Ja.» Erneut wirkte er unangenehm berührt. «Das war's. Verdammt noch mal, du hast aufgepaßt. Es war Weihnachten, und ich war total high. Ich hatte eine Menge Cider getrunken und mit Brandy angefangen, und dann hatte ich mit den Rockern aus der Gegend ein paar Pillen eingeworfen. Wir waren oben in den Wäldern und tanzten um ein Feuer, taten so, als wären wir heidnische Götter oder irgend so ein Blödsinn. Wie auch immer, ich begann, mich zu langweilen und beschloß, daß ich mitten auf ein Feld gehen und mich unter den Sternen hinlegen müßte, um so etwas wie eine mystische Vision zu bekommen. Davon war ich überzeugt. Nun, ich bekam meine Scheißvision, aber sie war nicht gerade das, was ich mir vorgestellt hatte. Ich gelangte in die Mitte dieses einen großen Feldes, ich drehte mich um meine eigene Achse, versuchte, seinen genauen Mittelpunkt zu finden, weil ich dachte, wenn ich ihn fand, würde ich auch im Zentrum der Konstellation der Sterne stehen. Dann erblickte ich diese Gestalt, die auf mich zukam. Diese kleine, zerlumpte Gestalt. Zuerst dachte ich, es wäre einer von den Rockern. Aber dann kam sie näher …»

Er zitterte, als wäre er wieder ganz vom Schüttelfrost gepackt.

«Ich schwöre bei Gott …», setzte er an, stieß dann ein

rauhes Lachen aus, so daß jetzt ich zusammenzuckte. «Die Dornenkrone bohrte sich direkt in seinen Kopf, er blutete übers ganze Gesicht. Blut an den Händen, Blut an den Füßen, Blut auf der Brust. Er sah mich mit entsetzten Augen an …»

Er starrte mich mit einem ebenso schmerzvollen Ausdruck an.

«Sein Gesichtsausdruck war unfaßbar. Und er wollte nicht gehen, er stand einfach da, starrte mich an und blutete.»

«Was ist passiert?» hörte ich mich flüstern. Ich spürte einen Drang, meine Arme um ihn zu legen, ihm zu erzählen, daß auch ich an jenen alten, vertrauten Orten Schreckliches erlebt hatte.

Aber er wich dem Blickkontakt wieder aus, saugte an seiner Unterlippe und gewann seine Fassung wieder.

«Zu meinem Glück waren mir ein paar der Rocker gefolgt. Hätten sie das nicht getan, wäre ich da draußen auf dem Feld möglicherweise endgültig vor die Hunde gegangen, denke ich, erfroren oder so. Sie fanden mich nur weinend auf der Erde liegen. Und das war's für mich, ich hab das Zeug nie wieder angerührt.» Er steckte sich noch eine Zigarette an. «Noch bin ich je wieder in die Nähe einer Kirche gegangen. Ich weiß nicht, was schlimmer ist.»

Darüber lachten wir beide, etwas zu laut. Lösten die Spannung.

Ich leerte mein Glas, fragte: «Noch eins?»

«Aber hallo, darauf brauch ich eins. Laß mich sie holen.»

Er zwinkerte mir zu, als er sich die leeren Gläser schnappte und wieder zum Tresen ging.

«Und wie ist es dann weiter gegangen?» fragte ich, als er zurückkam.

Everill ließ sich wieder auf seinem Stuhl nieder. «Nun, danach habe ich begonnen, Geschichten zu schreiben, um zu fliehen», sagte er, streckte die Arme aus und schlug die Beine übereinander. «Ich war immer gut in Englisch, auch wenn ich in der Schule sonst nur Mist gebaut hab. Geschichten und Musik. Wie ich sagte, als wir uns das letzte Mal getroffen haben. Du hast recht damit gehabt. Ich meine, diese Rocker haben mich auf Hawkwind und all das gebracht, ich bin richtig auf Progressiven Rock und das Schreiben abgefahren. Meine Mama war zufrieden. Ich bin jahrelang kaum aus meinem Zimmer gekommen.»

Darüber lachte ich wieder, leicht beschwipst jetzt. Beschwipst und noch etwas. Ich sah Simon mit neuen Augen. Ich sah ihn beinahe wie eine männliche Ausgabe meiner selbst – verletzt, aber trotzig. Er war eindeutig mit mehr Power aus seinen Traumata herausgekommen als ich, aber dennoch war da etwas zwischen uns, das die meisten Leute nie verstehen würden.

«Was mich wieder zu dem klassischen jugendlichen Arsch mit Ohren gemacht hat», fuhr er fort. «Was gewissermaßen eine verdammte Erleichterung war.»

«Nun, ich war auch der klassische jugendliche Arsch mit Ohren», lächelte ich. «Trinken wir einen drauf.»

Wir stießen an.

«Du kommst auch aus so einem beschissenen Kaff, stimmt's?»

«Mhm. Eine schmuddelige Küstenstadt. Toller Ort – um abzuhauen.»

«Mhm.» Er schmatzte mit den Lippen. «So sind sie alle. Nun, jetzt hab ich einen Haufen Scheiße bei dir abgeladen», sagte er leichthin. «Wette, du findest es komisch, daß meine Seele durch Hawkwind gerettet wurde, oder? Wette, du magst diese Art Musik ganz und gar nicht.»

«Woher weißt du das?» lachte ich.

Er tat, als würde er mich forschend mustern.

«Vielleicht das Fehlen von Tie-Dye-Klamotten? Die Tatsache, daß du nicht nach Patschuli-Öl stinkst? Hippiebräute», er gab ein geringschätziges, schnaubendes Lachen von sich, «sehen beschissen aus.»

«Das sag ich Jerry, meinem bescheuerten Nachbarn immer wieder», erzählte ich ihm. «Aber er besteht hartnäckig darauf, daß ich wie das *IT*-Girl aussehe.»

«Das *IT*-Magazin?» fiel Everill ein. «Das hatte seinen Sitz hier irgendwo, oder? Überrascht mich, daß es dir hier so gefällt. Soweit ich gehört habe, hat es in dieser Gegend vor Hippies nur so gewimmelt.»

«Tut es in meinem Haus immer noch», erzählte ich. «In Jerrys Welt ist es immer noch 1969, fünf vor zwölf.»

«Dann wohnst du in der Nähe?»

Die Frage war beiläufig, aber etwas begann, in der Atmosphäre zu knistern.

«Mhm», nickte ich. «Ich wohne gleich um die Ecke. Ich hoffe, du hattest keinen allzu weiten Weg.»

«Überhaupt nicht», lächelte er. «Nur aus dem Bullenzirkus, Camden. Mein Onkel wohnt dort. Wir teilen uns die Wohnung. Mir hat dieser Ort wirklich gefallen, bis das alles passiert ist.»

«Nein, wirklich? Ich wußte nicht, daß du dort wohnst. Mein Gott. Das muß ja jetzt ein Alptraum sein. Ich hab da immer rumgehangen. Ich meine, all meine Lieblingsmusiker traten da auf. All die Bands, über die ich geschrieben hab.»

«Du magst diese Rock-Bands, was?» fragte er.

«Ja. Ich bin nicht so vom Fach wie du. Ich mag es einfach, wenn es fetzt.»

«Nun, vielleicht könntest du mir zeigen, daß ich mich in der Hinsicht irre», überlegte er. «Nimm mich mal zu ein paar dieser Auftritte mit. Wenn ich's schon vor der Haustür habe.»

Er lächelte. Verfolgte irgendeine Absicht. Unbestimmt vielleicht, aber nichtsdestotrotz vorhanden. Sie hing zwischen uns in der Luft.

Mir stieg wieder die Hitze ins Gesicht, nicht nur vom Trinken. Ich stellte fest, daß ich den Blick abwenden mußte, sonst könnte er direkt in meinen Augen lesen, was ich den ganzen Abend gedacht hatte. Er brach in Gelächter aus.

«Hab ich schon wieder was Falsches gesagt?» fragte er.

«Nein, ganz und gar nicht.»

Mein Magen schlingerte jetzt. Gleichzeitig verschloß sich mein Herz. Wie immer, wenn Sex auch nur andeutungsweise auf der Tagesordnung stand. Ich wußte immer noch nicht, was ich wirklich wollte, oder er, was das anbetrifft. Ich erkannte, daß ich etwas Zeit für mich herausschinden mußte, versuchen mußte, mich zu sammeln. Sonst könnte ich bald wie ein Idiot dastehen.

«Hör zu, ich muß mir nur mal kurz die Nase pudern», sagte ich rasch. «Entschuldige mich einen Moment.»

«Natürlich.»

Auf der Damentoilette konnte ich mich kaum im Spiegel ansehen. Was zum Teufel war los?

Ich versuchte, normal zu denken. Sachlich zu denken, wie:

Er hat mir gerade ein großartiges Interview gegeben.

Ich glaube, er will mich flachlegen.

Sein Buch ist ein Meisterwerk.

Aber ich finde ihn nicht körperlich attraktiv.

Wir haben einiges gemeinsam.

Ist das wichtiger?

Er sieht nicht im entferntesten so aus wie die Männer, auf die ich stehe.

Wahrscheinlich will er nur Freundschaft schließen, und ich überreagiere.

Aber was, wenn...

Kleine Städte und Geheimnisse.

Das wäre verkehrt. Ich kann nicht mit jemandem ausgehen, über den ich schreibe. In all der Zeit, während der ich für die Musikpresse geschrieben habe, bin ich nie mit Musikern ausgegangen. Ich weiß, was über Mädchen geredet wurde, die das taten, und wo das hingeführt hat.

Ich war schon einmal entjungfert worden.

Ich hörte, wie die Klingel die letzten Bestellungen ankündigte. Danke, verdammt. Nichts wie raus hier.

Vor lauter Eile hatte ich meine Tasche nicht mit aufs Klo genommen, konnte meinen Lippenstift also nicht nachziehen. Aber vielleicht war das ja auch besser so. Sonst hätte er noch denken können, ich hätte das für ihn getan. Wenn ich verlegen war, als ich wieder zu ihm an den Tisch kam, ließ er sich nicht anmerken, daß es ihm auffiel.

«Meinst du, das reicht für einen Abend?» fragte er statt dessen.

«Nun, ich will nichts überstürzen», lächelte ich in der Hoffnung, daß er eine Doppeldeutigkeit besser aufnehmen würde als Bambridge. «Es muß ziemlich quälend gewesen sein, all das durchzukauen, was wir heute abend gemacht haben …»

«Eigentlich glaubte ich, daß es das sein würde», sagte er versonnen. «Aber ich spreche gern mit dir. Und hör zu.» Er legte seine Hand auf meine. «Glaub nicht, daß ich auf irgendwas anderes aus bin. Das würde ich nicht tun. Es sei denn, ich hätte den Eindruck, daß du es auch willst.»

Er drückte meine Hand und nahm seine dann fort. Er wirkte völlig aufrichtig. Ich kam mir idiotisch vor.

«Nun, laß uns das bald wiederholen», schlug ich vor.

«Solange du nur die beste Story kriegst, Diana», zwinkerte er. «Kann ich dich nach Hause bringen?»

In meinen Kopf trat wieder völlige Leere.

«Es ist nur um die Ecke. Es liegt allerdings auf dem Weg zur U-Bahn.»

Aber an der Haustür ging er nicht. Statt dessen legte er die Arme um mich, und ich tat nichts, um ihn aufzuhalten.

Senkte seinen Kopf und küßte mich, und ich tat nichts, um ihn daran zu hindern. Seine Lippen feucht, seine Zunge wie ein dicker, wühlender Wurm in meinem Mund, sein rauher Ziegenbart an meinem Kinn.

Mein Verstand sagte nein. Aber mein Körper, diese gefügige Schlampe, wollte es.

Ich öffnete die Haustür, und er ging mit mir hinein.

22

Es kam genau so, wie Jackson gesagt hatte. Zuerst arbeiteten sie an dem Manuskript. Trübe Erinnerungen aus düsteren Zeiten kamen langsam wieder hoch, zögerlich zunächst, dann fast wie eine Flutwelle. Wie der kleine Junge, der so lange geschwiegen hatte, bevor er Jonny das erste Mal begegnet war, ertappte sich Simon nun dabei, daß er es nicht schnell genug herauslassen konnte. Die Geschichte schien jetzt den Einfluß, den sie aufeinander ausübten, zu wiederholen. Und wenn es Jackson unangenehm war, daß er so viel Zeit in seinem Haus verbrachte, war er klug genug, es nicht zu erwähnen.

Everill hatte sich zwar schon früher selbst das Maschinenschreiben beigebracht, aber er hatte es nie gern getan. Die Gedanken flossen wesentlich leichter einfach durch den Arm in den Stift, auf die Seiten der schönen, dicken Notizblöcke, die Jon ihm bei «Rymans» kaufte. Danach würde Jackson das alles auf seinem komischen Computer für ihn ins Reine schreiben, der gefeierte Regisseur fungierte als sein persönlicher Privatsekretär. Die Rache, zusammen mit dem Kaffee und den Kopenhagenern, die Jon zuvorkommenderweise für ihn bereitstellte, damit er sie während der Arbeit essen konnte, begann süß zu schmecken.

Aber sie setzte ihm auch ein Ziel, das er nie zuvor gehabt hatte. Er schrieb die Geschichte in der Sprache seiner Kindheit, aus Jamies Sicht. Die Tränen, die hervorgequollen waren, als er Diana später von diesem armen, verwahrlosten Kind erzählt hatte, flossen dabei häufig. Er konnte den jungen Jamie sehen, wie er einmal war, sich schüchtern unter den herabhängenden Zweigen der Trauerweide versteckte und Jackson beim Entenfüttern zusah, wie ein Hund einen gedeckten Tisch beobachtet. Jackson mit seinem schicken neuen Anorak und seinen leuchtend roten Stiefeln, der sauber und beliebt und selbstbewußt wirkte.

«Hier, bitte sehr», rief Jonny den Enten laut zu und warf die Krumen in ihre Richtung.

Quak! Quak! Watschel, watschel. Die gefiederten Kreaturen scharten sich aufgeregt um ihn.

Everill sah den Moment vor sich, in dem er sich ihm mit einem breiten Lächeln im Gesicht zugewandt hatte.

«Willst du auch mal?» rief er.

Die Erkenntnis, daß er angesprochen wurde, kam dem kleinen Jamie nur langsam. Das war er nicht gewohnt.

Jonny hielt ihm den Beutel mit den Brotkrumen hin.

«Komm, und mach auch mal», winkte er. «Hier sind ein paar kleine Enten. Komm, und schau.»

Er erinnerte sich, wie Jamie behutsam die Hand ausgestreckt hatte.

«So ist es gut, nimm eine ordentliche Hand voll. Guck, sie kommen alle angerannt.»

Er tat, was ihm gesagt wurde, und starrte mit weit aufgerissenen Augen auf den Aufruhr, den er damit unter den Wasservögeln auslöste.

«Wie heißt du?» fragte der Enten-Junge. «Ich bin Jonny.»

Das war der Beginn eines langen Sommers, während dem Jamie endlich jemanden gefunden hatte, mit dem er sprechen konnte. Jemanden, bei dem er sich wohl fühlen konnte. Und es schien, daß Jonny seine Gesellschaft auch gefiel.

Sie trafen sich immer morgens, unter der Brücke. Jonny kam mit den Taschen voller Süßigkeiten, Biskuits, Kuchen und Popcorn, genug, um den ganzen Tag durchzuhalten. Sie streiften durch das Dorf, hinaus über Ackerland, zu einem kleinen Dickicht, wo sie einen alten, kaputten Hühnerstall gefunden hatten, den sie mit Tarnzweigen abdeckten und zu ihrem Versteck machten. Wenn sie sich körperlich verausgabt hatten, zogen sie sich in ihre Höhle zurück, um Jonnys mitgebrachten Proviant zu essen und sich Geschichten zu erzählen. Jamie erzählte Jonny, daß er den Bauer Barnard haßte, auf dessen Land er lebte, und erfand zahlreiche grausige Geschichten, um deutlich zu machen, warum. Jonny seinerseits war fasziniert von den Ladies vom «Women's Institute», die sich bei ihm zu Hause im Wohnzimmer mit seiner Mutter trafen, um den Rest des Dorfes mit Schmutz zu bewerfen. Besonders von der Pfarrersfrau mit ihrem gewaltigen, in geblümte Röcke gezwängten Hinterteil, über dem sich der Stoff spannte, und von ihrer giftigen Zunge, die pausenlos über Ungläubige und gefallene Mädchen herzog. Im Laufe der Woche verschmolzen diese Geschichten miteinander, während die zwei Jungen begannen, sich um den Bauern und den Tratsch der Pfarrersfrau eine Fantasiegeschichte zusammenzuspinnen. Ihre Geschichten wurden immer ausschweifender. Jonny war sogar soweit gegangen, einen Block in das Versteck mitzubringen und einiges davon aufzuschreiben. Schließlich landeten sie bei der Idee, daß die Pfarrersfrau als Teenager mit Bauer Barnards ältestem Sohn heimlich ein Kind gezeugt hatte und der Pfarrer nichts davon wußte.

Aber dann, in jenem August vor so langer Zeit, als die Ferien sich fast ihrem Ende zuneigten, verschwand Jonny plötzlich. Er kam nicht mehr zu der Brücke oder in das

Versteck oder wo immer sonst Jamie nach ihm suchte. Dann dachte er, daß er vielleicht weggezogen war. Er erfuhr nie, daß Jonny eines Abends über die Brücke geschaut hatte, als er mit seinem Dad vorbeigegangen war, und ihn da unten gesehen hatte, wie er kleine Enten tötete. Erfuhr das nie, weil ihm nie bewußt geworden war, daß er das getan hatte. Wenn der rote Nebel sich über den erwachsenen Simon senkte, war es schon schwer genug, sich an die Einzelheiten zu erinnern. Der kleine Jamie konnte sich an rein gar nichts erinnern.

Tagelang war Jamie jeden Morgen unter der Brücke hindurchspaziert und hatte Jonnys Namen gerufen, aber nur das Echo seiner eigenen verzweifelten Stimme zur Antwort erhalten. Dann saß er stundenlang in dem leeren Versteck und lauschte angestrengt auf das verräterische Knacken eines Zweiges, auf den jemand trat, und das ihm die Ankunft seines Freundes verkünden würde, saß dort elend und verlassen, bis die Sonne nach einem weiteren einsamen Tag unterging. Nach ein paar Wochen hielt er nicht einmal mehr Ausschau. Wanderte nur den Fluß auf und ab und starrte mit rot geränderten Augen vor sich hin. Schleuderte Steine ins Wasser, während der salzige Seewind ihm in die Augen stach. Oder hockte allein am Ufer und schlug einen Stock in die Erde, so daß sich ein Stück Torf löste und in die vorbeiziehende Fluß-Strömung fiel.

Simon konnte sich nicht dazu durchringen, diesen Teil in die Geschichte aufzunehmen. Jamie tat ihm zu sehr leid, um das alles an die Öffentlichkeit zu bringen. Dafür bediente er sich der Vision, in der Jesus am Weihnachtsabend in Bauer Barnards Zuckerrübenbeet auftauchte. Erst als er älter wurde und ein anderer Junge ihm einen LSD-Blotter angeboten hatte, begriff er schließlich, was die «Hostien» in Wirklichkeit waren. Danach war er noch auf ein paar Trips abgefahren, aber dann war nichts dergleichen je wieder vorgekommen. Er nahm an, das kam daher, daß Mary nicht mehr da war. Mary, seine arme kleine Schwester, das einzige Mädchen, für das er sich je interessiert hatte. Dieses Buch war nicht nur Vergeltung für ihn. Es war auch für sie.

Jamie war tatsächlich eine Weile in die Dorfschule gegangen, das hatte ihm sogar Spaß gemacht. Aber das war, bevor seine Mutter so faul wurde, daß sie verlangte, daß er zu Hause blieb und sich um seine Geschwister kümmerte; bevor der für Schulschwänzer zuständige Beamte die Meritts zusammen mit allen anderen abgeschrieben hatte. Lesen war sein bestes Fach gewesen, und er hatte diese Fertigkeit an seine Schwester weitergegeben. Sie hatten die Bibel zusammen durchgeackert. Das waren die einzigen Geschichten, die sie gekannt hatten.

Der schlimmste Teil war, das Ende noch einmal zu durchleben.

Sie hatten alle versucht, Einzelheiten von ihm fernzuhalten, in der Annahme, daß er sie in den Jahren danach, als er sich nicht einmal dazu durchringen konnte zu sprechen, aus seinem Gedächtnis ausgelöscht hatte. Aber als Jamie zu Simon geworden war, hatte er entdeckt, wie er die örtliche Bücherei nutzen konnte, um an alte Zeitungsberichte über die «Tragödie» heranzukommen. Er wollte sehen, wie sie darüber berichteten, wie sich das im Vergleich zu den Szenen ausnahm, die ihn Nacht für Nacht heimsuchten und von denen er in kaltem Schweiß gebadet aufwachte, innerlich schreiend, während die Augen seiner Mutter ihn aus einer Ecke des Zimmers geisterhaft anstarrten.

Der Fluß hatte seine Mutter geholt. Sie hatten ihre Leiche Tage später angespült gefunden. Mary war tot gewesen, bevor sie auf das Wasser aufgeschlagen war, in ihrer Koje erstickt. Aber er war der Glückspilz gewesen und nur ohnmächtig geworden. Als er auf die Wasseroberfläche aufschlug, kam er wieder zu sich und begann zu schreien.

Ein Mann aus der Gegend, der seinen Hund auf der Grünfläche spazieren führte, wurde auf den Lärm aufmerksam. Die Strömung hatte Jamie direkt in ein Schilfbett am Flußufer getragen und ihn dort abgelegt wie Moses. Dem Mann – mittleren Alters, aber fit durch seine nächtlichen Spaziergänge – war es gelungen, ihn herauszuziehen. Diese Schreie, die er damals ausgestoßen hatte, waren die letzten Laute, die für die nächsten zwei Jahre über seine Lippen kamen.

Jamie wurde in ein Heim in Norwich geschickt – weit genug entfernt, so daß jeder in East Melsham die Sache möglichst schnell vergessen konnte. Dr. Barnardos trat an die Stelle von Bauer Barnard. Sie fanden eine neue Familie für ihn, die Everills, ein Paar, das reichlich Erfahrung mit Problemkindern hatte und mit seiner nächtlichen Hysterie fertig wurde, bis sie nachließ und das Sprachvermögen allmählich wiederkehrte.

Als Simon Jonny das nächste Mal sah, war es auf einem Foto in einer Musikzeitschrift. Das Gesicht sah vertraut aus, die Story darunter füllte die Lücken. Der Junge hatte sich gemausert. Er war an der St. Martins School of Art und machte Pop-Videos für Musikgruppen.

Ein kleiner Unterschied zu Simons eigener Laufbahn. Es hatte weitere düstere Zeiten gegeben, sogar nachdem die Everills ihn aufgenommen hatten. Simon hielt es einfach nicht lange an einem Ort aus. Er blieb auch nicht gern nüchtern. Alkohol und Drogen konnten seine Alpträume besser vertreiben als die freundlichen Worte seiner Zieheltern, und als er in die Teenagerjahre kam, war Simon sowieso selten zu Hause, um sie zu hören. Schließlich hatten seine Experimente, LSD zu nehmen und später, damit zu dealen, ihn in Schwierigkeiten gebracht. Er hatte einige seiner Teenagerjahre in einer Besserungsanstalt verbracht.

Aber jedenfalls hatte er dort lernen können, hatte sogar in einigen Fächern die Mittlere Reife bestanden und es ins Sixth Form College geschafft, als er in Norwich aus der

Jugendhaft entlassen wurde. Englisch war mit Abstand sein bestes Fach, vielleicht, weil er während seiner Haft soviel Zeit damit verbracht hatte, alles zu lesen, was er in die Finger bekam, wozu auch gehörte, daß er sein monatliches Taschengeld für die Korrespondenz mit Plattensammlern und das Abonnement von Musikmagazinen ausgab.

Als er sah, was Jonny jetzt machte, hatte er gedacht, daß sie beide ihre Talente vielleicht wieder vereinen könnten. Was war am Ende jenes Sommers nur mit Jackson passiert? Er mußte sich doch gewiß an seinen alten Freund erinnern?

Simon hatte seinem Englischdozenten erzählt, daß er jemand Berühmtes kannte und er ihm ein Drehbuch schikken würde. Der freundliche Mr. Haylett, der sein Bestes gegeben hatte, um den Jungen zu ermutigen, gab ihm einen Rat.

«Das ist eine gute Idee, aber schick nie etwas ab, ohne eine Kopie zu behalten», erklärte er ihm. «Mach einen Durchschlag davon, dann schick dir selber gleichzeitig eine Kopie. Wenn sie kommt, behalte sie, öffne sie aber nicht. So kannst du immer beweisen, daß es deine Idee war.»

Weder Mr. Haylett noch der Empfänger des Skripts selbst glaubten wirklich, daß es Simon mit seinen Ambitionen so ernst meinte. Aber das war damals. Jetzt als Jackson Everills *Weirdo*-Manuskript durchgelesen hatte, hatte er zugeben müssen, daß er seinen Jugendfreund arg unterschätzt hatte. Er schien fast neidisch darauf gewesen zu sein, was Simon geschafft hatte niederzuschreiben, und darauf, wie gut ihm das gelungen war. Aber er hielt sein Versprechen, schickte Everill mit seinem Manuskript zu dem besten Agenten, den er hatte auftreiben können, und trat dann schweigend in den Hintergrund, als *Weirdo* ein Renner wurde und Simon sich einen Namen machte.

Aber wenn Simon dachte, daß Jackson es dabei belassen würde, hatte er sich stark getäuscht.

23

Das war der seltsamste Tanz, den ich je getanzt hatte.

Everill und ich.

Zu Beginn war er gierig, wie sie das meistens sind. Konnte mir die Kleider nicht schnell genug vom Leib reißen. Warf in der Kälte des Zimmers Schichten von Kleidern ab, drückte mich hinunter auf mein Einzelbett, wartete nicht, bis ich die Heizung angestellt oder ihm etwas zu trinken angeboten hatte. Das grelle Deckenlicht, er wollte alles bis ins nackte Detail sehen. Als wollte er ein Szenario, ein Tableau. Nicht einfach nur spontanen Sex, sondern etwas, das er choreographieren konnte. Er posierte mich eher in Stellungen, als daß er mir Bewegung erlaubte. Ließ mich stillhalten, während er seinen Hals in jeden Winkel, in jede Ecke reckte.

Küßte mich, stopfte mir seine gierige, dicke Zunge in den Mund, während seine schnellen, harten Finger den Rest eroberten. Hielt dann inne, setzte sich aufrecht hin. Starrte. Arrangierte neu. Plazierte meine Beine in die richtige Stellung und drang ein. Pumpte und hielt dann inne. Starrte. Arrangierte neu.

Machte stundenlang so weiter, bis es mir wie irgendein seltsames Theaterstück vorkam, wie etwas Mechanisches. Etwas, das nichts mit zwei Menschen zu tun hatte, die sich vereinten, um ein wenig Wärme zu teilen. Dennoch versuchte er die ganze Zeit, der Sache ihre Anormalität zu nehmen, sagte Dinge wie:

«Verdammt, bist du schön. Ich hab noch nie zuvor eine so schöne Frau gesehen, weißt du. Für mich bist du unglaublich. Teufel, du bist unglaublich.»

Und ich hab das Gefühl, als würde ich nur zuschauen, als wäre ich nicht wirklich daran beteiligt. Gefühlschaos. Dann Gefühlsleere. Ich fühle: kann ich jetzt schlafen? Bring das hinter dich.

Schließlich, kurz vor Morgengrauen, stößt er drauflos, als würde er mich durch die Wand bohren, schreit dann auf, als er kommt. Fällt erschöpft auf mich, murmelt: «Teufel, bist du schön.»

Streichelt mein Haar, bis er einschläft.

Ich fühle mich wund, unwohl. Denke: Warum habe ich das nur getan.

Versuche, in dem grauen Licht zu schlafen, das unter der Gardine hindurchsickert. Denke an das trübe Licht, an das Rauschen des Meeres. Versuche, mich nicht besudelt zu fühlen, als er kalt und klebrig zwischen meinen Beinen herauströpfelt. Und dann, der Wecker.

«Scheiße!» Er schnellte hoch, warf mich praktisch aus dem Bett.

«Tut mir leid.» Ich legte hastig eine Hand darüber. «Das ist nur ein Wecker.»

Er fuhr sich mit der Hand durch sein strubbeliges Haar, so daß es ihm nach allen Seiten zu Berge stand, rieb seine schweren Lider, bis sie geöffnet waren, und lächelte.

«Wow», sagte er und legte seine Arme wieder um mich. «Tut mir leid. Tja. Das war vielleicht eine Nacht.»

«Hmmm.»

Bevor ich noch irgend etwas erwidern konnte, war seine Zunge wieder in meinem Mund. Rollte darin gut fünf Minuten herum, bevor er mich nach Luft schnappen ließ und mich katzenhaft anlächelte.

«Nehme an, das heißt, du mußt jetzt zur Arbeit, oder?»

«Ja», sagte ich und versuchte, mich aus seinem Griff zu befreien. «Willst du ins Badezimmer? Bloß, ich muß.»

«Nein, geh du nur», sagte er selig wie Hans im Glück. Ich konnte seinen freudestrahlenden Blick auf mir spüren, als ich mich in meinen Morgenmantel kämpfte.

«Dauert nicht lange», murmelte ich.

Im Badezimmer fror ich. Ich stampfte mit den Füßen, während das Badewasser einlief, schlug die Arme um meinen Körper. Besser hier drin in der Kälte sein, als da drin mit ihm. Ich versuchte verzweifelt, mich nicht besudelt zu fühlen.

Versuchte, die Wundheit nicht zu spüren, dort, wo er herumgefingert und -gestochert hatte, wo noch vor wenigen Stunden sein Schwanz gewesen war. Versuchte, nicht zu denken, daß ich irgendwie Mist gebaut hatte, weil ich es getan hatte. Verdrängte den Gedanken, verbannte ihn zurück in das Zimmer, ließ meine Gedanken im Leerlauf kreisen, um nichts. War dankbar, in das warme Wasser zu sinken, dankbar für die Seife. Allerdings keine Zeit jetzt, die Haare zu waschen, muß ich später tun. Heute Abend, wenn ich allein sein und mir darüber klar werden kann, was das alles zu bedeuten hat.

Ich verließ das Bad über die Küche. Sei höflich, dachte ich. Mach Kaffee, bring ihn auf einem Tablett, sag: «Tut mir leid, ich hab nichts zu essen, aber ist das o.k. so?»

Everill hatte sich auf meinem Bett ausgestreckt, eine Hand unter dem Kopf, mit der anderen träge eine Zigarette rauchend, den Aschenbecher auf dem Bauch, sah Cartoons auf BBC2 und kicherte wie ein Kind.

«Hervorragend», sagte er und bediente sich.

Ich legte rasch Make-up auf und verpfuschte es, Lidstrich überall auf den Augenlidern, der Mund in einem komischen Winkel gezogen.

Everill gluckste immer noch vor sich hin.

Das Zimmer war von nervtötender Cartoon-Musik und RUMS-BUMS!-Geräuschen erfüllt, die zu laut aus dem Fernseher drangen. Mittlerweile knirschte ich mit den Zähnen. Zog meinen Slip unter dem Morgenmantel an. Wendete mich von ihm ab und grabschte nach den nächstbesten Sachen. Schwarzer Pulli, schwarze Hosen, schwarze Stiefel.

Schließlich rührte er sich, sagte: «Ich sollte wohl besser in die Gänge kommen, was?»

«Tut mir leid.» Haßte mich dafür, daß ich das sagte. «Aber ich sollte besser nicht zu spät zur Arbeit kommen.»

«Natürlich nicht.»

Er stieg aus dem Bett und kleidete sich ruhig wieder an. Eigentlich wollte ich nicht mehr hinsehen, aber meine Augen registrierten alles. Langer, magerer Körper, runde Schultern, Hühnerbrust. Seine Abtreiber-Finger schlossen den Hosenschlitz.

Ich spürte bereits einen schmerzhaften Stich wie bei einer Blasenentzündung kommen.

«Zum Bad geht's da lang, oder?» Er lächelte, trank seine Tasse aus und leckte sich die Lippen.

Ich starrte ihm nach, mir war zum Heulen. Dachte, das hätte ich nicht tun sollen.

Ich stellte den Fernseher aus, schnappte mir die Tassen. Brachte sie in die Küche und wusch sie alle ab, knallte die Milch zurück in den Kühlschrank, hoffte, er würde nicht plötzlich hereinplatzen und das Brot und die Zerealien sehen, die ich dort in Wirklichkeit verstaut hatte.

Ich hörte die Toilettenspülung und beeilte mich, vor ihm in mein Zimmer zurückzukehren. Meine Tasche packen.

Die Bänder vom Vorabend waren immer noch darin.

«Gut!» sagte er ganz vergnügt und lächelnd, als er türknallend hereinkam.

«Ich begleite dich zur U-Bahn.»

Er saß mit mir in der U-Bahn, die Hand fest auf meinem Bein, grinsend und lachend, mit den Lippen schmatzend. Den ganzen Weg bis zur Edgware Road.

«Nun, das war eine fantastische Nacht, Diana», sagte er viel zu laut. «Ich werde dich sehr bald wieder sehen.»

«Ja, o.k.», murmelte ich. «Ruf mich morgen oder so an.»

«In Ordnung.» Immer noch grinsend und mir nachwinkend, als die Türen sich schlossen und ich den Bahnsteig hoch eilte und seinen Blick in meinem Rücken spürte. Ihn den ganzen Weg die Bell Street entlang spürte.

Als ich das Büro erreichte, war ich immer noch durcheinander. Ich vergaß, mir erst einen Kaffee zu holen. Ich war so übernächtigt, daß mir alles surrealistisch erschien.

«Suuuper, Schätzchen», kreischte Barry, als ich mir meinen Weg die Treppe hinunter bahnte. Dann, als er meinen Zustand bemerkte: «Verdammt, du siehst ein wenig ramponiert aus.»

«So fühle ich mich auch», seufzte ich und sackte hinter meinem Schreibtisch zusammen.

«Nun, wir haben keine Zeit zu vertrödeln.» Neil klatschte frohlockend in die Hände. «Bis Ende der Woche brauche ich alle eure Abschriften. Wir gehen damit Sonnabend in Druck.»

Das war eine Woche zu früh. Es versetzte mir einen Schlag.

«Warum?» fragte ich. «Was ist los?»

«Wegen Neils wichtiger amerikanischer Freunde», klärte Barry mich auf. «Sie wollen ihre Exitus-Sonderausgabe früher haben, so daß sie uns alle zu einer großen Party rüberfliegen und wir bergeweise Ausgaben in den Staaten verkaufen können. War es nicht so, Mr. Bambridge?»

«In der Tat, ja.» Neil nickte stolz. «Also, was hast du für mich? Luther Lang, Jack Hall, diese schottische Frau und Simon Everill? Hast du dein Interview mit ihm schon fertig?»

«J-ja...» Die Schamesröte im Gesicht, das verhunzte

Make-up, das strähnige Haar müssen für sich gesprochen haben.

«Ooooh, ich würde sagen, das hat sie», spottete Barry. «Die ganze Nacht auf gewesen und dran gearbeitet, nicht wahr?»

«Halt die Klappe, Barry.» Mir war zum Heulen. «Ich habe gestern abend ein sehr gutes Interview mit ihm geführt, wenn Ihr es unbedingt wissen wollt, und es ist alles Material, das garantiert sonst niemand hat.»

«Wie die Maße der Innenseite seiner Schenkel?» fuhr Barry erbarmungslos fort.

«Wie die Tatsache, daß es in dem Buch um ihn selbst ging. Wie ich bereits sagte!» bläffte ich.

«Ich mach nur Spaß, Schätzchen.» Er sah besorgt aus. «Nimm es mir nicht übel.»

«Tut mir leid», brachte ich hervor. «Hör zu, dieser Redaktionsschluß kommt ein wenig überraschend. Laß mich einfach damit weitermachen, sonst bekommen wir noch Schwierigkeiten.» Ich versuchte, klar zu denken. «Luther Lang ist fertig, Kay McLachlan ebenfalls. Heute abend habe ich Jack Hall, und Everill kannst du dann morgen haben. Ist das o.k.?»

«Gerade noch.» Neil nickte heftig. «Paul kommt morgen Mittag, um die Layouts zu machen. Bis dahin will ich alles haben, was Ihr schafft. Wenn nötig, arbeiten wir die Nacht durch.»

Paul war unser Designer. Wir konnten ihm nur gerade so viel zahlen, daß er sich ein paar Tage mit jeder Nummer beschäftigte. Wenn er schon gebucht war, würde ich mir die Worte aus den Fingern saugen müssen, Worte, um die letzte Nacht zu vertuschen.

Das hatte mir gerade noch gefehlt.

«Barry, wie weit bist du?» fuhr Bambridge fort.

«Mach gerade meinen Bullen fertig. Ist heute Abend soweit.»

«Sehr gut, sehr gut.»

«Und was ist mit deinem Hauptartikel, Sir? Gehe ich recht in der Annahme, daß du mit dem Transkribieren fertig bist?»

«Ich arbeite heute Nacht durch, um es fertig zu kriegen.»

Neil klang fromm.

«Du willst es uns immer noch nicht zeigen, oder?»

«Sei nicht albern, Barry. Natürlich will ich, daß ihr es seht. Und jetzt hört zu. Wir sollten lieber alle wieder an unsere Arbeit gehen, damit wir diese Frist nicht verpassen.»

Barry rümpfte die Nase. «Wenn du es sagst.» Er kehrte sich wieder seinen Kopfhörern zu.

Ich versuchte, mich wieder Jack Hall zuzuwenden. Die Abschrift war erledigt, aber sie zusammenzusetzen war, wie durch Sirup zu waten. Meine Gedanken bewegten sich unaufhörlich im Kreis, voller Rückblenden zu Szenen der letzten Nacht. Ich hatte so wenig Schlaf gehabt, daß ich praktisch halluzinierte. Bis zur Lunchzeit hatte ich einen Absatz fünf Mal neu geschrieben. In meinem Innern brannte es, und ich hatte eine Matschbirne.

«Lunch?» erkundigte Bambridge sich so gegen 13 Uhr.

«Ich kann nicht», murmelte ich. «Ich muß das hier fertig kriegen.»

«Sicher?» Barry wirkte besorgt. «Vielleicht würde es dir gut tun, ein wenig rauszukommen.»

«Nun, ich könnte eine Apotheke brauchen», überlegte ich. «Ich mach einen Spaziergang und hol mir auf dem Rückweg ein Käsesandwich.»

Wir verließen das Büro gemeinsam, aber als wir vor der Tür des Cafés standen, sagte Barry: «Neil, geh du rein und such einen Tisch. Bestell Würstchen und Fritten für uns, wenn sie fragen. Und Tee. Ich begleite sie nur zur Apotheke.»

«Oh.» Bambridge sah leicht verblüfft aus. «Wenn du meinst. Wir sehen uns dann in etwa zehn Minuten.»

Sobald Neil die Tür hinter sich geschlossen hatte, legte Barry seinen Arm um mich. «Bist du auch wirklich o.k.?» fragte er. «Ich wollte dich heute morgen nicht aus der Fassung bringen.»

Wir waren die Straße ein paar Schritte entlang gegangen, als ich an seiner Schulter in Tränen ausbrach.

«Ich bin nur müde, Barry», schniefte ich. «Müde und bescheuert.»

«Sch, sch.» Er blieb stehen, begann, mein Haar zu streicheln. «Du bist nicht bescheuert. Wir dachten alle, wir hätten für diese Ausgabe noch eine Woche Zeit.»

«Das ist es nicht», sagte ich. «Es ist etwas anderes. Ich hab letzte Nacht eine Dummheit gemacht.»

«Na, na.»

«Du hast es gleich geahnt. Ich habe mit Simon Everill geschlafen.»

«War er so schlecht?» Er sagte das freundlich, versuchte zu scherzen.

«Das war er in der Tat.»

Barry zog mich um eine Ecke von der Hauptstraße hinunter und nahm mich fest in die Arme, bis es mir schließlich gelang, das Zittern zu unterdrücken.

«Hat er dir weh getan?» fragte er.

«Nein, das war es nicht.»

Obwohl er mir doch weh getan hatte, aber das konnte ich Barry nicht erzählen.

«Es ist einfach nur bescheuert, so was zu tun. Ich werde nicht gut damit aussehen. Ich werde wie ein Groupie dastehen.»

«Wenn du verdammt noch mal wüßtest, womit andere davon kommen, würdest du so was nicht mal denken.» Barry seufzte und schüttelte den Kopf. «Hör zu. Ihr seid beide erwachsene Menschen, ihr könnt tun und lassen, was ihr wollt. Der Beitrag wird nicht mit einer Verfasserangabe herauskommen, die lautet: ‹Diana Kemp fickt die Wahrheit aus Simon Everill heraus›, oder?»

«Wohl kaum.» Fast lächelte ich.

«Zerbrichst du dir darüber wirklich den Kopf?»

Ich nickte. Die schmutzigen Einzelheiten brauchte ich ihm nicht wiederzugeben.

«Nun, das brauchst du nicht. Ich werde es niemandem sagen. Und du auch nicht. Und demnach zu urteilen, was du mir über diesen Kerl berichtet hast, erzählt er niemandem irgend etwas. Was macht dir also Sorgen?»

Er musterte mich, als versuchte er, herauszufinden, was es sonst war.

«Nichts», flüsterte ich. «Wahrscheinlich.»

«Solche Dinge passieren», sagte er sachlich. «Jedem. Komm nie auf den Gedanken, daß du eine Art Groupie bist. Du bist viel, viel besser. Du bist viel, viel besser als die meisten Menschen, denen ich je begegnet bin.»

Ich biß mir auf die Lippen, um nicht wieder loszuheulen.

«Und jetzt auf zu dieser Apotheke mit dir, bevor Seine Hohheit beginnt, sich Sorgen zu machen. Ich halte ihn da drin für eine Stunde im Gespräch fest, du kommst mit dir ins reine, gönn dir ein wenig Ruhe. Mach ein Nickerchen, wenn du magst.»

«Danke, Barry.»

Er zerzauste mir das Haar. «Verrücktes Mädchen», lächelte er.

Ich tat, wie er gesagt hatte. Besorgte einige Cystemme gegen Blasenentzündung aus der Apotheke, dazu eine Flasche Wasser und ein Käsesandwich am Zeitungskiosk. Wieder im Büro beruhigte ich mich, nahm einen tiefen Schluck von dem Zaubertrank.

Ich hatte das Gefühl, daß ich gleich einschlafen würde. Daher stellte ich das Radio an, um mich wach zu halten. Um 13:30 Uhr kamen die Nachrichten.

«Das ist gerade reingekommen», sagte der nervöse Nachrichtensprecher. «Scotland Yard hat den Mann freigelassen, den sie seit Samstag in Verbindung mit den Ermittlungen in dem Mord an Jon Jackson festgehalten hatten. Percival Preveezer aus Clapham, South London, wurde des Einbruchs und des Eindringens in die Wohnung des Regisseurs in Primrose Hill angeklagt und wird sich aufgrund dieser Anklage nächsten Monat vor Gericht zu verantworten haben. Aber Chief Inspector Phil Benson, der die Ermittlungen des Yard leitet, gab an, sein Team sei überzeugt, daß Preveezer mit den eigentlichen Mordermittlungen nichts zu tun hat.»

Bensons Standardplatitüde: «Ich fürchte, der wirkliche Mörder läuft immer noch frei herum. Wir werden alle unsere Bemühungen darauf konzentrieren, ihn so schnell wie möglich vor Gericht zu stellen.»

Die Bekanntmachung ging weiter: «Preveezer, der den Berichten der Boulevardzeitungen der letzten Woche zufolge im Pressebüro des Verteidigungsministeriums arbeitet, hat die Haft heute morgen um 10 Uhr unter Geheimhaltung verlassen. Benson wollte sich nicht weiter dazu äußern, in welche Richtung seine Ermittlungen weitergehen.»

Neil wirkte seltsam beunruhigt, als ich ihm davon erzählte.

«Haben ihn laufen lassen?» fragte er stirnrunzelnd. «Warum um Himmels Willen?»

«Er ist kein Mörder», sagte ich.

«Du bist noch nicht aus der Sache raus», stichelte Barry. «Was ist los? Wird das unseren Terminkalender umwerfen? Gerade, als sich alles so gut anließ.»

«Sei nicht albern, Barry.» Neil fiel krachend auf seinen Stuhl. «Und hör auf, mich aufzuziehen. Ich mach mit meiner Abschrift weiter.»

Barry zwinkerte mir zu.

Wir tippten alle schweigend weiter. Ich hatte meinen

toten Punkt jetzt überwunden, hatte jenes Stadium erreicht, in dem ich mechanisch weiterarbeitete, als der Jack-Hall-Beitrag plötzlich nur so flutschte. Analogien sprudelten aus den verborgenen Karteien in meinem Hirn, Querverweise zu einer ganzen Reihe von Schriftstellern – Gerald Kersh, Graham Green, Daniel Farsons *Soho in the Fifties*; Schnappschüsse aus Londons Vergangenheit. Jack Hall gehörte zu diesem Bermuda-Dreieck, das war's. All die alten Tunten und Halunken hatten ihm ihren Stempel aufgesetzt, ihn ermuntert, mit seiner üblen Arbeit fortzufahren. Ich wußte genau, wo ich all seine besten Zitate unterbringen und wie ich das Ganze zusammensetzen mußte. Der Ausflug ins «French» und ins «Deansgate» entpuppte sich plötzlich als Inspiration.

Um 18 Uhr war der Beitrag fertig. Ich las ihn zweimal durch, feilte daran und war selbst erstaunt, wie gut er zu sein schien.

«Bitte sehr», sagte ich zu Neil. «Jack Hall ist in der Mappe für unredigierte Manuskripte. Wirf einen Blick drauf, wenn du Lust hast.»

«Ja, meinen Kram kannst du auch haben», fiel Barry ein. «Zensur – hab mich ordentlich ausgekotzt. Er ist in derselben Mappe. Heute Abend grab ich dir ein paar Bilder aus meinem Vorrat aus.»

«Gut, gut gemacht, ihr beiden.» Neil wirkte aufrichtig erstaunt.

«Wenn nötig, arbeiten wir morgen länger.» Barry zog seinen Mantel an. «Und den Rest der Woche.»

«Richtig, ja, wenn wir alle an einem Strang ziehen, machen wir das Magazin des Jahres.» Neil reckte sich ausgiebig. Er wirkte so zufrieden mit sich selbst, daß ich mich fragte, ob er im Begriff war, das Thema Woody und Alex anzuschneiden.

Ich betete, daß er das nicht tun würde.

Er machte den Mund auf.

«Barry?»

«Ja?»

Bambridge runzelte die Stirn, sah dann weg, als hätte er es sich anders überlegt. Wahrscheinlich war er der Ansicht, daß er Barry für einen Tag schon genug abverlangt hatte.

«Danke für alles.»

Jetzt runzelte Barry die Stirn. «Ich mach nur meinen Job, Chef. Komm mir jetzt nicht auf die schwule Tour.»

Neil lief fast rot an und winkte uns fort mit etwas, das wie ein Husten klang. «Nun, bis morgen dann, ihr beiden.»

«Mach's gut.» Barry schob mich die Treppen hoch.

Das sollte für lange Zeit das letzte Mal sein, daß eines meiner Gebete erhört wurde.

24

Als Barry mich allein ließ, worauf ich nach einer Tasse Kaffee und weiteren Beruhigungen bestand, fand ich die alte Flasche 90prozentigen jugoslawischen Pflaumenschnaps, den ich von einer meiner Reisen für den *Melody Maker* mitgebracht hatte, und hielt mich daran fest. Nicht, daß es mir nicht schon mies genug ging. Ich wollte mich noch mieser fühlen.

Dieses Elend verlangte nach einem Soundtrack. Nick Caves *From Her To Eternity* würde es tun. In dem Film *Wings of Desire* sieht der Engel die Frau, für die er sterblich werden wird, während Cave und die Bad Seeds die kleine Tonfolge in einem angemessen dekadenten Berliner Keller singen. Das erinnerte mich an die einzige Nacht, in der ich in einem Nightclub die Auserwählte eines Sängers wurde, an die einzige Nacht, die ich mit jemandem verbracht habe, der mir wie ein Engel erschien.

Wodurch ich mich natürlich noch mieser fühlte.

«Hallo, Girl», hatte er gesagt und mich leicht an der Schulter berührt.

Ich war verblüfft herumgewirbelt.

Jon Jackson setzt sich an den Tisch neben mir.

Dunkle Augen, breite Nase, noch breiteres Lachen.

«Bist du aus der Gegend?» Er rollt das «R» betont ländlich.

Ich lache zurück: «Arrr, das ist rrrichtig. Von der Kunsthochschule drrrüben, ja.»

«Was studierst du?»

«Mode.»

«Ich studiere Graphisches Design in Norwich.»

Warmer Atem, voll süßen Biergeruchs, sein Arm berührt den meinen. Er fragt: «Weißt du, was sie über Design- und Modestudenten sagen?»

«Nein, was?»

«Daß sie eine besondere Beziehung zueinander haben.»

Seine Augenbrauen tanzen förmlich, als er lacht, sein Bein berührt das meine. Seine Absicht ist klar. Mein Herz taumelt, als wäre ich gerade aufgewacht. Aufgewacht aus einem tausendjährigen Schlaf.

Lisa, meine sogenannte Freundin, ortet mit ihrem Radar, den sie sogar, während sie mit einem Punk-Rocker knutscht, äußerst fein eingestellt hat, daß mir mehr und bessere Aufmerksamkeit zuteil wird als ihr. Bahnt sich einen Weg herüber, zerrt den Typen mit dem Irokesenschnitt hinter sich her, der verwirrt dreinschaut. Sie setzt ein freundliches Gesicht auf, doch in ihren Augen lauern Dolche.

«Was treibt ihr zwei so?»

Ein Anklang von Hysterie hinter dem gezwungenen Lachen in ihrer Stimme.

«Hallo.» Er bietet ihr seine Hand, nimmt ihr den Wind aus den Segeln. «Ich bin Jon.»

Sie klingt atemlos, als sie antwortet: «Lisa Lamb.» Sie

starrt ihn mit verträumten Augen an, bemerkt zu spät, daß Sid Vicious immer noch am Ende ihres anderen Arms hängt und murmelt entschuldigend: «Ähm, und das ist Lucas.»

Lucas Vicious sieht Jackson beinahe ebenso begeistert an wie Lisa.

«Großartige Show, Kumpel.» Er schüttelt Jackson die Hand. «Ich hab dich schon mal gesehen, im Jaquard. Du hast King Kurt begleitet.»

«Na ja, das war vielleicht eine Nacht.» Jackson lacht, legt gleichzeitig seine Hand auf meine. Lisa registriert das, die Dolche einsatzbereit.

«All die Scheiße, mit der sie auf der Bühne um sich werfen.» Lucas gerät ins Schwärmen. «Der verdammte Schaum und die Geflügelinnereien. Und dann haben sie meinen Kumpel Chris da raufgeholt und ihn splitternackt ausgezogen! Haben ihn nur mit seinen Doctor-Martens-Boots bekleidet in die Menge zurückgeworfen!»

«Es geht doch nichts über ein bißchen Kameradschaft unter Männern.» Lisa, jetzt finster sarkastisch, zündet sich mit schlecht verhohlener Ungeduld eine Zigarette an.

«Jonny!» Noch ein Gothic-Girl, weißer Stachelkopf, Ledergamaschen und Netzstrümpfe à la Siouxsie Sioux, zupft Jon aus der anderen Richtung am Ärmel.

«Jonny.» Eine weinerliche Stimme, ebenso Aufmerksamkeit heischend wie Lisas. «Kannst du hier rüber kommen? Wir müssen unsere Mitfahrgelegenheiten nach Hause regeln.»

«Frag Charlie, Liebes.» Er lächelt sie an. «Ich fahr heute abend nicht zurück nach Norwich. Ich bleibe hier.»

Er hält meine Hand fester. Ihr Mund klappt entsetzt auf.

«W-wie meinst du das?» Sie klingt, als würde sie jeden Moment losheulen.

«Mach dir keine Sorgen, Vanya, Charlie wird dich schon

nach Hause bringen. In dem Lieferwagen ist genug Platz.» Ihre Augen füllen sich mit Tränen.

Ihr Mund klappt auf und wieder zu, sie schnappt wie ein Goldfisch. Dann, als sie seine Hand auf meiner bemerkt, wirbelt sie herum, rennt fast davon.

Lisa kriegt das alles mit, und es gefällt ihr überhaupt nicht. Sie nutzt die Störung jedoch zu ihrem Vorteil und geht die Sache von einer anderen Seite an. Steht auf eine Hüfte gestützt da und wedelt mit der Zigarette in der Luft – Lucas' Hand hat sie längst fallen gelassen. Macht einen Schmollmund und fragt Jackson: «Wo übernachtest du dann?»

Er sieht mich an und lächelt. «Wonach steht dir der Sinn? Das ‹Dorchester› oder das ‹Ritz›?»

Zu keiner Antwort fähig, starre ich ihn nur bewundernd an. Er schickt all diese Leute zum Teufel, nur um mit mir zusammen zu sein.

«Aber», Lisa pustet mir den Rauch ihrer Superking direkt ins Gesicht, «sie sollte heute eigentlich bei mir übernachten. Sie wohnt nämlich nicht in der Stadt. Warum gehen wir nicht einfach alle zu mir? Ich hab genug Bier im Kühlschrank.»

Mir rutscht das Herz in die Hose. Dieses Szenario ging normalerweise auf eine von zwei Arten aus. Eins: Lisa würde sich schamlos an ihn heranmachen, bis es soweit kam, daß sie ihm «ihre Wohnung zeigte», und ich würde mit Lucas allein bleiben, Däumchen drehen und mich fragen, was sich zwischen unseren Begleitern abspielte, während Gelächter und andere Geräusche aus der geschlossenen Tür ihres Schlafzimmers drangen. Zwei: sie würde sich anschicken, sich wie ein echtes Arschloch zu benehmen, ihre Patty-Smith-Platten auflegen und anfangen, mitzusingen und dann zu weinen, bis ich sie ins Bett bringen müßte. Zu diesem Zeitpunkt hätten sich sowohl Lucas als auch Jon bereits entschuldigt und in die Nacht verdünnisiert.

So oder so hätte Lisa gewonnen.

Aber statt dessen hörte ich ihn sagen: «Danke für das Angebot, aber in diesem Ort gibt es haufenweise Gasthäuser. Ich hab Lust auf einen Spaziergang.»

Springt vom Tisch auf, immer noch meine Hand haltend. Sagt: «Kommst du?»

Atemlos, am liebsten würde ich laut los lachen: «Warum nicht? Bis später, Lisa.»

Lisa sieht ihn völlig fassungslos an. Zum ersten Mal in ihrem Leben unfähig, jemanden mit einer niederschmetternden Antwort abzukanzeln.

Ich weiß, daß dies das Ende unserer Freundschaft ist. Danke ihm innerlich für diesen Segen.

Wir schieben uns durch eine Menge von Gothics und Psychobillis, die ihm alle auf die Schulter klopfen und ihm Komplimente zu seinem Auftritt machen; ich genieße die verwunderten Blicke in den Gesichtern der Mädchen; wir laufen die Stufen des Brunswick hinunter, er fragt: «Ist sie deine Freundin oder deine Mutter?»

Ich platze mit dem Lachen heraus, das sich in meinem Innern angestaut hat, lache lange und laut, während wir die King Street überqueren und am Park entlang in Richtung Küste gehen, vorbei an den wartenden Kleintaxis und den Horden von Bier-Boys, die underdressed und mit teigigen Gesichtern vor dem «Pegotty» und dem «The 151» herumwanken.

Etwas so Herrliches ist mir noch nie passiert.

Die Nacht ist klar und warm, die Sterne scheinen hell. Wir stehen auf der Promenade und blicken auf das Meer und all die Lichter von den Ölplattformen hinaus, die sich blinkend über den Horizont verteilen.

«Ich liebe das Meer», sagt er dann, während er mich schwungvoll auf den Sand hinunterzieht.

Er starrt mich an, flüstert beinahe: «Es tut mir leid. Ich hab dich noch nicht einmal nach deinem Namen gefragt.»

«Diana.» Ich starre zurück in seine lachenden, dunklen Augen.

Dann küssen, unter dem strahlenden Sternenzelt und dem Neonlicht vom Ufer, Salzgeschmack in der Luft, auf seinen Lippen, das Rauschen und Zischen der Wellen auf den Kieseln. Die Finger ineinander verschlungen gehen wir hinunter zum Wasser, dann weiter zum Wellington Pier, wo weitere Lichter die Stellen markieren, an denen Nachtfischer mit ihren Angelruten und Thermoskannen und Windbreaker-Jacken die Nacht hindurch sitzen.

Eine Nacht voller Sterne und strahlender Lichter in der Dunkelheit.

Wir spazieren den ganzen Weg hinauf bis zum Vergnügungsstrand, plaudern angeregt, küssen uns noch erregter, bis ich es kaum noch aushalte und frage: «Wo wollen wir zu dieser nachtschlafenden Zeit ein Zimmer herbekommen?»

«Mach dir darum keine Sorgen, Mädchen.» Er lächelt zu mir herab. «Ich hab hier einen Kumpel, seine Mutter ist Inhaberin eines Gasthauses. Er war bei dem Auftritt, er ist bestimmt noch auf.»

Alles geschieht wie durch Zauberhand. Wir klettern die Uferbefestigung im Schatten der gigantischen Achterbahn wieder hinauf; auch darunter küssen wir uns; bummeln außen um den jetzt leeren Rummelplatz herum, auf dem die Karussells sich in der Dunkelheit zu gespenstischen Gebilden auftürmen. Ich erzähle ihm Geschichten über meinen Ferienjob in einem Gasthaus und all die schmalzigen Gäste, die zu allem ihre Fritten haben wollen, Tuben mit Gleitmittel unter ihren Kopfkissen verstecken und auf den Teppichen überall ihre abgepellte, sonnenverbrannte Haut hinterlassen.

«Na ja, ich kann dir nicht versprechen, daß dies mehr Klasse haben wird», sagt er und führt mich durch einen Irrgarten von Straßen und Plätzen unmittelbar hinter der

Uferpromenade, «aber ich verspreche dir, daß ich nicht meine abgepellte Haut über dir verstreue.»

Das «Kingston Guest House» ist erleuchtet. Ganz wie versprochen wird die Tür von einem Freund geöffnet, der uns in eine spießige Bar im vorderen Teil des Hauses mit Kupfertresen und komischen Bierkrügen an den Wänden führt. In der Ecke ein Aquarium voller tropischer Spezies, Plakate von Cannon & Ball im «Britannia Pier» und im Biergarten im Wellington, vom Modelldorf und Wachsfigurenkabinett über die ganze Wand verteilt. Wir trinken bis zwei Uhr morgens Brandy mit seinem Freund, der so ruhig und charmant ist, daß ich das Gefühl habe, ihn schon seit Jahren zu kennen, schon immer mit Jon zusammen gewesen zu sein. Dann werden die Schlüssel überreicht.

Beim Anblick seines hochgewachsenen, schlanken, braunen Körpers, dem Geschmack seiner Lippen und seinen sanften Händen vergesse ich völlig, was in der Vergangenheit geschehen ist. Wir wälzen uns herum und herum wie die Wellen, genauso leicht, genauso natürlich. Bis das bläuliche Morgenlicht durch die Gardinen sickert und er mich im Schlaf anlächelt.

Meine vollkommenste Erinnerung.

Ich lag hundert Meilen und neun Jahre davon entfernt auf meinem zerwühlten, klammen Einzelbett, und der rohe Alkohol brannte mir in der Kehle. Ich hielt an dieser Erinnerung fest wie an einem Talisman gegen die Dunkelheit, die ich überall um mich herum hereinkriechen spürte. Ich hatte diese eine Nacht, und niemand konnte sie mir wegnehmen.

Dann schob sich eine andere Erinnerung dazwischen, eine, die bewirkte, daß ich vom Bett aufsprang, sämtliche Laken und Kissenbezüge herunterriß und sie in meinen Wäschebeutel stopfte, frische aus dem Schrank nahm und sie manisch wechselte.

Simon Everills triumphierendes Lächeln, als er sich heute morgen in der U-Bahn von mir verabschiedete.

Ich versuchte, ihn auszusperren, aber er schoß immer wieder hervor wie so ein höhnischer Schachtelteufel. Ich schüttelte die Kissen auf, als würde ich sein Gesicht bearbeiten, schlug immer wieder hinein, wünschte, sie wären sein Gesicht, wünschte, seine Zähne würden brechen, unter meinen Knöcheln zu blutigen Stümpfen zersplittern, damit er mich nie wieder so anlächeln konnte.

Wünschte, ich hätte sein verdammtes Buch nie gelesen, wäre nie ins ICA gegangen, wäre ihm überhaupt nie begegnet.

Als ich zwischen die sauberen Laken glitt, waren sie klamm und unwirtlich, als würden auch sie die Belästigung der letzten Nacht übel nehmen. Ich rollte mich zusammen und lag zitternd da, wartete auf einen Hauch von Wärme, wartete auf der Schwelle zwischen Wachen und Schlafen darauf, daß mein Bewußtsein sich ausschaltete und ich entkommen konnte.

Hundert Meilen und neun Jahre. Nicht ein Stern am Himmel für mich heute Nacht.

25

Ich wollte es so lange wie möglich hinausschieben. Diese Bänder zu transkribieren. Aber ich hatte nur anderthalb Tage Zeit bis Redaktionsschluß.

Den ganzen Weg zur Arbeit spürte ich ihr Gewicht in meiner Tasche, als wären sie schwere Steine und keine leichten Dinger aus Plastik und elektromagnetischem Band. War mir des Preises bewußt, den ich für sie hatte zahlen müssen.

Dennoch, als ich an meinen Tisch kam, entpuppte Neil sich zunächst unerwartet als Verbündeter.

«Kannst du mir einen Gefallen tun?» fragte er und rieb sich die verschlafenen Augen. Seine Haare standen nach allen Seiten ab, und seine Klamotten waren noch zerknitterter als üblich. «Ich hab fast die ganze Nacht daran gesessen und glaube nicht, daß ich noch durchblicke. Würde es dir was ausmachen, das ganze Manuskript noch einmal für mich durchzugehen? Das sind verteufelt viele Seiten, und ich bin mir ziemlich sicher, daß mir ein paar Kunstgriffe danebengegangen sind. Paul kommt heute gegen Mittag und beginnt mit dem Design, und natürlich müssen wir heute so viele Seiten wie möglich fertig kriegen.»

«Ganz und gar nicht.» Der Vorschlag war mir willkommen. Das Unvermeidbare so lange wie möglich hinausschieben. So, wie es aussah, würde genug Material da sein, um mich den ganzen Tag zu beschäftigen.

«Ich bitte Barry, dir zur Hand zu gehen, wenn er kommt.» Er stand erschöpft auf und streckte sich. «Obwohl ich ihn, glaube ich, erst einmal zum Frühstück einladen werde.»

«Du willst ihn wegen Woody und Alex fragen», vermutete ich.

«Ja», sagte er nachdenklich. «Ich hielt es für das Beste, dich da nicht mit reinzuziehen, verstehst du, falls er deswegen Krach schlägt. Und bei Gott, ich hätte nichts dagegen, ein wenig rauszukommen. Es ist nicht gerade das Wahre, zu versuchen, unter einem Schreibtisch ein Nickerchen zu machen, auch wenn es mit edlen Absichten geschieht.»

«Nun, du hast verdammt gute Arbeit geleistet», bemerkte ich beeindruckt und überflog mit dem Blick die Liste der Dateien auf seinem Computer-Desktop. Ich suchte nach einer bestimmten. Sie war immer noch nicht da.

«Ist deine Jackson-Abschrift noch nicht fertig?» Ich versuchte, meiner Stimme einen beiläufigen Klang zu geben.

Bambridge gähnte herzhaft, bevor er antwortete. «Doch, aber ich bin immer noch nicht hundertprozentig zufrieden mit dem Text, und solange werde ich ihn Paul nicht geben. Aber keine Sorge, ich verlange nicht von euch, eine Frist einzuhalten, die ich selbst nicht einhalten kann.»

Wie auf ein Stichwort hin ging oben die Tür auf.

«Hi-ho!» rief Barry. «Ich bin's, die Giftspritze.»

«Ah, sehr schön.» Neil klatschte in die Hände. «Barry, zieh deinen Mantel gar nicht erst aus», rief er die Treppen hoch, «ich will dich zum Frühstück einladen. Den Feinschliff der Ausgabe besprechen.»

Barry erschien oben an der Treppe. «Ooooh, welch eine Ehre», hänselte er. Registrierte dann mich an meinem Tisch. «Was, Di nicht?»

«Ich hab es Diana schon erklärt.» Neil zog seinen Mantel über. «Wir brauchen sie heute morgen zum Redigieren, so daß reichlich bereit liegt, wenn Paul reinkommt, aber du und ich, wir haben ein paar Dinge zu besprechen. Ich dachte, es wäre angenehmer, sie ein wenig in Ruhe zu lassen, während wir die Sachen sozusagen unten auf der Straße durchkauen.»

Barry zuckte mit den Schultern und reichte Bambridge eine Tragetasche voller Bücher und Papiere. «Alles klar, Chef, aber könntest du mir einen Gefallen tun und die hier eben auf meinen Tisch packen? Das ist der Kram, den ich aus meinem Vorrat für Bildmaterial hervorgeholt habe. Ich will das nicht den ganzen Weg zu der Kaschemme mitschleppen – es könnte fleckig werden.»

«Nun gut.» Neil reichte die Tasche herüber und lächelte mich strahlend an. «Bis bald.»

Und sie verschwanden die Treppe hinauf.

Einen Moment erwog ich, Neils Festplatte durchzugehen und seine Transkription zu lesen. Aber ich hatte so viel zu tun, daß es auffallen würde, wenn ich lange herumschnüffelte. Außerdem war ich nicht sicher, wie lange diese

Frühstückskonferenz dauern würde, nachdem Neil seine entscheidende Frage erst einmal losgeworden war.

Clever von ihm, Barry erst den Artikel über die Zensur abzuluchsen.

Ich konnte auch mit dem anfangen.

Barry hatte seine Glanzleistung vollbracht, das war vom ersten Satz an klar – dem Zitat von George Orwell, das dreißig Jahre lang aus *Animal Farm* gestrichen worden war: *«Der dunkle Punkt der literarischen Zensur in England ist, daß sie weitgehend freiwillig geschieht.»*

Es war eine weitere Hilfe, an so etwas Fesselndem arbeiten zu können, um das Rumgemache von Everills knochigen Fingern zu verdrängen.

Als die beiden wiederkamen, war über eine Stunde vergangen.

Gott weiß, wie Neil es angestellt hatte, aber es war offensichtlich besser ausgegangen, als ich befürchtet hatte. Sie plauderten angeregt, als sie die Treppe herunterpolterten, warfen mit Namen für die Party in Amerika um sich, von denen sich die meisten für mich wie ihre Phantasie-Liga von Pornostars anhörten.

Ich versuchte, nicht überrascht zu wirken, bemerkte nur: «Hervorragender Beitrag, Barry. Diesmal hast du wirklich alle Register gezogen.»

«Gefällt's dir?» Barry hängte seinen Mantel an die Rückseite der Klotür.

«Du hast mich überzeugt.»

«Nun ja, dich brauchte ich nicht zu überzeugen. Der große Pöbel da draußen, der hat es nötig.»

«Nein, Diana hat recht, das ist die beste Arbeit, die ich je von dir gesehen habe», beglückwünschte Neil ihn überschwenglich. Trotz seiner ungepflegten Erscheinung verströmte er die Aura eines Menschen, der einfach alles bekam, was er wollte. «Der Beitrag setzt einen Akzent für die gesamte Ausgabe, er ist der Beweis dafür, daß unsere

Arbeit wirklich Hand und Fuß hat. Im Gegensatz zu dem, was sämtliche Konkurrenten quer durch die Printmedien liefern.»

«Verdammt», bemerkte ein ebenso zufrieden aussehender Barry. «Hör dir den an.»

Sie freuten sich königlich miteinander. Ich fragte mich, ob Neil etwas in Barrys Tee getan hatte.

Ich hörte erstaunt zu, als Barry zum Telefon griff, eine Nummer wählte, die er offensichtlich auswendig kannte und sagte: «Woody. Wie geht's, Sir. Es ist doch nicht zu früh für dich, oder? Gut. Hör zu. Ich muß dich um einen Gefallen bitten. Hättest du heute nachmittag Zeit, eine Stunde oder so? Ja. Ich treffe dich oben in Camden, und ich lade dich zu einem Pint ein, erklär dir dann alles. Ja, das ist ein bißchen heikel, ich will nicht zuviel am Telefon darüber sagen, verstehst du, was ich meine?»

Er brach über einen Witz am anderen Ende der Leitung in Gelächter aus. In Neils Augen leuchtete eindeutig Triumph.

«Gegen drei, sehr gut. Du weißt nicht, ob Al zufällig in der Nähe ist, oder? Oooh, ist er? Würdest du das für mich tun? Es geht eigentlich euch beide an. Oh, danke Kumpel, Du bist ein Gentleman. Alles klar. Bis dann. Tschüüüüß.»

Er legte mit einem entschlossenen Boiiiing auf und sagte zu Neil: «Nun, ich fahre mein ganzes Geschütz auf, mehr kann ich nicht versprechen.»

«Das ist erstklassig, Barry.»

Ich schwieg. Fragte mich, wie Neil das geschafft hatte, und warum er mich dafür aus dem Weg haben mußte. Als hätte er meine Gedanken gelesen, fragte Barry: «Alles klar, Schätzchen?»

Ich nickte, ohne ihm richtig in die Augen zu sehen.

«Gut. Dann laß uns weiter ackern. Ich geh das Zeug durch, das du geschrieben hast, dann kannst du mit deinem anderen Kram weitermachen.»

Die Bänder warteten wie schädliches, radioaktives Material in meiner Tasche. Ich wollte sie nicht anrühren, geschweige denn abhören.

Aber es gab immer noch genug zu redigieren, das mich für den Rest des Morgens und während eines hastigen Lunchs aus Sandwiches, die ich über der Tastatur verschlang, beschäftigen würde, bis Paul reinkam und mit den Layouts begann. Barry hatte damit zu tun, seine Bilder für den Designer einzuscannen, bis er um 14:30 Uhr seinen Mantel wieder anzog und sich aufmachte, um Woody und Alex zu treffen.

«Gut», sagte er, schlang sich seine Tasche über die Schulter und sah Neil scharf an. «Ich treffe mich jetzt mit den beiden. Wir sehen uns, wann immer ich fertig bin.»

Sowie er aus der Tür war, platzte ich heraus: «Wie zum Teufel hast du das gemacht?»

Neil verschränkte die Hände hinter dem Kopf und lehnte sich lächelnd in seinem Stuhl zurück.

«Barry hat eine Menge nachgedacht», sagte er. «Seit er diese Zensurkiste geschrieben hat. Ihm ist klar, daß sie jetzt den moralischen Akzent der Ausgabe – unserer Huldigung für Jon – setzt, daher liegt es auf der Hand, daß er die Gedanken derer, die ihm am nächsten standen, abdrucken will. Und das macht er jetzt.»

Er sah mich an, als wollte er mich zu einem Widerspruch herausfordern.

«Nun, ich staune», sagte ich, unfähig, den Sarkasmus in meinem Ton zu unterdrücken. «Ich dachte schon, du hättest ihm eine Glückspille in den Tee getan oder so.»

Er lachte prustend los. «Er ist durchaus in der Lage, seine Meinung zu ändern, verstehst du. Man mußte ihm nur Zeit geben.»

«Wenn du meinst.»

«Wie dem auch sei, ich dachte, wir wären einer Meinung. Du hast gesagt, daß du das gern lesen würdest.»

«Ich weiß. Ich dachte aber nicht, daß Barry sich so leicht darauf einlassen würde.»

«Tja.» Neil streckte seine Arme aus. «Alles ist möglich.»

«Das kannst du laut sagen.»

«Wie geht's dir überhaupt?» Er wechselte die Taktik, wurde einschmeichelnd. «Aber ich will dich nicht länger von deinem Everill-Beitrag abhalten. Ich weiß, wie hart du daran gearbeitet hast. Ich kann jetzt weitermachen, wenn du willst.»

«Ist schon o.k.», wimmelte ich ihn ab. «Ich denke, wir sollten heute mit den Seiten Dampf machen, wie du gesagt hast. Ich hab morgen noch den ganzen Tag, um an Everill zu arbeiten. Wenn du willst, daß die Ausgabe Sonnabend in Druck geht, laß uns heute durch diesen Stapel kommen.»

«Bist du sicher?»

«Absolut.»

«Gut.» Er wandte seine Aufmerksamkeit dem Designer zu. «Was meinst du, wie kommst du zurecht, Paul?»

«Wenn ich alle ausstehenden Texte und Bilder bis morgen Mittag haben kann, schaffen wir es. Das Cover machen wir zum Schluß, morgen abend.»

«Gut.» Ich schauderte innerlich, und das nicht wegen dem Berg Arbeit, der auf mich wartete. Ich war es gewohnt, daß sich alles bis zur Schlußredaktion anhäufte, selbst wenn sich keine Amerikaner mit ihren Fristen einmischten.

«Dann mach ich mal weiter.» Ich richtete meine Augen wieder auf den Monitor des Computers.

«Ich auch», zwitscherte Neil.

Gegen 18 Uhr erreichten wir einen toten Punkt. Mit den Features war Paul zügig vorangekommen, aber jetzt war er bei den fummeligen Nachrichtenseiten, die wesentlich mehr Bild-Scanning und das knifflige Einpassen kurzer Artikel auf die Seiten erforderte, damit sie schließlich seinen künstlerischen Ansprüchen genügten.

«Ich übernehme das Scannen», hatte Neil sofort angeboten. «Du kannst mit deiner Abschrift weiter machen, bis Paul mehr fertig hat.»

Mein Herz war bleischwer. Die Bänder warteten. Jedenfalls hatte ich das erste schon transkribiert. Ich wünschte, ich hätte es dabei belassen, es beim ICA belassen, Everill als arroganten Wichser abgetan und die Sache abgehakt. Dafür war es jetzt zu spät. Und ich konnte es nicht noch länger hinausschieben. Ich zog den Kassettenrekorder aus meiner Tasche und spulte zurück. In der Zwischenzeit öffnete ich auf meinem Computer die Datei mit der vorherigen Abschrift, fuhr bis zum Ende hinunter und schrieb: «Interview 2» als Überschrift.

Als ob ich mich daran erinnern müßte.

Die Kassette kam klickend zum Stillstand. Ich steckte die Kopfhörer in den Anschluß und setzte sie auf. Zündete mir mit fahrigen Fingern eine Zigarette an. Nahm einen tiefen Zug und drückte PLAY. Innerlich angespannt wartete ich darauf, meine erste Frage zu hören, die Ahnungslose aus meiner Stimme herauszuhören, das Selbstbewußtsein, das ich gehabt hatte, ein wichtiges Interview zu führen. Mir graute davor, wie ich mich anhören würde.

Bevor ich Gelegenheit bekam, es herauszufinden, knallte die Tür zu, und Barry kam wieder hereingepoltert.

«Barry! Wie ist es gelaufen?» Bambridge schoß hoch.

Froh über die Ablenkung, drückte ich den OFF-Schalter. Barry sah aus, als wäre er irgendwo in Ungnade gefallen.

«Viel hab ich nicht», er blickte Bambridge finster an, «weil sie meinen, es sei nicht richtig, zu versuchen, für ihn zu sprechen.» Er stellte seine Tasche mit verdrossener Miene auf seinen Tisch. «Um die Wahrheit zu sagen, haben sie mich für ein Arschloch gehalten, weil ich gefragt hab.»

«Aber du hast ihnen doch sicher erklärt …» Weiter kam Bambridge nicht.

«Nein», sagte Barry scharf, «nimm mich deswegen nicht

ins Kreuzverhör, Neil. Ich bin hingegangen und hab mein Bestes für dich gegeben, sie haben die Sache anders gesehen.»

«Nun ja, haben sie überhaupt was gesagt?»

Barry strich sich mit den Fingern durch seinen Ziegenbart. Er sah eher niedergeschlagen als ärgerlich aus. «Sie wollten nicht auf Band sprechen», seufzte er. «Und ich kann sie nicht zwingen. Mehr kann ich nicht tun, basta. Du hast ja keine Ahnung, was mich das hätte kosten können.»

«Barry ...», begann Neil.

Paul war taktvoller.

«Ich hab das Layout deiner Zensurseiten gemacht, Barry», unterbrach er Bambridge, «und ich denke, ich hab all die Bilder benutzt, die du haben wolltest. Aber kannst du noch einen Blick drauf werfen, ob das so o.k. ist, ob du meinst, daß die Auszüge hinkommen und alles?»

«Danke, Paul.» Barry klang aufrichtig dankbar. Er kehrte zu seinem Schreibtisch zurück und kauerte sich ohne ein weiteres Wort zu irgend jemandem über seine Arbeit.

Ich starb fast vor Ungeduld, ihn zu fragen, was wirklich passiert war, nicht nur mit Woody und Alex, sondern auch heute morgen mit Neil. Aber sein Schweigen wirkte zu bedrohlich, sein dem Rest des Raumes zugekehrter Rücken lud zu keiner weiteren Unterhaltung ein. Paul war wieder bei seinen Nachrichtenseiten, so daß mir nichts anderes übrig blieb, als mich wieder meinen Bändern zuzuwenden.

Vielleicht würde ich einfach nur die erste Abschrift noch einmal durchlesen und sehen, was davon brauchbar war. Dann konnte ich vielleicht eine Einleitung schreiben. Das Buch lag in meiner Tasche. Ich dachte, ich könnte ein paar Absätze daraus auswählen und gebrauchen. Das war eine jämmerliche Art, es hinauszuschieben, aber sie funktionierte. Obwohl der Kassettenrekorder mir wie eine kleine graue Kiste der Mißbilligung gegenüberstand, machte ich mit meiner Farce weiter, sah *Weirdo* aufmerksam durch und hob jedes Mal, wenn jemand zu mir herüber sah, Passagen mit dem Bleistift hervor.

Morgen, dachte ich immer wieder. Morgen werde ich wesentlich besser in der Lage sein, das Ganze in Angriff zu nehmen.

Es dauerte nur eine Stunde, bis Paul mehr Seiten zu liefern begann, was das ganze Büro erneut in aufgeregte Betriebsamkeit versetzte. Um 22 Uhr waren wir mit den Nachrichtenseiten fertig, und Paul war bei der letzten Seite, dem Inhaltsverzeichnis.

Neil stand hinter ihm, klopfte ihm auf die Schulter. «Verdammt gute Vorstellung, alter Junge, bei diesem Tempo können wir noch auf einen Absacker gehen.»

«Dachte, du arbeitest die Nacht durch?» bellte Barry förmlich.

«Nun, wir haben alle den ganzen Tag daran gesessen, und wir liegen gut in der Zeit. Was kann es schaden, wenn wir kurz auf einen schnellen Drink weggehen?» Er sah auf die Uhr. «Es bleibt uns sowieso nur noch Zeit für ein paar.»

«Wenn du nichts dagegen hast», sagte Paul, «würde ich hier gern erst fertig machen, um pünktlich den letzten Zug nach Hause zu kriegen. Ich bin gerade so gut in Schwung, ich will jetzt eigentlich nicht aufhören. Aber geht ihr ruhig alle.»

«Nun, wie gesagt, es ist nur für eine Stunde oder so», fuhr der durstige Neil fort und blickte strahlend zu Barry und mir hinüber. «Und ihr zwei könnt danach Feierabend machen, wenn ihr wollt. Ihr wart erste Sahne heute. Wenn wir morgen das gleiche schaffen, haben wir wirklich einen Grund zum Feiern.»

Barry sah mich an und zuckte mit den Schultern.

«Na gut, Neil.» Mit mir hatte er leichteres Spiel. Mir war alles lieber, als mich wieder an die Bänder zu machen. Jetzt würden sie bis zum Morgen warten müssen. Wenn es auf den letzten Drücker gemacht werden mußte, würde ich nicht so viel Zeit haben, mich näher damit auseinanderzusetzen.

«Sehr schön», strahlte Neil und griff nach seinem Mantel. Er war in Null Komma nichts die Treppe hoch.

Das «Brickley Arms» war nicht voller als sonst, und wir schafften es ziemlich leicht, durch die Reihen ausruhender Arbeiter zum Tresen zu gelangen. Neil reichte Barry einen Zehner und sagte: «Ich nehme ein Pint Bitter Bier, bestellt ihr, was immer ihr wollt. Geh nur kurz aufs Klo.»

«Hmmm.» Barry sah ihm nach, wie er sich durch die Menge zum Klo schlängelte. «Was möchtest du, Schätzchen?»

«Nur ein Pint Radler. Ich such uns einen Platz.»

Ich ließ mich in meiner Lieblingsecke nieder und spürte eine Welle der Müdigkeit über mich kommen. Neil kam vom Klo, wirkte wie das genaue Gegenteil von meinem Gefühlszustand – ein neues Leuchten in den Augen, eine Zackigkeit in den Bewegungen. Wir ließen uns alle mit unseren Getränken nieder, als eine Stimme unvermutet laut durch die Bar tönte.

«Aha! Hier bist du! Was dagegen, wenn ich mich dazusetze?»

Es war Everill.

26

Er starrte mich geradewegs an und kam mit diesem breiten Katzenlächeln auf uns zu, das er auch gestern früh aufgesetzt hatte. Eine Katze, der ein halber Spatz aus dem Maul heraushing.

«Mensch, hallo Simon», brachte ich schließlich hervor, «ich hab nicht damit gerechnet, dich hier zu sehen.»

«Nein?» Er schien belustigt. «Ich dachte, du hättest gesagt, du würdest heute Abend auf einen Sprung hier vorbeikommen. Weißt du nicht mehr? Ich hab fast eine Stunde gewartet.»

Er sah mich spöttisch an. Sein Ton klang so vernünftig, daß in meinem Kopf die Alarmglocken schrillten. Wann hatte ich das gesagt? Jedenfalls nicht am darauf folgenden Morgen in der Bahn, da war ich mir sicher. Himmel, hatte ich ihn in jener Nacht, in einer Art ausgelöschter, trunkener Benebelung, hierher eingeladen? Ich konnte mich nicht erinnern.

«Nun, du hast mir jedenfalls beschrieben, wie ich hierher komme», fuhr er fort. «Willst du mich denn nicht deinen Freunden vorstellen?»

«Oh.»

Jetzt war ich völlig verwirrt. Hatte ich ihm am Dienstag abend oder irgendwann vorher wirklich erzählt, wo das Büro lag? Vielleicht im «Coach and Horses»? Ich war zu müde, um das alles auf die Reihe zu kriegen. Derweil starrten Barry, Neil und Simon mich an, als wäre ich gerade von einem anderen Planeten heruntergebeamt worden.

Die guten alten britischen Manieren schalteten sich ein.

«Barry, Neil, das ist Simon Everill. Simon, das ist Neil Bambridge, mein Verleger und Chefredakteur, und Barry Hudson, mein Mitredakteur bei dem Magazin.»

Wir standen alle auf, im Begriff, uns die Hände zu schütteln. Aber zuerst: «Ich hab's!» Neil schnalzte mit den Fingern. «Daher kenne ich deinen Namen. Jon Jackson hat mir von dir erzählt. Freut mich sehr, dich kennen zu lernen.»

Er ging und schüttelte Everill die Hand. Everills Gesicht erstarrte zu Eis. Barry glotzte mit offenem Mund von ihnen zu mir. Bambridge blickte Everill ins Gesicht und begriff.

«Oh, du lieber Gott, das tut mir ja so leid. Er muß ein Freund von dir gewesen sein. Ich weiß nicht, was in mich gefahren ist, bitte verzeih mir.»

Everills Ausdruck wechselte augenblicklich, schmolz zu

einem halben Lächeln. Seine Augen glänzten. Er fragte leise: «Was hat er dir über mich erzählt?»

«Daß er dein Buch gekauft hat.» Neil, eifrig bemüht, seinen Schnitzer wieder gutzumachen, versuchte mit aller Macht, sich bei ihm einzuschmeicheln. «Weil es so brillant war. Er wollte es als nächstes verfilmen. Und Diana hat mir die ganze Zeit von dem Buch erzählt, und ich hab nie zwei und zwei zusammen gezählt, und jetzt hab ich mich bis auf die Haut blamiert ...»

«Ist schon in Ordnung.» Everill, jetzt ganz entspannt, lächelte und klopfte Neil auf die Schulter. «Hör zu, so gut kannte ich ihn auch wieder nicht. Ich bin ihm nur das eine Mal begegnet. Es besteht kein Grund zur Sorge, du hast mich nicht verletzt.»

«Nun ja, hier.» Neil pulte einen weiteren Zehner aus seiner Brieftasche. «Bitte erlaube mir, dir einen auszugeben.»

«Vielen herzlichen Dank.» Everill pflanzte sich entschlossen nieder. «Ich nehme ein Pint Best.»

Langsam setzten Barry und ich uns wieder, und Barrys Blick wanderte von Everill zu mir, als wollte er sagen: «Was geht hier vor?»

«Ich wußte nicht, daß du Jon Jackson gekannt hast.» Ich sah Simon stirnrunzelnd an.

«Hab ich auch nicht.» Er lächelte zurück. «Ich hab dir damals im ‹Coach› erzählt, daß Leute bei mir herumgeschnüffelt haben, die sich um die Filmrechte bemüht haben.»

«Oh ja.» Daran jedenfalls konnte ich mich erinnern. «Und du warst nicht besonders glücklich darüber.»

«Warum nicht?» Barry drehte sich zu ihm hin und sah ihn an. «Die meisten Schriftsteller würden dafür sterben.»

«Das hat sie auch gesagt», gluckste Everill und betrachtete mich wie ein verschmitzter alter Onkel, der Nachsicht mit einem kleinen Kind hat. «Und ich sage dir das gleiche, was ich ihr gesagt habe. Ich kann es mir einfach nicht als Film vorstellen. Es ist zu kompliziert.»

«Na ja, es gibt nicht gerade viele, die Bares so hochnäsig verschmähen würden», erwiderte Barry zweifelnd.

Schleimscheißer Bambridge kam mit Everills Getränk zurück. «Du erscheinst also in unserer nächsten Ausgabe», fuhr er arschkriecherisch fort. «Diana sagt, sie hat das beste Interview.»

«Das hat sie.» Er prostete mir zu. «Dafür habe ich gesorgt.»

Ich machte einen schwachen Versuch, mein eigenes Glas als Antwort zu heben. Nahm einen Schluck von meinem Radler. Die Blasenentzündung, die ich seit Mittwoch früh in mir hatte, antwortete mit einem so stechenden Schmerz, daß ich um ein Haar das Glas fallen gelassen hätte. Barry bemerkte mein Zucken. Everill wandte seine Aufmerksamkeit wieder Neil zu.

«Dann kanntest du den seligen Mr. Jackson also gut, oder?» fragte er.

«Nicht wirklich. Ich bin ihm auch nur einmal begegnet. Hab ein Interview mit ihm gemacht, sollte sein letztes werden. Verdammt schreckliche Geschichte.»

«Ja, das war ein Schock», pflichtete Everill ihm bei. «Er war ein großer Regisseur.»

«Er war ein großartiger Kumpel und alles», sagte Barry scharf.

«Das hab ich schon mitbekommen», fuhr Everill ruhig fort. «Was hast du von ihm gehalten, Neil?»

«Der perfekte Gentleman», nickte Bambridge. «Verdammt gescheiter Kerl.»

Mir war plötzlich schlecht.

«Entschuldigt mich.» Ich stand auf. «Ich muß nur mal eben aufs Klo.»

Ich schaffte es gerade noch rechtzeitig. Die Sandwiches, die ich zum Lunch gegessen hatte, die Tüte Chips und das

KitKat, die als Abendbrot hatten reichen müssen, und der eine Schluck Radler kamen geradewegs wieder hoch. Ich hing über der Kloschüssel, bis nichts mehr kam, setzte mich dann auf den Deckel, den Kopf in die Hände gestützt.

Der Raum drehte sich. Ich mußte nach Hause. Ich begriff nicht, was hier vorging. Wurde damit nicht fertig. Was fiel Everill ein, hier wie die Sanftheit in Person aufzutauchen und sich bei Neil einzuschmeicheln? Ich zermarterte mir das Hirn nach einer Erinnerung daran, daß wir uns hier verabredet hatten. Ich wußte, daß wir das nicht getan hatten. Was einem anderen, unheimlicheren Gedanken Platz machte. War er mir gefolgt?

Nein, das war sicher Paranoia. Ich befand mich an einem öffentlichen Ort, mit Freunden. Wie auch immer, ich würde nicht bleiben, um herauszufinden, was er für den Rest seines abendlichen Entertainments vorhatte. Ich würde jetzt gehen, mit Barry.

Ich spritzte mir Wasser ins Gesicht, versuchte, mir ein menschliches Antlitz zu verleihen. Versagte. Wankte zurück zur Bar, zu Barry.

Simon und Neil waren in ein ernsthaftes Gespräch vertieft. Hudson hielt sich mit finsterem Blick im Hintergrund. Sie schenkten ihm keinerlei Beachtung. Als er mich erblickte, stand er auf.

«Du mußt nach Hause, stimmt's?» fragte er.

Ich nickte. Das bekamen sie mit.

«Stimmt was nicht, Diana», Neil sah mich stirnrunzelnd an. «Du siehst fürchterlich aus.»

«Mir geht's nicht so besonders», murmelte ich und blickte Simon an. «Hör zu, es tut mir wirklich leid, aber ich muß jetzt gehen. Ich hatte zu wenig Schlaf, und ich hätte nicht versuchen sollen, etwas zu trinken, davon ist mir schlecht geworden.»

«Oh je.» Er wirkte aufrichtig besorgt. «Soll ich dir ein Taxi rufen?»

«Ist schon gut, ich bring sie heim», sagte Barry entschieden. «Ich geh in dieselbe Richtung wie sie, und ich muß auch nach Hause. Ich paß auf, daß sie gut heim kommt.»

«Nun, das ist sehr freundlich von dir.»

«Ich bin ihr Kumpel», bläffte Barry sichtlich verärgert über den Ton des anderen.

«Wirst du denn morgen wieder auf dem Damm sein?» Der teilnahmsvolle Neil in Höchstform. «Wir dürfen diese Frist nicht verpassen.»

«Verpiß dich», sagte Barry. «Sie wird o.k. sein. Dafür sorg ich schon. Macht ihr Typen nur weiter.»

«Oh, alles klar», sagte Neil pikiert. «Bis morgen.»

«Bis bald, Diana», sagte Everill.

Und Barry schob mich zur Tür hinaus.

An der frischen Luft war mir weniger schwindelig, aber ich mußte mich immer noch auf Barry stützen, um die Straße entlang zu stolpern. Er sagte nichts, bis wir auf der Edgware Road waren.

«Versuch, nicht betrunken auszusehen», ordnete er an. «Sonst bringen wir nie eins zum Anhalten.»

Die Edgware Road verschwamm vor meinen Augen wie ein Karneval, Visionen in Roben und mit Fezen und arabischen Kopftüchern schwebten aus den Saftbars, Hookah-Märkten und marokkanischen Restaurants an mir vorüber, die die Hauptverkehrsstraße bevölkerten. Barry, eine schwarze Silhouette vor den verschwommenen Lichtern, die die Straße entlang kamen, hatte den Arm ausgestreckt und versuchte, eins von diesen orangefarbenen Lichtern zu erwischen, um uns nach Hause zu bringen.

Er griff nach meiner Hand, als ein Taxi an den Straßenrand fuhr.

«Ladbroke Grove, Kumpel», sagte er zu dem Fahrer, während er mich hineinverfrachtete. «St. Charles Square.»

Dann schloß er das Fenster zwischen dem Fahrer und

uns und sagte: «Du hast ihn nie und nimmer für heute Abend eingeladen, oder?»

Ich schüttelte den Kopf, mir war zum Heulen.

«Was zum Teufel tut er dann? Verfolgt er dich?»

«Ich weiß es nicht. Ich kann mich nicht erinnern, ob ich letzte Nacht irgendwas zu ihm gesagt habe oder nicht.»

«Nun, heute Nacht bleibst du bei mir. Ist mir egal, wenn du die ganze Nacht kotzt. Ich kann den Arsch nicht ausstehen, und es gefällt mir nicht, daß er weiß, wo du wohnst. Ist mir auch egal, wenn du meinst, daß ich überreagiere. Es ging dir bestens, bis du ihn gesehen hast. Und nun hat er dich völlig fertig gemacht.»

«Danke.» Ich war so froh, ihn so vernünftig über die schattenhaften Gestalten sprechen zu hören, die durch meinen Kopf wirbelten.

«Ich glaube nicht, daß mir nochmal übel wird», sagte ich. «Ich glaube, ich brauch nur Schlaf.»

Barry legte mir seinen Arm um die Schulter. So viel größer und tröstlicher als Everills knochige Glieder.

Ich lehnte mich an ihn und stierte aus dem Fenster, Bilder verschmolzen in meinem Kopf, während wir durch Paddington, Bayswater und Westbourne Grove fuhren, ganz die Grove hinunter bis St. Charles Square. Die Straßenbeleuchtung hatte eine fast halluzinatorische Wirkung, und ich schwamm in einem Strudel von Neonbildern, die vor dem dunkler werdenden Himmel verschmolzen. Wahrscheinlich träumte ich schon. Ich erinnere mich nicht, wie ich hineingekommen bin, außer daß Barry mich auf seinem Sofa zugedeckt hat, und ich mich in seinem Haus sicher fühlte und kopfüber in den Schlaf fiel.

27

Ich schlief lange und fest. Der traumlose Tiefschlaf der totalen Erschöpfung.

So daß ich, als ich die Augen schließlich aufschlug, keine Ahnung hatte, wo ich war, außer, daß ich mitten auf ein großes Ledersofa gesackt war, mit einem Fernseher vor mir, der leise lief und dem Duft von Filterkaffee, der aus der Küche kam. Das beruhigende Prasseln von Regen gegen Glasscheiben.

Allmählich dämmerte es mir. Ich war bei Barry.

Mit dem Erwachen kam der Schmerz. Mein Kopf war klar, aber meine Eingeweide fühlten sich an, als würden sie von Dornensträuchern attackiert. Die Blasenentzündung schlug zu. Und erinnerte mich an alles, was in den letzten achtundvierzig Stunden geschehen war.

«Oh, verdammte Scheiße», murmelte ich und richtete mich auf.

«Gut geschlafen?» Barry kam aus der Küche, große, dampfende, schwarze Becher in der Hand.

«Ja, danke.» Meine Lippen waren gesprungen, und selbst lächeln tat weh.

«Du warst sofort weg», sagte er und stellte die Becher auf den gläsernen, mit Pokerblättern und Würfeln bemalten Couchtisch. «Ich mußte dich reintragen. Du warst über neun Stunden weggetreten.»

«Das hab ich gebraucht», sagte ich. «Macht es dir was aus, mir ein Glas Wasser zu bringen?»

«Überhaupt nicht.»

Ich schälte mich aus den Decken, sah mich nach meiner Tasche um. Barry hatte sie fürsorglich neben das Sofa gestellt. Fand meine Packung Cystemme. Er beobachtete, wie ich langsam ein Tütchen aufriß und zusah, wie der Inhalt sich in dem Glas auflöste.

«Fühlst dich immer noch nicht ganz gut?» wagte er eine Vermutung.

«Das wird schon», sagte ich und nahm einen vorsichtigen Schluck. «Wie spät ist es?»

«Es ist halb neun. Ich hab dir ein Bad eingelassen. Nimm ein Bad, wenn du fertig bist, und ich mach uns 'ne Kleinigkeit zu futtern.»

«Danke, das wäre super.» Ich nippte weiter an dem trüben Wasser. Es schmeckte nach Sacharin und künstlicher Zitrone. Ich hoffte bei Gott, es würde seine Wirkung tun.

«Irgendwas in den Nachrichten?» fragte ich Barry, als mir dämmerte, daß es das war, was im Fernsehen lief.

«Nicht viel.» Er verzog das Gesicht. «Ein wenig über diesen Wichser Preveezer. Daß die Polizei jetzt in eine andere Richtung ermittelt. Die Arschlöcher haben rein gar nichts, wenn du mich fragst.»

Ich trank das Glas aus, dann den Kaffee. Er war stark und gut. Barry packte Terminkalender und Notizblock in seine DJ-Tasche. Mir rutschte das Herz in die Hose. Jetzt war «morgen», und das bedeutete, daß ich das Interview transkribieren mußte, sobald wir im Büro waren. Mir ihn noch einmal von vorn bis hinten anhören. Die Momente, die dazu geführt hatten …

«Ich glaub, ich geh jetzt ins Bad.» Unsicher kam ich auf die Beine.

«Laß dir Zeit, Schätzchen. Bedien dich, nimm von allem, was da rumsteht. Du weißt schon, Rasierschaum, Aftershave …»

Er zwinkerte.

«Ich mach Frühstück.»

Barrys Badezimmer war so viel wärmer als meins, und es lag sogar ein dicker, weißer Zottelflor-Teppich drin. Eine beheizte Handtuchstange und große, flauschige, schwarze Handtücher. Der Bisonschädel ruhte jetzt unter dem Waschbecken, die Badewanne war voller Schaumblasen. Es war das Paradies auf Erden. Ich hätte den ganzen Tag dort bleiben können.

Wäre da nicht diese verdammte Frist gewesen. Dieser verdammte Everill.

Ich mochte die Klamotten von gestern nicht wieder anziehen, sie juckten auf der Haut, als wären sie mit schlechten Erinnerungen besudelt.

«Barry», fragte ich, als ich wieder in seinem Wohnzimmer war, «macht es dir was aus, wenn wir bei mir vorbeischauen, bevor wir zur Arbeit gehen? Ich würde mir gern frische Sachen holen.»

«Klar Schätzchen, ich komm mit.»

Draußen regnete es, über der Stadt hing eine Dunstglocke vom Smog. Der stahlgraue Himmel senkte sich bedrohlich auf uns herab, als wir die Ladbroke Grove hinaufgingen. Und als wir uns Arundel Gardens näherten, flog eine einzelne Elster von den Bäumen in den Grünanlagen auf und streifte schwarzweiß mein Gesichtsfeld.

Eine bringt Unglück.

Ich hielt nach ihrem Partner Ausschau. Sie kamen normalerweise in Paaren. Aber heute war keiner da. Ein schlechtes Omen.

Als wir auf meine Haustür zusteuerten, schossen Barrys Blicke in alle Richtungen. Als würde er damit rechnen, daß plötzlich jemand vorspringt und auf uns losgeht. Die Straße lag verlassen da. Ich schloß die Haustür auf. Das Haus war ruhig.

Machte das Licht im Hausflur an, trat durch die Feuertür, die Treppe hinunter in den Keller, Barry direkt hinter mir.

Jerrys Wohnungstür öffnete sich geräuschvoll. Er stand da in etwas, das einmal ein blau-weiß gestreifter Morgenmantel gewesen war, jetzt blau-aschgrau, dichte, schwarze

Haare sprossen aus Brust und Beinen. Sein Gesicht war feuerrot.

«Ich habe ein Wörtchen mit dir zu reden», fauchte er.

Normalerweise war er um diese Tageszeit nie auf den Beinen. Offensichtlich hatte er uns aufgelauert.

«Du Hure.»

«Wie bitte?» bellte Barry.

«Mit dir rede ich nicht», geiferte der Mann des Friedens und der Liebe. «Ich rede mit dieser Schlampe hier. Hör zu, Missy, ich hab deinen Herrenbesuch über die Jahre geflissentlich übersehen, aber vorletzte Nacht habt ihr so verdammt viel Lärm gemacht, daß ich kein Auge zugekriegt hab. Habt ihr denn keinen Respekt? Und muß ich dich daran erinnern, daß unsere Mietverträge jegliche Übernachtungsgäste ausdrücklich untersagen?»

«D-das tut mir leid.» Ich starrte das wutentbrannte, borstige, feuerspeiende Ungeheuer, in das Jerry sich verwandelt hatte, mit weit aufgerissenen Augen an. Barry trat an mir vorbei und ging geradewegs auf ihn zu, Auge in Auge.

«Ich dachte, deine Generation glaubt an die freie Liebe», bemerkte er ruhig.

«Hör zu, halt dich da raus!» fauchte Jerry. Er reckte seinen Kopf an Barrys Schulter vorbei und stieß mir einen Zeigefinger vors Gesicht. «Ich warne dich, wenn das nochmal vorkommt, gehe ich ohne Umschweife zum Vermieter und sorge dafür, daß du rausgeschmissen wirst. Und deinen Schlägertyp hier lädst du auch aus, oder ich mach's gleich.»

«Barry.» Ich zupfte ihn am Ärmel. «Laß ihn. Komm, gehen wir rein.»

Barry rührte sich nicht. Er hatte die Fäuste geballt. Der Haifischring glänzte unheilvoll in dem schummrigen Licht.

«Ich warne dich!» kreischte Jerry, zog sich in sein Zimmer zurück und knallte Hudson die Tür vor der Nase zu.

«Ich weiß, wo du wohnst», flüsterte Barry ihm hinterher.

«Komm schon, Barry.» Ich mußte ihn mit Gewalt fortziehen. «Er ist es nicht wert. Du willst doch nicht, daß ich hier rausgeschmissen werde, bitte.»

«Es ist es nicht wert, hier zu leben», stellte Barry fest und schnitt eine Grimasse, folgte mir aber dennoch in das Einzimmerapartment.

«Redet er immer in dem Ton mit dir?» schäumte Barry.

«Nein, in der Regel ist er wesentlich lüsterner und besoffen», erklärte ich und nahm frische Klamotten aus dem Schrank. «Hör zu, warte du einfach hier, während ich ins Bad gehe und mich umziehe. Unternimm nichts.»

«Und was», Barry ergriff meinen Arm, als ich mich an ihm vorbeidrücken wollte und starrte mich mit wildem, ungestümem Blick an, «hat das Arschloch hier drinnen mit dir gemacht? Hat er dich vergewaltigt?»

«Nein, hat er nicht.» Ich befreite meinen Arm, schreckte vor dem Wort zurück, als hätte er mich soeben mit kochendem Wasser übergossen. «Hör zu, ich möchte nicht darüber reden, laß mich meine Kleider wechseln, bitte. Ich will hier raus.»

Meine Stimme wurde heller und heller – klang sogar in meinen eigenen Ohren unnatürlich laut. Jerry würde sich freuen. Schrecklich freuen.

Barry ließ seinen Arm fallen und senkte den Blick. «Tut mir leid», murmelte er.

Als ich auf den Flur hinausstürzte, war der Hippie bereits halb die Treppe hinauf.

«Ich hab dich gewarnt», sagte er. «Jetzt ruf ich den Vermieter an.»

«Tu das, Jerry», spie ich zurück. «Tu das, wenn du dir dann wie ein Mann vorkommst. Und wenn du schon dabei bist, laß mich ein Wörtchen mit ihm über die vielen Male reden, die du mir die ganze Nacht mit deiner Scheißmusik und deinen langweiligen Reminiszenzen den Schlaf geraubt hast. Mach schon, du swingender Hurensohn, tu das.»

Ich knallte die Badezimmertür hinter mir zu und ließ ihn mit seinem widerlichen Adreßbuch in der Hand stehen.

Der Raum war jedoch so was von hellhörig, daß ich ihn noch hören konnte. Er ging nicht zum Telefon hinauf. Statt dessen stahl er sich die Treppe wieder hinunter in seinen Bau. Ich hörte, wie seine Tür zuging und abgeschlossen wurde.

Seit drei Jahren angestauter Ärger und Groll, alles rausgelassen in einem heftigen Ausbruch. Ich fühlte mich fast gut. Ich sammelte meine Sachen zusammen, marschierte zurück in mein Zimmer.

«Komm, Barry, gehen wir.»

«Das hatte Klasse», sagte er. «Swingender Hurensohn. Das gefällt mir.»

«Du hast recht», sagte ich. «Hier ist es nicht lebenswert. Ich sehe mich nach was anderem um, sobald ich kann.»

Wir machten uns wieder auf den Weg die Grove hinunter, als große, graue, regenschwere Wolkenberge über den Himmel fegten. Unten bei der U-Bahn Sation machte ein einsamer Pilger seinen Weg in die entgegengesetzte Richtung: ein Mann, den ich schon oft gesehen, dessen Absicht ich mir jedoch nicht erklären konnte. Er war ein kummervoll aussehender schwarzer Mann, der ein weiß gestrichenes Kreuz über der Schulter trug. Jeden Tag um die gleiche Zeit schleppte er seine schwere Last die Ladbroke Grove hinauf, seine traurigen dunklen Augen auf das Straßenpflaster geheftet. Heute, den Kragen seines schwarzen Mantels gegen den Wind hochgestellt, sah er mehr denn je wie jemand aus, der Unwetter bringt.

Ein schlechtes Omen.

Kaum hatten wir den Bahnsteig erreicht, ging der Wolkenbruch nieder.

28

Als wir aus der U-Bahn traten, goß es noch immer in Strömen.

Die Uhr in der U-Bahn-Station zeigte 10:30. Wir waren so spät dran wegen des Theaters mit Jerry. Zweifellos hatte Bambridge das Wetter bestellt, als Strafe für unsere Verspätung, eine Antwort des Himmels auf die bevorstehende verhängnisvolle Frist. Wir eilten unter dem Tosen der zweispurigen Fahrbahn durch die Unterführung, auf der vom Regen gestriegelte Brummis in Richtung A 3 donnerten.

Wir rannten zusammen die Bell Street zum Büro hinauf. Barry erreichte die Tür als erster, drehte den Türknauf und stieß mit seinem Gewicht dagegen. Prallte zurück.

«Der Scheißkerl hat abgeschlossen!» rief er aus.

Ich holte ihn ein, als er seinen Schlüsselbund hervorzog und das Eisenteil im Schlüsselloch rasselte.

«Hallo!» rief er, während er die Tür aufstieß.

Stille.

«Neil?»

Das Büro lag verlassen da.

«Ist das verdammt noch mal zu fassen?» Kaum waren die Worte aus seinem Mund, begannen die Telefone zu läuten.

«Hallo?» Er schnappte sich eins, tropfte dabei über die ganze Tischfläche.

«Neil? Nein, er ist noch nicht da. Kann ich eine Nachricht hinterlassen, oder kann Ihnen jemand anders behilflich sein?»

Ich sah mich um. Es sah unordentlicher aus als sonst. Unordentlicher als wir es gestern abend verlassen hatten. Irgend etwas daran schien nicht zu stimmen.

«Nun, ich bin sein Geschäftspartner, ja, und darf ich fragen, wer Sie sind?»

Ich ging zu Neils Schreibtisch hinüber. Ein Stapel Papiere rutschte auf den Boden.

«Scheiße.» Ich bückte mich, um sie aufzuheben.

«Von D. C. Arnold? Den Amerikanern?» fragte Barry.

Neils Aktentasche stand auf dem Boden neben dem Schreibtisch. Sie war offen.

«Und für wann hat er Sie hergebeten?»

Neil ging nie irgendwo ohne diese Aktentasche hin.

«Nun, das müßte klargehen, wenn er Ihnen das gesagt hat. Wissen Sie was, sobald er reinkommt, oder wenn er vorher anruft, bitte ich ihn, Sie zurückzurufen. Können Sie mir Ihre Nummer geben?»

Ich stand langsam auf. Auf dem Bord neben dem Schreibtisch stand eine Flasche Malt-Whisky. Zwei Gläser. Daneben eine CD-Hülle mit verräterischen, puderigen Schlieren darauf.

«Danke. Ja, wir sprechen uns später.»

Barry legte auf.

«Stures Arschloch», sagte er.

«Wer war das?» fragte ich, den Blick immer noch auf die Zeugnisse von Neils Nachtarbeit geheftet.

«Das war David Goodman von D. C. Arnold.» Barry äffte den New-York-Dialekt nach – Nuu Yoik. «Die verdammten Yankees. Bambridge hätte ihn heute früh anrufen sollen, um für morgen ein Treffen hier im Büro zu bestätigen – glaube, er will ihnen die fertige Druckfassung zeigen. Aber, ob du es glaubst oder nicht, Mr. Goodman weiß nichts davon, daß Mr. Bambridge noch andere Geschäftspartner hat. Er kann Probleme nicht mit dir oder mir diskutieren. Er kann nur mit dem hohen Tier sprechen.» Barrys

Augen sprühten Funken, seine Wangen waren feuerrot angelaufen.

«Na ja, komm und schau dir das an», sagte ich. «Das hat er mit ‹die Nacht durcharbeiten› gemeint.»

«Er wollte sich das alles reinziehen und dann das Magazin fertig machen?» Barry betrachtete die Gläser und die CD-Hülle ungläubig. «Und warum sind da zwei Gläser? Ich dachte, Paul wollte rechtzeitig Feierabend machen, um die letzte Bahn zu kriegen?»

«Das hat er gesagt», nickte ich. «Und da ist noch etwas, Barry. Warum steht seine Aktentasche noch hier?»

«Die was?»

Ich zeigte darauf. Ich wollte sie nicht anfassen.

«Sie ist offen», bemerkte Barry. «Was zum Teufel geht hier vor? Glaubst du, er ist auf dem Klo eingeschlafen?»

«Nun, er hat gesagt, daß er vorletzte Nacht unter seinem Schreibtisch gepennt hat, also ist das wohl denkbar. Geh und sieh nach.»

Barry stapfte durch den Raum.

«Nein, hier ist er nicht.»

«Wo zum Teufel ist er dann?»

Ich spürte, daß sich Angst in mir breit machte wie vergifteter Wein, durch das Herz hinunter bis in die Magengrube. *Schmuddeliger Regen und eine einzelne Elster. Ein unheilvoller Platzregen*. Schlechte Omen.

«Barry, er geht nie irgendwo ohne seine Aktentasche hin.»

«Tja.» Barry kratzte sich am Kopf. «Vielleicht ist er nur kurz um die Ecke gegangen, um Frühstück zu holen oder so. Immerhin hat er seine Schlüssel mitgenommen. Er hat abgeschlossen.»

«Das stimmt.» Ich nickte. «Meinst du, du solltest ins Café gehen und nachsehen? Ich meine, wenn der Typ ihn so verzweifelt sprechen wollte, sollten wir ihm lieber sagen, daß er spät dran ist.»

«O. k.» Barry sah sich um, als suchte er in dem unordentlichen Raum nach Hinweisen. «Ich lauf mal kurz rüber. Bin in fünf Minuten wieder da.»

Immer noch tropfend stapfte er die schmale Treppe wieder hinauf.

Es behagte mir nicht, allein hier drin zu sein. Die Angst hatte sich wie ein Leichentuch um mich gelegt. Schwer wie das Kreuz auf dem Rücken des alten, schwarzen Mannes. Die Tatsache, daß zwei Gläser da standen, behagte mir nicht. Es behagte mir nicht, daß Neil das letzte Mal, als wir ihn gesehen hatten, mit Everill zusammen gewesen war. Everill, ganz charmant und unbekümmert. Everill, der Jon Jackson gekannt und das nie zuvor erwähnt hatte.

Ich stupste die Maus auf Neils Schreibtisch an. Sein Computer erwachte wieder zum Leben. Er war nicht ausgestellt gewesen, schlummerte nur auf «Standby». Auf dem Desktop war nichts geöffnet. Ich ging alles darauf durch. Sämtliche Layouts, die Paul gestern gemacht hatte.

Neben der Seite mit dem Inhaltsverzeichnis war eine Uhrzeit vermerkt: 23:08. Vielleicht geriet ich nur in Panik. Vielleicht war Neil zurückgekommen und hatte Paul zu einem Absacker überredet. Schließlich hatte er verzweifelt genug versucht, uns zu einem Drink mit ihm zu bewegen, und nach einer Linie oder zwei von diesem Zeug würde ein Drink nicht ausreichen.

Ich schaute auf seiner Festplatte nach. Darauf mußte er doch wohl gearbeitet haben. Nichts war herüberkopiert worden. Er müßte wenigstens an diesem Inhaltsverzeichnis oder an seinem Beitrag über Jackson gearbeitet haben. Aber dort war nichts vermerkt. Was hatte er gemacht?

Die Eingangstür knallte zu. «Dort ist er nicht», rief Barry und kam die Treppe wieder heruntergerannt.

«Sein Computer ist noch an», klärte ich ihn auf. «Nur, daß ich hier nichts finden kann, an dem er gearbeitet haben könnte.»

Das Telefon schrillte erneut und ließ mich zusammenfahren. Barry grabschte danach.

«*Lux*, kann ich Ihnen behilflich sein? Oh, nochmal hallo, Mr. Goodman. Nein, er ist leider immer noch nicht aufgetaucht. Nein, er hat auch nicht angerufen.»

Ich konnte die wütende Stimme des Amerikaners durch das Telefon schnauben hören.

«Nun, sind Sie sicher, daß ich Ihnen nicht irgendwie behilflich sein kann? Na dann, o.k. Ja, das werde ich ihm ausrichten. Ja, danke. Tschüß.»

«Verdammt arrogantes Arschloch!» Barry knallte den Hörer auf die Gabel zurück.

«Er hat immer noch nicht angerufen?» fragte ich.

«Nein, und Goodman sagt, er ist darüber nicht glücklich. Man hatte ihm gesagt, daß bis Sonnabend früh alles unterschrieben, besiegelt und ausgeliefert sein würde und daß Neil besser daran täte, das nicht zu vergessen und ihn in seinem Hotel anzurufen, bevor er auf einen früheren Flug umbucht.»

«Was geht hier vor, Barry? Neil würde es sich nie mit den Amis verderben. Nicht in einer Million Jahren. Darauf hat er die ganze Zeit gewartet.»

Angst schlich sich ins Büro, Stillschweigen. Verkorkste Gedankengebilde. *Eine einzelne Elster fliegt aus den Grünanlagen, fliegt direkt durch mein Gesichtsfeld.*

«Ruf Paul an», drängte ich Barry, zu verängstigt, um den Anruf selbst zu machen. «Es sieht so aus, als hätte Bambridge ihn nach Feierabend zum Trinken genötigt. Dem Timer auf dem Mac zufolge war er kurz nach 23 Uhr mit dem Design der letzten Seiten fertig.»

«Gute Idee.» Hudson stöberte in seiner Tasche nach seinem Adreßbuch und blätterte rasch die Seiten durch.

Ich saß auf seiner Schreibtischkante und sah zu, wie er die Nummer wählte. Es schien eine Ewigkeit zu dauern, bis jemand abnahm.

«Oh, hallo, Kumpel, hab ich dich aus dem Bett geholt?» Barry tat sein Bestes, heiter zu klingen. «Das tut mir leid, aber wir vermissen Neil, und ich hab irgend so einen Amerikaner an der Strippe, der behauptet, daß er eigentlich ein Treffen mit ihm arrangieren sollte. Ja, jetzt. Nein, ist er nicht. Ich hab mich nur gefragt, wann ihr gestern Abend gegangen seid?»

Die Falten auf Barrys Stirn vertieften sich, als er die Antwort schluckte.

«Du hast ihn überhaupt nicht gesehen? Aber er ist hierher zurückgekommen. Er hat seine Aktentasche hier gelassen.»

Zwei Leute. Keiner von ihnen Paul.

«Du mußt ihn wohl gerade verpaßt haben. Ja, ich auch. Das ist ein wenig rätselhaft, gelinde ausgedrückt. Hör zu, tut mir leid, daß ich dich geweckt hab. Ja, vermutlich. Bis 13 Uhr dann. Mach ich, ja. Tschüß, Kumpel.»

Er legte auf, sah mich grimmig an.

«Paul sagt, er hat ihn überhaupt nicht zurückkommen sehen. Er hatte angenommen, daß er nach dem Pub nach Hause gegangen war. Er hat fertig gemacht und ist so gegen 23:15 Uhr hier weggegangen. Neil hatte ihm einen Zweitschlüssel gegeben, er hat also abgeschlossen.»

«23:15 Uhr? Wie haben sie sich verpaßt?»

«Weiß nicht, Schätzchen, aber das sieht nicht gut aus.»

Wir starrten uns in spannungsgeladenem Schweigen an, das plötzlich durch das schrille Läuten der Türklingel unterbrochen wurde.

«Ich hoffe für ihn, daß er das ist.» Barry flog praktisch die Treppen hoch.

Als er die Tür öffnete, hörte ich eine Stimme sagen: «Haben Sie irgendwelche Probleme?»

Barry kam die Treppe wieder herunter, das Gesicht aschfahl.

Hinter ihm, auf weichen Sohlen trottend: Detective Inspector Linehan.

Jetzt begannen die Dinge in seinem Kopf aus den Fugen zu geraten. Während er noch vor wenigen Tagen geglaubt hatte, alles völlig unter Kontrolle zu haben, hatte er nun das schreckliche Gefühl, daß er einen Fehler gemacht hatte.

Einen, der alles zum Einsturz bringen würde.

Da waren zu viele Kleinigkeiten.

Er saß schwitzend in seinem Zimmer. Draußen tobte ein Sturm, und der Wind war ihm immer gespenstisch vorgekommen, schon als Kind. Jetzt bewirkte er, daß er an seiner Zurechnungsfähigkeit zweifelte. War er den einen Schritt zu weit gegangen? War diese letzte Tat, die ihm zu der Zeit das Risiko wert schien, in Wirklichkeit der Beginn seines Untergangs gewesen?

Er hielt eine Kassette in den Händen, drehte die Spulen um seine langen Finger. Die anderen lagen auf seinem Bett verstreut. Was darauf war, hätte ihn höchstwahrscheinlich endgültig erledigen können. Aber zu welchem Preis war er wieder an sie gekommen?

Er hatte dieses Ding leichtsinnig gedreht, und das war ein Fehler. Aber von dem Gedanken besessen, daß dieser hochnäsige Zwerg über ein Wissen verfügte, das er im Begriff war zu nutzen – daß Jackson hinter seinem Rücken geredet hatte –, hatte er gehandelt, ohne die Sache zu Ende zu denken. Er hatte sich von dem roten Hämmern leiten lassen, das in seinem Kopf pochte.

Draußen heulte der Wind, blies Mülltonnen um, wirbelte ihre Metalldeckel durch die Straßen, verstreute faulende Lebensmittel, Papier, Blechdosen über das ganze Pflaster. Autos hupten. Jemand schrie, ein verrückter Monolog einer unverständlichen Schimpftirade, während die Fenster in ihren Rahmen klapperten; der Wahnsinn ergoß sich in sein stilles Zimmer, hallte von den Wänden wider, beschwor böse Geister herauf.

Panik überkam ihn. So schlimm war es seit Jahren nicht mehr gewesen. Er konnte spüren, wie sein Gedankengut sich langsam herunterlud wie ein Computer mit einem Virus darin, der methodisch Datei für Datei löschte, die Programme fraß, die die Funktion des Großrechners bildeten. Dann die stechenden Schmerzen in seinen Armen und in der Brust. Dieser brüllende Schmerz, der dem plötzlichen, barmherzigen Blackout voranging.

Er fiel von seinem Bett auf den Boden.

«Ist Mr. Bambridge in der Nähe?» fragte der Detective, seine Stimme fast so leise wie seine Schritte.

«Nein», sagte ich, bevor Barry den Mund aufmachen konnte. «Wir wissen nicht, wo er steckt.»

«Nun, vielleicht können Sie mir helfen. Diana, richtig?»

«Ja.» Er sah mich seltsam an, den Anflug eines Lächelns auf den Lippen.

Sein Ton war sanft, aber es sah so aus, als würde er sich hinter seinen bohrenden blauen Augen im Geiste etwas zusammenreimen.

«Dieses Interview, das er mit Jon Jackson geführt hat», fuhr Linehan fort. «Hatte er vor, es in nächster Zeit zu bringen?»

Barry und ich wechselten einen Blick.

«Ja», antwortete ich zögernd. «Ja, das hatte er. Wir sollen Sonnabend damit in Druck gehen.»

«Oh.» Linehans Augenbrauen gingen in die Höhe. «Hat er es Ihnen zufällig vorher gezeigt?»

«Nein.» Barrys Stimme war barsch und tonlos. «Wir haben gerade danach gesucht. Nur, daß es verloren gegangen zu sein scheint. Zusammen mit Neil selbst.»

Linehans Ausdruck wechselte. Seine Augen blitzten, als wäre dahinter plötzlich ein Licht aufgeflackert.

«Wie meinen Sie das, verloren?»

Barry seufzte tief. «Wir haben uns verspätet und das Büro leer vorgefunden. Wir dachten, wir würden Ärger kriegen, weil er unseren Termin um eine Woche vorgezogen hat. Aber er ist nicht hier. Und wir hatten gerade einen Haufen Anrufe von einem wütenden amerikanischen Verleger, der extra in die Stadt gekommen ist, um ihn zu treffen. Der Typ ist heute morgen eingetroffen, und Neil hätte ihn anrufen sollen, um ein Treffen zu arrangieren. Er hat keinen Pieps gehört, und ich sag Ihnen, das sieht Bambridge nicht ähnlich.»

«Aber», ich sah von Barry zu dem Bullen, «seine Aktentasche ist noch hier. Er geht nie irgendwo ohne sie hin.»

«Wann haben Sie ihn zum letzten Mal gesehen?» Linehan zog ein Notizbuch aus seiner Tasche.

«Gestern Abend.» Barry trat unbehaglich von einem Fuß auf den anderen. «Er sagte, er würde hier die Nacht durcharbeiten.»

Linehan schrieb etwas in sein Notizbuch.

«Wir wissen nur, daß er hierher zurückgekommen ist», fügte ich hinzu. «Weil da diese halbleere Flasche Whisky ist, die vorher nicht hier war. Und zwei Gläser.»

«Zwei?» Linehans Kugelschreiber blieb in der Schwebe.

«Ja.»

Elstern, schmuddeliger Regen, Kreuze. Fluchende Hippies. Bescheuerte Huren.

«Wir haben ihn mit jemandem in der Bar zurückgelassen», nahm Barry den Faden wieder auf. «Daher nehmen wir an, daß er ihn hierher zu einem Drink eingeladen hat. Unser Designer war schon gegangen, ich hab gerade mit ihm telefoniert.»

Linehan sah aus wie ein Jagdhund, der Witterung aufgenommen hat.

«Um wieviel Uhr war das?»

«23:15 Uhr, meint er. Er wollte die letzte Bahn nach Hause kriegen.»

«Und kennen Sie den Burschen, mit dem er gestern abend zusammen war?»

Barry und ich wechselten einen ängstlichen Blick.

«Ich kenne ihn», sagte ich schließlich. «Es war ein Schriftsteller, den ich gerade interviewt hatte. Er heißt Simon Everill.»

Hinter Linehans Augen blitzte es erneut auf. Ein Jagdhund mit aufgestelltem Schwanz. Nimmt ein Taschentuch aus der Tasche, um es auf das Telefon zu legen, nimmt den Hörer auf und sagt: «Haben Sie etwas dagegen, wenn ich das benutze?»

Mein Herz hämmerte lauter als der Regen.

«O.k.», sagte Linehan. «Schick sofort einen Streifenwagen. Ich besorg dir nur die Adresse ...»

Barry rasselte sie auswendig herunter: «Dachwohnung, England's Lane 29, Belsize Park.»

Linehan wiederholte sie, sagte: «Sofort. Ruf mich an, wenn ihr da seid. Diese Nummer ...»

«0171 262 2600», bellte Barry.

«Danke.» Linehan legte den Hörer zurück, wandte sich wieder an uns.

«Ich will euch jetzt nicht beunruhigen, aber zufällig will ich mit diesem Everill sprechen. Und ich denke, ihr Medientypen wißt, mit welcher Ermittlung das zusammenhängt.»

Als ich ihn ansah, wurde die Welt plötzlich schwarzweiß. Die Welt wurde zur Kinobreitwand. Dehnte sich unendlich aus wie ein Gummiband, zwischen Grenzen der Finsternis, ganz wie eine verrückt gewordene Kinoleinwand.

Dann schnappte genauso plötzlich alles zurück auf einen kleinen, weißen Punkt.

Barry rief: «Fang sie auf.»

Ein winziger, weißer Punkt, dann Dunkelheit.

Als ich ohnmächtig in die Arme eines Polizisten fiel.

29

Ich kam mit einem nassen Waschlappen auf der Stirn wieder zu mir. Ich war immer noch in der Bell Street, meine Schläfen pochten, meine Arme an meinen Seiten waren schwach und zitterten. Barrys Arme waren um mich geschlungen; er sagte: «Alles klar, sie ist wieder da.»

«Diana, sind Sie o.k.?» Linehans Paar blauer Augen starrte auf mich herab.

Ich versuchte aufzustehen, immer noch schwer auf Barry gestützt.

«Tut mir leid», sagte ich und blinzelte in das Licht. «Das ist mir noch nie passiert.»

«Das ist völlig in Ordnung.» Der Polizist sprach mit ruhiger Stimme. «Nur, daß ich Ihnen ein paar Fragen stellen muß, und es ist wichtig, wirklich wichtig, daß Sie die jetzt beantworten.»

«O.k.» Ich machte mich von Barry los, versuchte, mich auf weichen Knien aufrecht zu halten.

«Ich hol dir etwas Wasser.» Barry schob seinen Drehstuhl herüber. «Setz dich da hin.»

Ich sah den Detective an.

«Wie gut kennen Sie Simon Everill?» fragte er.

«Nicht besonders gut.» Meine Stimme klang dünn. «Ich habe ihn vor ein paar Wochen bei einer Krimiveranstaltung im ICA kennen gelernt. Er war da und hat sich ein bißchen aufgeplustert, weshalb ich ihn interessant fand. Ich hatte sein Buch gelesen, und sein Verhalten schien so gar nicht zu dem zu passen, was er geschrieben hatte.»

Linehan nickte. «Haben Sie ihn damals interviewt?»

«Das habe ich, aber ich habe es nicht besonders gut gemacht. Er wollte mir nichts erzählen, und ich wollte nicht mit leeren Händen hierher zurückkehren. Daher bin ich am nächsten Tag wieder hingegangen und hab gefragt, ob ich es nochmal machen könnte.»

An dem kalten Wasser nippen. Vor meinen Augen tanzten noch immer Sterne.

«Und wie war er dann?»

Everill steht am Ufer. Wirft Steine in den See.

«Ganz anders.» Ich runzelte die Stirn, versuchte, die Bilder in meinem Kopf in Worte zu fassen. «Er hatte seine Punk-Rocker-Allüren völlig abgelegt. Er wirkte menschlicher als am Vortag, verletzlicher fast. Ich war sicher, daß etwas in ihm steckte, an das ich herankommen konnte. Ich dachte, ich hätte ihn dazu gekriegt, sich ein wenig zu öffnen. Jedenfalls sagte er, er würde darüber nachdenken, und ein paar Tage später rief er mich an und machte einen Termin aus.»

«Hat er Sie hier angerufen? Haben Sie ihm die Nummer gegeben?»

«Nein, er sagte, er hätte sie von der Pressesprecherin vom ICA bekommen.»

«Hmmm. Und wann haben Sie sich getroffen?»

Ich hatte zu starke Kopfschmerzen, um die Tatsachen aus der Versenkung zu holen.

«Barry, kannst du mir mein Filofax holen? Es ist in meiner Tasche. So aus dem Stegreif kann ich mich nicht erinnern.»

Ich blätterte die Seiten durch, bis ich zu der Seite kam, auf die ich es gekritzelt hatte. «Das war am 29. März», berichtete ich dem Detective. «Im ‹Coach and Horses› in Soho.»

Linehan schreibt das ebenfalls auf, fragt: «Welches?»

«Welches was?»

«‹Coach and Horses›. Es gibt zwei im West End. Eins in der Poland Street ...»

«Nicht das. Das nahe Cambridge Circus.»

«Ah, Romilly Street. Der Pub von dem Journalisten Jeffrey Bernard.» Er zwinkert mir zu. «Und was geschah dann?»

«Na ja, eigentlich nichts. Wir haben am Ende nur geredet. Über Musik und Bücher. Ich hab an dem ganzen Abend kein Interview bekommen.»

«Er hat sie hingehalten», mischte Barry sich ein. «Das habe ich ihr damals schon gesagt.»

«Und ich hab ihm gesagt, daß ich dachte, Everill würde mich beschnuppern. Um zu sehen, ob ich in Ordnung war.»

«Das ist ein interessanter Gedanke.» Linehan sah mich forschend an. «Begegnen Sie in Ihrem Beruf vielen Menschen, die Ihnen diesen Eindruck vermitteln?»

«Ich bin ein paar begegnet.» Ich nickte. «Hauptsächlich Musiker. Sie sind ziemlich eigen mit dem, was sie tun. Manchmal braucht es ein paar Treffen, um sie zu gewinnen.»

Linehan nickte. «Ich verstehe. Und hat er Sie wieder angerufen?»

«Ja. Gleich am nächsten Tag.»

«Hier im Büro?»

«Ja. Er wollte, daß wir uns an dem Abend wieder trafen. Aber ich konnte nicht. Wir haben den Deal mit eben jenen Amerikanern gefeiert, mit denen Neil heute sprechen soll ...»

Neil. Und Everill. Meine Schuld. Meine Schuld.

Hinter meinen Augäpfeln schossen heiße Tränen hoch.

Linehans Stimme war ruhig, besänftigend. «Kommen Sie schon, Diana, hören Sie jetzt nicht auf. Wann haben Sie ihn wieder getroffen?»

«Vor zwei Tagen.» Ich sah auf meinen Terminkalender hinab in dem Versuch, die nassen Spuren zu verbergen, die mir aus den Augenwinkeln rannen. «Am vierten April. Und das war der Tag, an dem ich Scheiße gebaut ...»

Ich konnte jetzt nichts mehr verbergen. Konnte nicht aufhören zu heulen. Ich hatte ihn hereingelassen. Hatte ihn über die Türschwelle gelassen. Und jetzt hatte ich die Bescherung. Das war alles meine bescheuerte Schuld. Immer zuviel Information wollen, immer Dinge herausfinden wollen, von denen ich besser keine Ahnung haben sollte.

Linehan legte mir eine Hand auf die Schulter, brachte mich dazu, ihn anzuschauen. Seine Augen glühten wie blaue Flammen. «Diana, Sie müssen mir alles erzählen. Was ist in jener Nacht geschehen?»

Barrys Hand lag auf meiner anderen Schulter, sein Ton war drängend: «Reiß dich zusammen, Di, sag es ihm. Es ist nicht deine Schuld, verdammt noch mal.»

Aber er dachte schon, was ich dachte.

Ich heulte richtig los: «Ich habe ihn in einem Pub in der Nähe meines Hauses getroffen. Das ‹Earl of Lonsdale›, Portobello Road. Diesmal hat er mir ein Interview gegeben. Ein richtiges. Hat mir alles über sein Buch erzählt und darüber, daß es von seiner Kindheit handelt. Wie sein Freund von seiner wahnsinnigen Mutter umgebracht wurde und daß er angefangen hat, zu trinken und LSD zu nehmen, weil ihn das so fertig gemacht hat. Hatte am Weihnachtsabend eine Christusvision. All dieses verrückte Zeug, das er in dem Buch verarbeitet hat. Es ist alles da auf meinem Schreibtisch, wenn Sie es haben wollen, all die Bänder. Nur ...»

Jetzt tropften die Tränen in großen, rotzigen Klümpchen. Ich konnte kaum atmen, geschweige denn sprechen. Daher sprang Barry für mich ein: «Nur, daß sie sich einen Kleinen angesoffen hat und ihn mit zu sich nach Hause genommen hat. Sie will mir nicht sagen, was passiert ist, aber ich glaube nicht, daß sie viel Spaß daran hatte.»

«Na gut.» Linehan stand auf. «Das reicht fürs erste. Also, Barry, vielleicht können Sie dies besser beantworten. Was hat er gestern abend mit Ihrem Kollegen in dem Pub gemacht?»

«Der Scheißkerl hat behauptet, Di hätte ihn eingeladen, war frech wie Oskar. Hat sie aber nicht. Ich glaube, er hoffte, sie zu verwirren, wie er es vorher schon getan hatte. Aber er wußte auf jeden Fall, wo wir waren. Er muß ihr nachgeschlichen sein. Ich wußte, daß etwas an ihm faul war, aber ich ahnte nicht, daß es so schlimm sein würde ...»

Barry bedeckte seine Augen mit den Händen.

«Ja, nun, noch wissen wir nicht, wie schlimm irgend etwas ist.» Linehan steuerte auf die Tür zu. «Ich möchte nur, daß Sie, Diana, aufs Revier kommen, und ich will diese Bänder, die Sie von dem Interview haben.»

Ich nickte, stand auf und ging zu meinem Schreibtisch hinüber, nahm mechanisch meinen Kassettenrekorder und die Hüllen, in denen die Everill-Bänder steckten, und stopfte alles in meine Tasche. Linehan warf einen letzten Blick auf Neils Schreibtisch. Er fragte: «Haben Sie diese Aktentasche angefaßt?»

«Nein.» Ich schüttelte den Kopf.

«Gut. Sonst irgend etwas?»

«Seinen Computer», gab ich zu.

«Diese Gläser, haben Sie die angefaßt?»

«Nein.»

Barry: «Nein.»

«In Ordnung. Ich werde die Kollegen von der Spurensicherung herschicken. Wenn sie kommen, werden Sie, Barry, das Büro verlassen und sich bis auf weitere Anweisungen fernhalten.»

Es war Realität. Hatte ich Neil umgebracht?

«Und ich möchte nicht, daß Sie», wandte Linehan sich an mich, «in Ihr Haus zurückkehren, bis wir Mr. Everill zur Befragung da hatten. Können Sie irgendwo anders unterkommen?»

«Ich kann mich um sie kümmern», nickte Barry. «Komm gleich zu mir, wenn du auf dem Revier fertig bist. Bis dahin müßte ich zurück sein. Ich sollte nur eben Paul und den Amerikaner anrufen, ihnen sagen, daß sie nicht reinzukommen brauchen.»

«Gut.» Linehan konsultierte seine Uhr.

Barry platzte geradewegs damit heraus: «Wollen Sie Everill wegen Jackson?»

Aber wie durch Vorsehung klingelte das Telefon. Linehan ging sofort ran, ohne den Blick von Barry abzuwenden. «Alles klar? Kein Lebenszeichen? Gut, geh rein, David. Wir kümmern uns später um den Papierkram. Ich kümmere mich darum. Ich möchte, daß du da reingehst. Ich bin an meinem Funkgerät, auf dem Rückweg zum Revier.»

Er legte den Hörer auf die Gabel und sagte: «Das ist vorläufig alles, Barry. Danke für all Ihre Hilfe.»

Und damit dirigierte er mich durch die Tür.

Es war diese Art von Ort, an dem Geheimnisse ausgeplaudert werden.

All die Morde, die Vergewaltigungen, die Bank- und Raubüberfälle, die Kleindiebstähle, all diese Verzweiflungstaten.

In einem tristen, trübseligen Raum, der in einem tristen, trübseligen Grün gestrichen war, dieser Sorte Endstation-Farbe, die nur in öffentlichen Einrichtungen benutzt wurde, weil niemand sie in der Nähe seiner vier Wände haben wollte. Zerkratzte Wände, abgestoßene Fußleisten. Wie viele Leben waren in diesem kleinen tristen, Zimmer unter dem erbarmungslosen Licht ausgebreitet worden? Wie viele traurig dreinblickende Ladendiebe, rotäugige Junkies,

Straßenräuber mit stechendem Blick hatten ihre Geschichten vor diesen alten Polizeipostern entwirrt, die an die Wände geheftet waren:

ACHTUNG! DIEB GEHT UM!

Ich saß Detective Sergeant Linehan und dem weiblichen Police Constable Furrows in dem düsteren Raum unter der grellen Lampe gegenüber. Redete über Simon Everill.

Während Simon draußen in London frei herum lief. Und mein Boß Neil unauffindbar war.

Als die Polizei in seine Wohnung eingedrungen war, hatte sie diese leer vorgefunden, der Anrufbeantworter blinkte ununterbrochen. Darauf befanden sich haufenweise erboste Nachrichten von den Amerikanern. Nachrichten vom Vortag, woraus sie schlossen, daß er letzte Nacht nicht nach Hause gekommen war.

Ich sprach auf einen Kassettenrekorder, kaute das alles noch einmal durch. Berichtete, was Everill mir über seine kleinen Kaffs und Geheimnisse erzählt hatte. Linehan nickte, als kenne er die Geschichte bereits, machte sich hin und wieder eine Notiz in sein Buch.

«Gut, sollen wir uns diese Bänder mal anhören?» schlug er vor.

Ich holte alles aus meiner Tasche, während die Polizeibeamtin angab: «11:43 Uhr, Diana Kemp nimmt Kassettenrekorder und zwei Kassettenhüllen aus ihrer Handtasche.»

Aber als ich die Sachen auf den Tisch legte, merkte ich, daß etwas nicht stimmte.

«Warten Sie», sagte ich und drückte die EJECT-Taste auf dem Rekorder.

Er war leer.

«Was zum ...?»

Ich nahm die zwei Hüllen, welche die Everill-Bänder enthielten.

Auch leer.

«Oh mein Gott.» Ich sah hoch in Linehans aufgerissene Augen. «Sie sind weg.»

«Wie meinen Sie das?» Er runzelte die Stirn. «Sie sind zwischen hier und dem Büro verschwunden?»

«Nein.» Meine Stimme war ein Flüstern. «Sie waren nie da. Er hat sie an sich genommen. Deshalb ist er zurück gekommen.»

«Sind Sie sicher, daß Sie die Richtigen mitgebracht haben? Sie waren da vorhin etwas wackelig auf den Beinen.» Linehan starrte mich an.

«Ja, mit diesen Bändern sollte ich anfangen zu arbeiten. Ich habe das alles auf meinem Schreibtisch liegen lassen, weil ich heute gleich als erstes daran gehen wollte.» Ich spürte einen Schrei in mir aufwallen. «Verstehen Sie denn nicht? Das bedeutet, er *war* es. Er ist gestern Abend in das Pub gekommen, um meine Bänder wiederzuholen. Neil hat ihn ins Büro gelassen, und nun ...»

«Na gut, Diana, das sind alles Mutmaßungen, also denke ich, wir belassen es dabei.» Linehan sprang auf. «Vielleicht muß ich Sie später noch um eine Aussage bitten, aber im Moment vergeuden wir ohne diese Bänder nur unsere Zeit. Datiert Dienstag, 6. April, 1992. Die Zeugenaussage ist hiermit beendet.»

Er stellte das Band aus.

«Ich ... es tut mir leid», setzte ich an, meine Stimme klang hysterisch.

Linehan schüttelte den Kopf, aber seine Stimme war sanft, beruhigend.

«Lassen Sie uns einfach einen Streifenwagen besorgen und zusehen, daß Sie sicher nach Hause kommen, hm?» schlug er vor und dirigierte mich ebenso eilig aus dem Vernehmungsraum, wie er mich aus dem Büro geholt hatte.

Am Empfangstisch wählte Linehan einen Mann aus, der

mich zu Barrys Wohnung zurückbringen sollte. Er nahm meine Telefonnummer entgegen und reichte mir die Hand. Sein Händedruck war unverändert trocken und fest.

«Wir bleiben in Kontakt.» Er gab mir seine eigene Visitenkarte, bevor er wieder in den tristen Eingeweiden des Betriebs verschwand.

Ich schauderte, konnte nicht recht glauben, daß es noch Tag war. Trat hinaus und stieg in einen zivilen Streifenwagen, in dem ein fröhlicher junger Constable nach dem Weg fragte.

«St. Charles Square, eine Nebenstraße der Ladbroke Grove», erklärte ich ihm, während mir die Tränen in die Augen stiegen.

30

Als die Panikattacke abflaute, lag er auf dem schmutzigen Teppich in seinem Schlafzimmer. Zuerst wußte er nicht, wie er dahin gekommen war. Das Zimmer hatte nicht die richtige Form, und er konnte die Rolläden nicht sehen. Jemand hatte den Wohnwagen umgestellt. Und wo war Mary?

Der Verkehrslärm brachte ihn wieder zu sich. Seine früheste Realität löste sich in der Gegenwart auf. Nein, er befand sich jetzt weit weg von dort. Er war in die Stadt gekommen, nicht wahr? Um sich zu holen, was ihm zustand.

Mit einem Hämmern im Kopf, als wären Rammbären darin, hievte er sich auf das Bett hinauf. Fühlte sich ausgelaugt. Alles war schief gelaufen. Wie immer.

Er sah sich im Zimmer um. Stäubchen schwebten in der drückenden Luft. Als er wieder klar sehen konnte, hörten die Sterne auf, vor seinen Augen zu tanzen, und er erinnerte sich auch daran, daß er nicht mehr allein war. In der Ecke seines Zimmers befand sich ein Besucher. Nicht, daß er viel sagte. Was bedeutete, daß seine Tage in London letztendlich gezählt waren. Er hatte zuvor nie jemanden mit hierher gebracht und würde es wahrscheinlich auch nie wieder tun. Nein, der Besucher konnte das Zimmer haben. Wirklich eine Schande. Es war nicht halb so schön wie das, was er vermutlich gewohnt war.

Immer noch wackelig gelang es ihm, auf die Beine zu kommen, sich in die Ecke zu begeben und sein Werk zu betrachten. Ein gebrochenes Genick. Die Zunge baumelte idiotisch aus dem Mund, die Augen waren von einem Schleier überzogen. Er hatte so etwas wie Barmherzigkeit gezeigt und es kurz gemacht, hatte fast so eine Art Mitgefühl für den Kerl verspürt. Er war ein Mann von Wohlstand gewesen, ja, auch von Geschmack. Aber obwohl er die Gesellschaft eines ebenbürtigen Hochstaplers zu schätzen wußte – noch dazu eines guten –, war in dieser Geschichte einfach nicht genug Platz für sie beide. Und Wohlstand und Geschmack einmal beiseite gelassen, hatte dieser Typ den fatalen Fehler gemacht, den Details nicht genug Bedeutung beizumessen und einen Übereifer darin an den Tag zu legen, seine Konkurrenten in dem Kampf um den in seinen Augen großen Preis zu schlagen. Ausgerechnet ihm anzuvertrauen, daß er über eine entscheidende Information verfügte, die ihn mit Jackson in Verbindung brachte.

Und wie erpicht er anfangs darauf gewesen war, darüber zu reden und damit zu prahlen. Als er dann seine «Indiskretion» erst einmal wieder gutgemacht hatte und Diana und ihr Schlägertyp aus dem Weg waren, hatte der Fatzke erst recht gesungen wie ein Kanarienvogel. Noch ein paar Bierchen, ein Tütchen von irgendeinem Zeug mit einem verstohlenen Zwinkern unter dem Tisch hindurchgereicht.

Kokain, nahm er an, und dem Gesichtsausdruck seines Begleiters nach zu schließen, wurde jetzt auch noch von ihm erwartet, zum Klo zu rennen und auch davon zu nehmen. Als wäre das ein besonderes Fest. Nun, er hatte seinen Teil an Erfahrung mit Drogen gehabt, hatte keinen Bock auf mehr. Nicht, daß Kokain wirklich gefährlich war, jedenfalls würde es keine Visionen hervorrufen. Er ging einfach mit großem Gehabe aufs Klo, spielte mit, kam zurück und hielt sich die Nasenflügel wie Jackson es damals in den «Hop Poles» gemacht hatte, als wären sie alle zusammen gute Kumpel.

Dann hatte es geheißen, «Lust, mit ins Büro zu kommen, willst dich umsehen, einen Blick auf die neue Ausgabe werfen?» Für eine Weile hätte er fast die Kontrolle verloren; das Bedürfnis, diesem kleinen, großkotzigen Scheißkerl eine überzubraten war heftig gewesen. Aber das war nicht drin. Bevor es soweit kommen konnte, mußte er ihm das Beweismaterial entlocken. Hinzu kam die Tatsache, daß Dianas Bänder vermutlich im Büro waren. Er durfte nicht vergessen, daß er ursprünglich deshalb gekommen war, und jetzt, wo all diese Informationen vor ihm ausgebreitet wurden, hatte er leichtes Spiel. Er tat besser daran, sich zu beruhigen, alles zusammenzusammeln, was er brauchte.

«Na los», schmeichelte er, während sie eine Flasche Scotch öffneten, die der Fatzke rein zufällig in seiner Schublade verwahrte. «Laß uns nur mal reinhören in das, was Jackson gesagt hat. Schließlich geht ihr Sonnabend in Druck, daran kann ich verdammt noch mal nichts ändern. Ich will den sensationellen Fang nur mit eigenen Ohren hören. Hören, was hätte sein können.»

An dem Punkt hatte Bambridge offensichtlich Mitleid mit ihm gehabt, denn er holte eine Kassette hervor und ließ das Band im Schnellauf bis zu der Stelle durchlaufen, an dem Jackson seinen Namen erwähnt hatte. Er tat so, als würde er aus Respekt für den Toten in feierlichem Schweigen lauschen.

Was er gehört hatte, hätte nicht vernichtender sein können.

Dem Geräusch nach zu urteilen hatte Jackson Bambridge in einen seiner Saufclubs geführt. Im Hintergrund war gemurmeltes Geplauder zu hören, das Plätschern von eingeschenktem Wein und das Klicken eines Zipp-Feuerzeugs, als Zigarren angezündet wurden.

Die Stimme des Toten auf dem Band klang heiter. «Was ich letztendlich erreichen will», sagte er, «woran ich als nächstes arbeiten werde, ist ein Film, der sich mehr mit der Wahrheit befaßt.»

«Das ist es», hatte Bambridge überflüssigerweise angemerkt.

«Ja, ja», fuhr die Stimme des Regisseurs fort. «Sicherlich können wir über meinen nächsten Film sprechen, und ich möchte, daß dein Magazin einen Exklusivbericht darüber bringt. Ich halte wesentlich mehr von *Lux*, als von allen übrigen Medien.»

An der Stelle hatte der Fatzke selbstgefällig gelächelt.

«In diesem Land geht eine Menge Scheiße vor sich, die unter den Teppich gekehrt wird», sagte Jackson. «Ich weiß das, weil ich vom flachen Land komme, aus den Fens, und dort laufen die Dinge ganz anders. Es war mir immer klar, daß ich nicht das sein würde, was man in dieser Gesellschaft ‹normal› nennt. Ich bin zur Hälfte Spanier oder, im Norfolk-Jargon ausgedrückt, ein ‹Schokoladentropfen›. Es gibt dort ein paar eng gestrickte Klüngel von Menschen, die sich um sich selbst kümmern, Fremde nicht willkommen heißen und ihre eigenen Geheimnisse begraben. Ich hoffe, alle und jeder von ihnen hat meinen letzten Film gesehen, weil sie genau die Leute sind, denen ich Geld abknöpfen will, um den nächsten Film zu drehen – die Leute, die ihn am meisten hassen werden. Ich habe von einem Agenten ein Buch zugeschickt bekommen, das alles beinhaltet, was ich in einem Film ausdrücken will.» Jackson ließ die Bombe platzen. «Es spricht all diese Themen an, also halt mal danach Ausschau. Es heißt *Weirdo* und ist von einem Typ namens Simon Everill. Noch weiß niemand, wer er ist, aber sie werden ihn bald kennen lernen.»

«Und wovon handelt das Ganze?» Auf Band konnte Neil kaum die Aufregung in seiner Stimme verbergen. In Wirklichkeit hatte er gerade sein eigenes Todesurteil unterschrieben.

«Es spielt in einem nicht spezifizierten Dorf, das leicht das Kaff hätte sein können, in dem ich aufgewachsen bin», säuselte Jackson weiter. «Es handelt von einer Familie von Freaks, alle Kinder von einer betrunkenen Mutter und von Vätern, die von Rockern aus der Gegend bis zu Zigeunern reichen. Sie leben in einem Wohnwagen auf irgendeinem Ödland in der Nähe eines Bauernhofs. Mit jedem dieser Kinder stimmt etwas nicht, entweder psychisch oder physisch oder beides. Aber einer von ihnen, Weirdo, der Titelheld, sucht verzweifelt einen Bezug zur Wirklichkeit, weil nur er allein den Wahnsinn seiner Situation erkennt.

Während die anderen Kids eines nach dem anderen von der Bildfläche verschwinden – Unfälle mit Landwirtschaftsmaschinen, Brudermord, Weggehen zu den Zigeunern – freundet er sich mit einem normalen, kleinen Jungen an, der unten am Fluß die Enten füttert. In seiner Fantasie wird er zu diesem kleinen Jungen. Dann, zum Schluß, als nur noch er und seine kleine Schwester übrig sind – die Schwester, die er wirklich mag –, taucht der Bauer auf und vertreibt sie von seinem Land. Die betrunkene Mutter wird damit natürlich nicht fertig. Also erstickt sie ihre beiden Kinder, wirft sie in den Fluß und sich selbst hinterher.»

«Mein Gott, das klingt noch weiter hergeholt als *Bent*, wenn ich so sagen darf.» Neil klang skeptisch.

«Ah, aber das ist es nicht, verstehst du. Ich habe den Autor dieses Buchs getroffen. Nochmal, das ist nicht für die Öffentlichkeit bestimmt, weil ich nicht will, daß alle das erfahren, noch nicht. Aber er sagt, daß alles in dem Buch wahr ist. Es geschah in seinem Heimatdorf, und die Anwohner breiteten einen Mantel des Schweigens über die ganze Sache. Wie ich schon sagte, ich komme aus so einem Ort, mir erscheint das durchaus glaubwürdig. Nur, daß der Autor diese Informationen nicht allgemein bekanntmachen möchte. Ich glaube tatsächlich, daß er Angst hat. Also was immer du tust, druck das nicht. Ich möchte, daß er für sein Buch alle Anerkennung bekommt, die er verdient, bevor ich meine Sicht davon auf die Leinwand bringe.»

«Nun ja, ich kann die Francis-Bacon-Metaphorik darin erkennen.» Der dumme Bambridge konnte seine Freude über das, was er hier auf Band hatte, kaum unterdrücken.

«Ganz genau.» Jackson klang noch blasierter. «Es wird sein, wie wenn Thomas Hardy *The Texas Chainsaw Massacre* trifft.»

Danach stellte der Fatzke sein Gerät aus und zog sich eine weitere Schnüffeleinheit von seinem Nasenpulver rein. Sein Gast lehnte ab, also nahm er auch die andere Linie. Mittlerweile war Bambridge eindeutig stinkbesoffen.

Es war einfach zu leicht gewesen, das Band aus dem Aufnahmegerät zu entfernen, während sein Gastgeber pinkeln war und es durch ein anderes zu ersetzen, das griffbereit in der Nähe lag. Einfach zu leicht, die Dateien auf seinem Computer zu löschen, während Bambridge durch den Raum für kleine Jungs stolperte und unauffällig versuchte, sich noch eine Line Koks reinzuziehen. Noch ein kleiner Trick, den er von Jackson gelernt hatte, als sie zusammen an dem Manuskript gearbeitet hatten: wie man eine Computerdatei vernichtet.

Er erkannte Dianas Kassettenrekorder auf ihrem Schreibtisch und die Kassettenhüllen wieder, die sie neulich Abend verwendet hatte. Fast vergnügt ließ er die ebenfalls verschwinden, gab sich nicht einmal die Mühe, einen Ersatz zu finden. Sollte sie ruhig erkennen, daß sie vor ihm nicht sicher war. Er konnte tun, was er wollte, wann er wollte.

Dann, als Bambridge geräuschvoll ins Zimmer zurückgestolpert kam, war es eine einfache Frage der Ablenkung. Er hatte dem Eliteschuleabsolventen ein paar Fragen über die Kunstbücher gestellt, die sich auf seinen Regalen stapelten. Es machte ihm nicht halb so viel Spaß, über diesen Mist zu quatschen. Und dann nochmal schnüffeln und noch ein paar Glas von dem guten Scotch. Rundete den Abend mit einer netten Einladung ab, die Fortschritte seiner Arbeit anzusehen. Schließlich war Sodom auf seinem Nachhauseweg nicht allzuweit entfernt, und was waren für einen Fatzke wie ihn schon ein paar Pfund Taxigeld? Zu diesem Zeitpunkt war der Typ zu breit, um gegen irgendwas zu protestieren.

Und nun war er zu tot, um gegen irgend etwas zu protestieren. Das Band, das er ganz für sich behalten hatte, seine große Exklusivstory, hatte ihn hierher geführt, in die stinkende Ecke eines anonymen Zimmers. Genau wie Jonny war er einen Schritt zu weit gegangen.

Was ich wirklich erreichen will, ist das Herz der Finsternis.

«Nun, ich hab es dir gezeigt, nicht wahr Jonny Boy?» lachte er bitter zu sich selbst. Das Komische war, daß Jackson wahrscheinlich damit davongekommen wäre, wenn er es nicht darauf angelegt hätte, sich *Weirdo* ebenfalls anzueignen. Er hatte es ziemlich genossen, berühmt zu sein, hatte vermutlich gedacht, er könnte das auch weiterhin genießen. Aber nein. Jon Jackson konnte nie genug bekommen, oder?

Also mußte man ihm zeigen, was es hieß, die Tür zu absolutem Grauen zu öffnen und keinen Weg zurück auf die andere Seite zu haben. Das war besser als ein Film, nicht wahr?

Die Wahrheit.

Und doch …

Die eine Sache, die ihm immer noch zu schaffen machte, die eine Sache, die er nie begriff. Aus welchem Grund hatte Jackson wirklich gewollt, daß er das Buch schrieb? Er hatte ihm die Geschichten über Mong und Fists, wie sie geendet waren, bereits erzählt, als sie Kinder waren, und er war wieder bei diesen Darstellungen geblieben, auch wenn sie nicht ganz der Wahrheit entsprachen. Das gleiche galt für Jake; er war mit den Zigeunern davongelaufen, aber nur, weil er mittlerweile erkannt hatte, daß er wahrscheinlich als nächster einen «Unfall» mit einer Landwirtschaftsmaschine haben würde. Aber Jackson hatte ihn immer wieder nach all den Details ausgequetscht, ganz wie er es als Kind getan hatte. Als würde ihm das einen Kick verpassen.

Und dann war da die Art, wie er seine eigene Geschichte mit Jacksons Kindheit verknüpft hatte, als er in dem Pub mit Diana gesprochen hatte. Warum hatte er die Dinge so miteinander verflechten wollen? Warum war er auch jetzt noch dankbar für einige der kleinen Tricks, die sein alter Widersacher ihm gezeigt hatte?

Er schüttelte den nagenden, schrecklichen Verdacht ab, daß Jon Jackson irgendwie in sein Bewußtsein eingedrungen war und somit für immer dort bleiben würde. Jetzt war keine Zeit, darüber nachzudenken. Seine Zeit lief jetzt ab, das spürte er.

Für eine Weile würde ihn kaum jemand hier finden, weil niemand wußte, wo hier war, außer seinem Hausgast, der jetzt gern ganz einziehen durfte. Das Band würde er jetzt nicht mehr brauchen. Es konnte hier bleiben, zusammen mit der Person, die zu seiner Entstehung beigetragen hatte. Dianas Bänder würde er mitnehmen. Sie wollte er noch nicht aufgeben. Aber viel mehr bräuchte er nicht mitzunehmen.

Er hatte einen Batzen Bargeld gespart. Sobald der Scheck für seinen Vorschuß freigegeben worden war, hatte er alles von seinem Konto abgehoben. Vertrau nie Geldinstituten, wenn du einfach Bargeld haben kannst. Es war ein ganz ordentliches Bündel, und er war sicher, daß es mehr als genug sein würde, um ihn an sein Ziel zu bringen. Eigentlich brauchte er nur sein Handwerkszeug mitzunehmen, und das paßte alles bequem in seine kleine Sporttasche.

Und Glasgow Bobs St. Christopher, um ihm den Heimweg zu leuchten.

Unterwegs war nur ein Anruf zu erledigen.

31

Jon Jacksons letzter Abend auf Erden begann stilvoll.

Die Karten für seinen Vortrag waren ausverkauft, das National Film Theatre brechend voll. Die meisten aus dem Cast von *Bent* hatten sich in der ersten Reihe versammelt, Niall Flynn in ihrer Mitte, sein weißes Haar ein Leuchtfeuer in dem Halbdunkel, bevor der Vorhang hochging. An seiner Seite tratschten die Großen und Geachteten der Filmwelt und klopften sich gegenseitig auf die Schulter – Produzenten, Regisseurkollegen, Journalisten und Geldleute. Hinter den Reihen der erlauchten Gesellschaft hockten bis ans Ende des Saals «Kray-Klones» in ihren glänzenden Anzügen auf der Stuhlkante, darum bemüht, die Berühmtheiten von den Möchtegern-Berühmtheiten zu unterscheiden. Die Atmosphäre war von angeregtem Geplauder erfüllt.

Nur ein Mann ganz hinten teilte ihre Begeisterung nicht.

Nicht, daß er sich nicht auf die Ereignisse freute, die an jenem Abend im Begriff waren, ihren Lauf zu nehmen, oh doch, das tat er. Sein Interesse war nur anderer Art. Die Leute hier heute abend, sogar die Berühmten, nun, sie waren nichts als zahlende Möchtegerne. Sie hatten keine

Ahnung, daß später eine Privatvorstellung stattfinden würde – für einen einzigen Zuschauer. Für den Mann in dem schwarzen Crombie-Mantel, der in seinen Sitz zusammengesackt war und sich von seinem nächsten Nachbarn abwandte, war dies nur die Vorspeise.

Er hatte das Ganze jetzt seit etwa vier Wochen geplant, seit er das letzte Mal mit seiner Agentin gesprochen hatte.

Er rief sie jeden Freitag von seinem Handy aus an, um sich geschäftlich auf den neuesten Stand bringen zu lassen. Seine eigene Nummer gab er niemandem preis, nicht einmal ihr. Alison Varley, gewiefte alte Geldmatrone, die sie war, zuckte angesichts solch einer Exzentrizität nicht mit der Wimper. Insgeheim war er für sie ihr kleiner J. D. Salinger, der eigenwillige Einsiedler.

Nur, daß sie an jenem Tag nicht ihre gewohnte Aura der Ruhe ausgestrahlt hatte. An jenem Tag hatte sie fast mädchenhaft geklungen.

«Du rätst nie, wen ich gerade an der Strippe hatte», hatte sie hervorgesprudelt. «*Jon Jackson*! Er hat das Buch gelesen, und er ist begeistert, mein Engel! Und er will nichts weniger als das Vorkaufsrecht für eine Verfilmung ...»

Es hatte ein paar Sekunden gedauert, bis die Worte sich gesetzt hatten, und als sie das hatten, hatte er schnell die Taste auf seinem Handy gedrückt und das Gespräch abgewürgt. Dann hatte er das blöde Ding gegen die Wand geschleudert und in einer Weise geschrieen, daß seiner Agentin die honigblonden Strähnen aus ihrer prachtvollen Harrod-Frisur geflogen wären, hätte sie das Pech gehabt, ihn zu hören.

Zu ihrem Glück befand er sich weit weg in Sodom, wo solches Geschrei zum Alltag gehörte.

Es hatte eine Weile gedauert, bis er sich wieder beruhigt hatte. Sein Zimmer war ein wenig aufgemischt worden. Das Bett umgeworfen, der Stuhl in zwei Teile zerschmettert, sogar in die Wand hatte er Löcher geschlagen.

Aber als er schließlich zu sich kam und sich der Sache bewußt wurde, überkam ihn ein seltsames Gefühl der Ruhe. Natürlich, das war's jetzt. Es war soweit. Vielleicht hatte er sich eingeredet, daß es nicht eines Tages nötig sein würde, aber jetzt erkannte er, daß es keinen anderen Ausweg gab. Es war das Schicksal, das ihn die ganze Zeit führte.

Als erstes hatte er eine Eintrittskarte für Jacksons Vortrag gekauft. Eine für ganz hinten, neben einem Ausgang, so daß er unbemerkt hinausschlüpfen konnte. Dann hatte er seine Ausrüstung zusammengestellt und den bereitstehenden Raum voll ausgestattet.

Er hatte die ganze Zeit gewußt, wo es stattfinden sollte, deshalb hatte er, wie ihm jetzt klar wurde, Big Tonys Zweitschlüssel zusammen mit dem St. Christopher und dem Umschlag mit dem Datumsstempel sicher in seiner Schublade verwahrt.

Als die Sache mit dem Buch anlief, hatte er beschlossen, nicht weiter für Big Tony zu arbeiten. Hatte ihm bedauernd mitgeteilt, daß er den Stand verlassen müsse, weil er sich ein Leben in London nicht länger leisten könne. Tony, der den Jungen immer noch für den schüchternen Kleinen hielt, den er aus der Gosse aufgelesen hatte, wünschte seinem Freund daher alles Gute, bat ihn, in Kontakt zu bleiben und dankte ihm für all seine harte Arbeit. Der große Mann hatte nie viel für Bücher übrig gehabt, noch für die Sorte kunstbeflissener Magazine, die Bilder von Simon Everill brachten, und dabei sein Genie priesen. Erst, wenn sie auf die Titelseiten der Regenbogenpresse gelangten, würde der arme Tony merken, was ihm seine Freundlichkeit eingebracht hatte.

Aber was Everill anging, war es das Beste, sich jetzt, wo Andy Smith seine Schuldigkeit getan hatte, in Luft aufzulösen. Was bedeutete, daß er sich von Camden fernhalten mußte. Und das Gute an London war, daß das so einfach ging: Niemand wechselte wirklich sein Revier und seinen gewohnten Tagesablauf, so daß Tony dem Everill, obwohl dieser weiterhin gerade mal eine Meile von seinem alten Arbeitsplatz und seinen Stammkneipen entfernt wohnte, nie wieder begegnen würde.

Er hatte ein paar Erkundungsstreifzüge unternommen, um die Lage in den frühen Morgenstunden um diese Brückenbögen herum zu sondieren. Isoliert, wie sie von der High Street war, lag die Gegend öde und verlassen da. Er hatte sich Zutritt verschafft und war auf einer kleinen Entdeckungstour durch ein Loch im Mauerwerk zu einem leerstehenden Kabuff unter einem Brückenbogen gelangt. Das einzige, was sich während der ganzen Zeit, die er sich dort aufgehalten hatte, herumgetrieben hatte, waren einige räudige Straßenkatzen und jede Menge Ratten.

Um so besser.

Am Abend vor dem *Guardian*-Vortrag hatte er seine Ausrüstung und Kleider zum Wechseln mitgebracht und sie fein säuberlich zurechtgelegt. Dann ging er nach Hause und schlief lange, um Kraft zu sammeln. Stellte den Wecker so, daß er am nächsten Tag reichlich Zeit hatte, sich zu waschen und umzuziehen, zur South Bank zu marschieren und seinen Sitz ganz hinten im Saal einzunehmen, während alle anderen um die Bar herumschwirrten. Es war die perfekte Position, um zu sehen, ohne gesehen zu werden.

Jackson erschien unter stürmischem Applaus auf der Bühne, herausgeputzt in seinem besten Savile-Row-Anzug, das Haar geölt und glänzend. Sein Thema waren selbstredend seine bevorzugten britischen Gangsterfilme, und er hatte Filmclips aus der FBI-Bücherei ausgesucht, um seine Argumente zu veranschaulichen. Er begann mit *Brighton Rock*, Dickie Attenboroughs unter die Haut gehendem Porträt des Teenager-Psychopaten Pinkie. Die ausgewählten Szenen veranschaulichten die Lieblingsschauplätze des britischen Film Noir – die Rennen, die Küste, die künstlichen Paradiese der Arbeiterklasse, die

Bewegungen hinter den Gardinen vor den fröhlichen Fassaden, den eiskalten Verrat, der dort lauerte. Everill gähnte während all dessen und während der Clips, die folgten: *Hangover Square, 10 Rillington Place, Get Carter, Ganglord, Performance, The Offence* und *Villain*. Die Zuschauer schienen es jedoch gierig aufzusaugen, hingen an jedem von Jacksons Worten, jedem seiner kleinen Insider-Witze und dem wissenden Lächeln. Wenn sie nur wüßten, was für ein Aufschneider er war. Daß dies die eigentliche Fassade war. Und dennoch, sie würden es alle bald genug erfahren.

Als der Vortrag beendet war, gab es eine Pause für Drinks, bevor *Bent* in voller Länge gezeigt werden würde.

Nun, Everill hatte ihn einmal gesehen, und er brauchte sich das nicht noch einmal anzutun. Er schlüpfte hinaus – während alles in plapperndem Gebrabbel zur Bar zurückströmte –, aber nicht, ohne vorher beim Aufpasser an der Hintertür eine kleine Aufmerksamkeit zu hinterlassen. Blumen und eine Glückwunschkarte zur Weiterleitung an den Regisseur.

Die gleiche Karte, die er seinem Manuskript beigelegt hatte. Arnie in *The Terminator*. Jonny, das wußte er, würde auf den ersten Blick erkennen, von wem die war. Er fragte sich, ob der Regisseur danach den Abend noch groß genießen würde.

Was genügte, um die Waterloo Bridge mit federnden Schritten zu überqueren. Die Lichter glänzten auf der Oberfläche der Themse, hübsche Muster glitten über die schwarze Strömung darunter. In ganz London ging über der Stadt die Nachtbeleuchtung an.

Er stieg an der Embankment Station in die U-Bahn, kam kurz nach 21 Uhr an der Chalk Farm heraus. Danach war ein wenig Warten angesagt, aber was waren unter Freunden schon ein paar Stunden?

Jedenfalls war es das alles wert, als er schließlich die

Schlüssel im Schloß rasseln hörte, den schwachen Fluch hörte, als die Tür aufschwang.

Dann klickte der Lichtschalter und ließ alles erkennen.

«Alles klar, Jonny Boy?»

Jon Jackson ließ die Schlüssel fallen, mit denen er im Begriff war, seine Wohnungstür zu öffnen.

Everill stand lässig neben ihr.

«Wie zum ...», setzte Jackson an.

Er dachte, er sollte ihm das besser erklären. «Ein Schloß ist wirklich nicht schwer zu knacken.» Everill lächelte. «Besonders, wenn du auf einer speziellen Schule warst, wie ich. Dort bringen sie dir alles bei. Na ja, die Kids, nicht die Lehrer.»

Er genoß es, wie Jacksons Pupillen sich weiteten, wie er seine wahren Gefühle ausnahmsweise einmal nicht verbergen konnte.

«Was willst du?» stammelte Jackson, seine Stimme klang unnatürlich hoch.

«Hast einen schönen Abend gehabt, nicht wahr, Jonny Boy?»

Er lächelte immer noch, lehnte sich locker gegen den Türrahmen, als hätte er alle Zeit der Welt.

«Während der ersten Hälfte bin ich geblieben, aber wirklich, Jonny, du laberst und laberst. Der Klang deiner Stimme ist mir ein wenig langweilig geworden. Und ich glaube nicht, daß ich es ein zweites Mal durchstehen würde, diesen gräßlichen Film anzusehen, den du gedreht hast – nicht einmal, wenn du mich dafür bezahlen würdest. Aber ich hoffe, du hast die Blumen und die Karte erhalten. Ich habe sie mit Bedacht ausgewählt. Um die Neuigkeit zu feiern, die meine Agentin mir verkündet hat: daß du vorhast, mein Buch zu kaufen.»

Er ließ die Worte in der Luft hängen, als er sah, daß er genau den richtigen Ton getroffen hatte. Jackson schaute wie das sprichwörtliche Kaninchen auf die Schlange, gefangen in den Scheinwerfern seines starren Blicks.

«Also dann.» Er trat mit ausgestreckter Hand vor. «Glückwunsch, Jonny Boy. Du hast einen richtig guten Film aus meiner Idee gemacht und mir ein richtig gutes Buch über mein Leben aus der Nase gezogen. Dachtest, du holst dir das alles wieder, stimmt's?»

Jonny schreckte zurück, darum bemüht, körperlichen Kontakt zu vermeiden, sagte: «Hör zu Simon, du hast das alles in den falschen Hals gekriegt. Ich hab nicht vor, dir irgend etwas wegzunehmen, ich hab vor, einen Star aus dir zu machen ...»

Versuchte es immer noch mit der alten Leier.

Everills Faust erwischte ihn so hart an der Schläfe, daß er unverzüglich zu Boden ging.

«Hast du denn Sterne gesehen, Jonny?» fragte er. «Du liebst sie doch so sehr. Komm mir nicht wieder mit dem ganzen Müll, klar? Das hab ich alles schon mal gehört.»

In seinem ganzen Leben hatte niemand auch nur einen Finger gegen Jackson erhoben. Er war eher wie gelähmt, als daß er Schmerz empfand. Er versuchte, auf die Füße zu kommen, suchte verzweifelt nach einem Ausweg aus dieser Situation. Aber Everill stand über ihm, stand auf seinen Mantelzipfeln, so daß er zu ihm aufschauen mußte, das wahnsinnige Leuchten in seinen Augen sehen mußte, den Schaum, der sich in seinen Mundwinkeln bildete.

«Was ist los, Jonny?» spottete er und hielt den Kopf schief, damit er ihn besser sehen konnte. «Hast du etwa Schiß?»

Das hatte Jackson, und es war nicht zu übersehen. Er erkannte genau, was er da vor sich sah, aber der Schlag auf den Kopf hatte ihn nicht nur der Handlungsfähigkeit, sondern auch zusammenhängender Gedanken beraubt. Er konnte nur nach Luft schnappen wie ein Fisch auf dem Trocknen.

«Hoch mit dir, Jonny.»

Eine Hand, die in einem schwarzen Lederhandschuh steckte, senkte sich herab und packte den auf dem Bauch liegenden Superstar beim Kragen. Mit fast übermenschlicher Kraft zog Everill ihn auf die Füße, hielt ihn aufrecht an die Eingangstür gepreßt, obwohl seine Knie jeden Moment nachzugeben drohten.

Und dann das Meisterstück. Die Startpistole, die er von damals behalten hatte. In Jacksons Rücken gebohrt, fühlte sie sich genauso an wie eine echte, geladene Kanone.

«In dem Film hast du was falsch gemacht», fuhr Simon ruhig fort, «und nur damit du den gleichen Fehler nicht nochmal machst, will ich dir zeigen, wie man es richtig macht. Wenn du nichts dagegen hast. Mach die Tür auf, Jonny.»

Aber Jonny schüttelte nur eingeschüchtert den Kopf.

«Oh je, Jonny, sieht so aus, als müßte ich es selber machen.»

Er bohrte dem Regisseur unverwandt die Pistole in die Nieren, während er mit der anderen Hand die Schlüssel von der Stelle aufhob, an der sie auf den Boden gefallen waren, und sie sorgfältig in die Tasche seines schwarzen Mantels steckte.

«Komm schon, Jonny.» Er zerrte ihn unsanft vom Türrahmen fort.

«Bah, Jonny, ganz verängstigt plötzlich wie ein kleines Mädchen. Gibt dir das eine Anregung für einen neuen Film, ja? Oder vielleicht für ein neues Buch? Kannst du meinen Schmerz jetzt nachempfinden, Jonny? Kannst du den meiner Schwestern spüren?»

«Neiiiiin.» Jackson war plötzlich blind vor heißer Tränen.

«Wenn du mir nicht wie ein großer Junge kommst, muß ich dich wie ein Baby behandeln.»

Er schlug ihn erneut, gegen den Hinterkopf. Jackson schwankte in seinen Armen, als er die Tür aufstieß.

Als sie durch Camdens Hinterstraßen trotteten, sahen sie aus wie zwei schwankende Betrunkene. Die Leute würden lieber die Straßenseite wechseln, als von dem Notiz zu nehmen, was zwischen ihnen ablief. Es war harte Arbeit, aber er schaffte es, ihn dorthin zu bringen, an die Ecke der Bahnbrückenbögen. Er vermutete, daß die unablässige Mahnung des kalten Stahls in Jacksons Rücken gewaltig nachhalf.

Der schwierigste Teil war nun, Jackson durch das Loch im Mauerwerk zu dem vorbereiteten Ort zu bekommen. Er zappelte herum und stöhnte wie ein Schlafwandler, der in einem Alptraum gefangen ist. Es war besser, ihm wieder eins überzubraten und ihn hindurchzuziehen. Auch leichter, ihn in die richtige Lage zu bringen. Sollte er noch einen letzten Traum haben. Ein Traum, der ein Segen sein würde im Vergleich zu dem, was Jon Jackson nach dem Aufwachen erwartete. Mit den Füßen von der Decke eines naßkalten, dunklen Bogengewölbes unter einer Bahnüberführung hängend, in dem es von kratzenden und quiekenden Ratten wimmelte, zwei Taschenlampen auf sein Gesicht gerichtet, die genug Licht gaben, damit er sehen konnte, wie und mit wem es zu Ende gehen würde.

«Ah, der Meister wacht auf.» Everills hämische Stimme drang wie ein teuflischer, gelber Dunst in Jacksons Ohren und breitete sich in seinem Kopf aus, in dem bereits das Blut rauschte und Rammböcke in den Schläfen pochten, und er war unfähig, sich zum Protest zu rühren. Seine Arme waren mit einer Rolle starkem, schwarzem Klebeband und einem Stück Draht fest hinter seinem Rücken gefesselt. Auch über seinem Mund befand sich Klebeband, und das Blut, das aus seiner Nase sprudelte und herausschoß, machte das Atmen fast unmöglich. Entsetzt begann er, sich sinnlos um die eigene Achse zu drehen, was nur dazu führte, daß er noch mehr die Orientierung verlor. Die Worte, dieser schleichende Dunst, schlangen ihre Fangarme immer weiter um seinen Kopf.

«Ja, wie gesagt, eine Szene da hast du falsch gemacht, alter Junge.»

Fußschritte staksten um ihn herum, die Stimme wirbelte im Raum herum, schwamm in der Röte seines Kopfes und seines starren Blickes. «Die Szene mit Marleys Bruder. Für dich war es wahrscheinlich künstlerische Freiheit. Aber ich wollte nicht, daß er mit dem Kopf nach unten gekreuzigt wird. Das hätte Mary nicht gefallen, verstehst du.» Ein grauer Augapfel befand sich nun auf einer Höhe mit Jacksons braunem, bohrte seinen Haß in seinen Schädel. Jackson verdrehte die Augen und schloß sie, würgte an dem Blut, spürte Übelkeit in seinen Eingeweiden aufsteigen und gleichzeitig eine plötzliche Wärme an seinem Bauch hinunterlaufen, über den Brustkorb und bis ins Gesicht, als er begann, sich vollzupissen.

Die Stimme entfernte sich, die Fußschritte bewegten sich im Kreis, das Licht der Taschenlampen verlagerte sich so, daß es ihm direkter in die Augen schien.

«Nein, ich fand, der Kerl war ein Schwein. Also sollte er auch wie eines geschlachtet werden. Und das Komische ist», aus dem Dunst seiner Stimme, jetzt unmittelbar an seinem Ohr, wurde gefrierender Nebel, «wenn Menschen sterben, geben sie die gleichen Laute von sich wie Schweine.»

Jackson wollte die Augen nicht aufmachen, tat es aber doch. Sie blieben auf einer langen Silberklinge hängen, die sich direkt unter seiner Nase anschmiegte und sich ins Unendliche bog.

Da gab sein Darm nach, dick und klebrig lief es an ihm hinab.

«Ja, das machen sie auch», fuhr Everill fort. «So was lernst du, wenn du auf einem Bauernhof lebst. Wie ich.»

Die Klinge blitzte im Licht der Taschenlampe.

Jackson konnte nichts weiter tun als warten, jeglicher Fluchtinstinkt war erschöpft, es blieb nur noch die hypnotisierende Ewigkeit des Wartens auf das Unausweichliche.

«Ich würde sagen, es war angenehm, deine Bekanntschaft zu machen», fuhr die Stimme fort. «Aber das würde nicht ganz der Wahrheit entsprechen.»

Die Klinge schnellt hoch durch die Luft, dringt in den weichen Teil von Jacksons Bauch.

Der Schrei, teilweise durch das Klebeband zurückgehalten, protestiert heiser und schauerlich in der grauenhaften Atmosphäre.

Er dreht sich, während das Messer seine Arbeit fortführt, seine Eingeweide zerfleischt. Einen klaffenden, dampfenden Verdauungstrakt offenlegt, aus dem alle möglichen Organe quellen; lang und stinkend quellen sie aus dem aufgeschlitzten Fleisch.

Das scheppernde Geräusch von Klinge gegen Knochen.

Die Macht, die von Everill Besitz ergriffen hatte, wuchs zu einem Crescendo wie eine Symphonie. Jackson war fast augenblicklich ausgeweidet. Alles Leben strömte aus ihm heraus, während er an seinen Knöcheln baumelte wie ein durchgedrehtes Karussell und Blut, Scheiße und Eingeweide um sich herum verspritzte.

Das Lachen brodelte tief aus Everills Innerem hervor wie Funken, die ihm aus der Kehle stoben, während ein mächtiger Orgasmus durch seine Lenden schoß, die süßeste, wahnwitzigste Lust, die er je empfunden hatte. Hoch und hysterisch hallte der Laut von den Backsteinwänden zurück, als hätte sich das ganze Geschrei vom Bedlam-Irrenhaus in einer Minute des wahnsinnigsten Lärms zusammengeballt, den man lieber niemals hören wollte. Lachte und lachte bis er gezwungen war, auf die Knie zu sinken, um seinen keuchenden Atem unter Kontrolle zu bringen und das Meisterwerk zu bestaunen, das er da geschaffen hatte, das abstrakte, blutige Gemetzel, das einmal ein Körper gewesen war. Ein Kunstwerk, das kein Filmdirektor sich je hätte ausdenken können.

Lachte und lachte, bis er sich schließlich erschöpft und mit vor Überanstrengung verkrampftem Bauch hinlegen mußte.

«Notier dir das, für dein Drehbuch, du Arschloch!» Er gab ein gurgelndes Geräusch von sich von dem Schaum, der sich um seinen Mund herum angesammelt hatte und seinen Ziegenbart befleckte.

Er johlte über seinen eigenen Geistesblitz. «Nimm ein Breitwinkelobjektiv dafür, du Scheißhurensohn.»

Der süße Duft der Rache umhüllte ihn. Das war der Auftritt seines Lebens. «Und die haben behauptet, er hätte es nicht im Blut», gluckste er zu sich selbst, als wäre er von einem hingerissenen, aufmerksamen Publikum umgeben, das angesichts der großartigen Varietévorstellung, der es soeben beigewohnt hatte, stolz ah und oh machte. Als wäre er mitten in seinem ureigensten *Guardian*-Vortrag, seine lächelnden Gesichtszüge im Glanz der Flutlichter, als er sich zu einer Verbeugung anschickte.

Und dann begriff er. Die Show war aus.

Seine Nemesis hing schlaff von der Decke, eine ausgeweidete, glanzvolle Schweinerei. Nicht einmal Picasso hätte die Formen gestalten können, die Jon Jackson jetzt präsentierte, die alptraumhaften Schlieren und Schatten.

Der Höllengestank.

Ungeschickt rappelte Everill sich vom Boden auf, staubte sich ab und ging hinüber, um sein Werk zu inspizieren.

Die Augen, bis in alle Ewigkeit glasig in einer Maske des Schreckens, starrten in den ewigen Abgrund. Das Gesicht, angespannt und verzerrt, so blutverschmiert, daß es praktisch nicht zu erkennen war. Blut rann von seinen dunklen Haarspitzen herab und bildete eine Pfütze auf dem Betonboden.

Seine Augen wanderten aufwärts zu den hängenden Gärten von Jacksons Eingeweiden.

«Der hatte es ganz schön in sich», kicherte er vor sich hin und mußte an die alten James-Bond-Filme denken.

Er ging um ihn herum, untersuchte ihn von allen Seiten, kostete die feinen Details aus, prägte sie sich in seinem Gedächtnis ein.

Das perfekte Gemälde.

Und jetzt mußte er dieses Meisterwerk anderen überlassen, die es entdecken würden. Und Ehrfurcht empfinden würden.

Noch während er sich zu seiner Leistung gratulierte, konnte er irgendwie spüren, wie das Publikum die Plätze verließ. Das Gefühl der Zauberkraft verflog, als er sich bewußt wurde, daß er seine Hosen erneut besudelt hatte.

Er mußte sich umziehen.

Geschickt stieg er aus seinen Kleidern, faltete die schmutzigen, legte sie auf einen Stapel und zog die sauberen an, die er dort zuvor versteckt hatte. Jetzt nahm er den Spiegel aus seiner Sporttasche und kontrollierte, ob sein Gesicht arg bespritzt war. Er entfernte das geronnene Blut mit billigem Make-up-Entferner für Frauen.

Als er seine Hände an einem Lappen abwischte, wurde ihm bewußt, daß er die Innenseite seiner Manteltaschen vollschmieren könnte. Da fiel ihm auf, daß Einkaufstüten in der Gegend herumlagen. Er hob ein paar auf.

Sie stammten vom Schlachter in der Nachbarschaft.

Nachdem er das Reinigungsmittel fortgeworfen hatte, umwickelte er seine Hände mit den Tüten und steckte sie tief in die Taschen, seine linke Hand noch immer um das Messer gekrümmt.

Als er fertig war, warf er einen letzten, prüfenden Blick auf das, was von seinem Sieg übrig geblieben war.

Huschte dann wie ein Schatten zurück in die Nacht.

32

Barry wartete am Fenster, als das Auto vorfuhr. Er war an der Haustür, bevor ich auch nur die Stufen hinaufgekommen war. Er schob mich an sich vorbei, während er sich den Hals nach draußen verrenkte und die Straße und den davonfahrenden Polizeiwagen einem langen, prüfenden Blick unterzog, bevor er die Haustür schloß.

Wir standen im Flur und starrten uns hohläugig an.

«Alles klar?» fragte er. Er sah gespenstisch blaß aus.

«Ich weiß nicht.»

«Komm, laß uns raufgehen. Ich hab starken Kaffee gekocht. Du siehst aus, als könntest du ihn brauchen.»

Ich folgte ihm hinauf in seine Wohnung. Der Fernseher war an, die Mittagsnachrichten liefen auf einem privaten Nachrichtensender, und in der Luft hing wohltuend der berauschende Duft nach Kaffee.

«Was ist passiert?» fragte er.

Ich setzte mich behutsam aufs Sofa.

«Diese Bänder», erklärte ich, «das Interview mit Everill. Sie waren alle verschwunden.»

«Was sagst du da?» Sein Kopf lugte durch die Küchentür. Um ihn herum war Dampf, wodurch er noch satanischer wirkte als sonst.

«Weg. Alle», wiederholte ich. «Deshalb ist er an dem Abend in das Pub gekommen, Barry. Er hat mir zuviel anvertraut, also wollte er die Bänder zurück. Allmächtiger Gott, wie konnte ich nur so blöd sein? Was habe ich getan?»

«Hör auf, so zu reden.» Barry kam mit zwei großen Bechern herüber und stellte sie auf den Tisch. «Du bist nicht die einzige, die dieser Arsch beschissen hat. Wie ich es sehe, ist er damit durchgekommen, die gesamte Verlagswelt ebenfalls zum Narren zu halten. Und wenn sie nicht gemerkt haben, daß mit ihm was nicht stimmt, wie hättest du es merken sollen? Du hast nur deinen Job gemacht.»

Ich nahm den schwarzen emaillierten Becher, nippte vorsichtig an der heißen, bitteren Flüssigkeit. Plötzlich fühlte ich mich entsetzlich müde. Das mußte der Schock sein.

«Vermutlich», stimmte ich zögernd zu, war mir jedoch immer noch bewußt, daß mehr als nur professionelle Neugier dies alles verursacht hatte.

«Und was hast du ihnen erzählt?»

«Ich hab einfach alles nochmal durchgekaut. Alles, woran ich mich aus meinen Begegnungen mit ihm erinnern konnte, all die sonderbaren Dinge, die er gesagt hat und wie er mit mir gespielt hat. Ich glaube nicht, daß ich etwas vergessen habe. Aber dieser Bulle, dieser Linehan, der weiß etwas. Was bedeutet, daß Everill wahrscheinlich der Mörder ist. Und daß Neil ihm offenbar in die Quere gekommen ist, so daß er der nächste war ...»

«Fang nicht damit an», mahnte Barry brüsk. «Noch wissen wir nicht, was seiner Lordschaft zugestoßen ist. Und solange wir das nicht wissen, hat es keinen Zweck, sich in irgendwas hineinzusteigern.»

Ich stellte den Becher ab, wühlte in meiner Tasche nach einer Zigarette. Vor uns flimmerte der Bildschirm vor sich hin, die ruhigen Stimmen der Nachrichtensprecher erörterten die Themen des Tages. Wie immer sie lauteten, ich war dafür nicht aufnahmefähig.

«Wann ist die Polizei ins Büro gekommen?» fragte ich Barry statt dessen.

«Ungefähr zehn Minuten, nachdem du weg warst. Ich verstehe, was du meinst, wegen Linehan», mußte er zugeben. «Der weiß, was er tut.»

«Haben sie dir irgendwelche Fragen gestellt?»

«Nein, aber sie haben meine Telefonnummer notiert, für den Fall, daß sie noch Fragen haben.»

«Was hast du Paul gesagt?»

«Nur, was wir wissen. Das hat ihn ganz schön umgehauen, kein Wunder.» Barry schüttelte den Kopf. «Er sagte, er würde Neils sämtliche Clubs anrufen, rausfinden, ob er irgendwo aufgetaucht ist. Das ist gar keine schlechte Idee, na ja, jedenfalls hat er so etwas zu tun. Dann mußte ich mit den Amis reden.»

«Wie ist das gelaufen?»

Er verdrehte die Augen, stellte auch seinen Becher hin. «Nun, schließlich ist es mir gelungen, sie dazu zu bringen, mich ernst zu nehmen. Tut mir leid, aber ich muß später heute nachmittag auf einen Sprung weg, um sie zu treffen.» Er sah mich mit traurigen Augen an. «Ich wollte dich nicht allein lassen», betonte er, «aber ich sehe keinen anderen Ausweg. Neil hatte all diese Pläne, und sie sind den weiten Weg hierher gekommen; irgend jemand muß versuchen, das alles zu regeln, wenn er nicht aufkreuzt.»

Ich beneidete ihn nicht um seine Aufgabe.

«Mach dir darüber keine Gedanken», sagte ich. «Hast du ihnen alles erklärt? Mit der Polizei und so?»

Er schüttelte den Kopf, sein Blick streifte den Teppich.

«Nicht alles, nein. Ich wußte nicht, ob das klug wäre, falls der Blödmann irgendeinen Gag abzieht und putzmunter auftaucht, während ich gerade mittendrin bin, ihnen zu erzählen, daß er Gegenstand einer Mordermittlung ist. Ich muß versuchen, herauszufinden, wie es mit uns weiter geht. Außerdem», fügte er finster hinzu, «will ich herausfinden, was für einen Deal er wirklich abgeschlossen hat.»

«Wann triffst du sie?»

«Um 15 Uhr, in ihrem Hotel in Mayfair. Ich habe es so lange wie möglich hinausgezögert, um mich erst zu vergewissern, daß du gut hierher zurückgekehrt bist. Aber ich muß in etwa einer Stunde los. Die Polizei hat diese Nummer hier, falls etwas geschieht oder wir noch irgendwelche Aussagen machen müssen. Paul ruft wahrscheinlich auch an. Meinst du, du schaffst das?»

«Natürlich. Ich bin froh, daß ich hier bin, Barry.» Plötzlich spürte ich hinter meinen Augenlidern Tränen prickeln. Wie ein kleines Mädchen wollte ich nicht allein gelassen werden. «Ich will nie wieder in meine Wohnung zurückkehren.»

Er legte mir einen Arm um die Schulter und drückte sie. «Mach dir keine Sorgen, das brauchst du nicht. Na ja, jedenfalls nicht allein. Du kannst solange hierbleiben, wie du willst.»

«Barry?»

«Ja.»

«Ich hoffe, das ist alles ein Irrtum. Ich hoffe, Neil ist tatsächlich in einen seiner Clubs gegangen und dort eingeschlafen.»

«Ich auch, Schätzchen, ich auch.»

Bis Barry ging, hatte noch niemand angerufen. Wir hatten so getan, als würden wir in die Glotze gucken, jeder von uns in seine eigenen Gedanken versunken, Gebilde, die zu düster waren, um sie in Worte zu fassen. Ich wollte immer noch nicht, daß er ging, fand aber, daß es nicht richtig war, etwas zu sagen. Er hatte einen Job zu erledigen, und wahrscheinlich hatte ich ihn erst in diese Lage gebracht. Also sah ich lieber mit mattem versteinertem Lächeln zu, wie er sich in seinen dicken, schwarzen Mantel hüllte.

«Ich dürfte nicht lange weg sein», sagte er skeptisch. «Und wenn sich abzeichnet, daß es doch länger dauert, ruf ich dich an.»

«Alles klar.» Ich nickte. «Nimm dir soviel Zeit, wie du brauchst.»

Er öffnete die Wohnungstür, als wollte er gehen, drehte sich dann plötzlich um und eilte zum Sofa zurück. Er bückte sich und küßte mich auf die Stirn.

«Ich bring uns Pizza mit», versprach er, «und eine Flasche Wein. Oder zwei.»

«Danke, Barry.»

«Oh, und da sind Ersatzschlüssel auf dem Kaminsims, falls du wegen irgendwas raus mußt. Sie liegen in dem Satan dort.»

Er machte eine Geste zu einem Keramikbecher in Form eines anzüglich grinsenden Teufelskopfs. Er war Teil einer Ansammlung ähnlichen Nippes – frisierte Modellautos, Keramik Pin-up-Girls. Barrys Sammlung von Kunstgegenständen.

Er winkte noch einmal von der Türschwelle, dann war er weg, seine Schritte hasteten die Treppe hinunter und zur Haustür hinaus.

Ich stand auf und ging zum Fenster hinüber, zog die Stores hoch, sah ihn die Straße entlang verschwinden. Er ging schnell, leicht vornüber gebeugt gegen den Wind, der an den Zweigen der Bäume in dem kleinen Park gegenüber rüttelte und Kirschblüten in den grauen Himmel wirbelte. Ein unwirtlicher Sturm, der die zarte Schönheit der Blüten in seinem Wüten von den Zweigen riß, so daß sie zu traurigen, grauen Häufchen in der Gosse verkamen.

Als Barry außer Sichtweite war, ließ ich die Stores herunter und ging wieder zum Sofa hinüber. Der Fernseher brabbelte immer noch vor sich hin, irgendeine Spielshow mit Bob Monkhouse. Ich mochte nicht noch mehr Kaffee, hatte schon zu viele Zigaretten geraucht. Alles, was ich jetzt wollte, war schlafen. In Barrys Sofa konnte man sich bequem hineinkuscheln. Ich stopfte mir ein paar seiner Kissen unter den Kopf, zog die Beine hoch und ließ die Augen zufallen. Bevor Bob einen weiteren spritzigen Einzeiler loslassen konnte, schlief ich tief und fest.

Um 15:55 Uhr weckte mich das Telefon. Es war Paul, der sich alle Mühe gab, ruhig zu klingen.

«Hast du irgendwas gehört?» fragte er, nachdem er festgestellt hatte, mit wem er sprach und wo Barry sich rumtrieb.

«Noch nichts. Hast du mit den Clubs Glück gehabt?»

Das Zimmer war dunkel, und ich fühlte mich desorientiert. In meinem Kopf machte sich eine Art Druck breit.

«Nein.» Seine Stimme klang hoch und rauh. «Ich habe es in allen Clubs versucht, die mir eingefallen sind. Warum, zum Teufel, bin ich nicht einfach zehn Minuten länger im Büro geblieben? Oder mit euch Gestalten in den Pub gegangen? Dann wäre das alles nicht geschehen.»

Ich hörte mich Barrys Rat wiederholen. «Das darfst du nicht denken, Paul. Wir wissen nicht, was passiert ist. Er kann immer noch bei den Amerikanern auftauchen.»

Aber mir war klar, daß meine Stimme nicht aufrichtig klang.

«Nun, ich schätze, es könnte eine flotte Biene gewesen sein», überlegte er ebenso wenig überzeugt. Wieder Barrys Worte, von jenem Abend im «Bricklayers» vor einem Monat, oder war das tausend Jahre her?

«Weißt du was», fuhr Paul fort, und ein winziger Hoffnungsfunke keimte in seiner Stimme auf. «Ich versuch es bei ein paar seiner Bekanntschaften, den üblichen Verdächtigen. Bist du in einer Stunde noch unter dieser Nummer zu erreichen?»

«Ja, und vielleicht ist Barry bis dahin zurück. Vielleicht hat er was Neues.»

«Alles klar, Di. Gut. Laß es mich wissen, wenn du vorher irgendwas hörst.»

«Mach ich.»

«Bis später.»

«Tschüss, Paul. Viel Glück.»

Ich legte den Hörer auf, suchte nach dem Lichtschalter.

Als der Raum von Farbe überflutet wurde, begriff ich, warum ich mich so komisch fühlte. Kleine Lichtflecken am Rand meines Blickfelds deuteten darauf hin, daß eine Migräne im Anmarsch war.

Ich durchstöberte meine Tasche nach Kopfschmerztabletten. Das Problem war, daß ich wegen der Traumata der letzten Tage meinen ganzen mitgeführten Vorrat aufgebraucht hatte. Ich hatte eine Packung, und sie war leer. Scheiße, hoffentlich hatte Barry welche im Badezimmer.

Ich durchwühlte seinen Wandschrank. Jede Menge Rasierschaum und Black-and-White-Bartwachs. Sogar ein paar Kondome, regenbogenfarben. Aber keine Schmerztabletten.

Die Lichter bildeten einen Bogen in meinem linken Gesichtsfeld. Ich konnte kaum die Aufschriften auf den Sachen im Schrank lesen, aber keine der Schachteln sah vielversprechend aus. Vielleicht bewahrte er sie in der Küche auf, wie ich.

Auch dort kein Glück. Mittlerweile war ich halb blind, und das Pochen in meinen Schläfen sagte mir, daß die Mutter aller Kopfschmerzen bald zuschlagen würde. Scheiße. Jetzt würde ich in den Laden gehen müssen. Ich konnte hier nicht sitzen und warten, bis es vorbei ging, oder ich würde in einer halben Stunde den Kopf gegen die Wand schlagen.

«Verdammte Scheiße», fluchte ich laut und steuerte auf den Schlüsselbehälter mit den Hörnern zu. Ich drehte Satan auf den Kopf, und die Schlüssel fielen rasselnd heraus. Jedenfalls war an der Straßenecke eine Apotheke. Ich schnappte mir mein Portemonnaie aus meiner Tasche, nahm meinen Mantel vom Haken im Flur. Ich würde alles anlassen, dachte ich. Ich würde nur eine Minute fort sein. Ich stand in der Tür, blickte ins Zimmer zurück. Ich hatte nichts vergessen, ich brauchte nur ein Pfund oder so für die Tabletten. Dennoch mahnte mich eine innere Stimme, zu bleiben. Ich zögerte, und tatsächlich klingelte das Telefon.

«Di.» Barrys Stimme war ausdruckslos, hart. Als müßte er eine heftige Wut unterdrücken. «Alles klar bei dir?»

«J-ja», sagte ich unsicher.

«Nun, hör zu, es tut mir wirklich leid, aber das hier dauert länger, als ich dachte.»

«Ist Neil aufgetaucht?»

«Nein, ist er nicht.» Dann senkte er seine Stimme zu einem Flüstern. «Und wenn er auftaucht, bringe ich ihn mit eigenen Händen um...»

«Was ist passiert?»

«Ich kann jetzt nicht reden.» Er nahm seinen schroffen Ton wieder an. «Aber wir brauchen mehr als ein paar Flaschen Wein, wenn ich zurückkomme, soviel kann ich dir versprechen.»

«Scheiße.»

«Ich bin vermutlich gegen 20 Uhr zu Hause», fuhr er fort. «Kommst du bis dahin zurecht?»

«Ja, klar.» Sinnlos, ihn mit meiner Migräne zu belästigen. Gerade, wenn man dachte, schlimmer konnte es nicht mehr kommen, tat es das offensichtlich.

«Also gut, bis später.»

«Alles klar, Barry.»

«Bis dann.»

Er unterbrach die Verbindung. Was war jetzt los? Ich ging jetzt noch ungerner raus, aber andererseits konnte ich nicht so lange warten, um ihn zu bitten, auf dem Nachhauseweg Tabletten zu holen.

«Sei nicht blöd», sagte ich mir. «Hol sie jetzt, oder du wirst es bereuen. In fünf Minuten bist du zurück.»

Ich mußte mich am Geländer festhalten, als ich die Treppe hinunterging. Ich konnte kaum etwas sehen. Es war, als wären die zwei Hälften meines Gesichtsfeldes zu einem verschmolzen, und geradeaus gehen war gar nicht mehr so leicht. Die Eingangsstufen waren ähnlich mörderisch zu überwinden. Der Wind schleuderte mir eine eisige Sturmböe entgegen, und ich mußte mich unten an den Steinsäulen festhalten, bevor ich weiterging, die Schlüssel fest mit der einen Hand umklammert und das Portemonnaie mit der anderen, den Kopf gegen den Wind geneigt.

Ich befand mich auf halbem Weg zu der Ecke, an der die Apotheke war, als ich merkte, daß jemand schnell hinter mir herlief.

Gott sei Dank hab ich meine Tasche nicht mitgenommen, dachte ich, das ist wahrscheinlich ein vorbeigehender Straßenräuber.

Ich fing an zu rennen.

Aber bevor ich loslaufen konnte, traf mich etwas hart am Hinterkopf.

Ich begann zu fallen, aber um mich waren Arme, hielten mich fest.

Meine Sicht explodierte in eine Million Sterne. Und dann Finsternis.

33

Die Nacht bricht herein, das Licht verblaßt.

Als ich 14 Jahre alt war, gab es in unserem Dorf ein Geheimnis, dem ich auf den Grund gehen wollte.

Einen alten Mann namens Ernie, der ganz allein in einem heruntergekommenen alten Haus lebte und im Garten Plastikblumen an Stöcke pflanzte. Ich hatte ihn noch nicht einmal gesehen, aber die Jungs in Bardeswell verbrachten dort die langen Abende der Sommerferien.

Alle, so schien es, außer meinem Bruder und mir.

Tag für Tag radelten wir vorbei, hofften, einen flüchtigen Blick auf ihn zu erhaschen. In meiner Vorstellung war er eine Art Buckliger, vielleicht einäugig, der in Lumpen und Ketten umherschlurfte. Aber wir erhaschten nie auch nur einen Schatten hinter der Fensterscheibe, die Bewegung einer staubigen Gardine.

Niemand wollte uns sagen, was dort vor sich ging, zunächst nicht. Ich hatte so meinen Verdacht. Ich schätzte, der alte Mann ließ sie dort Alkohol trinken und Videos anschauen. Horrorfilme und elektrisierende Pornos höchstwahrscheinlich. Schließlich hatte ich selbst einen Bruder, ich war nicht blöd.

Aber ich mußte es mit Sicherheit wissen.

Nachdem ich wochenlang an der Bushaltestelle herumgelungert hatte, dem anderen gesellschaftlichen Anziehungspunkt der Dorfjugend, gelang es mir, mich mit einem der jüngeren Jungs anzufreunden. Sie nannten ihn George, aber das war nicht sein richtiger Name, wie ich bald herausfand. Sie nannten ihn so nach der Figur in der Kinder-Fernsehshow *Rainbow*, einem Albino. Genau wie dieser George. Weil die anderen Kids sich über ihn lustig machten, so wie sie mich ignorierten, schlossen wir eine Art Bündnis. Als Gegenleistung für ein paar Flaschen von dem hausgemachten Wein meines Vaters versprach er, mich in Ernies Haus einzuschleusen, damit ich mit eigenen Augen sehen konnte, worum es bei diesen allabendlichen, nächtlichen Zusammenkünften wirklich ging.

Ich sehe das jetzt alles vor mir.

Fledermäuse stoßen vom Himmel herab, formieren sich in Halbbögen vor dem rosafarbenen Himmel.

Ich kann lautes Lachen aus Ernies Haus hören und frage mich, soll ich einfach gehen? Ich warte schon seit einer Stunde hinter einem alten Komposthaufen und rauche verbotenerweise John Player Red, die George aus dem Automaten im örtlichen Pub zu klauen versteht. Ich weiß, daß ich Krach mit Dad kriege, wenn ich nicht vor Einbruch der Dunkelheit zu Hause bin und schaudere bei dem Gedanken.

Ich drücke die John Player Red auf der trockenen Erde aus, so daß das Papier reißt und der Tabak hinausfällt, presse ihn in den Komposthaufen und denke: ein Komposthaufen. Für Plastikblumen. Ernie spinnt.

Plötzlich geht die Hintertür auf. Ich kann George erkennen, der sich vor dem hellen Hintergrund abzeichnet, sein weißes Haar nach allen Seiten abstehend. Er gestikuliert wild.

«Komm schon!» zischt er. «Schnell, hier rein ...»

Ich schwanke einen Moment. In einer halben Stunde wird es dunkel. Und dann gerate ich in Teufels Küche.

«Komm schon!» zischt er.

Wenn es eine Sache gibt, vor der ich noch mehr Angst habe, als mit meinen Eltern aneinander zu geraten, ist es, mich vor meinen Altersgenossen lächerlich zu machen. Ich rappele mich auf und laufe tief geduckt zur Hintertür. An den Stufen der Hintertür legt George einen Finger auf die Lippen. Ich nicke. Ich bin drinnen. Er schließt leise die Tür hinter uns.

In Ernies Haus herrscht dieser süße, ekelhafte Geruch, der alte Leute zu umgeben scheint. Ein Geruch nach zerbrochenen, zerkrümelten und verdorbenen Biskuits vermischt mit einem zarten Aroma von etwas anderem, etwas Fauligerem.

Wir stehen in einem Flur an der Treppe. Zu meiner Linken hängt ein Haufen Mäntel an Haken übereinander, unförmige Gebilde in der Dunkelheit. Vor uns die Haustür, und zur Rechten davon das, was das Wohnzimmer sein muß. Aus dem Zimmer dringt ein Höllenlärm, ein Film in voller Lautstärke, dem Klang der Musik und der Schreie nach zu urteilen wahrscheinlich ein Horrorfilm. Immer noch mit dem Finger auf den Lippen weist George ruckartig mit dem Daumen zur Treppe, bedeutet mir, ihm zu folgen. Auf den Stufen liegt ein dicker, gemusterter Teppich und dämpft unsere Schritte, aber ich bin dennoch angespannt, hüte mich, das leiseste Knarren zu verursachen. Trotz des Lärms, der von unten heraufdringt, ist mir bewußt, daß ich mich auf feindlichem Gebiet befinde und frage mich, was passieren würde, wenn ich erwischt würde.

Oben an der Treppe flüstert George: «Sie schauen *The Exorcist*. Ich hab gesagt, ich geh nach Hause, und sie haben mich alle ausgelacht, wie üblich. Sie wissen, daß ich diese Horrorstreifen nicht mag. Ernie ist halb taub, deshalb läuft er so laut. Aber wir wollen ja nicht, daß die anderen uns entdecken. Wir müssen jetzt sehr, sehr leise sein ...»

Er öffnet die Tür zu dem Zimmer auf der Linken, dem, das direkt über dem Wohnzimmer liegt.

Das Zimmer ist mehr oder weniger leer, die Wände sind geweißelt. An einer von ihnen hängt eine Dartscheibe. Das muß das Spielzimmer sein. Es gibt einen verblaßten Teppich, der offensichtlich bessere Tage gesehen hat, sogar in diesem Licht ist er sichtbar fleckig und schäbig. Ein alter Garderobenständer neben der Tür, ein Haufen elektrischer Plunder daneben. Ein paar Kisten und eine Matratze vor einem Marmorkamin aus den dreißiger Jahren.

George ergreift meine Hand und drängt mich zu der Matratze. Er hat mich noch nie zuvor berührt, und ich schrecke davor zurück. Aber er scheint es nicht zu bemerken.

«Das hier hab ich ausgetüftelt», sagt er und läßt sich gegenüber dem Kamin auf die Matratze plumpsen. «Hier unter dem Teppich ist ein loses Dielenbrett, das sich entfernen läßt ...»

Er ist so eifrig bei der Sache, daß ich die Berührung vergesse, mich auf George konzentriere, der den Teppich vor dem Kamin anhebt wie ein Einbrecher, ihn weit genug zurück rollt, um an das lose Dielenbrett zu gelangen.

«Ich hab es in der Mitte durchgetrennt, als keiner hier war», erklärt er, «damit ich es leichter anheben kann. Hab die Säge von meinem Dad mitgebracht. Niemand hat was gemerkt.»

Jetzt hebt er das Stück Dielenbrett hoch, es ist etwa dreißig Zentimeter lang. Er legt es vorsichtig auf die Matratze.

«Und jetzt schau», sagte er, «jetzt kommt der gute Teil.»

Ich schaue, aber alles, was ich sehen kann, ist Deckenverputz und Staub.

«Ich versteh nicht.»

«Hier.» George fischt eine Kugelschreiber-Taschenlampe aus seiner Tasche. Der winzige Lichtstrahl tanzt durch das dunkle Loch und hebt ein paar kleine Stellen hervor, an denen der Putz abgeblättert ist. Wenn man sich auf diese Punkte konzentriert, kann man gerade so in das Zimmer unter uns schauen.

Ich konzentriere mich, und allmählich sehe ich es scharf.

Das Zimmer unter uns.

Fast genau so, wie ich es mir vorgestellt hatte. In einer Ecke steht ein Farbfernseher; er sieht ziemlich neu aus, und darunter ein sperriger Videorecorder. Der alte Mann muß von irgendwoher einiges Bargeld rumfliegen haben, vermutlich das, was er an Gartenarbeit und Einrichtung spart.

Ich erwarte, daß die Dorfjugend sich in dem Zimmer lümmelt, aber es scheint leer zu sein. Wir liegen über einem klapprigen Sofa, eins von diesen Nylondingern aus den siebziger Jahren, übersät mit gräßlichen orangefarbenen, gelben und braunen Spiralmustern. Es schwimmt im Licht des Fernsehschirms, aber niemand scheint da zu sein.

«Wo ist Ernie?» zische ich.

«Du mußt hier rüber kommen.»

George klettert über mich hinweg, so daß ich an den Platz rutschen kann, an dem er gelegen hat. Er liegt jetzt auf Tuchfühlung neben mir und drückt seine Hand auf meinen Arm, als seine Taschenlampe ein weiteres kleines Loch hervorhebt.

«Schau da runter.»

Ich zappele ein wenig in der Hoffnung, daß er seine

Hand wegnimmt, aber erneut scheint er es nicht zu merken. Also versuche ich es zu ignorieren, folge dem Strahl der Taschenlampe, blinzele, um die Erscheinung auszumachen, die Ernie war, erwarte, mindestens eine Art Norfolk-Version des Buckligen von Notre-Dame zu sehen.

Er sitzt in einem Sessel dem Fernseher gegenüber. Jetzt kann ich ihm auf den Kopf gucken, ein kahl werdender, schuppiger Kopf, über den ein paar Strähnen silbergrauen Haars geklatscht sind. Er trägt ein Unterhemd und altmodische graue Hosen mit Aufschlag und Hosenträgern, vermutlich von einem Anzug, den er seit seiner Jugend hat. Leuchtend gelbe Frotteesocken, die aus seinen Pantoffeln hervorblitzen, sind das einzig wirklich Auffällige an ihm. Ernie sieht einfach aus wie ein durchschnittlicher alter Mann. Ein alter Mann mit einem offensichtlich ausgestellten Hörgerät, der vor dem Fernseher schläft.

«Ist das alles?» rutscht es mir raus.

«Hab ich dir doch gleich gesagt.»

George lächelt mich in dem verblassenden Licht an.

«Wo sind all die anderen?» frage ich beunruhigt.

«Gavin Baxter gibt heute abend eine Party.» George lächelt. «Sie sind alle dahin gegangen, aber ich war nicht eingeladen. Daher wußte ich, daß es sicher sein würde, dich heute abend herzubringen ...»

Er lächelt weiter, aber etwas in seinen Augen verändert sich. Sie beginnen, sich zu trüben. Der Moment dauert zu lange. «Nun denn», sagt er, und der Druck auf meinem Arm beginnt zu wachsen. «Ich hab dir meins gezeigt ...»

Im Nu hat er sich über mich geschwungen, so daß er auf meinem Bauch sitzt. Seine beiden Arme liegen auf meinen, pressen sie in die Matratze.

«Was machst du da?»

Man sollte meinen, daß man kämpft, wenn so was passiert, daß man sich wehrt oder anfängt zu schreien. Aber ich befinde mich in einem fremden Haus und begreife nicht, was George vorhat. Noch nicht. Und statt eines dieser Dinge zu tun, eines dieser Dinge, die mich vielleicht gerettet hätten, spüre ich, wie meine Kraft durch meinen Bauch schwindet. Als würde nicht nur George, sondern eine erdrückende Angst mich dort festhalten, auf der drekkigen alten Matratze in dem Spielzimmer. Ich mache erneut den Mund auf, aber es kommt nichts heraus.

Ich spüre, wie seine Augen mich durchbohren. Ich will nicht hinsehen, aber ich kann mich kaum bewegen. Nicht mit seinen Armen auf meinen, die mich auf der Matratze festhalten und meine Haut mit blauen Flecken übersäen.

Georges Augen haben einen abwesenden Blick, krank vor Bedürfnis. Was ich darin sehe, entsetzt mich. Ernie schläft unten. Selbst wenn er aufwacht, wird er denken, der Lärm ist Teil des Films. Sonst ist niemand hier. Schlimmer noch, niemand weiß, daß ich hier bin. Mittlerweile hat der halbwüchsige Junge auf mir sich in eine Art Tier verwandelt. Ich spüre, daß allein der Versuch, vor diesen Augen zu fliehen, jetzt bedeuten würde, Fäusten zu begegnen, die mich an die weißen Wände klatschen und dort einen neuen Farbton erzeugen könnten. Einen, der länger halten würde, als ich zu bleiben vorhatte.

Mir bleibt jetzt nichts anderes übrig, als die weiße Flagge zu zeigen. Erschlaffen. Es über mich ergehen lassen. So daß er, als er mir den Slip runterzieht und diese schauerlichen, tierischen Laute über seine Lippen kommen, das Gefühl hat, daß er einen Anspruch darauf hat. Er hat bewiesen, daß er dominant ist. Welches Mädchen würde an diesem Punkt nicht nachgeben?

So daß ich, als ich auf die Matratze genagelt werde und böse Pfeile der Wut mich durchstoßen, auf und ab und auf und ab, meinen Körper verlassen habe. Soll er machen, was er will. Der Körper kann eine Menge aushalten. Wesentlich mehr als die Psyche. Soll er mich in die Matratze ficken, ich bin nicht mehr da.

Und als ich schließlich die Augen aufschlage, blicke ich in das entrüstete Gesicht eines verlotterten alten Mannes, der in der Tür steht und die Szene mit offenem Mund betrachtet.

Das ist keine Erinnerung, an die man je zurückdenkt. Außer man muß. Außer man kann daraus die Kraft schöpfen, die einem beim letzten Mal geholfen hat, es durchzustehen, und es diesmal noch weniger spüren.

Körperlich kann man sich nicht bewegen, nur geistig. Gott, mach, daß ich mich davon nicht unterkriegen lasse. Mach, daß ich da wieder rauskomme.

Der Ruck der Bremsen weckt mich aus diesem feuchten Traum zu einem noch schlimmeren. Zu einer Welt aus Schmerz in meinem Kopf, dann zu der allmählichen Erkenntnis, daß meine Glieder ebenfalls gefangen sind, in ihrer Lage festgenagelt durch eine Art brennendes Feuer wie durch Stacheldraht, der sich um jeden Muskel, um jede ungeschützte Stelle windet.

Ich kann mich nicht aufsetzen. Meine Füße sind gefesselt.

Ich kann den Mund nicht öffnen. Etwas Klebriges und Hartes hält ihn geschlossen.

Ich befinde mich auf dem Rücksitz eines Autos in schneller Fahrt.

Es ist Nacht.

Der Fahrer dreht den Kopf, weiß, noch bevor ich es selber weiß, was mein nächster Schritt sein wird.

Es ist Simon Everill.

Willkommen in der Hölle.

«Diana», sagt er und wendet sich wieder dem Steuer zu, während seine Augen mich immer noch durch den Spiegel vor ihm fixieren. «Tut mir leid, daß ich dich auf diese Art entführen mußte. Aber ich wußte, daß du freiwillig nie mitgekommen wärst.»

Ich verdränge alles, was nach Angst aussehen könnte. Ich warte nur mit der für Opfer dieser Art typischen Schweigsamkeit. Schreien hilft mir nicht. Ich kann nicht fortlaufen.

Mir ist zum Kotzen.

Aber das ist offensichtlich unmöglich, es sei denn, ich will daran ersticken und auf der Stelle krepieren.

«Ich habe heute früh bei dir im Büro vorbeigeschaut», fährt er fort, als würde er mir erzählen, daß der Wetterbericht für heute heiter und doch veränderlich lautet. «Allerdings bist du weg und hast bei der Polizei vorbeigeschaut. Also wirklich, Diana.» Die Stimme wird augenblicklich zu kaltem Stahl, fällt dann ebenso plötzlich in den vorherigen, vertraulichen Ton zurück. «Daher mußte ich deinen Freund beschatten, um herauszufinden, wo du bleiben würdest. Ich wußte, daß du jetzt nicht in deine Wohnung zurückkehren würdest. Wette, du dachtest, da wärst du sicher...»

In dem Moment schießt mir die Kotze in die Kehle, heiß und sauer. Nur, daß sie nicht zum Mund hinaus kann. Sie spritzt mir aus der Nase, läuft wie ein brennendes Brandeisen an der Rückseite meiner Kehle hinauf und aus den Nasenlöchern. Ich bekomme keine Luft, kann nur heiße, tödliche Flüssigkeit einatmen, und in blinder Panik schnelle ich aus meiner prekären Lage hoch, schlage mit dem Kopf gegen die Rückseite des Beifahrersitzes. Ich versuche verzweifelt, wieder etwas Luft zu bekommen, während meine Kehle an der Galle würgt, uneins mit dem Befehl des Gehirns. Tränen, heiß wie Blei, rinnen mir aus den Augen. Ich weiß zuviel, verdammte Scheiße.

Der Wagen gerät ins Schleudern.

«Verdammte, blöde Zicke!» schreit er mit so hoher Stimme, daß er wie eine Frau klingt.

Mein Kopf am Sitz, im rechten Winkel zum Körper. Meine Seite gegen die Armlehne zwischen den Rücksitzen gerammt, die gefesselten Füße immer noch in der Luft. Ich pruste gehackte Karotten aus der Nase, hyperventiliere, gerate in Panik, ringe verzweifelt nach Luft.

Die Bremsen quietschen, und der Wagen kommt abrupt zum Stehen. Er steigt aus, knallt die Tür zu. Kalter Wind bläst herein, und dann öffnet er die Tür, die mir am nächsten ist.

«Wenn du schreist, bringe ich dich um», sagt er schlicht.

Beim letzten Mal wurde diese Absicht nicht durch Worte, sondern lediglich durch eine Andeutung vermittelt, die entschieden zu ernst war, um sie zu ignorieren.

Ich weiß, was zu tun ist.

Er reißt das Klebeband von meinem Mund, und ich kann nicht einmal schreien, erbreche nur die restliche Galle, höre ein schrilles, keuchendes Wimmern, das mir aus der Nase in den Mund hallt. Bin ich das?

Ich spüre, wie er mich wieder auf den Sitz zieht, meinen Kopf zurück drückt, spüre, wie seine grauen Augen die Sauerei mustern. Nicht, daß ich sprechen könnte. Ich kann lediglich japsen, keuchen, schnauben, ihn anstarren. Womit zum Teufel habe ich es verdient, daß dies erneut passiert? Man denkt, es passiert nur einmal; ein Blitz kann nicht zweimal einschlagen, oder? Das wäre Pech. Ich hätte es besser wissen müssen, aber ich wollte das nicht alles noch einmal durchmachen.

Die Regenbogenhaut in seinen Augen verändert sich, sie wird plötzlich voller und weicher.

«Oh je, oh je. Wir haben einen ganz schönen Schweinkram gemacht, was?»

Er greift nach seiner Gesäßtasche.

Es ist soweit. Er bringt mich um.

Statt dessen zieht er ein Taschentuch hervor. Beginnt, sanft mein Gesicht abzuwischen und dabei beschwichtigende, leise Laute von sich zu geben.

«Nein, nein, Diana. Ich werde dir nicht wehtun. Noch

nicht. Aber du hast bereits geahnt, daß ich dich mitnehmen mußte.»

Ich zeig dir meins, du zeigst mir deins.

Ich war zu neugierig.

Er streicht mir das verschwitzte Haar aus der Stirn.

«Psst, psst jetzt», murmelt er, als wollte er ein Kind beruhigen. Seine grauen Augen schauen fest in meine, jetzt ruhig wie die Oberfläche des Sees, und hypnotisieren mich wie eine Kobra eine Maus. Er zieht seine Hand fort.

Kein anderes Auto ist vorbeigekommen. Wir müssen mitten auf dem flachen Land sein. Noch schlimmer.

Dieser weite Himmel, dieses flache Land, das ist vertraut. Es sieht nach Norfolk aus.

«Jetzt hör zu», sagt er. «Ich fahr gleich wieder los, aber ich will keinen Mucks mehr von dir hören, sonst setz ich dich einfach aus und laß dich stehen. Du wolltest meine Geschichte hören, war es nicht so, Diana? Nun, jetzt zeig ich sie dir. Verstehst du?»

Ich nicke hektisch. Ich verwandele meine Augen in die einer verständnisvollen Mutter, die er nie hatte, die Augen, nach denen er sich am Ende einer Nacht am meisten sehnt. Ich verstehe das intuitiv vom letzten Mal.

Wenn sie dich vergewaltigen, vergewaltigen sie ihre Mutter. All die Leere, die Kälte. Georges Mutter war auch eine Trinkerin. Die Kinder aus der Nachbarschaft machten sich über ihn lustig, und er dachte, ich wäre genauso wie die. Nur daß jetzt ich diejenige war, die das Schandmal trug.

Irgendein anderer, verborgenerer Teil meiner selbst, der Teil, den ich bislang nur in Krisenmomenten wie diesem konsultiert habe, sagt: «So ist es gut, spiel mit. Laß ihm seinen Willen. Du kannst nichts dagegen tun. Sonst stirbst du.»

Er zaust mir das Haar. Tritt dann zurück auf die Straße.

«Braves Mädchen», sagt er. «Wir fahren jetzt wieder los.»

Es hat geklappt.

Der Schock und die Übelkeit machen mich plötzlich schlapp. Sobald er wieder auf die Straße setzt, sobald die Erde sich unter mir bewegt, sinke ich wieder in Schlaf.

34

Jetzt rütteln mich Hände wach, ich weiß nicht, wieviel später. Ich fühle mich, als tauchte ich aus tiefen Gewässern auf, träge und desorientiert. Doch in dem Moment, in dem ich an die Oberfläche komme, schlägt der Schmerz wieder zu und mit ihm die Realität.

Ich spüre seine Hände, lange, knochige, unerbittliche Hände, die mich hochzwingen. Aber ich kann nicht wirklich etwas erkennen.

«Hörst du mich?» Seine Stimme dringt durch einen nebligen Tunnel.

Eiskaltes Wasser spritzt in meinen offenen Mund. Würgend und heftig hustend komme ich ganz zu mir.

Der Wagen ist geparkt. Durch die Windschutzscheibe kann ich einen blassen, flachen Horizont erkennen, durchbrochen von ein paar krummen Bäumen. Und den Mond, der voll und aufgebläht tief am Himmel hängt. Erntemond.

«Da wären wir.» Die Stimme ist jetzt klar, zusammen mit der Erkenntnis.

Ich bin fern von zu Hause. An Händen und Füßen gefesselt, hinten in einem Wagen mitten auf dem flachen Land. Mit einem mörderischen Psychopathen als Gesellschaft.

Aber die ruhige, innere Stimme ist auch hier bei mir. Sie sagt mir, was ich tun soll, als würde meine Mutter die Worte neben mir sagen, sie laut aussprechen. «Laß ihm seinen Willen.»

Ich versuche, meinen Kopf zu drehen, aber mein Hals knackt heftig, schießt mir weiße Sterne in die Augen.

«Immer langsam.» Er beginnt, mir übers Haar zu streichen und es zurückzuschieben. Seine dreckigen Killerfinger fahren über meinen Kopf, daß sich mir der Magen umdreht. Ich will zurückschrecken, aber diese Stimme, dieser klare Brunnen innerer Ruhe sorgt dafür, daß ich mich zusammenreiße. Sorgt dafür, daß ich tue, was ich tun sollte. Tief atmen, versuchen, mich meiner Umgebung hinzugeben, mich betäuben.

«Diana.» Sanft spricht er meinen Namen aus. «Ich binde dich jetzt los, und das bedeutet, daß ich dir vertraue. Hier gibt es ein paar Dinge, die ich dir zeigen muß, damit du ganz verstehst. Hörst du mich?»

«Ja.» Eine dünne Stimme wie die einer verzweifelten Vierzehnjährigen antwortet, so wie sie klingt, aus weiter Ferne. Ich versuche, mich mit brennender Kehle zu räuspern und sage noch einmal: «Ja, ja, ich verstehe.»

«Gut. Krieg jetzt keinen Schreck. Ich benutze ein Messer.»

Ich bin jetzt zu schlapp und taub, um zu erschrecken. Ich sacke nach vorn, als er das Klebeband durchschneidet, mit dem er meine Handgelenke gefesselt hat.

«Schüttel sie aus», empfiehlt er, als wäre er ein Aerobic-Lehrer.

Ich bemühe mich, zu tun, was er sagt, aber jetzt fährt ein stechender Schmerz durch meine Arme, sie sind völlig steif. Flammenzungen schlagen in meinen Kopf hinauf, so daß ich erst rot und dann schwarz sehe, ich muß mich gegen den Sitz zurückfallen lassen, bis der Ansturm abebbt und ich wieder klar sehen kann, bis das Kribbeln durch meine Arme prickelt und sie wieder zum Leben erweckt.

«O.k. Jetzt die Füße. Dreh dich zur Seite.»

Ich gehorche behutsam, fürchte den Schmerz, der diesmal kommen wird. Das Feuer schießt meinen rechten Arm hoch, als ich versuche, ihn zu belasten, und für einen Augenblick glaube ich, daß ich wieder das Bewußtsein verliere. Er begreift mein Schwanken, bewegt mich selbst in die gewünschte Position, hebt meine Füße aus dem Wagen und schneidet meine Fesseln los.

«Bleib da einfach einen Moment sitzen», sagt er, als ob ich irgend etwas anderes tun könnte. Er steckt das Messer wieder in eine Scheide, die er hinten an seiner Jeans haben muß. Ich versuche, mit den Fußgelenken zu kreisen, das Gefühl zurückzubringen.

«Siehst du, du bist stärker, als du denkst. Jetzt versuch mal aufzustehen.»

Diesmal stütze ich mich auf meinen rechten Arm und hieve mich hoch, fühle meine Knie nachgeben, als das Blut dankbar hineinrauscht.

Wieder fängt er mich auf, legt den Arm um mich. Der zärtliche Wahnsinnige. Ich kann mich nur wieder an ihn lehnen, während ich mir alle Mühe gebe, in der Senkrechten zu bleiben. Schließlich läßt der Schmerz in meinem Kopf durch all die Adrenalinstöße nach, die das Ganze freigesetzt hat. Ich fange an, die Kulisse dieses surrealistischen Szenarios wahrzunehmen.

Der Himmel ist eine gewaltige Kuppel übersät mit Sternen, die in einer Helligkeit erstrahlen, die ich nach den vielen Nächten im Londoner Nebel fast vergessen hatte. Seine stille Schönheit beruhigt mich. Die Luft riecht nach Erde und Dünger, aber eine leichte Brise trägt Gras- und Frühlingsblumenduft zu mir. Ein Hauch von Meergeruch. Das Land, von dem ich in Schrecken geflohen bin.

«Wir befinden uns in Norfolk», sage ich. «Wir befinden uns in deinem Buch.»

«Das ist richtig», antwortet er. «Du bist viel cleverer als die anderen. Du bist auch von diesem Ort abgehauen.»

«Ja, ja, das bin ich.»

Vor jemandem genau wie dir.

«Es sieht so friedlich aus, nicht wahr? Unter den Sternen schlafend. In London siehst du die Sterne nicht.» Seine Augen wandern über den weiten Horizont. «Niemand würde das je glauben. Außer er hat auch hier gelebt.»

Ich folge seinem Blick. Wir befinden uns auf Ackerland. Weite Felder dehnen sich bis zum Horizont aus, Zeugnis der EU-Produktionsquoten und moderner landwirtschaftlicher Maschinen.

«Du hast keinen Norfolk-Dialekt», höre ich mich selbst so ruhig sagen, als würden wir eine normale Unterhaltung führen.

«Nein», gibt er zu. «Ich habe nie einen gehabt. Ich weiß nicht warum. Die meisten glauben, ich komme aus Yorkshire. Aber du hast einen, auch wenn du versuchst, ihn zu verbergen.»

«Als ich anfangs nach London gezogen bin», erzähle ich, «hat niemand ein Wort von dem verstanden, was ich gesagt habe.» Wir reden, als wären wir Kumpel, die über einem Pint Bier Einblicke teilen.

«Nun, das hier ist es», eröffnet er. «Dies ist der Bauernhof, auf dem ich aufgewachsen bin.»

«Dann war das alles wahr. Das war deine Geschichte. Nicht die Geschichte eines Freundes? Nicht die Arztfrau, die durchgedreht ist?»

«Gewissermaßen.» Er saugt die Unterlippe ein, kaut darauf herum, läßt seinen Blick weiter über das Land, das sich am Horizont abzeichnet, schweifen. «Es war gewissermaßen wahr. Aber ich konnte dich diese Bänder nicht behalten lassen, Diana. Was ich dir an jenem Abend erzählt habe, war falsch.»

Er schaut zu Boden, kickt eine Weile an einem Erdklumpen herum. Als er den Kopf wieder hebt, stehen Tränen in seinen Augen. «Ich hab das Buch nicht allein geschrieben, verstehst du.»

«Was?» Meine Stimme ist laut vor Schreck.

Hat das Buch nicht allein geschrieben? Das Buch, das mich hierher gebracht hat? Wer dann …?

«Ich erklär dir das alles.» Seine Stimme klingt hoch, wie Wind im Schilf. «Aber erst führe ich dich herum. Kannst du jetzt laufen?»

«Ich glaub schon.» Ich blinzele schwer, versuche, mir einen Reim auf all die Geheimnisse zu machen, die er in die Nacht gestreut hat.

«O. k.» Es ist ihm jetzt gelungen, sich zusammenzureißen; sein Ton ist um ein paar Oktaven gesunken und ausgeglichener.

«Ich habe dich zuerst hierher gebracht, weil dies das Feld ist, auf dem ich Jesus gesehen habe.»

«O. k.», nicke ich und frage mich *wie, was, warum*?

«Jetzt komm mit.» Er nimmt meine Hand. Seine Finger sind lang und knochig wie Messergriffe, seine Handfläche ist feucht. Mein Körper löste das Durcheinander in meinem Kopf ab und beginnt, hinter ihm über das Feld zu stapfen.

Das Feld ist voller Rosenkohl, sonderbare, krumme Gebilde, die aussehen wie die Art mutierender Wesen aus dem fernen Weltraum in den alten Science-Fiction-Filmen der fünfziger Jahre, die sich zu fleischfressenden Kreaturen entwickeln. Wir gehen am Rain des Feldes entlang, das so groß ist, daß es sich über etwa zwanzig Morgen erstrecken muß, das einzige Geräusch das unserer Schritte auf der Erde. Je weiter wir gehen, desto deutlicher kann ich die niedrigen Umrisse von Außengebäuden, Schuppen und Scheunen ausmachen, und etwas wie einen Bach, der sich um die Umgrenzung windet, einen blaßgrauen Streifen, der die Straße sein muß.

Und einen Geruch in der Brise, den stechendsten, den das Land zu bieten hat. Schweine.

Als wir uns dem Weg nähern, kommen wir zu einem

Schuppen voller Geräte. Daneben befindet sich eine Klärgrube. Wir bleiben stehen.

«Da ist mein Bruder verendet, da drin», erklärt er und zeigt auf den nassen Sarg. Der beste Ort für ihn, und überhaupt. Scheiße zu Scheiße.»

Diese Geschichten in dem Buch, von dem er jetzt behauptet, daß er es nicht allein geschrieben hat, sind seine Biographie, aber ich weiß jetzt, daß sie nicht ganz wahrheitsgetreu war.

Er steht eine Weile da und starrt zufrieden auf die Klärgrube. Ein Trampelpfad führt davon weg, am Rain des Nachbarfelds entlang bis zu etwas, das nach einem Komposthaufen aussieht. Neben uns befindet sich jetzt ein Weizenfeld, fast einen Meter hoch und immer noch grün wogt der Weizen unter der leuchtenden Anziehungskraft des Mondes in der Brise.

«Und hier ist meine dumme Schwester in den Mähdrescher geraten», fährt er fort und folgt meinem Blick.

«Ist das alles wirklich wahr?» frage ich erneut in ungläubigem Ton.

«Dieser Teil, sicher. Ich weiß nicht, wie sie da hineingeraten ist, oder wieso niemand sie gesehen hat, aber ja, meine kleine Schwester hat sich zu einem Strohballen verarbeiten lassen.» Ein hohes Kichern entfährt seinen Lippen und verweht in der Brise. «Unfälle mit landwirtschaftlichen Maschinen sind keine Seltenheit auf dem Land.»

Jetzt weiß ich, was nicht stimmt.

Tote Kinder, ermordete Geschwister, ihre Geister sind hier bei mir, toben in meinem Kopf und fordern mich auf, mir lieber ihre Geschichte anzuhören. Ich bin irgendwie in eine dunkle Kammer seines Hirns vorgedrungen; er hat sich mir preisgegeben, seine kleinen Siege schlummern nicht in den sicheren Verliesen der Toten, ihre ruhelosen Schatten schlagen statt dessen mit unsichtbaren Fäusten auf ihn ein.

Sie sagen mir: Er hat sie dort hineingestoßen. Er hat seinen Bruder ertränkt und den Deckel wieder auf die Grube gelegt. Er hat Geschmack daran gefunden, als er noch ganz klein war, und hat seitdem nicht aufgehört. Wütende Schatten, rachsüchtige Gespenster. Ich kann sie sehen, ihre Gegenwart spüren.

Warum erscheint nur sein Name auf dem Schutzumschlag? Wer hat ihm geholfen, die Geschichte aufzuzeichnen, die er alle glauben machen will? Wer war der letzte Mensch, dem er Einblick in seine Seele gewährt hat? Er bemerkt die bösen, kleinen Geister nicht. Er ist mehr als achtlos, er ist geradezu blasiert. Zufrieden schnuppert er in der Luft, als wäre sie das Bouquet eines feinen Weines.

Er zerrt mich den Zufahrtsweg hinunter, der voller Unebenheiten und Steine ist, voller pockennarbenähnlicher Furchen von den Traktoren und schweren landwirtschaftlichen Maschinen. Der Weg krümmt sich um den Bogen des Weizenfeldes zu einer Ansammlung von Gebäuden, bei denen es sich um ein Bauernhaus, ein paar weitere Scheunen und die Garage handeln muß. Es brennen keine Lichter. Hier auf dem Land geht man früh ins Bett und steht früh auf.

«Da wohnen Bauer Bastard und seine saufetten Söhne», spuckt er aus. «Und offensichtlich wollte er uns nicht zu nah an dem hübschen Familienwohnsitz haben. Ich zeig dir, wo wir gewohnt haben.»

«Du bist Bauer Bastards Sohn, Bastards Sohn, Bastards Sohn», singen die kleinen Geister.

Bevor er das Haus erreicht, gabelt der Pfad sich zur Rechten, wird zu einem grasbewachsenen Feldweg, durch den ständigen Verkehr plattgefahren. Er führt an Reihen über Reihen von Gewächshäusern und Hühnerställen vorbei und weiter zu einem Stück Ödland, das als Abladeplatz für sämtliche landwirtschaftlichen Abfälle dient. Verschrottete Maschinen bilden höckerige, bedrohliche Umrisse in der Dunkelheit. Kaputte Frühbeete, löchrige Blecheimer, Düngemittelsäcke voller Schotter. Eine Ecke für sonstigen Plunder, den keiner wollte.

«Unser Spielplatz», lächelt er. «Und hier hat der Wohnwagen gestanden.»

Er ist nicht mehr da. Alles, was davon übrig ist, ist ein Fleck hellerer Stoppeln übersät mit Ölflecken, die die alten Kampflinien markieren.

«Ich glaube, er wollte keine unerfreulichen Erinnerungen», überlegt er.

Bastards Sohn, Bastards Sohn.

«Das ist unfaßbar», schmiere ich ihm Honig um den Bart. «Deshalb wolltest du nicht sagen, wo du herkommst.»

«Gut gemacht, mein kleiner Sherlock.»

Auf solchen verfluchten Flecken Erde konnte nur Wahnsinn gedeihen. Ich kann es vor mir sehen, der versiffte Wohnwagen, dessen Vordächer schaukeln und ächzen, die Rotznasen, die auf dem Trümmerfeld aus Schutt und Gefahr, so nachlässig um sie herum verstreut, Krieg spielen.

Er schaut zu, wie ich das alles in mir aufnehme.

«Und dahinter», er zeigt auf ein Loch in der Hecke, «ist die Straße zum Dorf. Einfacher Zugang für Mutters zahlreiche Verehrer.»

Er führt mich hin, und tatsächlich ist dort eine Straße.

«Hier entlang.»

Es ist eine lange, schlangenlinienförmige Straße, auf Bauer Bastards Seite von einer struppigen Hecke gesäumt und auf der anderen von einer dickeren, höheren, gesünderen, als ob das Land des nächsten Guts selbst der Armut und Krankheit spottet, die sein Nachbar erzeugt hat. Wir gehen, wie es scheint, Meilen. Meine Schritte sind schwer, und meine Beine schmerzen fast so stark wie mein Kopf. Schließlich kommen wir zu einem Straßenschild. Auf dem Schild steht: EAST MELSHAM.

«Klingelt dabei irgendwas bei dir?» Er bleibt davor stehen.

Tut es, vage. In einem Winkel meines Gehirns löst es die Alarmglocken aus.

«East Melsham», sage ich. «East Melsham.»

Ein Auto fegt vorbei, leuchtet uns flüchtig an. Offensichtlich sind wir keiner näheren Betrachtung wert.

«Scheiße.» Ich sehe ihn an. «Von dort kommt Jon Jackson.»

«Volltreffer.» Er scheint zufrieden. Er zieht mich von dem Schild fort, legt einen Schritt zu. Die Felder weichen einem Dorfanger, bei Tageslicht sicher ein Bilderbuch-Dorfanger, mit hochgewachsenen Roßkastanien. Darum herum gruppieren sich kleine Häuser, die übliche Norfolk-Mischung aus wirklich alten Flintsteinhäusern und Arbeiter-Wohnungen und Bungalows aus den vierziger Jahren, die, wie ich sogar im Dunkeln erkenne, rosa gestrichen und von Geranienkästen umgeben sind.

Zwei kleine Jungs.

Simon und Jonny.

Hier, an diesem Ort.

«Alles schläft süß und selig», sagt er bissig. «Wie üblich.»

Wir wandern durch die kleinen Gassen, vorbei an den Spitzengardinen, die alle zugezogen sind, schlängeln uns unter den orangenfarben leuchtenden Straßenlaternen entlang, vorbei an den Blumenkästen und Gartenzwergen und Türschildern, wie man sie in den Alpen findet, die Dinge wie «Casa Fina» und «Tulip Cottage» verkünden, alles hübsche kleine Namen, die das Bild des schmucken, ruhigen, ländlichen Idylls darbieten.

Ich kann sein Gesicht unter diesen Laternen jetzt deutlich sehen, und er sieht eher entschlossen als wahnsinnig aus. Sein Griff um meine Hand läßt nicht locker.

Ich kann Wasser rauschen hören, lauter jetzt, als wir

die Böschung hinter dem Ende einer Sackgasse hinaufklettern und sich ein Ausblick mit wahrlich beunruhigender Schönheit vor uns auftut. Es ist eine saftige Flußaue, die Sorte, wo das Gras immer etwas grüner ist, Wildblumen ihre Stengel durch die Halme schlängeln und Wildkaninchen herumtollen. Der Fluß rauscht hindurch, überbrückt durch eine alte Flintsteinbrücke, und auf der anderen Seite stehen die hohen Häuser im Stil der Zeit König Eduards, zu der in dieser Gegend Wohlstand herrschte, Häuser, die jetzt von Leuten bewohnt werden, die in Cambridge unterrichten und möchten, daß ihre Kinder hier spielen können.

«Ich bin immer gern hierhergekommen», sagt er.

«Um die Enten zu füttern.»

«Um mit meinem Freund Jonny die Enten zu füttern.»

Oh, du lieber Himmel, jetzt kommt's.

«Mein Freund Jonny», wiederholt er. «Ich habe ihm immer alles erzählt, verstehst du. Er war der einzige, der mit mir reden wollte, obwohl er in einem von den großen Häusern da drüben gewohnt hat, und ich von dem Ort komme, den ich dir gerade gezeigt habe.»

Er sagte, er hätte nie einen Norfolk-Dialekt gehabt, aber jetzt bricht er durch.

Die kleinen Geister zupfen wieder an mir, schütteln Kopf und Fäuste. Und jetzt ist noch einer dazugekommen. Er trägt einen tiefblauen Anorak und leuchtend rote Stiefel. Sein Gesicht ist ein Muster an Unverständnis, seine Hände ringen darum, etwas in seiner Jacke zuzuhalten. Er versucht, das Loch zu stopfen, das jemand in seinen Bauch gebohrt hat, versucht die Eingeweide davor zurückzuhalten, sich auf das saftige Gras und die Wildblumen zu ergießen. Er spricht nicht mit mir, aber seine braunen Augen stellen eine schreckliche Frage: Warum?

Simon sieht auch ihn nicht. Er war nie fähig, die Dinge zu sehen, die er getan hat. Er lebt in einer abgespaltenen

Welt von uns anderen, in einer parallelen Dimension, als wäre er immer ein Geist gewesen.

Ein Geist oder ein Monster.

Er beginnt, die Böschung zu einem Trampelpfad am Ufer hinabzuklettern. Er zerrt mich hinter sich her, und ich stolpere mit meinen drei halluzinatorischen Spielkameraden in heißer Verfolgungsjagd hinterher.

«Hier haben wir die Enten gefüttert», sagt er. «Das war das einzig Normale, das ich hatte. Ich habe ihm alles erzählt, und er hat alles geklaut.» Seine Augen starren auf das Wasser, das eine ganz schöne Strömung hat, tief und unerbittlich, schwarz unter dem Mond.

«Ich habe Jon Jackson auch gekannt», höre ich mich ihm erzählen. «Er hat mich einmal betrogen, weißt du.»

Er dreht sich um und schaut mich an, und seine Augen brennen mit der gleichen Verletzlichkeit, die ich im St. James Park gesehen habe, an jenem heißen Tag vor einer Million Jahren.

Plötzlich fällt mir alles wieder ein, die Dinge, an die ich mich bislang wegen meiner Vergötterung des heiligen Jon nicht erinnern wollte. Die windige Art, auf die er mich am nächsten Tag auf dem Nachhauseweg an der Bushaltestelle stehen ließ, wie er einfach vergnügt um die Ecke verschwunden ist, ohne sich umzusehen, ohne mir die halbe Stunde, die man an einem Sonntag warten muß, Gesellschaft zu leisten. Wie er versprochen hat anzurufen, und es nie getan hat, die Nächte, die ich im Dunkeln auf der Treppe gesessen und auf den Anruf gewartet habe, der nie kam.

«Ja, er hat mich abgeschleppt, mit mir gespielt und mich fallen lassen», sage ich. «Hat uns ganz schön ausgenutzt, was?»

«Nun, dann weißt du ja Bescheid.» Everill mustert mich von Kopf bis Fuß. «Du weißt es besser als irgend jemand sonst. Schreib das für mich, Diana. Du wolltest die Geschichte. Erzähl ihnen, daß zwei kleine Jungs aus dem elendsten Flecken Erde auf dem Globus sich hier zum ersten Mal begegnet sind. Einer von ihnen hat dem anderen all die persönlichen Einzelheiten seines beschissenen Lebens erzählt. Jonny Boy hat sich gut an die Details erinnert. Später, nachdem meine Mutter durchgedreht hat und mich und meine Schwester in den Fluß geworfen hat, wurde ich zu Zieheltern gegeben, während er in der Schule ein braver Junge war, auf die Kunstakademie und nach London gegangen ist, wo er allmählich berühmt wurde. Eines Tages habe ich in irgendeiner Zeitschrift ein Feature über seine Pop-Videos gesehen und gedacht, oh, Jonny hat es zu was gebracht, vielleicht kann er mir weiterhelfen. Also habe ich ihm die Idee für einen Film geschickt, die ich hatte. Ich hab verdammt noch mal nie wieder was von ihm gehört, bis ich den verdammten Film im Kino gesehen hab, mit seinem verdammten Namen überall darunter!»

In seinen Mundwinkeln beginnen sich Schaumbläschen zu bilden. Seine Augen durchbohren mich immerfort.

«Also hab ich mir gedacht, in Ordnung, du Arsch, dich schnapp ich mir. Und es hat eine Weile gedauert, aber wie du sicher inzwischen bemerkt hast, bin ich ziemlich gut darin, Dinge herauszufinden, die ich wissen will. Ich hab ihn also oben am Camden Market ausfindig gemacht, zusammen mit seinen schmalzigen Kumpels. Er war der reinste Hans im Glück, bis ihm aufging, wer ich war. Dann ist er auf und davon, kann ich dir sagen, hat seine Freunde stehen lassen. Er wollte wohl nicht, daß sie herausfinden, daß ihr Goldjunge ein Schwindler und Dieb ist.

Ich wollte ihn gleich dort umbringen, in seiner piekfeinen Designerwohnung, in der er mich eigentlich nicht haben wollte, direkt auf seinem Scheißledersofa. Aber dann hatte er diese Idee. Sie sollte natürlich seinen Arsch retten, aber so, wie er sie damals präsentiert hat, klang sie ganz gut. Er konnte immer gut reden, ja, das konnte Jonny, bis zum Schluß, als er erkannt hat, daß nichts, was er sagen konnte, diesmal seinen Kopf aus der Schlinge ziehen würde. Aber damals hat er mich davon überzeugt, daß ich meine Geschichte, die Geschichte meines Lebens, zu Papier bringen könnte, und er mir dabei helfen würde. Er meinte, er könnte die Sache mit seinem pikfeinen Agenten regeln, einen Verleger für mich finden. Der gute alte Jonny würde eine Berühmtheit aus mir machen.»

«Mein Gott», sage ich. Ich will ihn nicht ansehen, habe aber Angst davor, es nicht zu tun. Er sieht total wahnsinnig aus. Aber wie könnte er das alles erfinden?

«Und für eine Weile hat es funktioniert, oder? Ich habe es durchaus genossen. Ich war gut darin, berühmt zu sein, fand ich, findest du nicht? Du kannst von dir geben, was du willst, den letzten Mist, der dir in den Kopf kommt, wirklich. Du kannst die Leute anscheißen, und alle halten dich für echt verwegen. Verdammt geiler Job für ein Arschloch, kein Wunder, daß Jonny so gut drin war. Aber für mich war es eigentlich nicht das Richtige. Es gibt nur eine Sache, die ich wirklich gut kann. Und Jonny ist wieder zu weit gegangen, wie immer, und hat versucht, mir meine Geschichte wieder wegzunehmen und daraus einen weiteren Film mit seinem Namen überall drunter zu machen. Du hattest deine fünf Minuten, Simon, jetzt gib sie mir zurück. Also mußte ich ihm zeigen, was ich wirklich gut konnte. Ich wünschte, du hättest es sehen können, Diana, das wünschte ich wirklich.» An dieser Stelle rutscht ihm erneut so ein schrilles Kichern heraus. «Es war wesentlich besser als sein gesamter verdammter Filmscheiß zusammen.»

«Erzähl du ihnen das, Diana», fährt er fort. «Und du tust ein gutes Werk. Ich hab jetzt die Schnauze voll von der ganzen Sache. Ich hab genug gehabt. Es gibt zuviel Scheiße auf dieser Welt, und ich hab sie alle gesehen. Ich will dich jetzt nicht einmal umbringen. Ich will nur zu Ende bringen, was meine Hure von Mutter begonnen hat.»

Er läßt meine Hand los. Sein Blick löst sich von meinem.

«Die kannst du jetzt wiederhaben», sagt er, greift in seine Taschen und stopfte mir drei Kassetten in die Hand. «Ich vertraue sie dir an. Letztendlich traue ich dir.» Und damit dreht er sich um und klettert die Böschung wieder hinauf, schwingt sich gewandt über das Brückengeländer.

Du bist sicher, du bist o. k., sagt die innere Stimme. Ich möchte auf der Stelle zusammenbrechen, aber meine Augen werden immer noch von dieser hochgewachsenen, schlaksigen Gestalt angezogen, die jetzt auf die Brücke hinaufgeklettert ist.

«Verstehst du, Diana», brüllt er, «sie setzen sich in deinem Kopf fest, und dann wirst du sie nicht wieder los. Jonny ist immer noch hier drin, das Arschloch!» Er tippt sich mit einer wilden Gebärde an die Schläfe. Bei dem Lärm beginnt ein Hund zu bellen. Eine Tür geht geräuschvoll auf.

«Jetzt kannst du ihn haben! Er gehört dir! Sieh dir das an, Diana!» schreit er.

Das Messer blitzt weiß unter dem dunklen, funkelnden Himmel auf.

«Erzähl es ihnen! Erzähl ihnen alles! Ich bin zurück, Ihr Arschlöcher, seht mich jetzt an!»

Das Messer saust unter sein Kinn, in seinen Hals, meißelt das letzte Lächeln ein, das Simon Everill je zeigen wird.

Als er fällt, verdreht sein schlaksiger Körper sich seitwärts, windet sich in den letzten Sekunden seines Lebens zu abstrakten Gebilden, bevor er auf das Wasser aufschlägt. Mit einem lauten Platschen zieht es ihn hinunter; trägt ihn fort, jeder Strudel in der Strömung lachend, wie auch die kleinen Geister lachen, bevor sie mich verlassen, wieder in die Norfolk-Nacht entschwinden und mich allein lassen, während ich auf die Böschung starre.

Das einzige Wort in meinem Kopf ist: gut.

35

Ich weiß nicht, wie lange ich einfach dort blieb und zusah, wie der schwarze Fluß die entstellten Überreste Simon Everills weit, weit fort von mir trug. Aber jemand mußte den Lärm gehört haben, den er veranstaltet hatte, denn Schritte kamen über die Brücke gelaufen.

«Was ist hier los?» rief eine männliche Stimme.

Er bemerkte mich zunächst nicht. Ich saß einfach nur da und starrte den Fluß hinab. Aber als er mich bemerkte, kam der Mann zu mir heruntergerannt. Er war mittleren Alters, ziemlich korpulent, wahrscheinlich der lokale Wichtigtuer, der sich überall einmischt. Oder vielleicht der Mann mit dem Hund, der hier vor vielen Jahren ein ausgesetztes, halb ertrunkenes Kind im Schilfbeet gefunden hatte.

Sein Ausdruck wechselte, als er mich sah. Er wirkte erschrocken und besorgt.

«Sind Sie o.k.?» fragte er. «Was ist passiert?»

Ich machte den Mund auf, um es ihm zu sagen. Ich brachte kein Wort hervor.

Der korpulente Mann legte seinen Arm um mich und führte mich zurück zu seinem Haus. Ich schwankte, schwebte zwischen Bewußtsein und Bewußtlosigkeit, als ob auch ich einem schwarzen Fluß in die unbekannten Tiefen der Nacht hinunterwirbeln würde.

Er rief Notarzt und Polizei, während seine nervös wirkende, puppenhafte Frau mich in eine blaßblaue Decke wickelte und auf ihr Sofa setzte. Ich brachte immer noch kein Wort hervor. Ich erinnere mich, daß ich in einen Krankenwagen gehoben wurde, während ihre zierliche Hand die meine hielt.

Die Gefälligkeit von Fremden.

Jemand sagte: «Sie fällt in einen Schockzustand», und sie legten mir eine Sauerstoffmaske übers Gesicht. Schock oder Schlaf, ich kann mich nicht mehr an viel erinnern, bis ich auf einer Krankenhausstation geweckt wurde, weil die Polizei mit mir reden mußte.

Sie hatten mich in ein Privatzimmer in einem Privatkrankenhaus gelegt, so daß sie mir die Presse vom Hals halten konnten. Niall Flynn bezahlte das Ganze. Er schottete mich von den Pressehaien ab. Was er für Emily Davey nicht hatte tun können, versuchte er jetzt für mich zu tun.

Also erzählte ich meine Geschichte Linehan mit den freundlichen Augen, der nach mir gesucht hatte, seit Barry nach Hause gekommen war und mich nicht vorgefunden hatte, und dabei blieb es. Es gab nichts, das ich irgend jemandem anders hätte erzählen können. Ich würde nicht tun, was Everill gewollt hatte. Ich war nur froh, daß er tot war. Laß seine kranke, verdrehte Lüge von einem Leben mit ihm sterben. Ich würde ihn nicht durch noch mehr Aufmerksamkeit glorifizieren. Durch ihn will ich nicht berühmt werden. Von mir würde er seinen Willen nicht bekommen.

Ganz so einfach ist es natürlich nie. Zu viele ungerächte Geister treiben sich herum. Zunächst Neil.

Neil, der uns verraten hatte.

Es war alles rausgekommen, als Barry die Amerikaner aufgesucht hatte. Neils ganze kleinen Betrügereien, die Heimlichtuerei mit seiner Jackson Abschrift. Das Band, von dem er niemandem etwas erzählt hatte, auch nicht der Polizei, das die «vertraulichen» Einzelheiten enthielt, die sonst niemand hatte; nicht einmal Jackson hatte gemerkt, daß er dabei aufgezeichnet wurde. Als Neil die letzten Seiten abgeschickt hatte, hatte er vorgehabt, ein neues Abkommen mit D. C. Arnold zu unterschreiben, ein Abkommen, das sie zu den Herausgebern von *Lux* machte. Und ihm ein Büro in New York verschaffte.

Beim Frühstück an jenem Donnerstag morgen hatte Neil Barry in einen Teil des Abkommens eingeweiht. Er hatte bereits versprochen, Interviews mit Jacksons engsten Freunden zu liefern, und um Barry auf seine Seite zu kriegen, hatte er ihn mit Barrys größtem Traum gelockt – daß auch er nach New York ziehen würde.

Deshalb hatte er Woody und Alex so bereitwillig interviewt.

Offensichtlich sollte ich in London als leitende Herausgeberin auf der britischen Seite des Unternehmens die Stellung halten. Barry hatte gedacht, damit würde ich ganz groß rauskommen.

Nur, daß Neil gelogen hatte, um zu bekommen, was er wollte. Er hätte weiter gelogen, bis zum bitteren Ende, bis wir die letzten Seiten eingesandt hätten, und er das Magazin hatte, das seine amerikanische Karriere auf spektakuläre Weise lanciert hätte. Das Jackson-Feature sollte uns vorenthalten bleiben. Die Amis wollten nicht, daß irgend jemand anders es zu Gesicht bekam, falls Barry oder ich nicht dichthalten würden. Falls wir so vertrauenswürdig sein sollten wie unser Boß, der sogar Jackson in dem Interview an der Nase herumgeführt hatte, indem er vorgegeben hatte, das Band auszuschalten, was er nicht getan hatte. Nur, daß Neil nie Gelegenheit bekam, seinen dreistesten Zug zu machen. Statt dessen lieferte er selbst eine sensationellere Geschichte für die Nachrichten, als er sich je hätte vorstellen können. Und sein kostbares Band lieferte das Motiv.

Seine Eltern wollten nicht, daß wir zu seiner Beerdigung kamen, weil sie insbesondere mich dafür verantwortlich machten, ihn seinem Mörder vorgestellt zu haben. Daher mußten Barry und ich hinten auf dem Kirchhof bei der monströsen Kathedrale auf einem vom Wind gepeitschten

Hügel über Guildford stehen, bis der Leichenzug vorübergezogen war. Wir legten weiße Rosen auf sein Grab.

Ich konnte eine ganze Weile nicht zur Arbeit zurückkehren. Nachdem ich das Krankenhaus verlassen hatte, schickte Niall Flynn mich mit meinen Eltern für ein paar Monate nach Galway, damit ich mich in Ruhe erholen konnte. Er fuhr mit uns raus, überließ uns sein herrliches Steinhaus mit Meerblick, blieb woanders in der Nähe, falls wir ihn brauchen sollten.

Es war, als würden wir in eine andere Welt kommen. Das Licht dort, die Dämmerung, die sich über die Berge legte, die Sonne, die im Atlantik unterging, der äußerste Frieden und die Andersartigkeit des Ganzen trugen wahrscheinlich mehr zu meiner Besserung bei als alles andere. Es schien wie ein kleines Stück vom Himmel dort, nachdem ich in der Hölle gewesen war. Dort wollte Flynn nach seiner Heirat mit Emily Davey leben. Nun, sie hat das Paradies vielleicht nicht zu sehen bekommen, aber wenigstens ich.

Monate später, als ich schließlich bereit war, nach London zurückzukehren, kümmerte sich Barry um mich, ließ mich in seine Wohnung ziehen, so daß ich nie mehr in die schäbige Bude in Arundel Gardens zurückkehren mußte. Meine Eltern und mein Bruder kamen noch oft, um auszuhelfen, weil mich der Schlag auf den Hinterkopf, höflich ausgedrückt, instabil gemacht hatte. Er schien ein Tor zu einer anderen Dimension geöffnet zu haben, so daß sich Geister und Ungeheuer vor meinem Blickfeld umhertrieben, Schatten sich in die schlaksige Gestalt eines jungen Mannes verwandelten. Ich konnte Bruchstücke von einem unmelodischen Pfeifen hören.

Ich mußte schreien, damit ich es nicht hörte.

Erst als ich mich zwang, wieder zu schreiben, wurden diese Geisterbilder schwächer. Nur dadurch, daß ich die Erinnerungen, die ein Wahnsinniger irgendwie in meinem

Bewußtsein hinterlassen hat, neu erschuf, verbannte ich ihn schließlich in das Verließ meines Hirns und nagelte den Deckel zu.

Ich glaube, ich bin jetzt außer Gefahr.

Seine Leiche wurde nie gefunden.

WORTERKLÄRUNGEN

Abbott, Jack Henry: US-Serienkiller und Knastautor, 1944–2002 (Freitod im Knast). Schrieb Briefe an Norman Mailer: *Aus dem Bauch der Hölle,* 1981.

Cannon, Tommy und *Bobby Ball:* Komikerpaar, in den 80er Jahren in Britannien sehr populär.

Cider and Black: Drink aus Apfelwein und einem Spritzer schwarzem Johannisbeerlikör.

Craddock, Fanny und *Johnny:* Fernsehkoch-Paar im britischen Fernsehen in den 50er, 60er, 70er Jahren.

Crimewave: Nach einem Film von Sam Raimi, 1985. Ungewöhnliche Mischung aus *Film Noir*, *Black Comedy* und Elementen aus verschiedenen Epochen.

Crombie: Klassischer englischer Stadtmantel, geschneidert aus dickem Wollstoff.

Cunard Line: engl. Reederei, organisiert u. a. Kreuzfahrten auf der Queen Elizabeth 2 und der Queen Mary 2.

Drape Suit: In den 50er Jahren britische Variante der US-amerikanischen Zoot Suits der 40er Jahre, neu entworfen im Stil der Herrenmode der Zeit König Edwards; wurde von den Teddy Boys getragen.

Eiserne Jungfrau: Nach landläufiger Meinung ein mittelalterliches Foltergerät.

Gorbals: Arbeiterviertel in Glasgow.

Gothic: Westliche Subkultur. Die Gothic-Szene ging Anfang der 80er Jahre aus der Punk-Bewegung hervor, sie drückt sich besonders über die in ihr entwickelte Vielfalt musikalischer Stilarten (Punkrock, New Wave) aus. Markantes äußeres Zeichen ist die Farbe Schwarz.

Groucho Club: Nach Groucho Marx von den Marx Brothers.

Happy monday, pop pickers: Von *Greetings, pop-pickers* aus DJ Alan Freemans *Radio Show Pick of the Pops* in den 50er-Jahren.

Hawkwind: Die Mitglieder der Gruppe gelten als Begründer des Space Rock, einer psychedelischen Spielart des Hard Rock bzw. Heavy Metal.

IT-Girl: Glamourgirl, kesses Mädchen, das sich gern in Schlagzeilen wiederfindet.

IT-Magazin: Hippiemagazin der 60er Jahre.

King Kurt: Psychobilly-Band der 80er Jahre, ehemals Rocking Kurt and The Sauerkrauts. Steht für Party ohne Ende.

Kraut: abwertende Bezeichnung für Deutscher.

Kray-Klones: Modeopfer, die dem Look des legendären schwulen Gangsters Ronnie Kray (1934–1995) und seiner Gang *The Firm* in Kleidung und Image nacheifern.

Manson-Family: Sekte um den Musiker Charles Manson, der 1969 nach dem satanischen Mord an der Filmschauspielerin Sharon Tate zu lebenslanger Haft verurteilt wurde.

Marmite: Dunkelbrauner, kräftig-würziger, leicht salziger Brotaufstrich aus dem Heferückstand vom Bierbrauen.

Nancy und *Lee:* Das Gesangsduo *Nancy Sinatra* und *Lee Hazlewood.*

Norman, Barry: Renommierter, einflußreicher britischer Filmkritiker.

Orwell, George: Farm der Tiere, übers. v. Michael Walter, Zürich 1982.

Page, Betty: geb. 1923, Akt-Modell, Schauspielerin. Gilt als «Königin des Pin-Up» unter Rockabilly-Gothic-Anhängern.

Pekinpah, Sam (1925–1984): US-amerikanischer Regisseur. Hauptthemen: die Auseinandersetzung mit Gewalt und Moral.

Pencil Skirt: Rock mit so engem Saum, daß der Gang stark behindert wird.

Pint: Brit. Flüssigkeitsmaß, 0,568 Liter; (fam.:) eine Halbe (Bier).

Psychobilly: Musikbewegung der 80er Jahre in England. Vermischt Rhythmik und Melodie der Rockabillys mit der Aggressivität und Energie der Punks.

Psychotronic-Filme: Mischung aus Psycho & Electronic – aus Horror und Science Fiction.

Rockabilly: in den 50er-Jahren entstandener Musikstil, der eine Verbindung von Rhythm and Blues und der Hillbillymusic darstellt.

Rotten, Johnny: geb. 1956, eigentl. John Lydon, britischer Musiker. Ehemaliger Sänger der Punk Band *Sex Pistols*. Protagonist der Punkbewegung, steht für provokantes Aussehen, aggressives Gebrüll.

Savile Row: Londoner Top-Adresse für teure Klamotten.

Sioux, Siouxsie: eigtl. Janet Dallion, geb. 1957. Sängerin der Band *Siouxsie and the Banchees*. Wandelte sich von der knallbunten Ikone des Punk zur dunkel gewandeten «Goth Goddess» Sioux.

Smokey: Umgangssprachlich für London (aus den Tagen des ständigen Smogs).

Teddy Boys: Anhängerschaft des Rock 'n' Roll in Großbritannien.

Tonic-Suit: Eng sitzender Einreiher.

Vicious, Sid (1957–1979): brit. Punk-Rock Musiker, Bassist der *Sex Pistols*, gest. an einer Überdosis Drogen, nachdem er 1978 seine Freundin im Drogenrausch getötet hatte.

Village People: US-amerikanische Disco-Band der späten 70er Jahre. Markenzeichen: eingängige Melodien und Kostüme, mit deren Hilfe die Musiker in schwule Stereotypen schlüpfen. Benannt nach Greenwich Village in New York.

Women's Institute: Britische Frauenvereinigung, engagiert sich u. a. für Waisen, mißhandelte Ehefrauen, Obdachlose etc.

In der «Série Noire» sind bisher erschienen (Auswahl):

Tonino Benacquista
Drei rote Vierecke auf schwarzem Grund
ISBN 978-3-923208-69-2

Didier Daeninckx
Bei Erinnerung Mord
ISBN 978-3-923208-56-2

Pascal Dessaint
Schlangenbrut
ISBN 978-3-923208-77-7

Rolo Diez
Der Tequila-Effekt
ISBN 978-3-923208-70-8

Rolo Diez
Hurensöhne
ISBN 978-3-923208-76-0

Rolo Diez
Wüstenstaub
ISBN 978-3-923208-80-7

Pascale Fonteneau
Die verlorenen Söhne der Sylvie Derijke
ISBN 978-3-923208-52-4

Thierry Jonquet
Die Goldgräber
ISBN 978-3-932208-51-5

Jean-Patrick Manchette
Volles Leichenhaus
ISBN 978-3-923208-84-7

Jean-Patrick Manchette
Knüppeldick
ISBN 978-3-923208-44-9

Jean-Patrick Manchette
Fatale
ISBN 978-3-923208-81-4

Jean-Patrick Manchette
Blutprinzessin
ISBN 978-3-923208-49-4

Jean-Patrick Manchette
Nada
ISBN 978-3-923208-55-5

Jean-Patrick Manchette
Westküstenblues
ISBN 978-3-923208-62-3

Jean-Patrick Manchette
Tödliche Luftschlösser
ISBN 978-3-923208-63-0

Jean-Patrick Manchette
Die Affäre N'Gustro
ISBN 978-3-923208-64-7

Jean-Patrick Manchette
Position: Anschlag Liegend
ISBN 978-3-923208-65-4

Jean-Pierre Bastid
Laßt die Kadaver bräunen!
ISBN 978-3-923208-83-9

Chantal Pelletier
Eros und Thalasso
ISBN 978-3-923208-46-3

Chantal Pelletier
Der Bocksgesang
ISBN 978-3-923208-53-1

Chantal Pelletier
More is less
ISBN 978-3-923208-66-1

Jean-Bernard Pouy
Larchmütz 5632
ISBN 978-3-923208-45-6

Jean-Bernard Pouy
Die Schöne von Fontenay
ISBN 978-3-923208-48-7

Jean-Bernard Pouy
Engelfänger
ISBN 978-3-923208-57-9

Jean-Bernard Pouy
Papas Kino
ISBN 978-3-923208-59-3

Jean-Bernard Pouy
H4Blues
ISBN 978-3-923208-73-9

Serge Quadruppani
Das Weihnachtsessen
ISBN 978-3-923208-79-1

Patrick Raynal
In der Hitze von Nizza
ISBN 978-3-923208-67-8

Marcela Serrano
Unsere Señora der Einsamkeit
ISBN 978-3-923208-61-6

Jordi Sierra i Fabra
Tod in Havanna
ISBN 978-3-923208-42-5

Cathi Unswort
Die Ahnungslose
ISBN 978-3-923208-82-0